Lisa Fitz

Nuan

Lisa Fitz

Nuan

Roman

Herbig

Besuchen Sie uns im Internet unter
www.herbig-verlag.de

Schutzumschlag: Wolfgang Heinzel
Motiv: Photonica, Hamburg/Patricia McDonough
Satz: VerlagsService Helmut Neuberger
& Karl Schaumann GmbH, Heimstetten
gesetzt aus der 10,6 Punkt GaramondBQ
Druck und Binden: GGP Media GmbH, Pößneck
Printed in Germany
ISBN 3-7766-2417-5

Inhalt

Das erste Mal

Als ich Nuan das erste Mal traf, war es fast Mitternacht.
Die Begegnung gehörte zu jenen, die einem nicht oft im Leben widerfahren, meist nur einmal, bei denen man spürt, es geschieht etwas Ungewöhnliches in diesem Augenblick und das Leben verändert sich unwiderruflich.
Ich trat hinaus in die warme Tropennacht, über mir wölbte sich das sternenübersäte, klare Firmament. Die Brandung des Meeres schäumte in der Dunkelheit, unter meinen Füßen gab der feine Sand nach, zur Rechten wuchsen die vom Schein der Hotels und Hütten schwach beleuchteten wilden Strandlilien.
Der Wachmann öffnete mir das Tor zum Strand. »Hello Madam, you go for a Beachwalk?«
»Yes, thank you.«
»It is late …«
»I know. I'll be back soon.«

*

Sie saßen beim Blue Lagoon. Dort saßen sie immer, jeden Abend. Wo sollten sie auch sonst sitzen? In die Hotels durften sie nicht, ein anderes Strandrestaurant war nicht da, Antonio schloss um acht, zu Hause war nichts los. Das Gras, das sie vor einer Stunde geraucht hatten, wirkte noch nach. Wenig Touristen heute, nur der Tisch nebenan mit den Männern aus Deutschland, die bei der zweiten Flasche Arrak saßen. Gleich würde auch das Blue Lagoon schließen. Wenn keine Gäste mehr da waren, machte der Wirt dicht. Sadun zündete sich eine Zigarette an und sagte: »Scheißleben. Ein Scheißleben ist das hier. Immer das Gleiche. Rauchen, sitzen, aufs Meer glotzen, auf Touristen warten, kein Geld. Fünf Jahre mach ich das noch mit – und wenn's dann immer noch so beschissen ist, dann halt ich den Arsch für jede hin, egal, wie alt sie ist – und für *jeden*. Mir egal. «

Nuan antwortete nicht. Er sagte nie viel. Er wusste, es hatte keinen Sinn, was zu antworten, wenn Sadun in dieser Stimmung war. Außerdem hatte er Recht. Es *war* ein Scheißleben.

Für ihn war es das zweite Jahr am Strand. Er hatte die Hoffnung noch nicht aufgegeben, dass es aufwärts gehen könnte. Und die Arbeit als Room Boy war noch beschissener. Zehn Stunden am Tag Zimmer aufräumen und putzen – dafür bekam man fünftausend Rupies im Monat. Er zählte mit den Fingern nach. Fünfzig Euro waren das. Da saß er doch lieber am Strand und wartete auf Touristen, denen man Surfbretter vermieten oder Ausflüge aufschwatzen konnte. Oder vielleicht wieder einmal eine Frau? Wie die schöne Frau Doktor aus Hannover vor einem Jahr ... das war o.k. Von ihr hatte er dann ein Paket bekommen: zwei T-Shirts, eine Jeans und teure Shampoos. Gut, sie hatte ihm nie mehr versprochen, aber Hoffnungen gemacht hatte er sich doch. Dass sie ihn vielleicht einladen würde nach Deutschland, wie Ananda, der schon drei Mal Tickets von Frauen bekommen hatte. Er fragte sich, wie dieser Angeber das machte. okay, er hatte bessere Muskeln, aber sonst? Sie beneideten ihn, aber sie lachten auch über ihn, weil er wie ein Gockel am Strand auf und ab spazierte und sich Wunder was einbildete, wer er war. Er war auch nur ein Beach Boy. Sumith, sein Bruder, der hatte den Schmuckladen am Ende des Strands, das war was anderes, da kam wirklich Geld rein. Aber der verspielte das wieder. So what.

Nuan misstraute den Menschen, besonders den Frauen. Sie machten immer Versprechungen: »Ich liebe dich so, ich lade dich ein, ich will ein Kind von dir ...« Pah. Leeres Gerede. Und dann kamen nur Fotos oder ein Paket und ein Brief: »Ich habe mich in einen Mann in Deutschland verliebt, tut mir Leid.«

Ja, ihm tat es auch Leid. Deutschland ... er hätte viel gegeben, um auch einmal nach Deutschland fliegen zu können, obwohl er Angst davor hatte. Aber wenigstens einmal rauskommen aus dieser Eintönigkeit, dem immer gleichen Leben, der Aussichtslosigkeit, der Geldnot ...

Er sah auf die Wellen, die sich brachen, auf die Gischt. Er hatte das Meer lieb, wollte es nicht missen, auch nicht den Strand, der war sein Zuhause. Auch die Hunde mochte er gerne, die am Strand herumliefen. Lala war sein Lieblingshund. Wenn Nuan zum Blue Lagoon kam, war Lala auch immer sofort da. Lala hasste Polizisten, wie er, und bellte sie immer an. So wusste man, wann die Polizei im Anmarsch war. Auf Lala war immer Verlass, der roch die Bullen auf hundert Meter Entfernung. Auch jetzt lag er neben ihm unter dem Stuhl und schlief. Lala war ein sauberer Hund. Er badete jeden Tag im Meer. Wie er auch. Er war auch sauber. Er putzte sich gerne die Zähne, manchmal drei Mal am Tag und immer ganz lang.
Nuan lehnte sich zurück im Stuhl und sah in den Nachthimmel. Wie das wohl wäre, wenn eine reiche, blonde Frau aus Deutschland sich in ihn verliebte … und dann im Ausland mit ihm ein neues Leben begänne … ? Jedes Jahr würde er heimkommen mit den neuesten Sonnenbrillen und Armbanduhren und von Deutschland erzählen: »… Wir haben jetzt ein Restaurant, meine Frau und ich, ja, läuft prima. Vor einem Monat haben wir einen BMW gekauft und nächstes Jahr werden wir uns hier am Strand, da hinten, ein Haus bauen … und dann ein zweites für meine Eltern. Ja, es geht mir sehr gut!«
Er jedenfalls war bereit. Er war immer bereit für Ereignisse, die ihn aus der Eintönigkeit des Strandlebens und der ewig gleichen Abläufe rissen.
»Hey, Nuan, siehst du die Frau da, die da vorne kommt?« Sadun zündete sich die sechste Zigarette an.
»Wo?«
»Da, am Strand unten!« Sadun gab ihm einen Stups und wies unauffällig mit dem Kopf nach links.
»Ja, was ist mit der?«
»Das ist Franca. Eine Deutsche. Die war schon letztes Jahr da. Probier mal dein Glück, da ist vielleicht was drin für dich …«
Nuan erhob sich zögernd und ging langsam in Richtung Meer.

*

Es zog mich nachts immer hinaus an den Strand, in die Wärme der tropischen Natur, obwohl es nicht ungefährlich war, nachts alleine den Strand entlang zu spazieren. Ich suchte dort nichts, wollte nur etwas finden, das kreatürlicher, ungestalteter und wilder war als die Hochglanz-Perfektion des all-inclusive Hotelbetriebs mit seiner glatten Professionalität und der versierten Freundlichkeit des Service-Personals. Mein Seidenkleid flatterte in der Meeresbrise, die dünne Hose plusterte sich auf, der Sand drückte sich durch die Zehen, der nächtliche Wind zauste die Haare.

Zeilen aus einem englischen Rocksong fielen mir ein: »Creatures of the heavens / that we earthlings cannot see / nightly phantasies / let me fly with you over shimmering waves / past many moons / to where the son gods dwell / and love only be …«

Eine große Fledermaus flatterte lautlos an mir vorbei, ich erschrak. Drei freundliche Hunde tappten in angemessener Entfernung mit unbestimmtem Ziel durch den Sand, zwei legten sich nacheinander hin, ein Hund blieb stehen, schnupperte in Richtung Meer, die anderen schauten gutmütig den Wellen zu und dösten ein. Still war es hier, nur das Meer rauschte. Die Hunde in Sri Lanka waren sanft, nicht aufgebracht und überwach wie die Vierbeiner daheim, sondern träge, freundlich, genügsam.

Ich hatte die ungenaue, westliche Touristensehnsucht nach irgendeiner Art ozeanischer Verschmelzung, wollte eins sein mit der Wärme, mit der Natur, keinen Erfolgsdruck fühlen, keine Zahlen sehen, keinen Bürobetrieb, keine Steuerkanzlei, keine nervenden Kunden beschwichtigen, Abstand von Deutschland, von Europa bekommen, Distanz zum unaufhörlich drängenden Pulsieren und lauten Kreischen der freien Marktwirtschaft, der schrillen Sensationspresse und den grellbunten Bildern des Billig-TVs – unverbrauchte, neue Gedanken denken, eintauchen in fremde, neue Sichtweisen, neue Gerüche schnuppern, tropische Früchte schmecken, vergessen, was stark machte daheim und so viel Kraft kostete, schwach sein dürfen, verboten träge, kindlich neugierig, neue Bilder im Kopf mit nach Hause bringen …

Ich schlurfte mit den nackten Füßen durch den Sand und hing meinen Gedanken nach, während ich mich dem Blue

Lagoon näherte. Ich kam auf die Höhe des kleinen Strandrestaurants.
Es war wenig los. Einige angetrunkene Touristen beim Arrak warfen sich Zoten zu. Ein paar einheimische Jungs saßen noch dort, man erkannte schemenhaft ihre Umrisse. Vielleicht war Sadun da. Ich guckte suchend in das Zwielicht.
Da erhob sich am Nebentisch eine Gestalt, löste sich aus dem Halbdunkel und bewegte sich etwas unentschlossen in meine Richtung, ging langsam ein Stück weiter, blieb stehen. Der schwache Lichtschein, der vom Inneren des Restaurants auf die Bastschirme und Holztische am Strand fiel, zeichnete seine Silhouette ab, eine große, schmale, männliche Gestalt, sein Gesicht blieb vom Dunkel der Nacht verhüllt. Er verharrte, wartete, ging ein paar Schritte, zögerte wieder.
Als ich noch näher kam und sein Gesicht im Licht erahnen konnte, sah ich, dass der schlaksige Junge ebenmäßige Gesichtszüge hatte, die von schwarzen, halblangen Locken umrahmt wurden. Auch war er auffallend hochgewachsen im Vergleich zu seinen Landsleuten, er musste gut einen Meter fünfundachtzig groß sein.
Ich ging auf ihn zu, ihm entgegen, bis wir zwei Meter voneinander stehen blieben und unsere Gesichter zu erkennen versuchten.
»Hallo.«
»Hallo.«
»Wer bist du?«, fragte ich und lächelte unwillkürlich.
»Ich bin Nuan«, sagte er. Eine junge Stimme, unsicher, nicht gut in der deutschen Sprache.
»Oh, du bist das. Du bist Nuan.«
»Ja.«
»Ich bin Franca.«
»Ich weiß.«
»Wieso?«
Als wir uns zum Restaurant wendeten, fiel der Lichtschein auf ihn. Nun sah ich sein Gesicht. Er war nicht hübsch, er war schön – soweit das nächtliche Halbdunkel seine Züge erkennen ließ. »Mein Freund Sadun hat das gesagt. Du vor ein Jahr hier.«
»Ja, stimmt. Ich kenne dich auch.«

»Mich?«
»Eine Frau hat mir gesagt, es gibt hier einen Mönch, der die Zukunft voraussagt. Ich soll an den Strand gehen und nach Nuan fragen, der weiß, wo der Mönch wohnt. Ein sehr hübscher Junge, hat sie gesagt.«
Er lachte kurz auf. Im Halbdunkel sah ich seine weißen Zähne. »Ja, ich kenne.«
Ich reichte ihm die Hand. »Hallo.«
»Hallo.«
»Kommst du hier sitzen?«, sagte er und zeigte auf eine kleine Metallplattform, einige Meter neben den Tischen.
»O.k.« Ich lachte.
Nuan gefiel mir, nein, mehr ... ich war betört. Er bedeutete mir, mich mit ihm zu setzen. Wir begannen eine Unterhaltung, ich erzählte und fragte. Nuan sagte von Zeit zu Zeit »Ja« oder gab kurze Antworten. Viel später wurde mir klar, dass er damals kaum etwas verstanden hatte von all dem, was ich, im Glauben, er spräche gut Deutsch, redete. Trotzdem gelang es, mit ihm einen Zeitpunkt für den nächsten Tag zu vereinbaren, an dem ich mich mit ihm treffen und besprechen wollte, wann er mich zum Mönch begleiten konnte. Ich gestand mir jedoch in derselben Minute ein, dass es nicht der Mönch war, auf den sich mein Interesse bezog. Es war Nuan, dessen Schönheit mich vom ersten Augenblick faszinierte und nicht mehr losließ.

*

»Möchten Sie ein Glas Champagner?« Ein beflissener Steward mit dunklem Teint und blütenweißem Hemd beugte sich zu mir. Service erstklassig, zuvorkommend. Es war der einunddreißigste Dezember, ich saß im Flieger nach Sri Lanka. Drei Stunden Verspätung, zwei davon in der VIP-Lounge mit Gratis-Getränken und Schokoplätzchen. Die Lounge war leer und ruhig, so ließ sich gut warten, entspannt nahm ich auf meinem Sitz 1A Platz.
Dies war meine zweite Reise nach Sri Lanka. Sri Lanka, »schönes Land«, dessen Wahrzeichen der Löwe ist, Singh a le, Löwenblut.

1948, als die Insel die Unabhängigkeit erlangte, bis 1972, hatte sie Ceylon geheißen, eine demokratisch-soziale Republik, aber seit den Revolten der Tamil-Rebellen gegen die singhalesische Staatsführung war das Image Sri Lankas schwer angeschlagen, viele Touristen sagten Flüge ab. Fast hatte ich den Urlaub auch storniert, der 11. September und der Bombenanschlag im August 2001 auf den Flughafen in Colombo hatten meine Flugangst reaktiviert. Eine Stornierung hätte aber den Ausfall von drei Wochen Urlaub inklusive Ayurveda-Kur bedeutet und diesen Urlaub hatte ich dringend nötig.
Die Stewardess zog den Minitisch aus der Klappe der Armlehne und breitete ein weißes Tischtuch darüber. Darauf legte sie eine rote Rose in einer Plastikhülse. In der Holzklasse hinten mussten sie sich in Viererreihen quetschen, Platznot erdulden, mit abgewinkelten, thrombosegefährdeten Beinen neun Stunden wildfremde Menschen mit ihren Macken, Blicken und Ausdünstungen auf engstem Raum neben sich ertragen und bei jedem WC-Gang den Sitznachbarn hoch sprengen oder vorbeilassen, je nach Sitzplatz.
Ich lehnte mich dankbar im komfortablen Sessel zurück, froh, mir das teure Ticket leisten zu können. Das Platzangebot in der Comfort Class war ungleich höher. Man konnte, speziell auf Sitz 1A, den ich mir immer reservieren ließ, die Beine vorn auf dem ausklappbaren Baby-Wickeltisch ablegen und so was wie eine Schlafposition finden. Dazu das Glück, dass der Platz neben mir frei blieb. Silvester war kein Tag, den ich um jeden Preis in der Luft verbringen wollte, aber in der Comfort Class ließ sich alles aushalten, sogar Flugangst, und auch die Passagiere waren gehobene Klasse, vornehmere Leute, distinguiert, zurückhaltend, diskret.
Mitte November hatte ich die Entscheidung *für* den Urlaub getroffen. Es wird in meiner Maschine kein Terrorist sitzen, beschloss ich, kein tamilischer Rebell wird auf mich Bomben werfen, ich werde in keine Luftwirbel geraten. Freunde trösteten mich mit schicksalhafter Vorbestimmung und Fatalismus. »Wenn er abstürzt, kannst eh nix mehr machen …«
Das war mein Ding nicht. Ich glaubte an die Kraft der kreativen

Gestaltung und daran, dass das Denken die Lebensumstände erschafft. Aus dieser Grundhaltung heraus war ich Motivationstrainerin geworden und aus diesem Grund hatte ich auch Angst. Es war die Angst vor der Omnipotenz der eigenen Gedanken, die Horrorvisionen könnten sich auf Dauer eigendynamisch verwirklichen. Ich konnte alles erreichen, was ich wollte, da war ich sicher, und wenn es ein Absturz war.

»Wir werden jetzt dann das Dinner servieren!«

Ich fuhr aus meinen Gedanken, der Steward strahlte. »Was möchten Sie denn gerne essen, Frau Stetter?« Er kannte mich. Wie aufmerksam.

»Bitte, Ihre Speisekarte. Wir haben zur Auswahl: Lamm, Lachs oder Poularde ... und ein bisschen Gans, die is' vom Weihnachtsfest übrig geblieben, haha!«

Ich scherzte höflich mit.

»Also, suchen Sie sich was aus. Sie sagen's mir dann, ja?«

Er schlängelte sich elegant durch die Reihen nach vorne. Die teure Speisekarte aus hochwertigem Karton aufklappend, las ich:

MENU

Räucherlachsmousse im Blätterteigschiff,
geräucherte Entenbrust an Waldorfsalat,
marinierte Garnelen ...
(Ach so, das war erst das Horsd'œuvre, weiter)
Gebratenes Lammrückensteak auf grüner Pfeffersauce,
honigglasiertes Gurken-Karotten-Gemüse
und Kurkuma-Kartoffelpüree ...

Wow. Die Geschmacksrealität hielt diesem Ankündigungslevel nie stand, weil das Essen transportiert und aufgewärmt werden musste – aber es klang herausragend. Für siebzehnhundert Euro durfte Lufthansa schon was auffahren. *O du süße Dekadenz, wie genieße ich dich!* Luxus... so wunderbar überflüssig. Überflüssig auch zu erwähnen, dass der Steward zur Käseauswahl ein Körbchen reichte, in dem sich in einer weißen Serviette vier Sorten Brot zur Wahl befanden, die Brötchen waren natürlich vorgewärmt.

»Sie müssen viel trinken!«, hatte mir eine überkandidelte Journalistenzicke vor Jahren gesagt, deren einzige Fußspur in meinem Leben dieser wertvolle Satz blieb. Seitdem trinke ich. »Mindestens drei Liter während der Langstrecken, so bekommen Sie Sauerstoff und werden durchgespült.«

»Ein Gläschen Wein ...?«

»In der Luft niemals Alkohol!«, hatte sie gemahnt. »Der Pöbel lässt sich immer volllaufen, im Flieger hat das die doppelte Wirkung. Dann sind die Idioten besoffen und kriegen Kreislaufprobleme oder pöbeln – Nomen est Omen – das Personal an.«

Ich trank seit vielen Jahren keinen Alkohol mehr, auch das Rauchen hatte ich eingestellt. Ab Ende dreißig sollte man auf seine Gesundheit achten, fand ich.

Ich lehnte mich im bequemen Sessel zurück und ließ meine Gedanken wandern. Das vergangene Jahr war gut gewesen, ich war zufrieden mit mir, ein schwieriges Jahr, mit heftigen Turbulenzen, aber ich hatte es gestanden wie eine eiserne Lady – oder sollte ich besser sagen, Prinzessin Eisenherz? Ziemlich hart wurde man in diesem Geschäft, mitleidlos, Emotionen blieben auf der Strecke. Zu Beginn warf mich gleich eine Steuerprüfung mit horrenden Nachzahlungen aus der Bahn, dann knallte mir eine langjährige Mitarbeiterin Hals über Kopf alles vor die Füße, weil ich ihre finanziellen Forderungen nicht erfüllen wollte, mein Vater kränkelte monatelang, mein Sohn zog zum Studium ins Ausland und meine zweite Ehe war nur mehr Papier. Ein käsereifer, erwachsener Abschied war es mit Freundschaftsgeheuchel, wir hatten uns aufgrund der zeitlich und auch sonst unvereinbaren beruflichen Beanspruchungen auseinander gelebt. Ein Jahr der Trennungen, ein Marsjahr, das alles mit der Axt zerhieb, was nicht funktionierte. Meine ständige Abwesenheit verhinderte den Aufbau eines sozialen Umfelds, meine Familie war die Seminar-Crew. Aber, darauf war ich stolz, ich hatte all das überstanden, ohne seelische Einbrüche oder Abstürze in Verzweiflungsphasen. Ich stand aufrecht wie ein Leuchtturm in diesen Stürmen, ich knickte auch nicht, als mich zum dramatischen Finale am Jahresende mein Lieblingsfeind, ein ehemaliger Seminarteilnehmer, bei der Presse verleumdete und meiner Firma Ver-

untreuung von Seminargeldern vorwarf. Die Boulevardpresse war in Erwartung einer höheren Auflage auf die Sensationsmeldung eingestiegen und goss ihre Jauche über meine Firma. Nun mussten wir Rechtsanwälte einschalten, um Gegendarstellungen kämpfen und juristisch vorgehen gegen die Falschaussagen in der Presse. Das raubte Zeit, Nerven, Geld, gute Laune. Ausgebrannt von den Kämpfen, müde, enttäuscht vom Verhalten nahestehender Menschen, wehmütig wegen des Auszugs meines Sohnes, brauchte ich seelische Nahrung, alternative Ziele, Herausforderungen, Menschen, die mir zur Seite standen, bereit, tapfer mit offenem Geist zu kämpfen, loyal und integer, nicht nur Geld im Visier hatten.
Bei alledem war ich unschlüssig, ob ich wirklich noch kämpfen wollte. Ich hatte viel erreicht und wusste nicht mehr so recht, was ich noch erreichen sollte. Der Zweifelwurm nagte am ehrgeizigen Siegeswillen, der mich lange Jahre getragen, getrieben hatte. In den mittleren Lebensjahren mahnt die Seele, dass die verbleibende Zeit kürzer wird, dass nicht mehr so viel Jahre für Abenteuer und Freude bleiben, dass das Alter den Körper anfrisst. *»In der Lebensmitte wird der Tod geboren«*, schrieb C. G. Jung.
Da half nur Schokolade … wo war der Steward?

»Sehr verehrte Gäste, wir werden Ihnen nun zollfreie Waren zum Verkauf anbieten. Bitte wählen Sie aus unserem Bordheft die gewünschten Duty-free-Artikel aus.«
Ich kaufte mir *Cool Water Women* von Davidoff, um die Misslaunigkeit zu vertreiben, und sprühte ein wenig von dem Eau de Toilette auf meinen Hals. Der Geruchssinn ist der älteste Sinn im Wesen Mensch. Innerhalb weniger Sekunden weiß man, ob man einen Menschen riechen kann oder nicht, wie jenen jungen, unterhaltsamen, attraktiven Mann, der mir mit erfreulich eindeutigen Absichten den Hof gemacht, aber Mundgeruch hatte. Will man da anfangen müssen mit Lehrgängen über das Zähneputzen? Meine Freundin Igel, das abgebrühte Luder mit Hirn, ätzte regelmäßig: »Die meisten Männer sind Ferkel. Sie wollen immer, dass wir ihnen einen blasen und dann kommen sie mit miefigen Schniedeln daher, da vergeht's einem doch!«

Ich lachte vor mich hin ... wann hatte ich den letzten Mann in meinem drei Meter breiten Bett gehabt? Lang war das her, viel zu lang ... zu viel Arbeit, zu wenig Zeit für Privates, Workaholic-Lifestyle, keine Lust auf Anbaggern, keinen Bock auf die Typen, die anbaggerten. Dazu Skepsis in Bezug auf meine Attraktivität und die Frage, ob und wie weit der Marktwert gesunken war. Wissen wollte ich die Antwort auch nicht wirklich. Mist.
»Sehr geehrte Fluggäste, es ist nun Punkt zwölf Uhr. Wir kommen noch einige Stunden durch verschiedene Zeitzonen, aber da wir nach Osten fliegen, ist dort Mitternacht überall schon vorbei. Vielleicht ist es für Sie das erste Mal, dass Sie an Silvester im Flugzeug sitzen. Wir wünschen Ihnen viel Vergnügen und einen guten Flug ins neue Jahr! Prost Neujahr!«
Prost. Silvester im Flugzeug, der unspektakuläre Charakter des Ereignisses war mir recht. Nur Ruhe, kein Aufhebens, kein Partygedöns...Ruhe und Frieden – *meinem Alter angemessen,* sprach Mrs. Sarkast in mir, *innere Einkehr.*
»Frau Stetter, möchten Sie eine DVD aus unserem Angebot?«
Nein. Lass mich in Frieden, du Arsch. »Was haben Sie denn alles ...?«
»Men in Black, Notting Hill und Der Feind in meinem Bett. Ich bringe Ihnen gern Ihren persönlichen DVD-Player.« *Nobel.*
»Danke, das ist nett. Aber ich werde ein bisschen lesen.«
Verschwinde, du fröhliches Nerv-Ei, geh weg und lass mich meine Luxusdepression genießen.
»Gerne. Und sollten Sie sich noch umentscheiden wollen, wir sind jederzeit bereit.«
Ich suchte nach meinem Buch. Die Kopie eines Artikels fiel mir entgegen, der gerade in einer Fachzeitschrift erschienen war. Ein Reporter hatte ein Interview aufgezeichnet und für das Portrait ausführlich im Internet und Archiv recherchiert. Im Abflugsstress vor zwei Wochen hatte ich leider vergessen, mir das Interview zur Autorisierung vorlegen zu lassen.
»Erfolgsorientiert, leistungsbezogen und konsumfreudig«. Was für ein Anfang! Das klang hart und unsympathisch, gar nicht selbstironisch, wie ich es beabsichtigt hatte. Ich wurde in die Schublade der blonden, attraktiven Mittvierzigerin gesteckt, die nach der übli-

chen pubertären Orientierungssuche zur erfolgreichen Karrierefrau mutiert war. Der Reporter hatte richtig erkannt, dass Tempo und Zielstrebigkeit mein Leben bestimmten. »Glück ist machbar«, danach handelte ich und war damit bisher beruflich mehr als gut gefahren. Meine Motivationsseminare zogen regelmäßig über 500 Teilnehmer an und eine Flaute war nicht in Sicht.

Nun stand ich auf dem Höhepunkt meiner Laufbahn. Kindheitsdefizite und einige neurotische Verbiegungen hatte ich, soweit zeitlich möglich, mithilfe einiger Analyse-Sitzungen aufgearbeitet, der Rest würde sich per Nachreifung und Lebenserfahrung in Weisheit und Abgeklärtheit wandeln. Dachte ich.

«*Die Pflicht hab ich hinter mir*«, wurde ich zitiert, »*jetzt kommt die Kür.*« Das bezog sich auf meine zwei Ehen und meinen bereits erwachsenen Sohn. »*Männer haben Respekt vor ihr*«, hieß es weiter. Ja, und Scheu … leider auch in erotischer Hinsicht. »*Sie spüren vielleicht ihren unausgesprochenen Anspruch.*«

Mit den Männern war das so eine Sache. Auch die selbstbewussten unter ihnen griffen im Zweifelsfall auf pflegeleichte Prototypen des weiblichen Geschlechts zurück, mit devoter Grundhaltung in subalternen Positionen, die Status quo und Autorität der Männer nicht in Frage stellten. Bei mir fühlten sich die Typen zwar gut beraten, aber nicht zwangsläufig bestätigt. Ich durchschaute sie und das Gefühl, durchschaut zu werden, vermittelte ihnen anscheinend die Empfindung von Unzulänglichkeit. Bei Impotenz, auch geistiger oder seelischer Natur, nahm ich Reißaus. Ein Spitzenmanager und mein »High-Noon-Stand« mit ihm in der Mittagspause fielen mir ein. Ich hatte seine angestrengten Bemühungen noch in plastischer Erinnerung, er musste mir auch hier beweisen, wie herausragend er war. »*Franca Stetter ist ein Kind der Frauenbewegung*«, endete der Artikel, »*und heute ist sie gelebte, kraftvolle Frauenenergie.*« Genau. Wenn es darum ging, sexuelle Lust zu erleben, dominierte Freude am Erfolg, am Hochfliegen, an der Weiterentwicklung. Abenteuerliche Eskapaden hatte ich also schon erlebt … mit der Liebe lief es weniger gut.

Ich öffnete das kleine Täschchen, das ich von der Stewardess bekommen hatte, und fand eine Reihe von Erste-Klasse-Devotio-

nalien, von der zusammensteckbaren Zahnbürste bis zu flauschigen Socken. *An was die nicht alles denken…*
In der Tasche an der Wand für Zeitungen steckte eine Faltkarte mit ausführlichen Instruktionen für die Sitzverstellung, es gab fünf (!) Möglichkeiten. Man konnte die Rückenlehne verstellen, die Fußstützen hochfahren, den Sitz nach vorne schieben, dass er sich noch mehr in die Länge streckte und in der Rückenlehne ein Polster in Höhe der Taille aufblasen lassen, das den unteren Rücken stützte. Und zu guter Letzt hieß es: *»Die Sesselohren können mit der Hand an der Außenkante nach innen gedreht werden.«* Dieser irrwitzige Satz sollte mich bis in die Teeplantagen von Kandy verfolgen.
Ich starrte noch ein Weilchen teilnahmslos vor mich hin und döste ein. Schlaf konnte man das nicht nennen, aber zwei bis drei Ruhestunden wurden es doch.
Zum Frühstück gab es Brötchen, Marmelade und Obstsalat, Kaffee oder Tee. Gegen Mittag, nachdem ich – als erste, um den Ausdünstungen der Mitpassagiere zu entgehen und noch ein halbwegs sauberes Bad genießen zu können – in der Flugzeugtoilette den Hosenanzug gegen luftige Kleidung getauscht hatte, gab der Pilot bekannt, dass wir demnächst landen würden. Die derzeitige Temperatur in Colombo betrug 29 Grad.
Ich stellte meine Uhr um, Zeitdifferenz fünf Stunden. Der Flughafen Negombo lag um die vierzig Minuten – je nach Verkehr – nördlich von Colombo, der Hauptstadt von Sri Lanka, entfernt. In den Süden, nach Bentota, musste man das größte Verkehrschaos der Insel passieren, es gab keinen Ausweg, keine Umgehungsstraße.

*

Beim Aussteigen aus dem Flieger und dem kurzen Gang zur Halle umhüllt den Neuling die tropische Wärme wie ein Mutterschoß, die Hitze legt sich aufs Denken, beeinflusst Gedanken, Motorik, Fühlen, das ganze System. Ich liebte und genoss es. Es war jedes Mal wie ein Narkotikum, ein Rausch. Sri Lanka!
Das Anstellen in der Schlange war eine harte Geduldsprobe für

meine Tempo-Mentalität. Die Immigration Card musste ausgefüllt und abgegeben werden, ewiges Warten beim Durchgang der Passkontrolle. Ich starrte müde auf die Buchstaben, die darüber leuchteten: DRUG TRAFFICKING OR POSSESSION CARRIES THE DEATH PENALTY. Auf Handel oder Besitz von Drogen steht die Todesstrafe ... Hart.
Ich war froh, dass ich Joints und all das Zeug verabscheute. Die Schreibweise von TRAFFICKING brachte mich auf schmutzige Gedanken und ich grinste innerlich. Aus Unachtsamkeit überholte ich ein Ehepaar in der Schlange. Die beiden sahen mich aggressiv an, die Frau zischte: »Sag jetzt nichts, Heinz, da stehen wir drüber!«
Ich tat, als hätte ich nichts gehört. Stattdessen glitten meine Augen langsam und abfällig von oben nach unten über ihre Kleidung: sie in rosa Trainingsanzug und Turnschuhen, er in unförmigen blauen, alten Jeans, die unter dem Wanst hingen, Hawaii-Hemd, Sandalen ... Ein deutscher Albtraum.
Endlich kommen meine zwei Koffer angerollt – aufladen, Geld wechseln, weg hier! Hinaus ins Freie, wo mein Sri Lanka auf mich wartet.

Der singhalesische Fahrer stand bereit.
»Wie lang dauert heute die Fahrt?«
»Zwei und eine halbe Stunde, Madam. Viel Verkehr heute. Vielleicht jetzt bisschen weniger.«
Der Linksverkehr in Sri Lanka und das furchteinflößende asiatische Verkehrschaos funktionieren vermittels einer sich dem Touristen nicht gleich erschließenden Hup-Kommunikation der Verkehrsteilnehmer relativ reibungslos und gemessen am Chaos weitgehendst unfallfrei. Autos, Kleinbusse, Busse, Jeeps, Fahrräder, Mopeds, Kühe, Viehwagen, Gemüsekarren, Hunde, Hühner, Ziegen, Tuktuks, alles fährt gleichzeitig und wie es will, auf schlechten Straßen, die für zwei bis drei nebeneinander fahrende Fahrzeuge gebaut wurden. Der Fahrer nannte es »all-inclusive Verkehr«.
Vor Brückenstationen mit einer großen Buddhastatue gaben die Autofahrer eine kleine Spende mit einem Gebet für unbeschadetes

Fahren ab. Das war sicher nötig, und die kurz aufkeimende Überlegung jedes Touristen, ob er hier selber fahren solle, wird durch eine nachdrückliche Warnung vom Hotel schnell zunichte gemacht. An den Straßenseiten, vor Häusern, deren Verputz bröckelt, stehen Frauen in bunten Saris, Männer in alten Sarongs, um die Hüften gewickelten Tüchern, darüber ein Herrenhemd, weiß bis schmutzgrau. Bettler in Lumpen hocken vor Wellblechhütten und Bauruinen, auf denen ehemals bunte Blechschilder verrosten und verwittern, abgeblätterte Plakatwände mit zerfetzten Reklamebildern zeugen von nicht erfüllbaren Sehnsüchten und aufgegebenen Träumen, Shops und Palmen, uralte gelbe, rostige Busse mit Beulen und Löchern, Tuktuks und, wie eine Wespenplage, Massen von knatternden Motorrädern und kleinen Motorrollern und die ersten Ausläufer vom Meer. Der Fahrer hupt alle paar Sekunden, bremst ruckartig, es holpert und schüttelt, in einem Auto, das bei uns nicht mal Studenten fahren würden. Die Männer auf der Straße sind hässliche, dürre, ausgemergelte Gestalten mit brennenden Kohlenaugen, die Frauen etwas gefälliger, mit Schirm und Sari, bunt, oder in langen Kleidern; Kostüme und Hosen sieht man nur in der Stadt, kleidungsmäßig ein Stadt-Land-Gefälle. *Sri Lanka ist nicht schön.*

Falsch, Colombo ist nicht schön. Aggression gegen den Fahrer kam hoch. Daheim hätte ich ihn anhalten lassen und mir ein Taxi genommen, und für seine Fahrweise hätte er einen Anschiss bekommen. Hier war das sinnlos, ich musste es aushalten und gegen die Übelkeit ankämpfen.

Ich blickte müde auf das Menschengewirr auf den Straßen. Unter hundert, die an mir vorbeiflogen, kein Einziger mit Übergewicht. In der Bundesrepublik laut Statistik jeder dritte, jedes fünfte Kind, adipöse Monster. Fette Eltern, fette Kinder, in der Pisa-Studie auf den hinteren Plätzen gelandet. Musste Wohlstand in Dummheit und Fressgier ausarten? »Im Schatten der Rache«, stand auf einem Kinoplakat, eine schöne Frau zwischen zwei Männern. Indische Filme waren naiv, archaisch, grausam; Leidenschaft, Ehre, Stolz, Rache und Neid spielten eine große Rolle.

Ich dachte an mein Leben in Deutschland. Mit dem Erfolg kamen immer die Neider. Wenn ich etwas hasste, waren es beleidigte Menschen. Emotional nicht belastbar, wie die meisten Frauen, in Krisensituationen hysterisch, auffahrend und ausfallend, hatte meine engste und wichtigste Mitarbeiterin und Freundin, obwohl sie ein gutes Gehalt bekam, gekränkt und patzig mehr Geld gefordert, auf eine so unintelligente Weise, dass man sie in Seminaren als abschreckendes Beispiel hätte anführen können: »Wie ich eine Gehaltserhöhung sicher verhindere«. Schließlich war sie gegangen, mit Beleidigungen, übler Nachrede, Intrigen und all dem miesen Zeug bei Trennungen von Geschäftspartnern und Freunden. *Wie klein ... wie nieder,* dachte ich und versuchte die zerbrochene Freundschaft, die wohl keine gewesen war, zu verdrängen und zu vergessen. So begrub ich meine Empfindungen und strich die Person aus meinem Leben, zumindest beschloss ich, es zu tun.

Ab dieser Begebenheit hielt ich mich nicht mehr lange auf mit nicht funktionierenden Partnerschaften. Auch in Beziehungen begann ich geschäftlich zu denken, als Businessfrau, irgendwas war in mir abgestorben. *Es muss sich rechnen,* sagte ich mir ab da, wenn es das nicht tat, entstand Unzufriedenheit auf beiden Seiten, über kurz oder lang. Alles war letztlich ein Deal und die romantische Liebe ein Relikt des neunzehnten Jahrhunderts. Davon lebten die Werbung und die gesamte Filmbranche, vom Schmalz. Wo Realität begann, endeten die Filme.

Nach circa neunzig Minuten lichtete sich der Verkehr, die Hektik legte sich, die Anzahl der Kokospalmen nahm zu. Ich lehnte mich zurück, versuchte, Urlaubsgefühl in mich hinein zu lassen, das, beim Aussteigen aus dem Flieger kaum aufgekeimt, sofort erstickt worden war durch Zollkontrollen, Gepäckabfertigung, Flughafen-Bürokratie, meine negativen Gedanken und die schreckliche Fahrt. Vor mir ein überfüllter Bus.

An der Tür hingen fünf bis sechs Jungs und krallten sich fest. Sie hatten Spaß, aus den Auspuffrohren quollen schwarze Rußwolken, die sich stinkend in der Luft verteilten. Dazwischen Bougainvillea in apricot und lila, rosa Hibiskusblüten und zur Rechten die ersten Ausläufer vom Indischen Ozean mit Korallenriffen, Sandbänken, Lagunen. Ferienstimmung mit Übelkeit und Magenschmerzen –

oder war es die über den rücksichtslosen Fahrer verärgerte Galle? Reklameschilder flogen vorbei, *Sanjeewa Fashion Shop, Canon Foto Copies, National Panasonic Center,* alt, dreckig, abgeblättert, rostig, verkommen. Bislang bot die Insel immer noch keinen schönen Eindruck.

Die Security-Beamten öffneten das Eisentor, wir bogen langsam in die Hotelvorfahrt vom *Lanka Queen* ein. Der Portier begleitete mich in die Hotelhalle, der Fahrer lud das Gepäck aus, das von flinken Hotelangestellten in blaukarierten Sarongs übernommen und weggekarrt wurde. Die graziöse Dame im orangefarbenen mit Goldfäden durchwirkten Sari an der Rezeption bat mich mit sanfter Stimme, in der Sitzgarnitur Platz zu nehmen, ein Kellner überreichte mir einen Fruchtcocktail mit Ananasscheibe und Schirmchen und legte ein Formblatt zum Ausfüllen vor: Name, Aufenthaltsdauer, besondere Wünsche.

Ja, es gefiel mir, wenn Abläufe professionell und reibungslos funktionierten, ob es sich um die Tätigkeit eines Spitzenmanagers, eines Gepäckträgers oder die eines Kellners handelte. Wenn jemand sein Handwerk verstand und seine Arbeit gut machte, griffen die Zahnräder ineinander, dann machte Leben Freude. Das war eine Frage des persönlichen Einsatzes und der Arbeitsmoral. Ich verabscheute trödelnde, unmotivierte Menschen, die wie bockige Kinder voll innerem Widerstand oder geistiger Trägheit Arbeitsprozesse aus Unfähigkeit oder Absicht behinderten und unnötig in die Länge zogen, Sand im Getriebe waren. Und Warten war etwas, was ich am allerwenigsten mochte, Geduld hatte noch nie zu meinen Stärken gehört.

Das *Lanka Queen* entsprach in allem meinen Erwartungen, es übertraf sie sogar.

Ich ließ mich erschöpft in die bunten Kissen in einer der breiten Stühle der Couchgarnitur aus Korbgeflecht fallen und wartete – was blieb mir übrig – auf die Einweisung in mein Zimmer. Ich ließ meinen Blick durch die vom Oberlicht durchflutete Hotelhalle wandern. Zwei Hunde aus Holz säumten den von Security-Beamten bewachten Eingang, in der Mitte der Halle thronte ein riesiger, drei Meter hoher Christbaum, den man wie jedes Jahr aus Deutschland einfliegen ließ, um den christlichen Gästen ein gebührendes Weihnachtsfest darbieten zu können. Die Ausstattung der Halle hatte landestypischen Charakter und war in Holz, Marmor und Gold gehalten. Eine Vielfalt von riesigen, üppigen Tropengrünpflanzen mit bunten Blüten wucherte die hohen Säulen hinauf, schlang sich die Wände entlang und umrankte die Ölbilder von einheimischen Künstlern. Hinter mir wartete höflich ein Liftboy vor der Regalwand, in der die Schlüssel deponiert wurden, links die Rezeption, aufmerksam dreinschauende Angestellte mit sanften Braunaugen, vor mir führten Stufen zu einer Boutique, in der Edelsteine, Schmuck, Kleider, Postkarten, Sonnenbrillen und Sonnencreme zum Verkauf angeboten wurden, rote Cottofliesen vervollständigten das geschmackvolle Ambiente der Lobby, und das lautlos umherhuschende Servicepersonal mit dezentbeflissener Freundlichkeit machte das Fünf-Sterne Hotel perfekt.

»Mrs. Stetter?« Die Rezeptionistin beugte sich zu mir. »Here is your key, number twentyeight. Ihr Zimmer geht auf den Pool hinaus.«

*

Knapp eine Woche später lief ich glücklich und ein bisschen braungebrannt um den Pool im *Lanka Queen*, froh, meinen Flug- und Terrorängsten nicht nachgegeben zu haben.

Eine deutsche Stimme fing mich ab. »Hallo, Frau Stetter!« Eine attraktive Frau in den Dreißigern winkte aus dem Liegestuhl. Ihr Mann, den sie mir als Greg vorstellte, lag neben ihr und las Zeitung.

»Ich hab was für Sie, das interessiert Sie bestimmt! Wir waren heute bei einem Mönch. Das war ein Erlebnis! ... Ich bin übrigens Denise!« Sie richtete sich von der Sonnenliege auf und zog ihren Bikini zurecht. »Der Mönch hat uns die Zukunft vorausgesagt!«

»Ach ...«, sagte ich und tat interessiert. Wahrsager hielt ich für Scharlatane und Geldgeier, wirklich Hellsichtige traf man ja kaum. Wahrscheinlich brauchte der Mönch Geld für seinen neuen Tempel. *Buddhistischer Mönch sagt Zukunft voraus*, das allerdings ver-

sprach exotischen Zauber und fernöstliche Würze – ich war ja im Urlaub – die Fahrt durch die tropische Flora mit eingerechnet.
»Hier ist seine Visitenkarte«, sagte Denise. »Wir reisen morgen früh ab.«
»Oh. Danke schön.« Ich nahm die Karte.
»Es ist ein sehr moderner Mönch, per Handy erreichbar«, lachte sie. »Und wenn Sie raus an den Strand gehen, fragen Sie einfach nach Nuan, der weiß Bescheid. Sie finden ihn ganz leicht, es ist ein sehr schöner Junge!«
Von Wahrsagerei hielt ich wenig, bei der Astrologie dagegen … Meister Weber fiel mir ein …

*

»Silvester ist diesmal die *Große Nacht der Ahnen*. Diese astrologische Konstellation kommt äußerst selten vor, so alle zehn Jahre nur.«
Ich sah Meister Weber vor mir, wie er seinen Blick von den Berechnungen hob, die Brille auf der Nase zurechtschob und sich die wirren grauen Locken aus der Stirn strich.
»Was heißt das?«, fragte ich.
Mein Verhältnis zur Astrologie war ambivalent. Die pragmatische Seite in mir hielt es für Unsinn, mein romantischer Fische-Mond fand das schön, Wünsche auf Zettel schreiben, magische Rituale, Hexenkraft, Vollmondzauber, alles, was im Nebel des Unbegreiflichen lag. Meine Abenteuerlust auch. Mein Mars im Löwen genoss das Theatralische dran.
Meister Weber beugte sich über seine Blätter. Er war mein Astrologe und mit seinen Voraussagen noch nie falsch gelegen. Vor meiner Abreise hatte ich ihn aufgesucht, wegen der Flugangst. »Am 31.12. um 23:15 Uhr wechselt der Mond in den Löwen. Und um 24:00 Uhr, genau am Jahresneubeginn, erreicht diese Konstellation ihre stärkste Kraft.«
»Ja, und?«
»Da solltest du dich in einen meditativen Zustand versetzen und dich quasi mit deinen Ahnen verbinden.«
»Mit den Ahnen? Von mir aus. Und dann?«

»Können sie dir Energien zukommen lassen, Wünsche erfüllen und so. Das magische Ritual dazu wäre: Du schreibst alle deine Herzenswünsche auf einen Zettel und den verbrennst du genau um Mitternacht.«
»Das geht nicht. Ich kann im Flugzeug keine Zettel verbrennen.«
»Na ja, dann verbrennst du ihn halt am Neujahrstag. Die Ahnen werden Nachsicht haben.«
»Meinst du, sie verzeihen mir die Verspätung?«
Er grinste. »Das Universum wird die lautere Absicht anerkennen – und um zwölf Uhr denkst du eben ganz intensiv dran.«
Ich hatte drei Wünsche aufgeschrieben. Gesundheit und Glück für meinen Sohn, Exmänner und Familie (das war *ein* Wunsch), Erfolg für das neue Seminarprojekt – und Liebe! Ich wollte endlich mehr Liebe, Liebe, Liebe, die lag seit fast drei Jahren auf Eis vor lauter Berufskampf, Karriere, Workaholismus. Der Zettel wanderte gefaltet in meine Handtasche.

*

Am Neujahrstag machte ich mich nach Einbruch der Dunkelheit auf den Weg. Der Kande Vihara Tempel, nur wenige Kilometer vom Hotel, war *mein* Tempel, es war Liebe auf den ersten Blick gewesen. Es gab beeindruckendere, größere, den Zahntempel in Kandy, im Landesinneren der Insel, ein Wunder an Architektur und Ausstattung, aber ich fühlte mich dort überflüssig, verloren zwischen Massen von Touristen, am falschen Platz. Im Kande Vihara Tempel war ich zu Hause, wie ich überhaupt in Sri Lanka ein Gefühl des Zuhauseseins spürte, vom ersten Augenblick an, ein Déjà-vu, als hätte ich hier schon einmal gelebt. Sri Lanka war meine geistige Heimat, als habe meine spirituelle Suche ein Ende. Sri Lanka flüsterte mir zu: *Du bist angekommen, hier findest du, wonach du immer gesucht hast.*
Als ich den Tempel betrat, war es Nacht. Die Schuhe blieben vor dem Eingang, mit nackten Füßen betrat ich den gepflasterten, nachtwarmen Steinboden. Links das Rondell, in dem sich die Bildergeschichte des Bodhi-Baums befand, kurz Bo-Baum, ältester

Baum der Welt, Baum der Weisheit, unter dem Buddha die Erleuchtung erfuhr, berühmtester Baum Sri Lankas. Am Boden sitzend, betende alte Frauen in Lumpenkleidern, in klagenden Tönen monotone Litaneien singend. Ich umschritt den Bilderkreis und fühlte mich als blonder Eindringling in fremdem Gewand und adaptierter Buddhisten-Pose. Hier im Tempel beteten gläubige Einheimische, dunkelhäutige Menschen, es war *ihr* Tempel. Ich ging wieder hinaus.
Zur Rechten ein langes gusseisernes Gestell, in dem Dutzende von Ölkerzen aufgestellt waren, unzählige Räucherkerzen steckten in sandgefüllten Rinnen. Im Tempel hörte man die Mönche singen. Ich betrat den heiligen Raum mit Ehrfurcht und innerem Schweigen, versuchte zumindest, meine Gedanken still werden und die drei Meter hohen Buddha-Statuen auf mich wirken zu lassen. Der Hinduismus der Tamilen ist dem Buddhismus ähnlich; nur dass es im Hinduismus eine Unmenge Götter gibt. Im Buddhismus gibt es nichts Wesentliches außer dem einen Buddha und der ist ein erleuchteter Mensch mit göttlichen Zügen, kein Gott.
An der Kopfseite ein Tisch, ein Tempelpriester in weißem Spitzenumhang segnete Früchte, Familien, Männer, Frauen, Kinder, Alte warteten geduldig, bis sie ihre Obst- und Gemüseschale dem Priester zur Segnung reichen durften, auch Gegenstände, Autoschlüssel, Amulette, Halsketten. Jedes Mal stimmte der Priester von neuem seinen Gesang an.
Als ich fertig war mit meiner kleinen Andacht und mit einem Gebet für meinen Sohn und meine Eltern, ging ich zu den Ölkerzen hinaus, zog meinen Zettel aus der Tasche und faltete ihn auf. Verstohlen sah ich mich um und kam mir etwas töricht vor mit meiner Astroaktion, aber es waren nur mehr wenige Betende da und einige Mönche, die den Boden kehrten.
»Liebe Ahnen«, sprach ich leise und hielt meinen Zettel über die Flamme, »die große Ahnennacht war gestern, aber hier sind mein Gebet und mein Anliegen, bitte nehmt meine verspäteten Wünsche auf.«
Ich verbrannte andächtig meinen Wunschzettel in der Flamme der Ölkerze und warf den brennenden Rest in die Sandrinne, wo er zu

schwarzer Asche zerfiel. Die Atmosphäre der warmen Nacht mit den flackernden Öllämpchen und dem monotonen Gesang der Mönche schien magisch, verzaubert zu sein und ich hatte das sichere Gefühl, die Ahnen spielten mit. Der Glauben an die Macht eines Rituals verstärkt die Energie, *wer heilt, hat Recht.* Und ob nun die Ahnen oder der Glaube an sie Wünsche wahr machten, fiel nicht so ins Gewicht.

Gut eine Woche später begab ich mich auf den nächtlichen Strandwalk. Jeden Abend zwischen zehn und elf Uhr entfloh ich der Fünf-Sterne-Langeweile des Hotels, in dem es abends nichts gab außer leerem Smalltalk und einer verlässlich schlechten Regionalband mit regelmäßig verstimmter Gitarre, und flüchtete an meinen Strand. Der Strand war dunkel, kein Licht, nur der schwache Schein der großen Hotels erhellte den Sand ein wenig und setzte Lichter auf die schäumenden Wellen. Ich liebte diese nächtlichen Gänge. In früheren Jahren hatte ich mich in solchen Stimmungen heißblütig zersehnt nach Liebe, Zärtlichkeit und romantischen Begebenheiten, nun war ich gelassener. Ich hatte es sein lassen, mich zu zerfleischen nach dem, was nicht war, nahm an, was sich anbot. Und wenn nichts war, war es auch recht, dann las ich im Urlaub eben meine Bücher. Das Leben war jetzt – und jetzt schlenderte ich alleine diesen mondbeschienenen Strand entlang, zog die nackten Füße durch den Sand und hing meinen Gedanken nach, als ich am Restaurant Blue Lagoon vorbeikam – in dieser magischen Nacht, in der alles begann.

*

Der nächste Tag war heiß und schwül, die Luft drückte. Wir trafen uns gegen drei Uhr nachmittags und fuhren mit dem Boot an den menschenleeren Strand am anderen Ufer des Bentota-Flusses, wo keine Strandverkäufer nervten und sich kaum Touristen aufhielten. Und die, die dort waren, wollten auch ihre Ruhe.
Wir setzten über und liefen nebeneinanderher bis zum Meer. Ich war betört von Nuan und seinen leicht schrägen, so großen,

schwarzen Märchenaugen, den langen, seidigen Wimpern, den glänzenden, dicken, schwarzen Locken, die ihm in die Stirn fielen und dem Mund, dem aufgeschwollenen, großen Mund, den Lippen, die wie eine riesige, dicke Knospe im Tropenregen aufsprangen. Er wirkte wie ein Prinz aus Tausendundeiner Nacht und war bei Tageslicht noch schöner als in der Nacht. Ich zog mein Kleid aus und lief im Bikini aufs Wasser zu. Er blieb am Strand stehen, deutete auf seine Shorts und gab zu verstehen, dass er keine Badehose dabeihabe, nur seine Unterhose.
»Egal«, sagte ich.
»O.k.«, lachte er. Er zog die Shorts aus und ging ins Wasser. Ich blieb hinter ihm zurück und betrachtete ihn. An seinem sehnigen, schmalen Körper brachen sich die Wellen, die Sonne glitzerte in den Wassertropfen, die an der dunklen Haut hinabperlten. Schultern und Rücken waren breit und das knabenhafte schmale Gesäß lockte wie der sprichwörtliche Apfel. Er war wunderschön, wie er da so mit den Wellen spielte, ein unschuldiges Sexsymbol, das (noch) nicht um seine Wirkung wusste.
Nach dem Schwimmen setzten wir uns ins flache Wasser, spielten mit dem Sand und versuchten eine kleine, kokette Unterhaltung. Nuan schien einer Annäherung nicht abgeneigt und ich war etwas fassungslos und aufgeregt, denn damit hatte ich nicht gerechnet, nur geträumt davon... Er lachte über seine nasse, klebende »Badehose«, kokettierte mit seinem schönen Körper, war bereit, aber nicht schamlos, schüchtern und etwas verlegen, dennoch willens, geschehen zu lassen, was ich auch zuließ. Wir sprachen über Belanglosigkeiten, alles war recht, was Anlass und Erlaubnis gab, uns unverfänglich und spielerisch zu berühren. Nun gut, er flirtet, dachte ich, das ist nett. Dann spürte ich, das wird ernst – nicht später oder abends, im Dunkeln oder nachts – nein, hier und jetzt, am helllichten Nachmittag am Strand wollte er es tun.
»Aber ... .«
Unsere Hände fanden sich, spielten, die Lippen suchten sich, ich dankte, innerlich frohlockend, dem Leben für diesen Moment, war froh, dass ich braun war, leidlich trainiert – und mutig. *Sei einfach mutig,* sprach etwas in mir. Viele meiner scheuen Geschlechts-

genossinnen hätten das wohl nicht zugelassen. Und doch … es lebe die Chance des Augenblicks! Ich hätte warten, auch Nuan warten lassen können – aber wozu? Ich fand dafür keinen wirklich triftigen Grund.
Nuan stand auf, nahm mich bei der Hand und führte mich in Richtung der Büsche, die die fast leere Hotelanlage vom Strand trennten. *Er wird doch nicht* … dachte ich noch und wusste, er wird, und jetzt war es zu spät. Ich kannte mich – und ihn lernte ich nun kennen. Verdeckt von Lianen, den Blick auf Strand und Meer, begannen wir uns zu betasten und an uns herumzuspielen, suchten und fanden alle Variationen der Liebe – *fast* alle… *Nicht ohne Kondom,* dachte ich mit einem Rest von Vernunft, den ich noch greifen konnte, bevor mir der Kopf wegflog und wir in Küssen und Liebkosungen verschmolzen. Meine Fassungslosigkeit verließ mich nicht und begleitete mich während des ganzen Geschehens, wurde aber von der Erregung beiseite gedrängt, die in mir überfloss und mich schaudern ließ. So etwas kommt nicht vor in der alltäglichen Frauenwirklichkeit, auch nicht in meinen vergangenen Jahren voller Arbeit und sexueller Entbehrung. Ich fühlte mich wie poröser Ton, der mit Wasser begossen wird.
Mein erster Eindruck war, schon während des beginnenden Liebesspiels – aber da war es zu spät, um schockiert zu sein –, dass Nuan ein Strichjunge war, eine männliche Prostituierte – oder eine Schlampe von Natur aus. *Nuan, die Strandnutte.* Ja, das war's… Anders konnte ich mir seine Erfahrung im Umgang mit einem Frauenkörper und sein Wissen um erotische Phantasien und deren Umsetzung nicht erklären. Nuan war von einer überwältigend zärtlichen, vertrauten Versautheit, die all meine kühnsten Träume überflügelte. *So, nun hast du also auch einmal eine männliche Nutte erwischt, einen Profi, eine Vollschlampe,* dachte ich – *wie sonst kann er in diesem Alter so viel wissen und … können? Und wie so skrupellos sein?* Er konnte kaum älter als Anfang zwanzig sein. Wahrscheinlich wollte er einfach Geld und erwartete eine gute Bezahlung für einen guten Service? Wie auch immer, es funktionierte.
Und es dauerte lang, lang, lang. Immer begann er wieder von neuem, mich zu berühren, meine Hand zu führen, mich sanft in

eine andere Position zu schieben, um wieder mit den Liebkosungen und Küssen fortzufahren. *So muss es im Weiberparadies sein,* dachte ich, und dass jeden Augenblick Strandbesucher vorbei kommen konnten, verschärfte die Spannung. Ich verfiel ihm von diesem Augenblick an und sicher war ich auch geistig verwirrt durch das heiße Blut, das die Gefühle zum Kochen brachte.

Wir zogen uns an, wanderten schweigend und erhitzt, in stillem Einverständnis zwar, aber recht durcheinander und etwas ratlos-verlegen zurück zu unseren Kleidern. Ich vermied es, ihm in die Augen zu sehen und hing meinen konfusen Empfindungen nach, konnte nicht fassen, was mir da eben widerfahren war, auch nicht, dass ich es hatte geschehen lassen. Es musste die tropische Hitze gewesen sein …

Nuan blickte mit scheuem Augenaufschlag zu mir herüber und lächelte ein wenig, nicht stolz, nicht überheblich. *Das ist jetzt so, weil wir es so wollten, und es ist in Ordnung so,* sagte sein Blick. Hand in Hand gingen wir zu den Booten zurück.

So war es das erste Mal mit Nuan, wild, fern aller Konvention, verwegen, und von diesem Moment an sahen wir uns täglich und waren unzertrennlich.

*

Die Fahrt zum Mönch war ein Abenteuer, die kleinen Dörfer, das chaotische Treiben auf den Straßen, der irrwitzige Verkehr, der lärmende Markt, der Schmutz, die Männer in den Sarongs, Frauen in den farbenfrohen Saris, die tropische Pflanzenvielfalt, die bunten Blüten und hohen Palmen, die zwitschernden und tschilpenden Pirole, Finken und Spechte, dazu die Hitze, feucht auf der Haut, exotisch, fremd, erregend, schön.

Nuan holte mich mit einem Tuktuk vor der Hotelrezeption ab. Das Tuktuk ist ein kleines, drolliges Gefährt auf drei Rädern, einem Kabinenroller ähnlich. Man kann es nicht als Auto bezeichnen, eher als eine Art überdachten Motorroller für drei Personen inklusive Fahrer. Die Höchstgeschwindigkeit dürfte bei achtzig Stundenkilometer liegen. Das Tuktuk erfüllt für kurze Trips bis zu einer

Dreiviertelstunde völlig seinen Zweck. Dann allerdings wird es recht unkomfortabel.

Nuan und ich schlüpften in den Fond. Das Tuktuk ist, den Temperaturen angemessen, nach allen Seiten offen. Die Sicht hinaus war begrenzt, die Sicht von außen in das Tuktuk auch, was den Vorteil hat, dass man nicht genau sehen kann, wer darin sitzt, weil die Köpfe vom Dach überdeckt werden.

Nuan sah mich zur Begrüßung mit seinen schwarzen, unergründlichen Augen lange an, lächelte ein wenig, nickte kurz und gab mir förmlich die Hand. Das war mir recht. Ich hätte ihn gerne in den Arm genommen und geküsst, aber in Anbetracht des Personals vor dem Hoteleingang und der Gäste unterließ ich es. Nuan war mehr oder weniger ein, wenn auch erwachsener, Knabe, von beeindruckender Schönheit zwar, aber doch so viel jünger als ich. Und soweit ich sein Verhalten deutete, legte er ebenso Wert auf Distanz in der Öffentlichkeit wie ich.

Kaum saßen wir dicht nebeneinander im Tuktuk, legte er jedoch den Arm um mich, zog mich zu sich und schob seine Hand in die meine, ergriff Besitz von mir, als wäre ich nun seine Geliebte. Als wir auf die öffentliche Verkehrsstraße einbogen, weit genug vom Hotel, setzte er seinen prallen, blühenden Mund auf meine Lippen, so süß und verboten, dass mir kleine Schauer den Rücken hinunterliefen und sagte mit seinem Körper: *Du bist mein, du gehörst zu mir.* Seine Zartheit und Intensität war weder kindlich noch männlich noch geschlechtslos, wie Zärtlichkeit oft sein kann. Sie war intensiv, versprach alles, lockte, verführte, forderte ein für später, ließ ahnen, was in der Dunkelheit, nach Anbruch der Nacht, folgen würde. Mir war bewusst, dass ich mich dumm benahm, lächerlich gar, aber was hier geschah, war mir in dieser Weise noch nie widerfahren und würde sich vielleicht auch nie mehr in meinem Leben wiederholen. Also ließ ich es geschehen und beschloss zu genießen.

Nach einer etwa halbstündigen Fahrt bogen wir von der Hauptstraße ab und fuhren über enge Straßen ins Landesinnere. Es waren nun holprige Schotterwege ohne Teerung, mit Schlaglöchern. Die Menschen wurden weniger, Ziegen suchten am Straßenrand nach

Futter, Hühner staksten herum, Wäsche flatterte auf Leinen, schmutzige Kinder spielten auf der Erde, zu beiden Seiten des Weges Palmen, Bambushaine, Blüten und Früchte.
Noch einmal bog das Tuktuk in einen noch engeren Weg, Nuan warf dem Fahrer einige Worte auf Singhalesisch zu, nach weiteren zweihundert Metern stoppte das Tuktuk und bog in eine sandige Einfahrt ein. Ein großer Innenhof, weiter hinten ein tempelartiges Gebäude im Rohbau, rechts ein kleines Wohnhaus, der Gartenbereich noch nicht angelegt, erst im Entstehen.
Wir stiegen aus. Nuan bedeutete mir, dass ich zum Wohnhaus gehen solle. Aus der Tür kam ein dunkelhäutiger Mann unbestimmbaren Alters mit kahlrasiertem Kopf in einem orangefarbigen Sari. Ich hatte vergessen, Nuan nach den Umgangsformen für einen Mönch zu fragen und war unsicher. Ich gab ihm also die Hand und sagte »Hello!«.
Er reichte mir ebenfalls die Hand, schien aber nicht besonders guter Laune zu sein, lächelte kaum. »Hello.«
Ich drehte mich zu Nuan um, der hinter mir geblieben war, sah, dass er sich kniend, mit gefalteten Händen vor dem Mönch respektvoll verneigte. Das schien mir übertrieben zu sein, ich war älter als der Mönch und mein Respekt vor Priestern hielt sich in Grenzen. Für mich waren sie keine »Gesandte Gottes« oder heilige Männer, sie hatten einen Beruf wie andere Menschen auch. Noch dazu war dieser Mönch mürrisch, unfreundlich und abweisend. Er ging barfuß in Richtung Eingangstür, blickte kurz auf meine Füße, hielt mich mit einer kurzen, schroffen Handbewegung auf und wies mich wortlos an, meine Schuhe vor dem Eingang auszuziehen.
Ich drehte mich zu Nuan um. »Kommst du nicht mit?«
Nuan schüttelte den Kopf und deutete aufs Tuktuk. »Hier bleiben.«
Ich folgte dem Mönch in den dunklen, kühlen Innenraum des Hauses, wo er auf einen Stuhl neben dem Schreibtisch zeigte. Ich setzte mich aufrecht hin, fühlte mich unbehaglich und wartete. Der Mönch nahm hinter dem Schreibtisch Platz, faltete die Hände und legte sie vor sein Gesicht. So verharrte er eine Weile, dann sah er mich unvermittelt an, die Mundwinkel nach unten gezogen,

griesgrämig, misslaunig, als sei ich nicht willkommen und störe seine Kontemplation. Von Frauen schien er nicht viel zu halten.
»Your Name?«
»Franca.«
»Your are from ...?«
»Germany.«
»On holidays?«
»Yes.«
Er nickte. »Sie möchten über Zukunft wissen?«
»Ja, wär nett ...«
Er versenkte sich wieder demonstrativ, mit gefalteten Händen und schien nach innen zu emigrieren. So verharrte er gute zwei Minuten und ich wurde das Gefühl nicht los, daß hier eine riesige Show im Gange war.
»Ihr Alter vierzig...?« Er sah mich bedeutungsschwanger an.
Ich lächelte und bedeutete, das käme in etwa hin. Er wollte es auch nicht so genau wissen. Aber es war sein erster Fehlschuss.
»Nun ... wir jetzt in Vergangenheit schauen ...o.k.?«
»O.k.« *Na, dann lass mal sehen, was du drauf hast.*
»Von dreizehn bis siebzehn viele Probleme ... richtig?«
»Nein...nur die üblichen Teenagerprobleme.«
Zweite Niete.
»Im Alter von einundzwanzig Sie waren sehr, sehr krank.«
»Krank? Mit einundzwanzig geschah in meinem Leben etwas Wichtiges, aber krank war ich in keiner Weise, eher sehr gesund, tut mir Leid.« Ich konnte mir das Lachen schwer verkneifen. Wie peinlich. Der dritte Fehlschuss.
Im weiteren Wahrsageverlauf hatte er ein paar Treffer, die jeder Mönch mit Menschenkenntnis haben konnte – die meisten Aussagen waren Fehlzündungen. Ich hätte aus Höflichkeit *Ja* sagen können, aber wozu? Entweder der Mönch verstand sein Handwerk oder nicht.
Wenn er Unrecht hatte, sah er mich jedes Mal forschend und misslaunig an, als hätte *ich* gelogen und ging zur nächsten Aussage über, ohne seine Fehldeutung zu kommentieren. Für die Zukunft sagte er mir voraus, in einem Jahr werde alles gut (so schlecht war es jetzt

ja auch nicht) und ich würde mein Glück im Ausland finden. *Im Ausland,* das sei wichtig, entweder Sri Lanka oder anderswo. Und ich solle am fünfzehnten Januar wiederkommen, da werde er mir dann ein geweihtes Amulett aushändigen, Preis fünfundsiebzig Euro. *Ja freilich, du kannst mich. Eine Spende für den Tempel hättest du gerne haben können, aber mit solchen Bauerntricks brauchst du mir nicht kommen. Ich bin doch nicht blöd.* Was immer das hier werden sollte, es funktionierte nicht. Auch bei den Mönchen gibt es solche und solche.

Er stand auf, ich stand auf. Die Stimmung wurde frostig.

»Wie viel muss ich bezahlen?«

»Das liegt bei Ihnen. Vergessen Sie nicht, am 15. Januar ... Ihr Amulett.«

»Ja, danke, ich habe verstanden«, sagte ich und konnte mir nun ein Schmunzeln nicht mehr verkneifen, das er nicht erwiderte. Ich legte ihm tausend Rupies in eine Schale, circa zwölf Euro.

Der Sonnenschein und die Hitze holten mich zurück ins Leben. Wir verabschiedeten uns, ich zog meine Schuhe an, Nuan verneigte sich. Im Tuktuk wollte er wissen, wie es war.

»Nun ja«, antwortete ich zögernd. Vielleicht war der Mönch für ihn eine Respektsperson. »Es war ... interessant.«

»Mönch sagen gute Sachen?«

»Ja, ja. Glück im Ausland werde ich haben, sagt er.« Ich lachte und sah ihn an, er lachte auch ein wenig.

»Treffen wir uns heute Abend?«, fragte ich.

»Ja. Kommst du Strand oder gehen wir andere Platz?«

»Am Strand, beim Blue Lagoon.«

Als ich am späten Nachmittag zurück ins Hotel kam, hatte der Room Boy das Zimmer aufgeräumt. Das Bad war sauber geputzt, neue, weiße Handtücher lagen in der Halterung über dem Bad, der Fußboden war gewischt, in einem Bastkörbchen Wattebällchen zum Abschminken, Q-Tips, Shampoo, Duschgel und Body-Lotion waren bereitgestellt. Das Bett war mit Blüten dekoriert.

Ich genoss die Kühle des klimatisierten Zimmers und ließ mich auf das frisch gemachte Bett fallen. Draußen zwitscherten die Vögel,

kleine Eichhörnchen huschten an der Terrasse vorbei, die Rankenpflanzen am Balkon hinauf, vom Pool her hörte man die Gäste im Wasser plantschen. Einfach einschlafen ... mit offenen Augen dösen und Stunden zum Fenster hinaus starren dürfen, die tropische Natur genießen, nur ein bisschen ausruhen ...
Ich stellte die Aircondition auf Stufe eins und öffnete die Verandatür. So bekam ich Kühle *und* tropische Wärme, Ruhe und Vogelgezwitscher vom Hotelpark.
Als ich erwachte, war es vier Uhr, ich hatte das Mittagessen verschlafen. Mein Körper machte die Zeitumstellung noch nicht mit.
»Hello, Mrs. Franca!«, rief der Pool Boy, »how are you today?«
»Fine, thank you.«
Er stand in weißen Shorts und weißem Polohemd auf der Wiese und hielt ein gelbes Badetuch bereit. »Brauchen Sie Handtuch?«
»Nein, danke«, sagte ich, »ich gehe zum Strand.«
»Oh, Sie gehen schwimmen?«, fragte er in gebrochenem Deutsch.
»Nicht gut heute. Viel Wind, Meer hoch!« Er zeigte an, dass ein starker Wellengang sei.
»Nein, nein, nur bisschen spazieren.«
»Ah ... Wenn Sie brauken was, Madam, Sie sagen, o.k.?«
»Danke, Rukshan, vielen Dank. Bis dann.«
Die Freundlichkeit der Menschen tat mir gut.

Als wir uns abends im Blue Lagoon trafen, saß Nuan mit seinen Freunden ganz hinten am letzten Tisch. Ich hatte mich diskret nach seinem Leumund erkundigt (nachträglich wenigstens ...) und von verschiedensten Menschen die Auskunft bekommen:
»Nuan gutes Herz, nicht wie andere! Nuan sehr guter Junge!«
Also kein Stricher, keine Schlampe ... ein Naturtalent.
Ich trug ein Seidenkomplet aus dem Shop im Airport Colombo, Hose, Top und ärmelloser Mantel mit orientalischen Mustern am Saum, ein lachsfarbenes, flatterndes Nichts zwischen Weste und Kleid. Lange Zeit hatte ich vor dem Spiegel verbracht, bis ich mir ohne Vorbehalte versichern konnte, dass ich mich nicht lächerlich machte. Ich wollte den Altersunterschied ausgleichen, schön aussehen, aber um alles in der Welt vermeiden, dass ich daherkam wie

eine billige Touristin, die verquält auf sexy macht. Das Endergebnis meiner Bemühungen war zufrieden stellend. Dennoch war ich aufgeregt wie eine Debütantin. *Bleib auf dem Boden, Stetter, halte dich aufrecht, du bist eine gestandene Frau, der Junge ist Anfang zwanzig!* Eben weil er so jung war, war es so quälend. Ich könnte seine Mutter sein, dachte ich ständig. Aber ich war es nicht – und in diesem frivolen Spagat lag auch der Reiz.

Ich ging auf ihn zu. Als ich einige Meter vor ihm war, erhob er sich langsam und geschmeidig wie ein Panther, etwas unsicher, mit einem Blumengebinde in der Hand, ein zartes Orchideengesteck, das man sich in Sri Lanka zu vielerlei Anlässen schenkt. Meist überreicht es der Mann seinem neuen Mädchen, um den anderen zu zeigen: »Nun gehören wir zusammen. Du bist jetzt mein.« Es war dies auch ein ritualisierter Geheimcode, der Nebenbuhler zur Distanz mahnt. Ich setzte mich an den Tisch und fühlte mich unbehaglich. Ich kannte seine Freunde nicht, außer Urlaubsfloskeln hatten wir uns nichts mitzuteilen.

Nuan sagte: »Gehen essen.«

»Ja, wohin?«

»Ich weiß. Komm!«

Hinter dem Lokal stand von irgendwoher ein Tuktuk bereit, wir schlüpften hinein und fuhren zu einem Haus mit Restaurantgarten, der ans Wasser grenzte, und einigen wenigen Tischen. Die dunklen Wasser des nächtlichen Bentota-Flusses rauschten an uns vorüber. Wir setzten uns an den Tisch, warteten auf den Ober und sahen auf den Fluss.

Die märchenhafte Flussfahrt durch die dschungelartigen Mangrovenwälder kam mir in den Sinn, mit den kleinen Baumfröschen, den Wasserschildkröten, den Kormoranen und Beos, den Kolibris und Kuckucks, den fledermausähnlichen fliegenden Hunden und ihrem Geschrei, den Leguanen, Waranen und den pfeifenden Streifenhörnchen, letztes Jahr war das gewesen ...

Nuan sagte nicht viel. Ich versuchte, eine Art Konversation mit ihm zu beginnen, ohne Erfolg. Es war zu mühsam. Sein Deutsch reichte nicht aus, war beschränkt auf die notwendigsten Worte und Phrasen, Englischkenntnisse waren kaum vorhanden. Ich fragte mich, wie das gemeinsame Abendessen verlaufen würde in dieser Sprachlosigkeit. Ich war Konversation gewohnt beim Essen, und wenn es nur ein belangloser Smalltalk war, aber so ganz ohne, so sprachlos, wie sollte das gehen? Ich ließ mich in eine Art kontemplativen Zustand fallen und betrachtete die Weiden am still vorüberziehenden Fluss, hörte dem Zirpen der Grillen zu, sah auf die Lichter der weitläufigen Anlage des Ferienclubs am gegenüberliegenden Ufer des Flusses und wurde ruhiger.

Still werden… Es sind Ferien, du musst nichts, Franca, auch nicht reden – und denken auch nicht. Entspann dich und sei einfach hier, nichts weiter.

Nuan nahm meine Hand und küsste mich sanft auf die Wange, hingebungsvoll wie ein Kind. Wir begannen uns zu küssen und ich fühlte mich wie mit vierzehn. Da hatten wir auch die ersten Küsse getauscht an heimlichen, dunklen Orten und alles, was folgen sollte und manchmal folgte – man wusste es eben nicht – war so spannungsreich, weil es neu und unbekannt war. Nuan schien die Küsserei zu genießen wie eine Katze, die gekrault wird. Ich hatte mehr Mühe mit dem Einstieg. *Was wird der Ober sagen? Nuan ist doch so jung. Sind Touristen hier? Wie geht es weiter? Wie soll die Kommunikation werden in den nächsten Tagen … Wochen? Wer zahlt das Essen, ach so, freilich, ich, wer sonst.* Die Gedanken schlugen Kapriolen, unaufhörlich. Der Tisch stand im Dunkel, eine Kerze beleuchtete uns, die anderen Tische weit weg. Nuan legte seine Hand auf mein Knie, machte mich heiß, mit Hingabe, Unablässigkeit, Unnachgiebigkeit, sanft, genussreich, konzentriert, über lange Zeit. Er ließ jegliches Drängen vermissen, jene Zweckgerichtetheit, die bei Männern immer so asexuell wirkt, weil das Timing niemals stimmt, weil sie nichts abwarten wollen. Nuan genoss das Küssen und Heißmachen als solches wie eine Honigbiene das Saugen.

Der Ober hatte inzwischen die Bestellung aufgenommen und die Getränke gebracht. Nuan und er tauschten einige Sätze aus und lachten. Dann verschwand er wieder. Vielleicht hatte Nuan gesagt: Lass dir ruhig Zeit mit dem Servieren…

Wir saßen dem Fluss zugewendet, seine Finger suchten sich nun selbstbewusst den Weg zwischen meine Schenkel und begannen ihr Spiel. Die Küsse wurden intensiver, das Fingerspiel eindeutiger, ich war atemlos.

»Komm, da hinten gehen!«, sagte Nuan leise und zeigte mit dem Kopf auf ein Holzhaus in einigen Metern Entfernung. »Komm!«

Ich stand auf, folgte ihm hinter das Holzhaus und fragte mich noch, ob ich, wie man es eben so macht als Frau, widerstrebend einwenden sollte: »Aber nein, Nuan, das geht doch nicht ... «

Die Lust siegte, die Abenteuerlust, der Teufel ritt mich, es war Urlaubszeit, in einem anderen Kontinent, Landsleute nirgendwo zu sehen.

Nuan drückte mich an die Wand und ging in die Knie. Dann zog er mir die Seidenhose die Schenkel herab und sprach mit seiner Zunge, so intensiv, dass mir ein Stöhnen entfuhr. Er sah kurz zu mir auf und fuhr fort, bis ich überfloss, dann stand er auf, lehnte sich neben mich, ließ seine Finger kreisen, bis ich ein zweites Mal, schnell wie nie, zum Höhepunkt kam, entknotete seinen Sarong, ließ ihn fallen und drang in mich ein, ohne zu fragen, bevor ich mir bewusst wurde, was geschah und Einhalt gebieten konnte, schnell, nachdrücklich-sanft, mit festen Stößen, während ich seinen prallen Mund und seinen heißen Atem an meinem Hals spürte und sich meine rechte Hand in seine Haarpracht grub und meine linke sein Gesäß packte. In meinem Kopf herrschten Turbulenzen. Die Geilheit der Szenerie vermischte sich mit Angst, die Lust mit der Befürchtung, der Ober könne uns aufgebracht des Platzes verweisen und die Polizei holen, dazu kam der Spaß an der Situation – und dann fiel das mentale Chaos in sich zusammen und versank in einem Meer der Lust und ich kam, gewaltig, eruptiv, schnell – das dritte Mal.

Schrei jetzt nur nicht, Franca, sei leise, sei leise, sei bloß leise...

*

»Machen Sie auch Ayurveda hier...?«

Zehn Tage war es mir geglückt, mich von allen deutschen Gästen fern zu halten und in ayurvedischer Ruhe meine Kreise zu ziehen zwischen Restaurant, Pool, Strand und Nuan.

Im Hotel gab es einen großen Tisch, auf dem ein Schild stand: *This is a friendly table for Singles*, für Alleinreisende, die sich beim Essen gerne ein bisschen unterhalten wollten – unbesetzt, weil sich offenbar keiner als Single outen wollte.
Eines Montags kamen neue Gäste und am gleichen Abend saßen an diesem Tisch zwei Frauen um die vierzig, blond, attraktiv, gut gebaut, fesch angezogen und fröhlich. Als ich zum Barbecue ging, um mir einen gegrillten Fisch zu holen, rief eine der beiden Frauen: »Frau Stetter? Carla hat Sie erkannt! Wollen Sie sich nicht ein bisschen zu uns setzen? Wir würden uns so freuen!«
Aus dem »bisschen« wurden vierzehn Tage, der Rest meines Urlaubs, soweit mir Nuan Zeit dafür ließ. Carla hatte ein Blumengeschäft und musste ihr Schwarzgeld »verurlauben«, wie sie sagte, Joschi besaß eine Boutique. Später gesellten sich zu der Runde noch Toto, eine Truckerfahrerin, die drei Jahre auf diesen Urlaub gespart hatte, und zu guter Letzt Mrs. Lewinsky, eine reiche Juwelierswitwe, und die Journalistin Hella, die einen Report über Ayurveda schreiben wollte. Alle waren hier zur Kur.
»Macht Sie die Kur auch so müde?«
»Ja. Das ist schlimm, aber ich genieße es, so einen dummen Kopf zu haben, einmal im Jahr braucht das Hirn Pause.«
»Meins hat ganzjährig Pause«, sagte Toto trocken. »Deswegen lese ich hier so viel …«
»Aber ist das nicht toll, diese Massagen? Ich hebe jedes Mal sofort ab!«
»Ja, schwer, da ruhig zu bleiben … « Joschi feixte »Na, wie geht's euch damit … Frauen?« Selten, dass jemand so offensiv damit umging, das war ein Tabu.
»Ich hab dieses Mal Mädchen für die Massage genommen … eben deswegen«, erwiderte Mrs. Lewinsky.
»Wieso?«
»Ich hatte bisher Masseure, aber ich finde, bei der Erregung, die unweigerlich aufkommt, kann man nicht wirklich entspannen und loslassen …«
So viel unkonventionelle Direktheit hatte Mrs. Lewinsky keine von uns zugetraut, sie war fast sechzig.

Die Behandlungen waren in der Tat wundervoll, man fühlte sich wie eine Königin. Zuerst die Ayurveda-Kopfmassage mit Öl, dann die phantastische Gesichtsmassage, bei der es unmöglich war, sich nicht zu entspannen. Noch nie hatte ich eine Kosmetikerin mit so zarten Händen erlebt, wie mein Therapeut sie mich spüren ließ. Die westliche, gedankliche Überaktivität hatte keine Chance mehr. Im Anschluss dann das Highlight: die Synchronmassage. Zwei Therapeuten massieren synchron, von beiden Seiten, mit einer asiatischen Ölmischung, abgestimmt auf den Typ, der bei der Erstuntersuchung durch den Ayurveda-Arzt diagnostiziert wird, beginnend bei den Armen, dann Beine und Bauch, dann das Ganze von der Rückseite, Beine und Rücken, eine Dreiviertelstunde. Es war ein Traum, ein Hochgenuss, eine absolut neue Dimension der Empfindung! Abschließend ein Kräuterbad. Nach der Behandlung wurde Bettruhe empfohlen, um den therapeutischen Effekt zu vervollständigen, damit der Stoffwechsel sein Gleichgewicht finden konnte.
»Bitte keine körperliche oder geistige Anstrengung, Mrs. Stetter«, hatte der Ayurveda-Arzt gesagt, als kenne er mich, »keine Musik, kein Buch, keine Sonne, kein Pool. Ruhe – für gut eine Stunde.«
»Ich werde jedes Mal scharf«, sagte Toto, »mein Körper reagiert eben so.«
Hella sah verdutzt von ihrem Teller hoch. »Scharf…??« Sie zog die Augenbrauen hoch. »Mein Kurbeginn ist für morgen angesetzt … Na, das kann ja heiter werden. Ich will nicht scharf werden, ich bin beruflich hier und muss arbeiten!« Sie sah mich fragend an.
Ich zuckte die Schultern, nickte freundlich, lachte und sagte nichts. Als ich mich das erste Mal bis aufs Höschen ausziehen und mich auf das Massagebett legen musste und zwei junge, hübsche Männer mich zu massieren begannen, hatte ich Mühe, nicht vor Vergnügen aufzustöhnen.
»Gott, wer denkt da nicht dran?«, bemerkte Mrs. Lewinsky und kaute vergnügt an ihren Chicken Wings.
Bestimmt hatten die Massagen einen guten Teil meiner rasanten Hingabe an Nuan zu verantworten. Das Klima, die Massagen, die Sonne …
»Manchmal halt ich's kaum mehr aus!«, beklagte sich Toto. Die

roten, kurzen Haare sprangen ihr wirr ums Gesicht. Sie war eine Woche hier und schon tiefbraun, ihr Körper saugte die Sonne förmlich auf. Ihr Körper war durchtrainiert, sie hatte muskulöse Arme und wirkte burschikos, fast wie ein Junge und schien auch ein gutes Körpergefühl zu haben.

»Toto!«

»Wieso? Seid doch mal ehrlich! Wenn die Jungs weitermachen würden und nicht mittendrin aufhören und einen liegen lassen wie'n Stück Fleisch ... Schließlich legt man ja gut Kohle ab hier, könnte man doch'n bisschen intensiveren Service erwarten, oder? Hör mal, die Männer machen das woanders doch auch so, oder? Oder vielleicht nich?«

Jede von uns hatte das sicher schon mal gedacht, zugegeben hätten wir das vor den anderen am Tisch auf keinen Fall.

»So ein Ayurveda-Masseur kennt jeden Reflexpunkt, der braucht bloß Knöpfchen drücken und ab geht die Post bei der deutschen Krampfhenne!«

»Männer bekommen keine Masseurinnen, die bekommen nur männliche Therapeuten. Sri Lanka ist nämlich ein sexualfeindliches Land, Körperlichkeit ist tabu. Für die Mädels geht gar nichts, für die Männer nichts.« Mrs. Lewinsky legte das Besteck auf den Teller und tupfte sich den Mund mit einer Serviette ab. »Vor der Heirat gibt es zwischen Jungen und Mädchen keinen Kontakt!«, klärte sie uns auf. »Zumindest nicht offiziell. Man zeigt in dieser Kultur keine körperliche Liebe.«

»Nicht mal Händchen halten?«, fragte Toto.

»Nein, das wird als schamlos empfunden. Auch ein Elternehepaar zeigt keine Zärtlichkeit – obwohl das gut für die Kinder wäre, heißt es neuerdings.«

Wir gerieten in eine erhitzte Diskussion über Sex, über Massageboys, die erotische Massagen auf Bestellung liefern sollten, über die Freiheit der Männer, so was seit Urzeiten in Anspruch nehmen zu können, über Gefühle und die Frage, ob Frauen fähig seien, Sex ohne Gefühl zu genießen.

»Das könnte ich niemals!«, sagte Hella und legte energisch die Gabel auf den Tisch. »Und das würde ich auch niemals tun!«

»Genau … bäh!«, kicherte Joschi.
Hella sah sie indigniert an.
»Ich schon«, sagte Mrs. Lewinsky.« »Früher. Jetzt nicht mehr, ich bin zu faltig.«
»Ach, da unten ist man doch nicht faltig«, sagte Carla.
Die anderen Frauen hielten die Luft an.
»Doch«, beschied Mrs. Lewinsky knapp und nahm einen Löffel Vanillecreme, »auch da. Leider.«
»Mist!«, rief Joschi laut, um die Peinlichkeit zu durchbrechen. Alle lachten.
»Eigentlich können die einem Leid tun … den ganzen Tag Zellulitis, Fettbäuche und Wellfleisch vor sich. Da vergeht's einem doch!«
»Was verdienen die eigentlich?«
»Vierzig bis fünfzig Euro im Monat.«
»Was???«
»Nein, das stimmt so nicht. Üblich sind hundert Rupies Trinkgeld pro Tag. Da haben die bei jedem Kunden noch mal gut tausend Rupies im Schnitt.«
»Das sind zwölf Euro!«
»Ja, aber zehn Leute am Tag, und jeden zehn bis zwölf Tage …«
»Das wären dreihundertfünfzig Euro im Monat!«
»Viel Leute geben überhaupt kein Trinkgeld«, sagte ich. »Die Deutschen sind knickrig.«
Der deutsche Zugschaffner fiel mir ein, mit dem ich über Trinkgelder gesprochen hatte.
»Am meisten geben die Österreicher«, hatte er erzählt, »die Schweizer sind auch großzügig. Am geizigsten sind die Deutschen … da geht oft einen ganzen Vormittag lang gar nichts ein.«
Ich dachte an Nuan. Wie schön es mit ihm war. Und ich genoss den Spagat zwischen dem bezahlten Luxus im Ayurveda-Hotel und dem Luxus von Nuans Liebe und Zuneigung.
An einem der nächsten Tage ging das Gespräch über Erotik weiter. Alle Frauen wünschten sich mehr Liebe, das gaben sie nach und nach zu, je vertrauter die Gespräche wurden.
»Hast du die kleine Dicke gesehen, die jenseits von Gut und Böse ist – die mit so einem ganz feschen, jungen?«

»Die Alte mit den abartigen Zöpfchen? Klar, die läuft ja den ganzen Tag da auf und ab mit ihm, stolz wie eine fette Henne. Peinlich!«
Ich war froh, dass ich nichts von Nuan erzählt hatte und behielt mein Glück unter diesen Umständen für mich.

*

Nuan und ich sahen uns jeden Tag. Der Zugang zum Hotel war Einheimischen verboten und außerhalb des Hotels war es schwierig, Liebesorte zu finden. Zu ihm nach Hause zu gehen war unmöglich. Also mussten wir uns, wenn wir nicht nachts an den Strand gehen wollten, was zwar aphrodisierend, aber gefährlich war wegen der Polizei, ein Zimmer mieten, in einer Art Pension. Alle besseren Hotels hatten dieses Verbot für Einheimische ausgesprochen.
»Wenn alle ihre lokalen Liebschaften mitbrächten, würde aus so einem Nobelhotel ein Bordell, das geht nicht«, erklärte mir ein deutscher Mitarbeiter. Also die kleine Pension.
Wir fuhren zu einem Guesthouse und stiegen die Stufen hoch. Das war eine harte Nummer. Es hatte keinen Stil, zum Sex wie in ein Stundenhotel zu gehen. Es hatte keinen Stil ... aber es strahlte hochgradige Seemannsromantik aus. Hier waren die dunklen Labyrinthe, in denen man auf der Suche nach dem wahren Selbst die letzten Reste der deutschen Hausfrau ablegte ...
»Tausend Rupies bitte!« Der ältere Mann an der Rezeption bemühte sich, desinteressiert zu erscheinen, konnte aber sein lauerndes Abschätzen nicht verbergen. Selbstredend logierten dort auch »normale« Gäste, aber der Portier wusste Bescheid, als er uns beide sah. Ich bekam eine Quittung, Nuan bestellte zwei Cola und ein Moskitolicht, dann stiegen wir die Treppe hoch in den ersten Stock, ein junger Mann wies uns den Weg, schloss die Zimmertür auf und verabschiedete sich, nachdem er die Cola gebracht und abkassiert hatte.
Es war ein einfaches Zimmer: Bett, Tisch, zwei Stühle, Ventilator. Kein schönes Ambiente, keine Romantik, grelles Licht. Das Bad war schlicht, aber sauber. Ich verharrte unschlüssig in der Zimmermitte und fühlte mich nicht wohl in meinem schwarzen, kur-

zen Kleid und den hohen Riemchenschuhen. Nur für das *Eine* waren wir hierher gekommen, sonst verband uns nichts. Dieses Eine aber war es wert, so einfach war das. Ich versuchte, das freundlichste Licht herzustellen, Licht im Bad an, im Zimmer aus. Seltsame Stimmung, gehemmt – *wie sollen wir hier von null auf hundert kommen …?* Frauen sagen in so einer Situation: »Ich kann das nicht so …!« Blödsinn. *Ich kann das – und wenn nicht, will ich es lernen.*

Mit Nuan war es anders. Er verstand es, wo immer er auch war, einen liebenswürdigen Zauber entstehen zu lassen, eine Magie des Augenblicks, als wäre er, wären wir nicht von dieser Welt. Er machte die Nachttischlampe an, stellte das Moskitolicht auf, ein zur Schnecke geringeltes Räucherstäbchen, das würzigen Duft verbreitet und Moskitos fern hält. Dann kam er zu mir.

Er nahm mich in den Arm und küsste mich – sanft, erfahren, gekonnt und er ließ uns immer Zeit. *Zur Hölle, woher kann der Knabe das so gut?* Er öffnete die Tür zum Balkon und bedeutete mir, mit ihm hinauszugehen. Die Nacht war klar, warm, wunderschön, unzählige Sterne am Himmel, der nachtdunkle Fluss glitzerte, vor dem Balkon eine große Weide. Er legte den Arm um mich, küsste mich wieder liebevoll. Nuan küsste gern, lang, intensiv.

Mir fiel die Geschichte einer Frau ein, die Carla mir erzählt hatte: »Hedi war Kinderbuchautorin. Sie wollte eine Ayurveda-Kur machen und hat sich in den Masseur verknallt. Dann hat sie ihn eingeladen nach Deutschland, das war der Anfang vom Ende. Erst hat er ihr gestanden, dass er verheiratet ist und ein Kind hat. Das hat sie noch hingenommen. Dann hat er Potenzprobleme gekriegt, wahrscheinlich, weil sie ihm doch zu alt war und er keine Lust mehr auf sie hatte. Mit Küssen war eh nie viel, Küssen mag er nicht so, hat sie gesagt, das gefällt ihm nicht. Dann wollte er immer mehr, Handy, Kleider, einen CD-Player … Hedi hat nur mehr gezahlt, von den Telefonrechnungen gar nicht zu reden, aber sie konnte ihn nicht lassen, sie war ihm verfallen. Dazu kamen die Flugtickets, weil er heim musste und sie immer wieder nach Sri Lanka geflogen ist. Ja spinnst du, hab ich gesagt, nimm dir einen anderen, da gibt's doch genug! Nein, der muss es sein, dieser verheiratete Idiot! Ich versteh die Weiber aber manchmal auch nicht, so blöd wie die sich aufführen!«

Ich mag es, wenn das Liebesspiel im Stehen beginnt. Man kann sich betrachten, anfassen, alles bleibt leicht, graziös, nicht plump und schwerfällig wie im Bett, wo jede Drehung zum uneleganten Kraftakt mutiert. Am banalsten ist es, wenn ein Mann bereits nackt im Bett liegt, wenn ich aus dem Bad komme – ein aufgerissenes Geschenk ohne Verpackung.

»Zieh dich wieder an und komm her!«, möchte ich dann sagen, »und lass uns noch mal beginnen!«

Auf das Erzeugen erregender Spannung verstehen sich wenige, noch weniger aufs genussreiche, langsame Entkleiden. Wenn ja, versandet auch das während längerer Beziehungen im Nichts, die Erotik stirbt den Alltagstod. Pflichtmäßiges Herumgestreichle und planloses Getatsche, zu kurz und zweckgerichtet, als dass es erregen könnte. Man spürt die Absicht und ist verstimmt. Es scheint den Männern etwas Lästiges zu sein, das sie nur der Frau zuliebe tun, damit sie heiß wird. Die begehrtesten Liebhaber sind die, die sich durch die steigende Erregung der Frau erregen lassen und deren Befriedigung die ihre ist. Casanova soll das in Perfektion beherrscht haben. Ich habe noch nie gehört, dass eine Frau so einen Mann verlassen hätte. Wenn eine Frau einen Mann verlässt, ist er fast immer schlecht im Bett.

Nuan stand mit mir auf dem Balkon. Wir hatten noch alles an. Er hatte seine Zigarette ausgeraucht und einen Schluck Cola getrunken. Jetzt drückte er mir seine weichen Lippen, die nach innen zu rosiger wurden, auf den Hals, ich spürte seinen feinen, reinen Atem auf der Haut. Nuan war schmal und sehnig, schön proportioniert. Die Rundung seiner Hinterbacken konnte ich fast mit meinen Händen umfassen. Ich ließ meine Hände seinen Rücken hinaufgleiten, spürte nur Haut und Muskeln. Als er so vor mir stand, war ich entzückt, demütig vor seiner Schönheit, es hätte mir ebenso viel Freude gemacht, ihn zu malen wie ihn zu liebkosen. Er war nicht wie die Gigolos am Strand, die ihren Körper zur Schau stellten, oder die Muskelfreaks in Deutschland, die zwanghaft aussendeten: »Schaut mich an, Frauen, wie schön ich bin, bewundert meine Muskeln, betet mich an und dankt eurem Gott, wenn ihr mich berühren dürft!«

Nuan bewegte sich mit einer Natürlichkeit, als nähme er seinen schönen Körper hin wie andere das Privileg, in einem guten sozialen Umfeld geboren worden zu sein; es war eben so. Nun lag er auf dem Rücken im Bett, seine glänzenden Locken formten eine schwarze Sonne um sein Gesicht. Er sah mich mit schwarzen Augen unter halbgeschlossenen Lidern, dichten, langen Wimpern und leicht geöffnetem, feuchtem Mund erwartungsvoll an und streckte mir die Arme entgegen. Als ich mich auf ihn setzte, mich mit meinen Händen auf seiner festen, dunklen Brust abstützte und ihn mit immer schnelleren, heftigeren, drängenden Bewegungen in den Orgasmus trieb, bis er sich verlor, da setzten die Begeisterung und Inbrunst meinen teutonischen Eiskopf unter Feuer, bis die letzten vernünftigen Gedanken dahinschmolzen und zischend in der Hitze der Lust verdampften. *Mein Kleiner, du bist mein Kind und mein dunkler Gott, du bist ein Geschenk vom Himmel, ich will dich haben, so lange es geht.* Wir kamen gleichzeitig zum Höhepunkt und es war mir, als sei Nuan ein Teil von mir und ich von ihm.

*

»Nuan, ich will was von der Insel sehen!«
»Willst du andere Seite, mit Boot?«
»Nein, nein. Ich will nicht ständig hier am Strand herumlungern oder am Pool dahinvegetieren, mit dem Tuch auf dem Ölkopf! Das ist langweilig!«
»Willst du Tiere sehen?«
»Tiere?«
»Schöne Tiere … ganz viele … wild. Großer Park.«
An einem der nächsten Tage machten Nuan und ich einen Ausflug in den Yala Nationalpark, einen der größten Naturschutzparks der Welt, mit freiem Wildgehege. Nuan hatte Hemantha als Fahrer organisiert und alles mit ihm vereinbart, Preis, Organisation, Abfahrt. Als einer der freien Fahrer vom Hotel hatte er unzählige Ausflüge mit Touristen gemacht und erwies sich als Glücksfall.
»Hallo, ich bin Hemantha – aber sagst du Manta, wie Opel, o.k.? Ist besser kurz.«

»Hallo, Manta, freut mich, dich kennen zu lernen.«
»Morgen früh fünf Uhr fahren.«
»Fünf Uhr?! Du bist verrückt!«
»Nein, nicht verruckt!« Er lachte. »Fünf Uhr, weil lang fahren, später heiß!«
Manta war der perfekte Reiseführer. Er sprach gut Deutsch und wusste über alles Bescheid, hatte Humor und alle Informationen, die ich brauchte. Zudem war er ein Clown und unterhielt uns mit Scherzen und Eulenspiegeleien über Stunden. Er lachte viel, kasperte, schnitt Grimassen, setzte seine Sonnenbrille falsch herum auf und machte sich über sich selbst lustig. Das war auch nötig, denn Nuan saß still neben mir und sah auf die Landschaft. »Saß« ist der falsche Ausdruck, sitzen war kaum möglich. Der Safari-Jeep war ohne Federung, machte bei jedem Schlagloch Sprünge, die uns in die Höhe lupften und, wenn wir uns nicht im Gestänge festkrallten, uns heftig auf das Hinterteil plumpsen ließen. Wir hatten die Wahl zwischen Schmerzen in den Armen vom Festhalten oder im Allerwertesten vom Plumpsen.
Das hätte lustig sein können, ein anstrengender, aber phantastischer Ausflug mit großartigen Naturerlebnissen, wenn Nuan nicht stumm wie ein Fisch geblieben wäre. Über Stunden machte er den Mund nicht auf, beschränkte sich auf vereinzelte Äußerungen, und die nur auf Nachfrage.
»Nuan, alles in Ordnung?«
»Ja, alles gut.«
Die mangelnde Vertrautheit hinderte mich, weiter zu insistieren. Er war eben so. Gott sei Dank war Manta dabei. Manta, achtundzwanzig, von der Statur wie ein zwölfjähriger Junge und mutig wie David, kannte alle geheimen Aufenthaltsorte der Krokodile und führte uns bereits auf der Hinfahrt auf Wurfweite an sie heran. Bewaffnet mit nur einem Stock schlich er sich zu einem ruhenden Ungetüm von drei Metern Länge, das im Dickicht der Büsche und Bäume kaum zu erkennen und dem nicht anzusehen war, wie es sich im nächsten Moment verhalten würde.
»Komm schauen … hier viele Krokodil!«
Mir war unwohl, auch Nuan hielt Sicherheitsabstand, wagte sich

jedoch etwas näher ans Untier heran als ich. Manta pirschte sich geduckt vor. Mein Frauenpowermut versackte in weiche Knie, Krokodile waren mir als Gegner nicht vertraut, ohne Sicherheit, ohne Zaun, ohne mögliche Hilfe. Manta lachte nur und winkte mir ständig zu, näher zu kommen und zu schauen. Ich war froh, als wir wieder im Auto saßen und ich mir die Elefanten während der Weiterfahrt per Reiseführer vertraut machen konnte. *»Im dichten Unterholz und Dornengestrüpp sind sie fast unsichtbar, aber ab und zu tauchen sie direkt auf der Piste auf. Die Zweibeiner sollten im Wagen bleiben, so zahm die Dickhäuter auch wirken – es ist schon zu Todesfällen gekommen, als Touristen unerlaubt das Fahrzeug verlassen haben.«*
Tatsächlich schaukelten bald darauf Elefanten zwei Meter neben uns gemächlich daher, Wasserbüffel tauchten auf und glotzten uns an, seltsame, schräge Vögel mit Schnäbeln und Beinen, die ich noch nie gesehen hatte, beäugten uns furchtlos-neugierig, Kuhreiher, Strandläufer, Pirole und Geckos, Mungos – weite Steppen und flache Wasser mit fremdartigen Vegetationen ließen uns genauso fasziniert die Landschaft betrachten, wie die Tiere uns begafften. Es war ein Naturereignis erster Güte.
»Beste Zeit für Tiere sehen ist gleich bei Sonnenaufgang – oder Abend, wie jetzt«, sagte Manta. »Wenn Dunkelheit, alle Leute müssen raus aus Park, gefährlich, weißt du.«
»Da möchte ich auch nicht drin bleiben, wenn's dunkel ist!!«
»Gibt auch Nachtsafari«, sagte Manta, »mit Lagerfeuer.«
»Woher kennst du denn das Wort?«
»Von mein beste Freund!« Er lachte und hob den Reiseführer hoch. »Nachts gut für Wildtiere schauen! Schlafen in Zelt, Barbecue, mit Dschungelausflug. Willst du nächste Mal? Kostet achtzig Euro mit TUI – bei mir vierzig!«
»Aber nicht in diesem Jeep – oder nur mit einem Kissen!«
Manta grinste. »Bringe ich Kissen mit für zarten Popo, o.k.?«
Auf der Rückfahrt bog der Fahrer ab und fuhr über einen noch unwegsameren Pfad zu einem idyllischen Wasserausläufer eines Flusses, der verträumt und still durch die Mangrovenhaine floss.
»Edelsteinfluss«, klärte uns Manta auf, »hier immer finden Edelsteine. Du suchen, vielleicht auch finden, dann viel reich!«

Wir stiegen aus und wateten still im wadenhohen Wasser umher, nur die Vögel tschilpten und kleine Affen tollten in den Bäumen herum. Nuan stand ein bisschen abseits für sich und guckte in den Fluss. Nach einer Weile kam er zu mir mit einem kleinen Stein in der Hand. Es war ein einfacher, brauner Flussstein, abgewaschen und glatt vom Wasser.

»Für dich«, sagte er und gab ihn mir.

»Ein Edelstein??«

»Nein.«

Ich hielt es für einen Spaß, aber Nuan lachte nicht.

»Zur Erinnerung an den Edelsteinfluss und den Yala Park?«

»Ja.«

Rückfahrt in der Dämmerung zum Safari Beach Hotel, Hundemüdigkeit, die Straßen ebener, Naturgeisterstimmung... *im Zwielicht kommen sie raus* ... blaue Stunde. Ich legte mich auf die Rückbank und sank mit dem Kopf in Nuans Schoß. Er fuhr mit den Fingern zart durch mein Haar und hielt sich ruhig, damit ich schlafen konnte, bewegte sich nicht, fast eine Stunde lang. Aber ich schlief nicht, ich saugte die Stimmung auf, und seine Zärtlichkeit. Meine Liegeposition entsprach nicht der landesüblichen Sitte für eine Frau, aber die Dunkelheit hatte sich über das Land gelegt und uns eingehüllt, und der Jeepfahrer übersah es. *Seligkeit*... So schien die Welt stimmig. *Wer weiß, wann so was wieder kommt, vielleicht nie mehr.*

Das Hotel war komfortabel, wir hatten am späten Vormittag die Zimmer bezogen. Das Frischmachen war ein Bettliegen mit Sex, das uns noch mehr erschöpfte, kein Schlaf, nur ein kurzes Nickerchen, das auch nicht erfrischend war, weil Nuan seine Hände nicht von meinem Körper ließ, streichelnd, greifend, haltend, suchend. Der Yala Park war, abgesehen von vereinzelten Ausflüglern, keine Touristenregion. Die Männer an der Rezeption betrachteten uns höflich-distanziert, aber nicht sehr respektvoll. Sie bemühten sich, aber in ihren Augen war zu erkennen, was sie dachten. Eine deutsche Touristin mit einem jungen Einheimischen in einem Doppelzimmer, älter als er, es war klar, worum es da ging – ihr um Sex, *(der blonden Schlampe, der würd' ich's auch besorgen)*, ihm ums Geld, *(dem armen Teufel, mit dem tät ich sofort tauschen. Ich bin besser als der, nicht so jung und dumm – dann könnte ich nach Deutschland fliegen, wo das Leben ein Leben ist und müsste nicht hier für einen Hungerlohn Seriosität heucheln).*

Nuan und ich orderten ein Abendessen aufs Zimmer.
»Monevade óder kerane?«, fragte der scheue Junge, der kam, um nach unseren Wünschen zu fragen.
»Er fragen, was du bestellen«, sagte Nuan.
»Ich möchte Reis und Curry.«
»Mate bat saha ve njan óne.«
Nuan und der Junge standen sich in ihrer Schüchternheit nichts nach und übertrugen sie auf mich, sodass ich mich zunehmend unbeholfen und linkisch fühlte.
»Me ven jan hary sery«, antwortete der Kleine und lächelte ein bisschen.
»Curry ganz scharf?«, sagte Nuan und sah mich fragend an. Manchmal war es mir gleich, was er sagte, ich sah ihn einfach gerne an und verlor mich jedes Mal in seinem Gesicht, in seinen riesigen, schwarzen Augen mit den seidigen Wimpern, der kleinen Nase, deren Nüstern immer etwas aufgebläht wirkten, der ebenmäßigen Stirn, in die die schwarzen Locken fielen, seinem starken, glänzenden Haar, um das ihn jede deutsche Frau beneidet hätte – und wäre er statt einer der faden Superstar-Mutanten im Angebot gewesen, die Teenies hätten ihn in Scharen verfolgt. Nun war er mein, hier, in diesem Bett.
»Macht nichts. Frag ihn, was er empfiehlt. Ob es heute was Besonderes gibt.«
»Mone vade kane honde? Ade special mone vade??«
Nuan übersetzte, was angeboten wurde, ich nannte meine Wünsche, er übersetzte zurück, unsicher, weil er noch nie ein mehrgängiges Dinner in einem Hotel bestellt hatte. Der Junge, der die Bestellung aufnahm, war ebenso unsicher, lugte ständig verstohlen auf meine blonden Haare und meine freien Schultern – ich hatte nach dem Duschen nur ein Tuch um den Körper geschlungen – und hatte Mühe, alles zu behalten, was wir orderten. Suppe, Salat, Hühnchen, Reis, Saucen dazu, Nachspeise, Cola, Wasser. Es wur-

de ein riesiges Tablett aufgefahren, der Junge musste zweimal laufen und servierte alles penibel auf dem Tisch am Balkon. Dort saßen wir, erschöpft, voll von vielen schönen Eindrücken, sahen in der Dämmerung auf weite Steppen, das Gras wogte leicht in der sanften Abendbrise, im Garten unten tollte ein winziger Affe an einem Seil über den Baum, Vögel staksten durch das hohe Gras oder flatterten von Baum zu Baum. Es war der vollkommene Frieden, die Stille nur von vereinzelten Sätzen der Einheimischen unterbrochen, die ich nicht verstand – wieder einmal, wie überall hier, Postkartenstimmung, perfekt.

Nuan saß und aß und schwieg.

Das Essen schmeckte sehr gut, mittlerweile hatte ich mich etwas daran gewöhnt, dass er nicht viel sprach. Ich nahm es als disziplinarische Übung. Mehrtägiges gemeinsames Schweigen im Kloster – das hatte ich seit Jahren vorgehabt, also übte ich eben hier. Wäre ich allein im Zimmer gewesen, hätte ich auch mit niemandem sprechen können, also nahm ich Nuan als Lebewesen, das mit mir körperlich-seelisch kommunizierte, aber nicht intellektuell. Zudem hatte Buddha den Intellekt als ein ständig urteilendes und wertendes System enttarnt und dies den eher minderen Eigenschaften zugeordnet. Seine Botschaft hieß schlicht: Liebe, Demut, Weisheit, Verzicht.

Als wir mit dem Essen fertig waren, entschuldigte sich Nuan für einen Moment. »Ich gehen runter zu Fahrerzimmer, wo andere Fahrer und Manta. Gleich zurück.«

Nach zehn Minuten kam er zurück ins Zimmer – mit einem dicken Joint.

»Was hast du da??«

»Gras. Fahrer immer haben ganz gute Gras.«

Einmal am Strand hatte ich mitgeraucht, aus Übermut. Ein bis zwei Mal im Jahr probierte ich das Zeugs und wollte wissen, ob es mir nicht doch gefiel. Aber ich fand es jedes Mal schrecklich und überflüssig. Es war so sinnlos zu rauchen, es kam nichts heraus dabei, es machte träge und dumm und man checkte nichts mehr, die Zeit verlor ihre Bedeutung und alles andere auch.

»Warum rauchst du?«

»Weiß nicht … schön!«

»Aber da wird man doch nur langsam.«
»Schön!«
»Nein. Ich will schneller werden, nicht langsamer.«
Schweigen. Er sog am Joint, bot ihn mir an, ich lehnte ab. Es musste ein starker Stoff sein oder es war zu viel. Nach zehn Minuten war Nuan weggetreten und starrte teilnahmslos in die Dunkelheit.
»Nuan, bist du noch da?«
»Hm ... ?« Er wendete langsam den Kopf zu mir, erst nach dem zweiten Anruf, und sah mich leer und ausdruckslos an. Seine schönen Augen wirkten stumpf und glanzlos und hatten sich gerötet.
»Nuan!«
»Ja ... «
Es hatte keinen Sinn. Ich musste warten, bis die Wirkung nachgelassen hatte, zuerst einmal erreichte sie ihren Höhepunkt. Vielleicht konnte ich ihn in diesem Zustand ein bisschen aushorchen?
»Nuan, was denkst du über uns beide?«
»Was?«
»Was denkst du... du und ich?«
»Wie ...«
»Wir beide!«
»Ja ...?«
»Wie geht es weiter mit uns?«
Pause. Noch einfacher.
»Ist schön?«
»Ja, sehr schön, ganz, ganz schön.«
Aha. »Weitermachen?«
Keine Antwort. Gefühle waren ein Tabu, auch darüber zu sprechen war nicht üblich.
»Willst du weitermachen...?«
Er zuckte die Schultern und sah auf den Boden.
»Nuan! Nuan, ich hab dich etwas gefragt!«
»Was?«
»Was denkst du über uns – du und ich?«
»Weiß nicht.«
»Was heißt *weiß nicht*? Was sind deine Gefühle?«

Pause.
»Schwer.«
»Warum?«
»Schwer mit Gras sprechen.«
Pause.
»Nuan!!«
»Hm...?« Er sah mich glasig an.
Das funktionierte nicht. *Es funktioniert nicht, es funktioniert nicht.* Verdammt. Was tun? Nun war ich endlich mit ihm alleine, mit diesem schönen, jungen Mann, in einem schönen Zimmer, inmitten einer wunderbaren Natur, für eine ganze Nacht, und der Kerl war zugekifft wie fünf Rastas. War das nicht eine Szene in einem der Woody-Allen-Filme, wo es ums Marihuana-Rauchen ging und darum, dass Woodys Freundin zu seinem Leidwesen vor dem Sex immer rauchte, weil der Sex angeblich viel intensiver war mit Gras?
»Kannst du es nicht einmal ohne?«, fragt Woody.
»Nur noch dieses Mal noch«, bettelt sie, »nur noch einmal, dann höre ich auf, bestimmt, versprochen.«

»Gib mir mal den Joint, Nuan«, sagte ich.
Ich nahm zwei, drei Züge, das genügte. Ich lehnte mich im Stuhl zurück und wartete die Wirkung ab; das Gras stieg sofort in den Kopf. Ich entschloss mich zur Schamlosigkeit, und auf dem breiten Bett begann eine Orgie der übersensibilisierten Körperteile. Die Erfahrung, dass Gras so empfindsam macht, war mir neu. Es fühlte sich an, als wäre mein Körper eine einzige, große Klitoris in erigiertem Zustand, und ich war viel zu laut, über Stunden. Die Fahrer, die im Zimmer unter uns logierten, hatten vermutlich Mühe, ihrer Erregung Herr zu werden.
Gutes Benehmen war es nicht und hinterher schämte ich mich auch ein wenig. Um Mitternacht saßen wir wieder auf dem Balkon, Nuan rauchte eine Zigarette.
Ich versuchte es noch einmal: »Nuan, kannst du jetzt schon wieder besser denken?«
»Ja, langsam.«
»O.k. Was fühlst du?«

»Wie...?«
»Du und ich – welche Gefühle hast du für mich?«
»Schwer...«
»Hör auf mit dem Unsinn, das ist nicht schwer! Du kannst das doch sagen! Ich will es wissen. Auch wenn es nur Sex ist, was du willst. Wir können aufhören, wenn ich wegfliege oder weitermachen oder sonst was. Ich kann das aber nicht alleine beschließen, ich brauch dich auch dazu!«
Ich fand mich unangenehm, insistierend, indiskret – aber ich wollte es wissen. Ich redete ohne Rücksicht auf seine Deutschkenntnisse. Irgendwas würde davon schon hängen bleiben. Ich machte eine Pause.
Keine Antwort.
»Mein Gott, ist das mühsam mit dir!« Ich starrte verärgert auf den Betonboden des Balkons. Warum hatte ich so einen kiffenden Autisten erwischt, der nur gut beim Sex war und sonst zu nichts zu gebrauchen!
Da plötzlich hob er den Kopf, blickte mir direkt in die Augen und sah mich ernst und schön an, sehr lang, sehr bewusst. Ich blieb still. Nach einer mir unendlich lang erscheinenden Zeitspanne fragte er mich: »Liebst du mich?«
Ich erschrak – und fühlte im selben Moment ein eindeutiges Ja ohne Wenn und Aber: JA. Egal, was werden würde mit ihm und mir, meine Empfindung war ein reines, unbeflecktes Ja. Wie man Kinder liebt, wenn sie klein und dumm sind, auch wenn man weiß, dass sie eines Tages weggehen werden ... gerade deswegen.
Ich sah ihm in die Augen. »Ja!!«
Wieder entstand eine längere Pause. Er hielt den Blick. Dann sagte er: »Ich dich auch!«
In dieser Nacht ließ er mich nicht aus den Armen und weckte mich immer und immer wieder, weil er mich streichelte, festhielt oder drückte. Am nächsten Morgen fuhren wir müde, in stillem Einvernehmen, auf eine ungewohnte, schräge Art glücklich, zurück zum Hotel.

*

Wie sollte ich Nuan sagen, wie alt ich war?
Ich drückte mich davor herum, überlegte, ob ich lügen sollte, wenn er mich darauf ansprach und hoffte, er würde nicht fragen. Nuan fragte nicht, das war ein unausgesprochenes Gentleman's Agreement – aber es lag mir gewaltig im Magen.
»Jetzt muss ich Sie mal ansprechen!« Eine kleine Frau mit ausladenden Körperformen, gut über fünfzig, kam auf mich zugewackelt. An ihrer Seite ein junger, sehr hübscher, dunkelhäutiger Mann.
»Wimmer heiß ich, Gerda Wimmer.« Sie streckte mir fröhlich beide Hände entgegen. »Grüß Sie Gott.« Sie nahm meine Hand, drückte sie fest mit beiden Händen und strahlte über das ganze Gesicht. Sie hatte die rotbraunen Haare hochgetürmt zu einem vogelnestartigen Gebilde, unten hingen geflochtene Zöpfchen raus, was verrückt und etwas lächerlich aussah. Der junge Mann stand höflich daneben und schwieg freundlich.
»Das ist Sanjee ... « Ihr Mund zog sich noch mehr in die Breite. Sie grinste mich verschwörerisch an. »Hübsch, nicht?« Sie wies mit dem Kopf auf ihn.
Sanjee war verlegen, aber das Kompliment machte ihm sichtbar Freude.
»Wo wohnen Sie?«, fragte ich, eher aus Höflichkeit.
»Ach, ich habe hier hinter dem Hotel eine Wohnung gemietet, da bleibe ich drei Monate. Neun Wochen bin ich jetzt schon hier, am liebsten würde ich nie mehr weggehen. Schon wegen ihm nicht ...« Sie lachte und deutete auf Sanjee.
»Ja, das würde ich auch gerne, länger hier bleiben ...«
»Ich kenn fast jeden hier. Wenn Sie irgendwas brauchen, ich weiß fast immer was. Ich war schon in der ganzen Welt, Brasilien, Jamaika, Kuba, Mexiko ...«
Nun, so ein Kontakt konnte ja nichts schaden. »Kommen Sie doch mal zum Essen ins *Lanka Queen*, dann reden wir.« Im Moment, als ich es aussprach, hätte ich mir am liebsten auf die Zunge gebissen, nun war es zu spät.
Als sie am nächsten Abend im Restaurant erschien, starrten alle hinter ihr her und lachten. Sie hatte sich für das Dinner aufgebre-

zelt wie eine Kartenlegerin vom Jahrmarkt, die Haare noch höher als sonst aufgetürmt, ein kaftanartiges Gewand aus bunten, indischen Stoffen übergeworfen, so hohe rote Schuhe, dass ich Angst um ihr Gleichgewicht bekam und einen enorm großen Ausschnitt, aus dem die riesigen Brüste fast herausfielen.
»Die Dame ist Ihr Gast?«, fragte der Ober höflich mit leichtem Lächeln.
»Ja«, sagte ich etwas hilflos, »sie ist mein Gast.«
Gerda plauderte drauflos, über ihr unstetes Leben, ihre Art, das Leben zu gestalten, ihren ausgefallenen Lebens- und Kleidungsstil, ihre Art, Dinge zu betrachten. Wenn ich unter ihrem Redeschwall nicht einknicken wollte, musste ich mich durchsetzen. Gerda stellte sich als vitale, unkonventionelle, herzliche Frau heraus, aber ich schämte mich für ihr Nina-Hagen-mäßiges Outfit, ihren Geschmack, ihre Titten, ihren Frisurturm, ihr Selbstbewusstsein – ausgerechnet ich, die ständig Mut zur Individualität predigte und Freiheit in der Lebensgestaltung, Befreiung von einengenden Konventionen und Überzeugungen. Hier lebte jemand genau das, was ich predigte und es war mir peinlich.
Als ich etwas Ruhe in ihren aufgeregten Monolog gebracht hatte, erfuhr ich, was Gerda schon alles gewesen war – Lektorin in einem kleinen Verlag, Mitarbeiterin einer Zeitungsredaktion, Autorin zweier Reisebücher, Bauchtänzerin und Tantra-Lehrerin. Sie zog ein Foto heraus, das sie in einem aufwändigen goldblauen Gewand in ihrer ganzen Fülle als Tänzerin zeigte, es sah beeindruckend aus.
»Die deutschen Männer wollen nur Models!«, beklagte sie sich. »Die sehen mich gar nicht.«
Mich sahen sie zwar, aber sie fürchteten sich vor mir – und oft war es aus diesem Grund nicht zu Abenteuern oder Romanzen gekommen.
Gerda plauderte weiter. »Und wenn sie mich sehen, sehen sie mich als Mama, als Köchin oder Putzfrau – als Dienstbotin!«
Wann hatte ich mich das letzte Mal als Frau gefühlt bis zu diesem Urlaub?
»Man hat Bedürfnisse und die sterben ja nicht ab, wenn man fünf-

zig wird, oder?? Ich bin siebenundfünfzig – und da nehm ich doch so einen süßen Typen mit Dankschreiben, wenn der sich mir freiwillig ins Bett legt!«
Sie klatschte mit der Hand auf den Tisch und lachte so laut, dass die Kellner herübersahen und die anderen Gäste zu tuscheln begannen. Ich musste dennoch mitlachen, ihre Vitalität und ihr Humor steckten mich an.
»Sagen Sie selber, ist Sanjee nicht wirklich super? Ja, wo krieg ich denn so was daheim?«
Sanjee war ein attraktiver junger Mann mit ausdrucksstarken Gesichtszügen, einer weichen Art und einem wunderbar trainierten Körper. Jede Frau hätte Gefallen an ihm gefunden, vorausgesetzt, sie stünde auf Männer mit dunklerer Haut. Davor haben viele Frauen Scheu.
»Die denken hier anders«, sagte Gerda. »Denen macht es nichts, wenn eine Frau älter ist, für die ist wichtig, dass der Sex gut ist, dass beide was davon haben!«
Ich dachte an Nuan und meine Zweifel. Und warum war das, verdammt, nie ein Problem, wenn ältere Männer sich junge Frauen nahmen?
»Ich genieße seinen jungen Körper und es ist mir egal, dass ich das nicht bin – jung und schön. Ich nehm, was ich krieg – und in Deutschland krieg ich es nicht mehr. Aber hier!«
Recht hast du, Gerda, dachte ich. Man muss die Trauben pflücken, solange …
»Du hast eine tolle Figur«, unterbrach sie meine Überlegungen und sah mich bewundernd an. »Du brauchst dir doch keine Gedanken zu machen! Du kannst hier alle haben, wie du aussiehst, hörst du … alle!«
Gerdas Zuspruch tat mir gut. Mein Training hatte Wirkung gezeigt, ich hatte wenig Fett am Körper, ein bisschen vielleicht um die Weihnachtszeit, aber an meinen Schenkeln gab es keine Zellulitis und meine Brüste waren, familiär-genetisch bedingt, noch recht prall. Aber trotzdem …
»Ich bin nicht mehr zwanzig und man sieht es.«
»Ja, und?«

»Ich bin Jahre, Jahrzehnte älter als Nuan.«
»Ja, und?? Vergiss es!«
Ich schwieg und zuckte die Schultern.
»Weißt du«, sagte Gerda und sah mich wehmütig, aber ein wenig verschmitzt an, »man bekommt hier wieder ein Selbstwertgefühl als Frau, und Lust am Körper. *Lebensfreude* nennt man das, oder? Und das ist unbezahlbar. Es ist mir egal, was jemand sagt über mich.«
»Ja, schon, aber … «
»Tut der dir Gutes, der da schlecht redet? Nein! Aber dein Nuan, der tut dir auch gut, oder? Und dieser Genuss ist tausendmal wichtiger als das Gekeife der lebendig begrabenen Bürger. Ich bin wirklich von Herzen dankbar, ich freue mich, der Kleine macht mir Freude – und dafür sponsere ich ihn auch gerne. Die Jungs hier haben kaum was zum Leben und wir Deutschen sind vollgefressen und fett.«
Ich sagte nichts.
Gerda lachte und blickte an sich herunter. »Ich bin auch zu fett!«
Ich dachte an Nuan. Manchmal sah ich ihn nur an und genoss seine Schönheit. Liebe und Wärme gegen eine bessere Existenz. Zukunftsabsicherung gab's keine, aber was war mehr wert? Was machten denn unsere Frauen daheim? Verwechselten sie nicht viel zu oft Liebe mit Absicherung? Nuan und ich verwechselten nichts.
»Zumindest vermitteln sie dir das *Gefühl,* dass du die Schönste, Geilste, Beste bist. Also, mir langt das vollauf!«
»Ach Gerda, deine Skrupellosigkeit möchte ich haben!«
»Was willst du – Lust oder Skrupel?« Sie machte eine Pause und sah mich forschend an. »Was, glaubst du, macht auf Dauer mehr Spaß … hm?«
Ich ging nach dem Essen auf mein Zimmer und dachte nach. Warum war das Alter bei uns Frauen immer noch so ein Problem? Zählte nicht das Aussehen, der Zustand, in dem man war? Ja und nein. Wenn mir ein attraktiver Mann sein Alter offenbarte, war es mir auch nicht unwichtig, ob er vierzig, fünfzig oder sechzig war, eine Zahl war eben doch eine Zahl. Man rechnete im Geiste nach, wie lange er wohl noch so bleiben würde, wann der erste Schlaganfall

theoretisch ins Haus stand, wie lange er einen wohl noch befriedigen würde können ... Mit zwanzig hatte ich mich in einen vierzigjährigen Schauspieler verliebt, eine Affäre mit ihm angefangen und das damals sehr aufregend gefunden. Sein Alter war mir völlig egal, im Gegenteil, es machte mich stolz, dass er auf mich stand.
Und war die stille, wärmende Liebe, die, auf Länge gesehen, gern etwas fade wird, tatsächlich etwas so viel Wertvolleres als die heiße und vergängliche, aber leidenschaftliche, blutvolle Lust?

*

»Morgen gehen Disco, o.k.?«
»Ah ja? Wohin denn?«
»Hotel Aida, weiter vorne. Andere Deutsche auch kommen.«
Wir saßen am Strand und blickten aufs Meer. Nuan rauchte. Ich hatte Lust auf eine Zigarette. Es war so wie in der Werbung: Natur, Abenteuer, Meer, Strand, Rauch einer Zigarette verweht im Äther, Klischee.
»Gib mir auch eine.«
»Aber du nicht rauchen?«
»Egal.« Ich zog ein paar Mal an der Zigarette, aber es gefiel mir nicht, ich drückte sie aus. *Gott sei Dank, Franca, dein Körper ist gesund.*
Nuan war dabei, sich einen Joint zu drehen. Das war vielleicht besser als Zigaretten.
»Gib mal her.« Das Marihuana drosselte augenblicklich mein Hirn, innerhalb einer Minute. Alles verlangsamte sich. Es war schön, aufs Meer zu schauen, in die dunklen Wellen mit den Schaumkronen zu starren und nichts reden zu müssen. *Einfach sein,* nicht reflektieren, schauen und wahrnehmen, nicht beurteilen – lieben, nicht werten. *Klar, so kann man leben, ohne sich aufzuwühlen und zu verbrauchen.*
»Rauchst du viel?«
»Ja. Mein Vater darf nicht wissen. Seit ein Jahr ich rauche. Früher viel Sport ... Kricket, zwei Jahre. Ich in Mannschaft. Trainer sagt, ich sehr gut ... kann Nationalmannschaft gehen.«

»Nein, ich meine Gras. Marihuana.«
»Nicht so viel, manchmal …«
»Was heißt manchmal?«
»Vielleicht zwei oder so …«
»Im Monat?«
»Nein, am Tag.«

In der Disco war es öde. Musik, bei uns seit Jahren aus der Mode, fast keine Gäste, eine Disco, groß wie ein Wohnzimmer, keine Lightshow, schlechter Sound, auch hier dritte Welt. Es konnte sich hier kaum jemand leisten, auszugehen, die Discos waren meist leer. Ein deutsches Pärchen und Freunde von Nuan begleiteten uns, keine Mädchen aus Sri Lanka.
»Warum sind eure Frauen und Mädchen nicht dabei?«
»Bei uns Frauen nicht in Disco. Dürfen nicht, müssen zu Hause bleiben.«
»Das darf doch nicht wahr sein?!«
»Müssen bei Eltern bleiben. Bis Heirat Mädchen darf nicht mit Junge treffen. Dann bleiben in Haus von Mann. Frauen bei uns nicht gehen in Disco oder so.«
Die Männer durften alles, die Frauen nichts. Männer gingen fremd und betranken sich, rauchten und tanzten, gingen auf Rockkonzerte. Ich hatte eins im Sri Lanka TV Kanal gesehen, Tausende von Männern, keine Frauen. Ich dachte damals, es sei ein Fußballspiel, aber nein, es war ein Reggae-Konzert.
Nuan schüttete Arrak-Cola in sich hinein, rauchte wie ein Schlot, saugte an der Zigarette wie ein Baby an der Mutterbrust, paffte eine nach der anderen. Es tat mir weh, ihm bei der Selbstzerstörung zuzusehen.
»Nuan, du wirst dich morgen elend fühlen!«
»Ja.«
Ich dachte an mich und meine Jugendzeiten mit sechzehn, siebzehn. Was hatte ich bei Partys in mich hineingeraucht, ohne Hirn und Verstand und getrunken ohne Maß und Ziel.
Warum sind junge Menschen so dumm, fragte ich mich und sah Nuan beim verzweifelten Rauchen zu, wie er sich festklammerte an der

Zigarette wie an einem Strohhalm, als hielte ihn der über Wasser und rette ihn vor dem Ertrinken. *Drogen sind die Flucht auf einem lahmen Pferd – irgendwann bricht das zusammen.* Aber wer glaubt das schon mit zwanzig? Nun hatte ich da also einen unausgegorenen Jugendlichen an meiner Seite und musste diese Kinderkrankheiten ertragen. Nein, Unsinn, ich musste gar nichts, ich war nicht sein Kindermädchen, ich flog in zwei Wochen nach Hause und würde ihn vergessen.

Nuan wurde nicht aggressiv wie viele Betrunkene, er wurde liebesbedürftig und anhänglich. Zunehmend verlor er am Abend in der Disco die Scheu, die ihm seine Landessitte auferlegte, saß nah bei mir, hielt ständig meine Hand und legte den Kopf an meine Schulter. In Arrak Veritas. Wenn ich auf die Toilette wollte, fragte er, wohin ich ging, wenn ich mit dem deutschen Mädchen sprach, rutschte er nah zu mir und wich nicht mehr von meiner Seite.

»Ich liebe dich!«, sagte er mit leichtem Zungenschlag. »Ich liebe dich. Bleibst du mit mir? Immer.«

»Ja, Nuan, natürlich«, sagte ich, was hätte ich ihm auch entgegnen sollen in seinem Zustand? *Nein, Nuan, sei vernünftig, nach den Ferien ist es aus?* Ich war sicher, so sicher wie das Amen in der Kirche, dass er spätestens vier Wochen nach meiner Abreise oder auch früher, wenn's die jugendlichen Hormone diktierten, ein junges Mädchen oder eine Touristin finden würde, die ihm wie ich die Zeit verkürzte. Das schmerzte etwas, aber nach all den Jahren war ich souverän genug, mich nicht mehr wie ein Teenager verlieben zu müssen, wenn ich mit einem Mann guten Sex hatte. Man konnte das trennen und den Sex genießen. Ich hatte mein doofes Herz in der Hand und redete ihm mit dem Verstand gut zu.

»Zwei Jahre ich mit singhalesisch Mädchen, weißt du.« Nuan zündete sich wieder eine neue Zigarette an. Die wievielte…?

»Und? Was ist mit ihr?«

»Wollte ganz lang bleiben mit ihr, vielleicht heiraten. Immer treffen heimlich. Kein richtig Sex, aber sonst alles machen, was geht. Aber Mutter von Mädchen sagt, ich nicht gut, weil armer Junge. Sie muss haben bessere Mann mit Geld.«

»Und jetzt?«

»Mein Freundin dann auch hat gesagt so, weil nichts kann machen gegen Mutter.«
»Oh.«
»Sind andere Stadt gegangen, weg, weiß nicht.«
»Schade, traurig.« *Gott sei Dank,* dachte ich, *so kann ich dich für mich alleine haben.*
»Ja. Später dann Freundin kommen wieder, aber jetzt ich will nicht mehr.«
»Wieso nicht?«
»Hat geredet wie Mutter, ist keine Liebe so. Jetzt aus.«
Er war also ein Absolutist, radikal nach einem Vertrauensbruch. Ich war langmütiger, wie die meisten Frauen. Wir versuchen es immer und immer wieder, geben eine Chance nach der anderen, hoffen bei Männern unendlich lange auf Besserung, gegen alle Vernunft; nur weil die Männer es uns versichern, wollen wir es so gerne glauben. Wie auch ich bei meiner großen Liebe, vor vielen Jahren. *Am Hoffen und Harren erkennt man den Narren …*
Damals war etwas abgestorben in mir, vielleicht die Hoffnung auf eine weitere große Liebe. Ich fand es besser *so,* man wusste, was man kriegte – und was nicht.
Nuan redete nicht viel mit seinen Eltern, hatte nie viel mit ihnen geredet. Kinder sollten still sein und nur sprechen, wenn sie gefragt werden. In Sri Lanka waren Kinder mit den Eltern per Sie, es gab mehrere Anreden, für Freunde, für Fremde und eine Anrede für die Eltern, vor denen Respekt geboten war. Mit der Mutter musste man nichts reden, sie wusste immer, was zu tun war.
Nicht viele Beach Boys hatten ihre Familien in der Nähe, erzählte Nuan, wie seine, die so nah am Strand wohnten, zusätzlich besaß seine Mutter dort den Laden. »Nur mein Freund Sadun, aber sein Familie noch mehr arm, weil so viel Geschwister, vier Bruder und ein Schwester. Ich ein Bruder und ein Schwester, alle wohnen zu Hause.«
Eine Familie wolle er später nicht, das sei ohne Geld unmöglich – allein sei es schon so schwer in dem Land. Aber auch mit Geld wolle er keine Familie, auch keine Kinder. Lieber helfe er später seinem Bruder oder seiner Schwester mit den Kindern.

»Hast du viele Frauen gehabt? Erzähl's mir, ich will es wissen!« Warum eigentlich? Warum insistiert man so selbstquälerisch dumm, wenn es doch nur wehtut?
»Viele …?« Nuan lachte. »Früher ich nur mit mein Freundin. Keine andere – ich nicht so.«
»Und dann?«
»Dann eine russisch Frau.«
»Wie war das?«
»Gut. Aber wieder weg.«
»Und dann?«
»Paar Touristin, wenn Strand. Seit ein Jahr jetzt ich immer Strand …«
»Was hast du vorher gemacht? Was warst du für ein Kind?«
»Anders. Still.«
Schon immer; auch als Kind sei er ganz ruhig gewesen. Zuerst hatte er die Mädchenschule besucht, sechs Jahre lang, weil im Ort eben nur die Mädchenschule war. Tausend Mädchen, zweihundert Jungs. Dann eine Jungenschule. Und dann hatte er keine Lust mehr gehabt. Nach der Abschlussprüfung war er gleich mit dem Boot auf dem Fluss gefahren und hatte das Ergebnis im Wissen um die schlechten Noten gar nicht mehr abgewartet. Danach verlor er die Hoffnung und die Lust.
»Schule viel langweilig. Besser Sport.«
»Aber die Schule brauchst du, und eine gute Ausbildung, sonst kriegst du später nie eine gute Arbeit!«
»In Sri Lanka gibt kein gute Arbeit. Bei uns gar kein Arbeit, egal, mit Ausbildung oder kein.«
Wir schwiegen, Nuan rauchte und trank und sah auf sein Glas …
Drei Mal war er in seinem Leben richtig besoffen gewesen. Einmal hatte er deswegen am Strand geschlafen, bis morgens, kotzübel war ihm gewesen und er wollte dann nie mehr trinken. Am nächsten Tag hatte er Kopfschmerzen gehabt und sich immer noch fürchterlich mies gefühlt. Beim Gras war das nie so. Das machte ruhig und frei, man fühlte alles besser und konnte das Leben genießen … und manchmal sogar lieben.
Ein Freund hatte ihm vor zwei Jahren eine Reggae-CD aus Jamaika mitgebracht, auf der war ein Song über Sri Lanka, in dem der Sän-

ger erzählt hatte, wie schön Sri Lanka war... die Löweninsel. So eine Musik hatte er noch nie in seinem Leben gehört und sie hatte ihm sofort gefallen. Seitdem liebte er Reggae – und Bob Marley – ya, man! Er hätte Bob Marley vierundzwanzig Stunden am Tag hören können ... Reggae, Reggae, Reggae! Und er kannte fast alle Songs von ihm auswendig. Bob Marley war sein Vorbild, auch als Mensch; er liebte ihn, alles, was er sagte, was er tat, wie er sich bewegte. So wollte er am liebsten sein. Er hatte sogar ein Video von einem Open Air gesehen, da waren siebzigtausend Menschen gekommen, nur um Bob Marley zu sehen! Reggae-Musik wurde in Sri Lanka von den Jungen viel gehört. Hier bei ihm in der Gegend gab es ja nur Traditional Music. In Colombo hörte man Popmusik, aber da war er nie, er kam vom Land. Keine Popkonzerte, keine Shows, keine guten CDs – nichts. Er hätte sie sich auch gar nicht leisten können, zu teuer.
Gute zwei Jahre lang hatte er dann nach der Schule Kricket gespielt, von sechzehn bis achtzehn, und der Trainer sagte oft zu ihm: »Nuan, vielleicht kannst du später einmal in der Nationalmannschaft von Sri Lanka spielen!« Aber die ständigen, langen Fahrten nach Colombo waren ihm auf den Geist gegangen. Außerdem konnte man damit kein Geld verdienen. Sein Vater wurde bald fünfzig und würde nicht mehr lange am Strand arbeiten können. Wovon sollte die Familie leben, wenn beim Kricket nichts einging? Und dann kam die Arbeit als Room Boy im Hotel von seinem Cousin, direkt neben dem Blue Lagoon. Fast zwei Jahre waren das, zehn Stunden am Tag, Betten machen, sauber machen, aufräumen, kehren, für viertausend Rupies, knapp fünfzig Euro. Und immer, wenn ihm der Lohn ausbezahlt wurde, hatte er sich gefragt, ob er wohl auch einmal so eine Frau aus dem Ausland kennen lernen würde, wie sein Cousin Nihal seine italienische Frau Lucia, die ihm eine Chance gegeben und das kleine Hotel gebaut hatte – und mit der er jetzt schon vierzehn Jahre verheiratet war.
»Dann viel trainieren ... Bodybuilding ...« Er grinste mich an.
»Und dann?«
»Dann Room Boy in Blue Lagoon.«
»Warum hast du aufgehört?«
»Weißt du, was verdienen??«

»Nein.«
»Und jede Tag zehn Stunden Arbeit … besser Strand.«
»Warum suchst du dir keine Arbeit?«
»Hier keine Arbeit in Sri Lanka. In Hotels sagen, geht nicht … vielleicht weil ich arme Junge oder so.«
»Was noch für Frauen?«
»Eine Doktor aus Hannover … letzte Jahr, hat noch studiert. War sehr nett. Hat viele Foto geschickt und eine Brief und eine Paket mit T-Shirt und Hose und Shampoo und so. Hat gesagt, vielleicht kommt wieder, aber nicht kommt …«
»Und …?«
»Eine ungarisch Mädchen, ganz jung… war schön.« Er lachte vor sich hin, etwas verlegen. Ich versuchte, Fasson zu bewahren. Es schien ihm gleichgültig zu sein, ob die Frau zwanzig oder vierzig war, solange sie attraktiv aussah und gern Sex mit ihm machte – und er mit ihr. Ich musste alles aus ihm herausfragen, aber noch nie hatte er so viel von sich offenbart. Alkohol und Gras lösten ihm die Zunge.
Wenn daheim über etwas gesprochen wurde, erzählte er, dann übers Fernsehprogramm, Kricket oder Sport, oder, wenn der Vater Zeitung las, über Politik. Über Sex und Liebe sprach er nicht gern; über Gefühle zu sprechen war tabu. Dass er beim Sex gut war, ahnte er wohl, denn wenn ich so heiß war auf ihn, musste er ja gut sein, ich war eine erfahrene Frau. Nuan liebte Sex in der freien Natur, am besten nachts am Strand – da kriegte man eine Frau kaum rum. Vielleicht die russischen Frauen, sagte Sadun, der mehr Erfahrung hatte, aber nicht die deutschen, die seien verkrampft. Das dauere ewig, sagte Sadun, bis die mal was mitmachten – und bis sie kämen, das dauere dann noch mal so lang. Da verlor man schon bald die Lust. Die Ungarin sei in Ordnung gewesen, eine junge, dreiundzwanzig, die sei mit ihren Eltern da gewesen und sei immer ausgebüxt, so oft es ging.
Zu später Stunde dann, als Bob Marley gespielt wurde, traute er sich auf die Tanzfläche. Tanzen konnte man es nicht nennen, es war eher ein breitbeiniges Herumstehen in Trance, mit Armrudern, Kopfschütteln und Head banging, als dirigiere er, in sich versun-

ken, ein unsichtbares Orchester, vermutlich wirkte das Gras. Um zwei gingen wir, Nuan betrunken und immer noch bekifft. Er roch nach Alkohol und Nikotin und sank im Auto willenlos in meine Arme. Ich hätte ihn gerne ins Bett bringen und in die Arme schließen wollen und liebte ihn so, wie er war, es tat mir nur weh, ihn in so desolatem Zustand zu sehen.

Wir gingen gleich ins Bett, Nuan schlief sofort ein, ich lag lange wach. Ab und zu schreckte er hoch und starrte auf die gegenüberliegende Wand.

»Nuan, Nuan … was träumst du?«

Er schaute glasig ins Leere, ließ sich wieder in die Kissen fallen, drehte sich abrupt um, murmelte unverständliches Zeug und schlief wieder ein. Die Locken fielen ihm über die Augen, seine Stirn war heiß. Ich strich ihm die Haare aus dem Gesicht und streichelte ihn, bis sein Atem ruhiger ging und befürchtete, der Arrak und die Zigaretten würden sein ganzes Stoffwechselsystem vergiften. Nun atmete er regelmäßig, ich lag mit offenen Augen im Bett und schlief nicht ein, Nuan neben mir in bewusstlosem Schlaf, von Zeit zu Zeit wirre Worte murmelnd. Ich sah ihn an. Was tat ich da mit diesem Jungen? Wo sollte das hin?

Die meisten Touristen hatten Angst, weil in den Hotels vor den Beach Boys gewarnt wurde, halbkriminelle Taugenichtse seien sie, Tagediebe, die Touristen über den Tisch zogen und deren Geld abzockten. Wahrscheinlicher war, dass die Reiseagenturen im Hotel um ihr Geschäft fürchteten, weil die Beach Boys pfiffiger waren. Freilich gab es wie überall vereinzelte Übeltäter, die meisten waren jedoch liebe, ehrliche, arme Burschen.

»Hotel immer sagen, Beach Boys schlecht, gefährlich, dann Leute gehen nicht mehr an Strand und haben kein gutes Gefühl, kommen nicht mehr in Ferien«, hatte mir einer von ihnen gesagt.

»Ja, aber wenn ihr Jungs in Trauben an den Zäunen hängt«, hatte ich entgegnet, »die Touristen wie die Tiere im Zoo angafft und euch auf jeden stürzt, der rauskommt, um ihm ein paar Rupies abzujagen, das ist auch nicht gut.«

Es war in Sri Lanka ein Teufelskreis der Geldknappheit und eine Existenzfrage – alles. Und die Touristen hielten ihr Geld so fest, als würde ein täglicher Euro ihren Ruin bedeuten. Sie kamen, um ihr Wellfleisch gesund machen zu lassen, das sie vorher krankgefressen hatten, und anstatt abzunehmen bei ihrer Ayurveda-Diät, schaufelten sie sich die Teller voll, als stünde eine Hungersnot bevor. Draußen hungerte das Land und drinnen fraß sich der übergewichtige Westmutant den Ranzen voll und rückte nichts raus für das Volk.

Ich dachte über meine bisherigen Beziehungen nach. Warum sah ich mir Familienglück lieber von außen an? Weil Frauen bei dem Konstrukt Familie immer noch die *Arschkarte,* wie mein Sohn sagte, zogen? Ich hatte keine Lust, einem Mann die Socken und Unterhosen zu waschen und ich mochte auch nicht, dass er für mich Geld verdienen musste. Das war eine unselige Verfilzung. Wozu Versprechungen abgeben, die man nicht halten wollte und, den Scheidungsstatistiken zufolge, auch nicht konnte?

Ich dachte an Hedi, die Kinderbuchautorin... und an Nuan, der neben mir lag und daran, wie schön es war, ihm begegnet zu sein. Nuan war gefühlvoller, einfühlsamer, feiner, liebender, phantasievoller, zauberhafter als alle anderen, die ich je gekannt hatte, und das waren nicht wenig.

*

»Da gibt's zwei Arten von Beziehungen hier ... « Frau Dr. Berger fuhr sich durch den naturblonden Haarschopf und sah mich mit ihren wachen, grauen Augen an. Sie war etwa in meinem Alter, eine attraktive, intelligente Frau. »Das eine sind die Beziehungen zu Singhalesen aus wirklich gutem Haus, also Männer, die gesellschaftlich höher angesiedelt sind – da werden dann oft ganz normale Ehen draus, die können auch gut gehen und lang halten. Die Männer hier sind langfristig treu, sehr loyal und sehen ihre deutsche Frau durchaus als etwas Besonderes an, auch wenn sie wesentlich älter ist. Sie sind sehr anhänglich.«

»Und die andere Art von Beziehung?«

Frau Berger war die Managerin der Ayurveda-Abteilung und seit einigen Jahren in Sri Lanka. Auf ihr Urteil konnte man sich verlassen. »Nun ja ... die Touristinnen, die sich mit den Jungs am Strand einlassen, den Beach Boys. Bei diesen Affären geht es meist nur um Sex und Geld, Strohfeuer, die so schnell zu Ende sind, wie sie begonnen haben.«

»Aha. Interessant ...«

Frau Berger fuhr fort: »Eine deutsche Frau ist wie eine Trophäe für die armen Jungs hier, verstehen Sie? Wie ein Goldschatz – und den hüten sie auch und sind dabei beständig und äußerst anhänglich. Oft zu anhänglich ... Wissen Sie, was ich meine?«

»Ja, ich denke schon.« Ich kratzte mich am Hinterkopf und hatte ein mulmiges Gefühl.

»Obwohl man auch sagt, Beach Boys seien absolut gefühlsunfähig. *Einen Tag trauern die Beach Boys, eine Woche die anständigen* – heißt es...« Sie lächelte und sah mich lang an. »Aber die laufen nicht weg, weil sie eben mal ein junges Mädchen haben könnten ... Die wissen sehr gut, was sie an einer deutschen Frau haben. Die ist für sie das Tor zum Himmel, die Eintrittskarte zu einem lebenswerten Leben, das Vehikel in irgendeine Art von Zukunft überhaupt. Das Problem liegt eher darin, dass sie *nicht* weglaufen. Das kann recht schwierig werden, glauben Sie mir ...« Sie sah auf ihren Schreibtisch. Ich konnte in ihrem Gesichtsausdruck keine Feindseligkeit oder Häme entdecken. Sie blickte wieder auf. »Man denkt hier ja auch durchaus pragmatisch, im Sinne einer guten Zukunft. Es geht nicht um Geld, es geht um Perspektiven. Und da ist man auch schon mal bereit, ein paar Abstriche zu machen ...«

»Sie meinen beim Alter oder Aussehen der Frau?«

»Ja.«

Liebe gegen Lebenssicherheit. Unsere Frauen machten es doch genauso, wenn sie sich einen Mann suchten: Was verdient er? Kann er mich ernähren? Hat er eine sichere Stellung? – War das nicht genauso ein Deal?

Ein Kellner brachte den Kaffee. Ich sagte, die Stimme etwas senkend: »Man bekommt dafür aber auch viel, was man daheim nicht bekommt ... viel mehr Liebe, Zärtlichkeit, Verehrung, Erotik und den exotischen Zauber, den die Männer hier – auch das Land und das Klima – ausstrahlen.«

»Ich weiß«, sagte sie und lächelte vor sich hin, fast etwas traurig – und auf einmal wusste ich es: Sie liebte einen Mann aus Sri Lanka.

»Sie auch?«
Sie zögerte. Dann sagte sie: »Alles verliert nach einiger Zeit ein bisschen den Glanz ...«
»In welcher Hinsicht?«
»Sie haben Recht, diese Art von Zuneigung und Liebe und Wärme bekommt man niemals bei einem deutschen Mann ...«
»Aber ...«
»Die Forderungen werden dann auf einmal höher. Er möchte gerne ausgehen mit mir, in bessere Lokale, kulturelle Unternehmungen und Reisen machen, den Standard heben ... ich verstehe das ja auch. Aber wenn die Frage ans Zahlen geht ... Sie kennen das kleine Einkommen der Leute hier, das übersteigt kaum fünfzig bis hundert Euro ... also ... er *kann* es gar nicht zahlen; zahlen muss immer ich. Und ich bin das manchmal einfach leid. Ich möchte nicht immer in dieser Rolle sein.«
»Ja, das verstehe ich.«
»Und er möchte mit mir zusammenleben. Aber ich bin Unabhängigkeit und ein hohes Maß an Selbstständigkeit gewöhnt. Als deutsche, gebildete Frau hat man einen ganz anderen Anspruch an die Rolle und Stellung der Frau in der Gesellschaft.«
»Hinter uns liegen gut hundert Jahre intensive Emanzipation.«
»Ja, eben. Und vergessen Sie nicht, dass die Moral hier der unseren um Jahrzehnte hinterherhinkt. Die Mädchen müssen nach der Hochzeitsnacht noch die blutigen Leintücher vorzeigen. Die Frau hat keinerlei Rechte hier.«
Ich dachte an Nuans Szenen, die er ständig machte, wenn ich mich zu intensiv mit anderen Männern befasste, auch schon nur im Gespräch.
»Die Männer sind extrem eifersüchtig hier. Die Frau ist ihr Besitz – und eine deutsche Frau ist wie eine Trophäe, wie gesagt. Und die lässt man nicht aus – man verliert sie schon gar nicht an einen Landsmann! Das wäre ein unsäglicher Ehrverlust. Sie müssen das immer im Kopf behalten, wenn Sie keine größeren Schwieigkeiten bekommen wollen.«

*

»Nuan, ich möchte gerne deine Mama kennen lernen.«
Nuan sah mich kurz überrascht an, es freute ihn. Aber gleich hatte er sich wieder im Griff und ein indifferenter Ausdruck fiel wie ein Schleier über sein ebenmäßiges Gesicht. Wir saßen bei Antonios Bar am Strand und tranken frischen Papayasaft.
»Ja«, sagte er und legte die Hände auf seine Schenkel und sah aufs Meer.
»Wann?«
Er zuckte die Schultern. »Egal. Kannst du immer kommen.«
»Aber du musst ihr das doch vorher sagen?«
»Nein, kommst du einfach.« Er zuckte die Schultern und sah mich an. »Mein Mutter hat Geschäft an Strand. Gehst du hin.«
»Aber du musst mitkommen!«
»Ja.«
Wir standen auf und wanderten am Strand entlang. Ich war so viel älter als Nuan, wie würde mich seine Mutter aufnehmen? Sah sie mich als dekadente Touristin, die ihren Sohn benutzte? War ich das nicht auch?
»Hier ...«
Wir bogen nach rechts ab. Vor uns eine Reihe Holzbuden. Nuan steuerte auf die mittlere zu.
Ich folgte ihm.
»Hier .... du reinkommen.« Er ging in das Innere der Holzhütte. Es war dunkel, beim Eintreten konnte man nach dem Sonnenlicht am Strand kaum etwas erkennen. Dutzende von Stoffen hingen an den Wänden und lagen auf und unter dem Verkaufstisch, einfache und prunkvolle, billigere und teure. Auf Haken hingen einige Sommerkleider.
»Mama!«
Eine zierliche, kleine Frau kam durch den Hintereingang des Ladens lächelnd auf mich zu. »Hello«, sagte sie leise und streckte mir die Hand entgegen.
»Hallo, ich bin Franca.«
»Shanika ... Mama Nuan.« Sie sah mich aus dunkelbraunen, großen Augen aufmerksam und forschend an, ihre Gesichtszüge von altersloser Schönheit, sie musste ein bezauberndes Mädchen

gewesen sein. Sie trug ein langes, schlichtes Kleid, ihre Bewegungen waren ruhig und fließend wie die von Nuan, die langen Haare zu einem dicken Zopf gebunden, den einige silbergraue Fäden durchzogen. Sie lächelte sanft, in ihren Augen sah ich Nuans Augen. Ihre stille Schönheit war die Nuans und ihre Zurückhaltung die seine. Sie war ein feiner Mensch, unaufdringlich, dezent, liebevoll. Sie blickte mich freundlich an, ihr Händedruck war warm und fest. Ihre Augen wussten, verstanden, akzeptierten, ohne Ablehnung oder Überheblichkeit, milde, warmherzige Bescheidenheit und Interesse an meiner Person. Wir tauschten einige Sätze aus, Nuan übersetzte. Die Mutter sprach weder deutsch noch englisch.

»Vater englisch, Mutter nicht.«

Ich sagte ihr, ich würde in den nächsten Tagen vorbeikommen und Stoffe bei ihr kaufen. Sie nickte freundlich, aber ihr Blick drückte aus: *Das ist sehr lieb, aber du musst das nicht tun.*

Wir verabschiedeten uns und gingen zum Strand.

»Deine Mama … ist sehr nett.«

»Ja, ich denke auch. Mama ganz lieb!«

Wir waren beim Schwimmen gewesen. Nuan hatte im Meer mit der Brandung gespielt, sich in die Schaumkronen der tosenden Wellen geworfen, war als dunkler Apoll den Wassern entstiegen, hatte die Haare geschüttelt, weit flogen die glitzernden Tropfen um ihn. Ich sah ihm zu und dachte an all meine Liebschaften und die zwei Ehen. Immer hatte es bei mir ein »Aber« gegeben: »Ich liebe ihn, *aber* … er ist zu dick, er müsste größer sein, er ist zu aggressiv, zu schlampig, zu narzisstisch, nicht adrett genug …«

Bei Nuan hätte es rein von der Vernunft her nichts als »Aber« geben müssen – zu ungebildet, keine Sprachkenntnis, nicht mal einen Führerschein, keinen Beruf, kein Geld, keine intellektuelle Basis, die fremde Kultur, das unangemessene Alter, die geografische Distanz … alles, was nur unpassend sein konnte, war unpassend. Aber wenn ich in mich hineinhorchte, sagte mein ganzes Wesen einfach Ja. Es war unerklärlich. Und dumm. Eine erwachsene Frau – so naiv.

Es war nicht nur die sexuelle Attraktion, auch kein Verfallensein; meine Empfindung für Nuan war eine komplexe Mischung aus sexueller Attraktion, weiblichem Beschützerinstinkt, warmer Zuneigung und herzlicher Zärtlichkeit – und dem Bedürfnis, der empfundenen Notwendigkeit, seine Schutzpatronin sein zu wollen.

Als wir in der letzten Woche einen Ausflug in den Süden der Insel unternahmen, spielte uns das Schicksal ein kleines, denkwürdiges Ereignis zu. Der Akku meiner Kamera war leer, gerade als wir vor der vierzig Meter großen Buddha-Statue in Matara standen.
»Macht nichts. Kommst du nächste Jahr wieder her«, sagte Nuan. Wir lugten durch die offene Tür an der Seitenwand des großen Tempels, die zu einem kleinen Raum führte. Ein kleiner, runzliger alter Mönch stand darin, lachte uns an und winkte uns freundlich herein. Wir zogen die Schuhe aus und betraten zögernd den kleinen, dunklen Raum, in dem farbenprächtige Heiligenbilder und goldene Statuen standen. Der Mönch winkte noch einmal.
»Er sagen, wir beide zu ihm gehen…«, flüsterte Nuan.
Als wir vor ihm standen, begann der Mönch leise zu singen, dann legte er beide Hände auf unsere Köpfe, sprach heilige Worte und malte mit Aschenfarbe einen Punkt auf unsere Stirn. Als die Zeremonie fertig war, nickte er und lächelte. Ich legte ihm zwei 100-Rupie-Scheine in die Spendenschale, bedankte mich irritiert und ging mit Nuan benommen hinaus ins Freie.
»Was hat er gesagt?«
»Er uns segnen, sagt, jetzt du mit mir immer Liebe haben …«

*

Einige Tage vor meiner Abreise ging ich mit Nuan in den kleinen, lärmenden Ort und kaufte ein Handy mit Telefonkarte. Nuan war beeindruckt. Mit großen Augen sah er mich an und verfiel in ehrfürchtiges Staunen.
»Noch nie ein Mensch mir hat so ein Geschenk gemacht«, sagte er. Er hatte wohl mit ein paar T-Shirts gerechnet, mit Einladungen

zum Essen. »Mein Vater nicht, Mutter nicht, niemand!«, fuhr er fort. »Ich werde das nie vogessn – und ich immer behalten das. Nie valieren …«
Er sagte immer »vogessen« statt vergessen. Mir fiel auf, dass ich auch »vagessn«, nicht »vergessen« sagte. Wenn niemand das Wort für ihn aufschrieb, blieb es »learning by hearing«. Meist war seine Aussprache die Nachahmung eines deutschen Dialekts derjenigen Touristen, von denen er das Wort zuerst oder am häufigsten gehört hatte. In diesem Fall schien mir etwas Schwäbisch drinzustecken. Er gab mir einen dicken Kuss, ich kam mir großzügig und gut vor. Natürlich war das Handy kein uneigennütziges Geschenk.
Kurzmitteilungen via Handy waren die sinnvollste Möglichkeit, den Kontakt nach Sri Lanka zu halten. Weder würde Nuan lange Liebesbriefe schreiben, noch würde er für Telefonate zu bestimmten Zeiten zum Communication Shop gehen, Telefonate, die mit der Zeit unbezahlbar werden würden. Ich konnte davon ausgehen, dass mein technisch nicht interessierter, verträumter Nuan genügend begeisterte Freunde finden würde, die er um Hilfe bitten konnte und die ihm das Gerät erklärten, im Gegenzug für SMS an ihre deutschen Freundinnen.
Und ich kaufte einen Kassettenrecorder für ihn. Nuan hatte sich beklagt, dass sein Bruder ihm den alten Recorder weggenommen und beschädigt hatte, was zum Bruderzwist geführt hatte. Die Mentalität der Männer hier neigte oft zum heftigen Jähzorn und zur Gewalt, vor allem, wenn sie unter Alkoholeinfluss standen. Dann bekam der Lack des asiatischen Gleichmuts Sprünge und der Frust über die eingeschränkten Lebensverhältnisse brach durch.
»Bruder immer nehmen mein Recorder. Ich schimpfen, aber er immer nehmen! Dann ich Wut und nachlaufen. Er weglaufen und immer lachen. Dann ich böse!«
Er zeigte mir eine große Narbe am Handgelenk, die von einer tiefen Fleischwunde herrühren musste.
»Um Gottes willen, was hast du da gemacht??«
»Ich schlagen in Fenster, weil nicht wollen schlagen Bruder …«

Ich hatte Nuan noch nicht wütend erlebt, nur gekränkt oder verstockt, und wenn ich die Narbe so ansah, hatte ich auch keine Lust darauf.

Die letzten Tage wartete ich darauf, dass die Traurigkeit Einzug halten würde, Traurigkeit darüber, dass mein Ferientraum zu Ende ging – aber das trat nicht ein. Ich war verliebt, aber nüchtern, klar im Kopf und dankbar. Nicht viele Frauen hatten erlebt, was ich hatte erleben dürfen, dessen wollte ich mir bewusst bleiben.
Der Abschied rückte näher.
Der Flug war bestätigt, Manta für acht Uhr morgens bestellt. Ich war froh, dass die Packerei vollbracht, alle Rechnungen bezahlt waren und die Verabschiedung von den Hotelangestellten, den Freunden am Strand, meiner Frauenrunde, den Gästen und nicht zuletzt der von Gerda hinter mir lag. Pünktlich um acht Uhr stand Manta mit Nuan vor dem Hotel, Nuan in Jeans, Blockers und hübschem T-Shirt, modern und großstädtisch gekleidet, aber sichtbar übernächtigt von unserem langen Abschied.
»Guten Morgen, Franca!«, rief Manta fröhlich. »Hast du gut geschlafen?«
»Geht so.« Ich lächelte.
»Jetzt wird ernst … schade, ne?«
»Ja, sehr schade.«
»Aber du kommen wieder nächste Jahr, oder?«
»Ja, schauen wir mal.«
Wir packten die Koffer in den Bus, ich setzte mich mit Nuan auf den Rücksitz. Die lange Fahrt von fast drei Stunden sah er, ohne Unterlass meine Hand haltend, zum Fenster hinaus und sprach nichts mehr.
»Warum sprichst du nichts mit mir, Nuan? Wir werden bald Abschied nehmen müssen.«
»Ja. Vielleicht, weil traurig. Weiß nicht, was reden.« Er schüttelte den Kopf, unwillig, wie ein junges Fohlen, das nicht an der Leine gehen mag und sah wieder weg.
»Aber Sprechen hilft oft.«

Er zuckte die Schultern mit einem resignierten, abweisenden Gesichtsausdruck. »Wenn reden, du auch weg.«
Es war abzusehen, dass unsere Romanze hier ein Ende fand und wir uns nie mehr wiedersehen würden. Aber ich war nicht traurig, im Flieger nicht und zu Hause nicht, nur sehnsüchtig.
Der Abschied war spröde und unbeholfen. Kinder sind oft so. Sie verbringen die ganzen Ferien miteinander, drehen sich dann einfach um und gehen, vergessen sogar das Tschüssagen. Es war eben so, warum sollten sie darum ein großes Heckmeck machen? »Sag schön auf Wiedersehen zur Anja! Gib schön die Hand« – meist bestehen die Eltern auf den Ritualen.
Wir drückten uns kurz, Kuss auf die Wange, Umarmung, Händedruck – ab in Richtung Zollkontrolle. Einmal noch umdrehen … weg war er mit Manta durch den Flughafen. *Vielleicht bin ich ihm doch nicht so wichtig?* Ich sah ihm nach.
»Please open your bag, madam. Where goes your flight to?« Das liebenswürdige Mädchen am Kofferfließband riss mich aus meinen Gedanken, aber ich hatte keine Lust auf Freundlichkeit, mein Kopf war bei Nuan.
»Munich.«
»You have something to declare?«
Sie durchsuchte mit weißen Handschuhen dezent meine persönlichen Sachen, der Zollbeamte interessierte sich für meinen Kugelschreiber.
»Können Sie haben, ist o.k.«
Der Kugelschreiber beschleunigte die Zollprozedur enorm.
Im Flieger die Comfort Class Vollversorgung, wie immer. Ich sank in den Sitz und las die Instruktion. *Die Sesselohren können mit der Hand an der Außenkante nach innen gedreht werden …*

*

Ach, Nuan. Nun muss ich dich lassen, Buddhas Sohn, Lebenselixier und süßer Störenfried, Kind und geiler Gott, mein Beach Boy.

Wieder in Sri Lanka

Zu Hause war alles ganz anders. Die erste Zeit konnte ich aus dem Erlebten speisen und vom Verliebtsein zehren, die Sonne Sri Lankas im Herzen tragen und die Glut weiter unten vor sich hin glühen lassen.

Aber es war Winter in Deutschland. Dicke Flocken, Minusgrade, entlaubte Bäume, vereiste Äste, unfreundliche, winterfrostige Menschen, Wiederaufnahme vom Bürobetrieb mit lästigem Organisationskram und demotivierenden Poststapeln. Das *Was-soll-ich-hier-Gefühl* machte sich breit.

»Jeder hat das nach dem Urlaub«, versuchte mich Igel zu trösten, wenn wir auf unseren winterlichen Spaziergängen die miese Laune mit frischer, klarer Winterluft austrieben. Mit der Zeit gewöhnte ich mich in die Arbeit ein, meine Motivation kehrte zurück. Ich hatte die Seminartätigkeit wieder aufgenommen und neue Kunden gewonnen, das Geschäft lief gut, die Teilnehmer, meist Businessleute, waren zufrieden. Der Urlaub hatte mir gut getan. Jeder sprach mich auf mein Aussehen an.

»Was hast du gemacht?? Du siehst zehn Jahre jünger aus!«

Ich sprach alles der Ayurveda-Kur zu, man zeigte sich beeindruckt und interessiert. In der Tat war mir die Kur ausgezeichnet bekommen, wie auch das Jahr zuvor. Die Erkältungshäufigkeit nahm ab, der Körper wurde entgiftet, der Stoffwechsel angeregt, die Haut wurde schöner. Aber die Hauptursache für mein Strahlen war eine andere. Nuan schrieb jeden Tag ein bis zwei SMS, manchmal vier bis fünf.

Hi mein Schatz wie geht es dir, was mach du, ich jetzt am Strand, ich liebe dich. Kuss dein Nuan.

Was mach du heute, ich grade schwimme in Meer, was gibt bei dir Neues, bei uns 36 Grad warm, ich warte auf dein SMS, Kuss.

Ich denke auch an dich, mein Zimmer auch steht dein Foto.
Denke immer an dich, kann ich nicht leben ohne dich. Kuss!
Danke dein Email aber kann ich noch nicht lesen, weil gibt drei Stunde kein Strom, ich schicke morgen ein groß Email, Kuss Nuan.
Ich liebe dich für immer, denke an dich jeden Tag, Kuss Nuan.

Das beeindruckte mich – und es war auch nicht selbstverständlich. Gerda Wimmer rief mich an. »Wie läuft's mit Nuan?«, fragte sie. Ihre Stimme klang weinerlich.
»Gut, warum? Und bei dir?«
»Schlecht, ganz schlecht! Sanjee lässt überhaupt nichts hören!«, klagte sie. »Er reagiert auf keinen Brief, ich hab schon *vier* Briefe geschrieben! Telefonisch erreiche ich ihn nicht, er schreibt nicht, ruft mich nicht an!«
Mir fiel der blöde Gorillawitz ein, den ich angesichts von Gerdas Leid für mich behielt. *Eine Frau kommt aus dem Urlaub zurück, mit einem traumatischen Schock. »Inge, was ist geschehen?« – »Ach, Sandra, es ist schrecklich. Ich mache einen Dschungelausflug, da bricht ein riesiger Gorilla aus dem Busch hervor und vergewaltigt mich!« – »Um Gottes willen, Inge...da wäre ich auch verzweifelt...« – »Das ist es ja... er schreibt nicht, er telefoniert nicht ...!«*
»Warum hast du ihm kein Handy geschenkt?«, fragte ich Gerda und versuchte, teilnahmsvoll zu wirken.
»Ein Handy?? Hör mal, ich bin keine Millionärin!«
Wenn ihr nichts investiert, Frauen, dachte ich, dann kriegt ihr auch nix. Selber schuld.
»Außerdem ist das doch wirklich nicht zu viel verlangt, wenn ich so viel für ihn gezahlt habe, dass er wenigstens *einen* Brief schreibt, oder??«
Wahrscheinlich war Sanjee froh, dass sie weg war.
»Doch, Gerda, ich glaube, das ist zu viel verlangt. Sich hinsetzen, einen Brief formulieren, Briefpapier besorgen – das heißt kaufen und bezahlen – den Brief zur Post bringen ... ist eine Menge Arbeit und Aktivität, vor allem bei der Hitze. Das sind Strandjungs, Gerda, keine Hotelangestellten! Wir schreiben immer SMS. Mit einem Handy wär's viel einfacher gewesen für euch.«

»Das glaub ich nicht. Da ist der zu blöd dazu! Das checkt der doch nicht. Check ich ja nicht mal richtig!«
»Doch, bestimmt. Nuan hat das auch geschafft!«
»Ja, Nuan … der ist ja auch viel gescheiter. Der Sanjee ist süß, aber ziemlich doof, also eine Geistesleuchte ist der nicht, schon gar nicht mit Handys!«
»Die kennen sich doch alle aus mit Handys, die hätten ihm schon geholfen.«
»Ach! Vier Wochen ist das jetzt schon her und ich höre nichts, nichts, nichts! Ich bin stocksauer! Wir haben fast drei Monate miteinander verbracht, jeden einzelnen, verdammten Tag! Und was wir alles getrieben haben miteinander, daran mag ich gar nicht denken …«
Was sich Frauen doch für kindische Hoffnungen machen … Sie werden zu Teenies, naiv, verliebt, dumm. Ich hatte jetzt schon mehrfach solche peinlichen Sri Lanka Lovestorys gehört. Und ich hatte so was ja auch hinter mir, all die Ferienflirts früher, mit Herzeleid und dem ganzen Scheiß. Wenn ich etwas nicht mehr wollte, dann das! Ich fand das unreif und dumm, unpassend, vor allem für eine Frau ab vierzig. Ich dachte da inzwischen mindestens so pragmatisch wie die singhalesischen Jungs. Das passte gut zusammen.
»Gerda, das ist ein junger Bursche. Nimm, was du kriegst, freu dich daran und genieß es. Aber du darfst dich doch emotional nicht so drauf einlassen! Die haben heute die und morgen die. Man kriegt dort, was man sucht – und man gibt was dafür. Ende. So musst du es sehen. Alles andere wäre langfristig ein fataler Selbstbetrug.«
»Nein, das kann ich nicht, ich bin da mit dem Herzen dabei …«
»Ich bin auch mit dem Herzen dabei – aber ebenso mit dem Hirn, das muss man ja nicht ausschalten. Herz ist auch nicht gleich Besitzanspruch. Lieben heißt auch loslassen und im Herzen bewahren.«
»Ich kann das nicht. Ich will ihn haben! Ich habe höllische Sehnsucht und es kränkt mich, wenn er nichts hören lässt, weil ich ihm anscheinend so egal bin wie nur was!«

Ach Gerda, naives, gutes, altes Mädchen, mach dich nicht lächerlich auf deine alten Tage. Das ist so würdelos.
Ich schrieb Nuan zurück, viele kleine SMS, nicht so oft wie er, aber doch oft genug, um die Verbindung zu halten. Ich fand es romantisch, mit einem Strandjungen aus Sri Lanka SMS auszutauschen, dazu kam eine kindliche Freude an der Technik, die das möglich machte. Gut neuntausend Kilometer ... und in einer Sekunde kam die Antwort, toll! Und ich war cool dabei, das gefiel mir noch mehr. Kein Kitsch. Ich tat was für Nuan, er tat was für mich, ein guter Deal. Wir taten uns einfach gut.
Ich zeigte meinen Freundinnen stolz und mit kokettem Augenaufschlag Nuans Fotos und genoss ihre neidischen Blicke. Weniger aus Angeberei oder Stolz darauf, dass ich in der Lage war, einen so attraktiven Typen aufzureißen, mehr aus Begeisterung über seine Schönheit, Freude an den wunderbaren Fotos mit seinen ausdrucksstarken, seelenvollen Augen, über das ganze perfekte, geglückte Ferienabenteuer, meinen wundervollen exotischen Urlaub – all das gefiel mir!
Aber es trat etwas ein, womit ich überhaupt nicht gerechnet hatte. Nuan fehlte mir... Zuerst seine körperliche Präsenz, der Sexentzug wurde spürbar. Dann vermisste ich unsere erotischen, phantasievollen Events, seinen schönen Körper, das Zauberhafte, Magische, Exotische in meiner tristen Bürowelt. Seine Augen fehlten mir, sein tiefer Blick, sein naives Gemüt, seine Bockigkeit, seine kindliche Art, sich auszudrücken, seine kleinen Worte, sein kurzes, verlegenes Auflachen, seine geschmeidige Art, sich zu bewegen – einfach sein Da-Sein. Ja, Nuan fehlte mir. *Brauchst du noch ein Kind? Langt dir eins nicht?* ging ich mit mir ins Gericht. Sein Alter getraute ich mich nicht zu verraten, wenn mich jemand danach fragte.
»Jung«, sagte ich dann, kokett lachend, »viel zu jung!« Und alle lachten verstehend und verschwörerisch mit. Es war ja nur ein geiles, kleines Abenteuer...
»Ich hab ihn lieb«, sprach eine kleine Stimme, die ich töricht fand. *Kitschdenken, lass gut sein jetzt, Franca, halte dir Gerda Wimmer vor Augen und mach dich nicht zum Narren. Du bist eine vernünftige Frau. Mach keinen Scheiß, Stetter! Was, zur Hölle, willst du mit einem Strandjungen??*

Februar und März arbeitete ich durch wie besessen. Die getankte Lebensfreude motivierte mich und es ging erfolgreich voran. Geld hatte ich auch. Dann ritt mich der Teufel, vielleicht ging es mir zu gut. *Warum also nicht* ... schoss es mir in den Kopf. Ich fand es spontan, verrückt, dekadent – und das gefiel mir. Und ich konnte es mir leisten, das gefiel mir noch mehr.

Ich rief den Chef vom Mathaali Hotel an und reservierte den Bungalow, den ich im Januar besichtigt hatte, für zehn Tage im April. Um diese Zeit bekam man auf der Insel überall Unterkünfte. *Einfach spontan nach Sri Lanka fliegen ... man lebt nur einmal.* War ich als erwachsene Frau und Chefin meines eigenen Unternehmens irgendwem Rechenschaft schuldig? Musste ich mich rechtfertigen? Ich arbeitete viel und hart. Warum sollte ich so was Verrücktes nicht einfach mal tun? Und Comfort Class musste es sein. Mitten in den Seminarterminen konnte ich mir keine Erschöpfung durch Jetlag oder wegen unbequemer Flugumstände leisten. Ich buchte den Flug nach Sri Lanka für den zehnten April. Und ich beschloss, Nuan eine Reise nach Deutschland zu schenken, ihn einzuladen ... *wenn* die Beziehung beim Wiedersehen keinen Einbruch erlitt und halbwegs tragfähig war.

*

First Class Service, Sitz 1H, komfortabel und stressfrei, kein Energieverlust. Ich befand mich in einer verrückten Vorfreude und abgehobenen Erwartung meines Liebsten, nicht mal die Turbulenzen beeindruckten mich. Ich stürmte innerlich vorwärts. Endlich ankommen in Sri Lanka, auf meiner Insel, in der Hitze und meinen Nuan in die Arme schließen ...!

Als ich in die Wartehalle kam, war Nuan nirgends zu sehen. Alle von ihren exotischen Lovern enttäuschten Frauen jedoch, mit ihren Klageliedern und Jammertiraden, die sah ich augenblicklich im Geiste vor mir herumtaumeln wie Schlossgespenster.

Da kam Upali auf mich zu. »Hallo, Franca, guten Tag! Wie geht es dir? Alles klar?« Upalis strahlendem Gesicht war die Wiedersehensfreude anzusehen. »Alles klar. Gibst du Koffer? Nuan warten da!«

Ganz hinten in der Halle erhob sich Nuan, ernst wie immer, kam langsam auf mich zu und überreichte mir ein Blumengebinde mit einem winzigen schiefen Lächeln ...
Mein erster Impuls war, ihn stürmisch an mich zu drücken; aber es gab keine Umarmung, er stand wie ein Stück Holz. Das tat weh, aber ich erinnerte mich gleich an die zwei Stichworte: *Schüchtern, Sitte.* Seinem Gesicht war, nach zweieinhalb Monaten, weder Freude noch sonst eine emotionale Regung abzulesen. Gefühle zeigte man hier nicht, das war unschicklich.
»Hallo, Nuan!«
»Hallo!« Er gab mir die Hand und hauchte einen Kuss auf die Wange, immerhin. Im Bus jedoch griff er sofort nach meiner Hand und drückte sie, legte den Arm um mich, zog mich an sich und küsste mich, immer und immer wieder, dass es dann mir fast zu viel wurde mit der Wiedersehensfreude. Ab und zu entzog ich mich seinen Liebesbezeugungen, machte mich frei und setzte mich aufrecht in den Fond. Ich wollte mich unterhalten mit den beiden, reden, erzählen, was sich ereignet hatte. Das Gespräch lief zwischen Upali und mir ab, Nuan legte den Kopf an meine Schulter oder zog mich an sich, drückte mich, hielt meine Hand, fast die ganze Fahrt über zweieinhalb Stunden, und schwieg bis auf einige kleine Sätze.
»Sadun vielleicht heiraten«, sagte er nach einer Weile.
»Was?? Sadun heiratet? Wen denn?«
»Deutsch Frau. Nett. Heißt Anna.«
»Wie alt?«
»Sadun sagt, ich darf nicht sagen...«
»Komm schon, ich sag's ja nicht weiter.«
»Wie du ... aber auch ganz schöne Frau, blonde Haare, schön ... wie du.«
Das freute mich. Auf diese Weise erfuhr ich endlich, dass er mich als attraktiv empfand. So direkt hatte ich mich nie zu fragen getraut. Aber er wusste doch nicht, wie alt ich war...?
»Wie alt genau?«
»Weiß nicht.«
»Seit wann kennt er sie denn? Im Januar hatte er noch keine Freundin.«

»Letzte Tage, du noch da, Anna kommen. Dann Sadun mit Anna vier Wochen.«
»Na, das ging aber schnell!«
»Nächste Monat Anna kommt wieder, dann heiraten, vielleicht Deutschland gehen.«
»So schnell?? Aber sie kennt Sadun doch noch gar nicht.«
Er zuckte mit den Schultern. »Sadun sagt so.«
Ich konnte es nicht glauben. Was hatte Sadun mit Anna angestellt, dass sie sich auf so eine Kamikaze-Hochzeit einließ? Sadun war ein hübscher Kerl, aber im Gegensatz zu Nuan sah er sehr afrikanisch aus und hatte eine dunklere Hautfarbe, er war fast schwarz. Nuan war braun. Anna würde es in Deutschland mit einem schwarzen Mann nicht einfach haben.
Wir schwiegen wieder, ich spürte die Müdigkeit der schlaflosen Nacht im Flugzeug, hing meinen Gedanken über Saduns Hochzeit nach und fragte mich, ob Nuan das auch wollte, eine Hochzeit. Er hielt die ganze Fahrt über meine Hand und hatte den anderen Arm um mich geschlungen. Immer wieder wollte er Küsse, Küsse, Küsse.

Diesmal gab es keinen First Class Hotel Service. Wir fuhren zum Mathaali Hotel und meldeten unsere Ankunft. Ein Hotelangestellter ging mit uns zum Bungalow, lud die Koffer aus und wies mich kurz ein. Das Haus starrte vor Schmutz. Auf den Schränken in der Küche, der Anrichte, den Kleiderschränken und Tisch eine dicke Staubschicht, die zu einem klebrigen Belag geworden war. Wenn man darüber fuhr, war der Finger schwarz.
»Das ist ja das Allerletzte! Nuan, schau dir diesen Saustall an!« Ich war übermüdet, unter Schlafentzug und schimpfte den Frust über die Situation unasiatisch aus mir heraus. Nuan stand ratlos neben mir. Was hätte er auch tun sollen… Er hätte im Hotel anrufen und dem Personal die Leviten lesen, in Singhalesisch lautstark die Meinung sagen können, dass das unmöglich war … Hätte er können, wenn er kein Asiat, kein Buddhist – und wenn er ein Mann gewesen wäre. Aber Nuan war kein Mann, er war ein Junge und stand in der Hackordnung weit unter dem Hotelchef, auch unter den älteren Angestellten.

Ich rief im Hotel an. »Den Chef, bitte!«
»Ist heute nicht da, Colombo, sorry. Ich Ruwan, hello!« Der Rezeptionist mühte sich in gebrochenem Deutsch ab. »Kann ich etwas für Sie tun?«
»Ja, das können Sie!!«
»Bitte?«
»Das Haus ist vollkommen schmutzig, alles, Tische, Schränke, Küche, überall Staub und Dreck. Das ist unmöglich!«
»Oh, sorry, Hausboy kommen und putzen.«
»Ja, ich bitte darum! Warum haben Sie das Haus nicht sauber gemacht? Sie haben doch gewusst, dass ich heute komme!!«
»Nicht genau wissen, ob Sie kommen ...«
»Natürlich haben Sie das gewusst, ich habe mich angemeldet bei Mr. Mathaali, Sie haben das natürlich gewusst!« Es fiel mir schwer, ruhig und höflich zu bleiben. Meine Stimme bebte.
Ruwan merkte es. »Ich nicht wissen, nur Rezeption, vielleicht besser sprechen Chef ...«
»Ja, das tu ich, da können Sie sicher sein! Und jetzt schicken Sie bitte sofort jemanden, der hier putzt!!!«
Zwanzig Minuten später kam ein altes, dünnes Männchen herein und begann zu putzen. »I am Nanda, your Room Boy, hello!«
»Hello, Nanda.«
Na, das konnte ja heiter werden mit diesem mickrigen Knilch. Ob der wusste, was zu tun war? Noch mal Anruf im Mathaali. »Es sind weder Getränke im Eisschrank noch sonst irgendetwas in der Küche.«
»Oh, pardon, hm ... Sie sagen Nanda, Nanda alles einkaufen, o.k.?«
»Ja, o.k. Tschüs.« Ich hatte mich fest darauf verlassen, dass alles vorbereitet war, wenn ich kam. Aber Sri Lanka war nicht *Lanka Queen*.
Nanda putzte gut zwei Stunden. Es störte mich, dass ich nach meiner Ankunft keine Ruhe hatte, nicht in Frieden auspacken und mich hinlegen konnte. Aber irgendwann war alles fertig geputzt und sauber. Der Bungalow hatte nicht im Entferntesten den Standard vom *Lanka Queen*, es war ein einfaches Haus mit einfacher

Kücheneinrichtung, einem Gasherd. Aircondition gab es nur im Schlafzimmer, in den anderen Räumen lediglich einen großen Deckenventilator. Im März beginnt in Sri Lanka die heiße Zeit, aber es war auszuhalten. Endlich ging Nanda.
Nuan hatte ich heimgeschickt, das Haus seiner Eltern lag zwei bis drei Gehminuten entfernt. Ich wollte meinen Koffer auspacken, mein erstes Urlaubsritual – ein bisschen ausruhen, ihm ein SMS senden, wenn ich fertig war. Langsam beruhigte ich mich und war gespannt, wie sich das Zusammenleben mit Nuan gestalten würde. Viel Zeit war es nicht, aber man würde danach klarer sehen können. *Klarer sehen …? Wozu?* Was wollte ich von Nuan … welche Blauäugigkeit hatte mich da und welche Ungenauigkeit in der Zukunftsplanung!
Ich wollte diesen Jungen. Diesmal würden wir ständig zusammen sein, ohne Luxus, ohne Schutz des Hotels, in das ich mich im Januar hatte zurückziehen können und dort perfekt versorgt wurde. Nuan hatte freien Zutritt zu mir und ich musste selbst für alles sorgen. Ich war der Situation ausgeliefert, aber wir waren ohne Beobachtung und würden leben können wie ein Paar. Ich würde mit Nuan, bis auf die Stunden, in denen Nanda putzte, im Haus alleine sein und machen können, was ich wollte …
Ich stand im Schlafzimmer und blickte auf meinen Koffer. Gottlob war der Kleiderschrank innen nun auch sauber.
Nuan kam auf mich zu. Ich hatte ihn nicht bemerkt, wie er lautlos zur Tür hereingekommen war. Er sah mich an und kam auf mich zu, nahm mich in den Arm.
»Hey, Nuan, du bist schon da? Ich wollte dir doch –«
Hier musste es sein, sofort, jetzt, im Stehen, an der Wand, ohne Anlauf, die Begrüßung und Inbesitznahme, schnell und heiß.
Er hatte nicht Unrecht. Meine Verärgerung legte sich, ich war danach gelassener und friedlich, guter Stimmung. Einen deutschen Mann hätte man schnell in die Schranken weisen können, diesen wilden, schönen Prinzen wollte man nicht abweisen. Er erfüllte *alle* Klischees aller Frauenträume – Tarzan, Sindbad, der Seefahrer, Pirat.
»Hallo, Nuan«, grinste ich.
»Hallo …« Er lachte das kleine verlegene Kinderlachen.

Ich ging in die Küche, um nachzusehen, ob Nanda inzwischen Cola oder Wasser gebracht hatte. »Nuan!!!!«, kreischte ich.
Auf dem Küchenboden krabbelte ein fette Kakerlake. Auch das noch!
Nuan lachte und besah sie ungerührt. »Ja, hier oft so. Lassen. Geht wieder weg.«
»Wie – was soll ich denn tun? Was meinst du, *geht wieder weg*?«
»Du immer alle Essen wegräumen, dann nicht so viele kommen.«
»Nicht so viele???«
»Ja, hier normal, immer hier ... aber jede Tag kehren und Essen weg, dann nicht viele kommen.«
Aha, man musste sich also auf Kakerlaken einrichten, wie schön ...
»Kommt die dann auch ins Schlafzimmer? Ins Bett???«
»Nein, bleiben Boden. Nicht Bett.«
Sinnlos. Sie waren eben da... Gut, dann waren sie eben da. Man gewöhnt sich an alles. Abenteurer müssen so was abkönnen. Und eine Schickimicki-Tussi wollte ich nicht sein.

Am Nachmittag spazierten wir den Strand entlang, ich genoss die Hitze. Wie immer hatte mich die Sonne wie eine dicke Mutter umfangen, das erste Mal, als ich aus dem Flieger ausstieg, und später, beim Heraustreten aus dem klimatisierten Airport. Wamm! Hier bin ich, deine Hitze, nimm mich ... Hier, im Süden war es noch um einige Grade heißer, aber am Strand war es angenehm, es ging immer ein leichter Wind.
Wir schlurften mit den Zehen durch den Sand, die Ausläufer der Wellen spielten um unsere Füße.
»Weißt du, Nuan ... ich habe keinen Mann gehabt seit Januar. Ich war dir treu.«
Er sah mich an und nickte.
»Nein, du brauchst jetzt nichts sagen, ich frag dich gar nicht ...«
Er lachte, gab aber keine Antwort.
Die erste gemeinsame Nacht war unruhig. Die Aircondition brummte laut, Nuan drehte sie jedes Mal an, wenn er aufwachte; ich konnte bei dem Brummen nicht schlafen und schaltete sie wieder ab, wenn er eingeschlafen war. So ging das dreimal in der

Nacht. Zudem plagten uns die Moskitos, Nuan mehr als mich. In der zweiten Nacht wurde es besser. Nuan wickelte das große Moskitonetz, das zusammengedreht über dem Bett hing, aus, sodass es wie eine große weiße Schleier-Glocke übers Bett fiel. Ich hatte Kerzen gekauft, Nuan brachte den Kassettenrecorder und die Bob-Marley-CDs. Es war romantisch, heiß, schön. Wir lagen nackt unter dem weißen Moskitoschleier auf dem Bett und hörten Musik. Man kann vom Anblick eines schönen Männerkörpers intellektuell nicht satt werden, es ist nicht alles. Aber es ist viel.

Am Abend gingen wir zum Essen ins Blue Lagoon.

»Wo ist Lala ... der Hund?«

»Weg.«

»Wie weg?«

»Nicht mehr da.«

»Was heißt das??«

Nuan blickte düster und traurig vor sich hin. »Jemand Gift gegeben.«

»Was?? Du meinst, man hat den Hund vergiftet?«

»Ich weiß das! Wenn Hund kommen in Hotel, Chef das nicht wollen, weil Hunde stören Touristen bei Baden – dann Leute geben Fleisch mit Gift, einfach so. Viel Hunde schon tot.«

»Oh.« Lala war sein Lieblingshund gewesen.

»Morgen du kommen Essen zu meine Haus? Mein Mutter was machen für dich!«

»Ja, gerne.«

Offizielle Einladungen mochte ich schon in Deutschland nicht, wie würde das hier erst werden? Ich hatte einen Film im Sri-Lanka-Fernsehen gesehen, in dem eine ältere Frau einen jungen Einheimischen, Eingeborenen einer Insel liebte, vom Sohn ins Haus gebracht und den Eltern vorgestellt wurde und dort einer frostigen, herrischen Mutter gegenüberstand, die eiskalt sagte: »Was wollen Sie von meinem Sohn??«

»Ich ...«

»Sie haben fast das gleiche Alter wie ich. Wie stellen Sie sich das vor? Sie können weder Kinder bekommen noch eine wirkliche Frau für meinen Sohn sein.«

»Aber ich liebe Ihren Sohn und er liebt mich.«
»In einigen Jahren sind Sie alt. Mein Sohn nimmt Sie nur für das Bett, das sollten Sie wissen.«
»Das glaube ich nicht.«
»Sie sind nicht willkommen hier. Wir suchen eine passende Frau für unseren Sohn, keine Bettgenossin! Sie passen nicht – Sie stören! «
Diese Filmszene ging mir die ganzen zwei Stunden, die ich beim Besuch in Nuans Haus verbrachte, im Kopf herum.
Nach drei Tagen Eingewöhnung in die neue Situation spielte sich unser Tagesablauf ein. Nuan und ich standen gemeinsam auf und tranken auf der Terrasse Kaffee, zum Mittagessen ging er nach Hause, dann arbeitete ich einige Stunden, am Nachmittag gingen wir an den Strand oder er kam zu mir ins Haus, was meist im körperlichen Miteinander endete.
Am Abend gingen wir zum Essen ins Blue Lagoon. Sieben Tage, genauer fünf, wenn man die Reisetage abrechnete, waren nicht so lange, als dass Leerlauf hätte eintreten können. Franca im Glück. Es war mit Nuan wie im Paradies.
Zwei bis drei Mal pro Tag liefen unsere Körper heiß, Zärtlichkeit, Küsse, Liebe, Geilheit, Vorsicht, kein Machotum, keine emotionalen Verletzungen. Mein Entschluss, Nuan nach Deutschland einzuladen, festigte sich, aber ich scheute all die Aktionen, die dafür nötig waren. Uns blieben nur noch wenige Tage und eine Menge Bürokratie stand an. Man musste bei der deutschen Botschaft nach Colombo vorsprechen und das Visum beantragen. Das bedeutete eineinhalb Stunden Fahrt nach Colombo, unter Umständen mehrere Stunden Wartezeit. Oft schickte man die Antragsteller auch unverrichteter Dinge wieder heim, weil die Botschaft bereits mittags ihre Pforten schloss, dann war die Fahrt umsonst gewesen. Zudem bekam nicht jeder ein Visum. Man befürchtete vor allem bei den Tamilen, sie könnten Asyl beantragen und nicht mehr zurückkehren. Das war weder im Interesse Deutschlands noch im Sinne Sri Lankas Bevölkerungspolitik.
Ich hatte keine Lust, einen ganzen Tag für Verrichtungen hinzugeben, die Nuan alleine erledigen konnte. Wenn ich schon alles spon-

serte, sollte er wenigstens die Behördengänge alleine verrichten können. Ich dachte an Frau Berger aus der Ayurveda-Abteilung und ihren singhalesischen Freund.
»Nach drei Jahren ist der Zauber weg, die Goldschicht blättert ab. Was ein Deutscher in fünfzehn bis dreißig Minuten erledigt, dauert bei ihnen Stunden oder Wochen«, hatte sie gesagt, »oder findet nie statt. Sie halten einen überall auf. Flugreservierungen, ein einfaches Beispiel. Mein Freund arbeitet im Flughafen und hätte das leicht erledigen können. Es sei immer belegt, war seine Auskunft. Die Antwort auf meine Nachfrage nach drei Stunden war: Es sei immer noch belegt.«
Dann übernahm sie es selber, in zwanzig Minuten sei es erledigt gewesen, sagte sie. Deutsch eben, schnell, taff, organisiert. »Sie sind unheimlich anhänglich, gehen nicht weg. Aber man muss Mutterstelle einnehmen. Will man das…?«

*

»Heute Essen bei mein Mutter. Vater auch da.« Jetzt wurde es ernst. Wir kamen pünktlich um halb acht zu Nuans Haus. Ich hatte wieder mein Airport-Kombi an, mit langer Hose und Seidenmantel, so fühlte ich mich an die Landeskleidung angepasst und seriös genug für den Familienbesuch, einer Frau meines Alters angemessen. Die Haare hatte ich dreimal hochgesteckt und wieder aufgemacht, weil ich nicht sicher war, was angebracht war. Die Frauen trugen das Haar selten offen, meist ordentlich, streng und sauber zu einem Knoten oder Zopf gebunden. In der Großstadt, in Colombo oder in Fernsehfilmen ließen sie es öfter lose auf die Schultern fallen. Ich wollte gut aussehen, aber nicht zu auffällig, und entschied mich zuletzt doch für die offene Version – mit Haarkämmchen.
Nuan lief durch den Vorgarten voraus, die Tür zum Wohnzimmer stand offen. Hier standen alle Türen offen, bedingt durch die Temperaturen, auch die sozialen Kontakte waren dadurch fließender, ein Gutteil des Lebens fand in den Gärten, auf den Plätzen, auf den Straßen statt. Nuans Haus lag hinter dem Strand, seitlich vom

großen Gebäudekomplex vom Hotel Eden. Man musste den kleinen Fußweg von den Tischen im Restaurantgarten des Blue Lagoon weitergehen, über eine kleine Grasfläche, die mit großen, alten Bäumen bewachsen war, dann stand man vor dem kleinen Haus, das man bei uns wohl eher als *Zu*-Haus bezeichnen würde. Es unterschied sich auf den ersten Blick nicht sehr von den anderen Häusern, außer in Größe und Ausstattung. Es war klein und einfach. Nuan bedeutete mir, die Schuhe vor dem Eingang auszuziehen und stehen zu lassen. Im Wohnzimmer stand die Mutter und lächelte mich freundlich an. Der Fernseher lief. Ich begrüßte sie herzlich, aber die Förmlichkeit und Außergewöhnlichkeit der Situation war nicht zu überspielen. Selbst bei uns in Deutschland hatte es einiges Gewicht, wenn die Freundin eines Mannes das erste Mal zum Essen zu seinen Eltern eingeladen wurde. Und nun erst diese Situation hier. Ich hatte kein Gefühl dafür, was Nuans Eltern von mir dachten, wie sie mich empfanden, ob sie mich akzeptierten – wenn auch nur als Mäzenin oder Förderin ihres Sohnes – oder nicht.
Als ich zu Nuans Mutter trat, um sie zu begrüßen, überreichte sie mir mit stolzem und zugleich bescheidenem Lächeln einen zusammengefalteten Stoff. Es war der blaue Anzug aus Seide, den sie einige Tage zuvor vermessen und nun für mich fertig genäht hatte, als Dank für den Satz Küchenmesser, den ich ihr per Post hatte zukommen lassen. Ich war überrascht und freute mich sehr, er sah wunderschön aus. Ich hatte für sie zwei große Fotos von Nuan dabei, die ich im Copy Shop in DIN A 4 hatte fotokopieren lassen. Der Vater trat durch einen Vorhang aus langen bunten Plastikstreifen, wie man sie in Italien sieht, aus dem anderen Zimmer, dazu. Er war eine große, imposante Erscheinung, ein Herr, größer noch als Nuan und größer als alle Männer, die ich in Sri Lanka gesehen hatte. Er musste mindestens eins siebenundachtzig sein, hatte ein markantes, intelligentes Gesicht und strahlte eine natürliche noble Autorität aus, obwohl er nie etwas anderes als Strandverkäufer gewesen war, wie ich von Nuan wusste. Er trug ein Herrenhemd, um die Hüften hatte er den Sarong gebunden, wie es üblich war. Er zeigte auf die Stuhlreihe rechts von der Tür und bat mich, Platz zu nehmen.

»You speak English?«, fragte ich.
»Yes … yes, I do!«, sagte er freundlich mit kraftvoller Stimme und lachte. »Please sit down.«
Wir setzten uns auf die Stühle, die anderen standen um uns herum und sahen uns an. Mein Besuch schien etwas Besonderes zu sein. Der Fernseher lief, man schaltete ihn auch nicht ab, offenbar gehörte er zur Abendgestaltung, auch wenn Besuch kam – und einen Fernsehapparat zu besitzen, war ein Zeichen von Wohlstand. Ich musste an eine Freundin denken und ihre Schilderungen der starren Förmlichkeit der Besuchsrituale in Sri Lanka. *Die hauptsächliche Schwierigkeit besteht darin, das Gespräch nicht absterben zu lassen. O.k.* Also los.
»Spricht Ihre Frau auch Englisch?«
»No, I am sorry, sie spricht kein Englisch.«
Lachen, Nicken allerseits. Erste Pause.
Aha, und nun? Der Vater sah mich erwartungsvoll und freundlich an, durchaus interessiert. Aber wer musste nun weitermachen? Durfte ich als Frau das Gespräch lenken oder sollte ich warten?
Geduld, Franca, warte …stop pushing the people! Du bist in Sri Lanka!
Er nahm mir die Entscheidung ab und bot einen Smalltalk an.
»Wie lang Sie schon in Sri Lanka?«
»Im Januar drei Wochen – diesmal nur eine Woche!«
»Oh. In Januar Sie erste Mal in Sri Lanka?«
»Nein, ich war schon zweimal hier.«
Er lachte wieder freundlich.
Vielleicht sollte ich doch etwas mehr sagen? »Ich mag Ihr Land sehr. Ich liebe es seit dem ersten Augenblick. Es ist eine wunderbare Insel – und auch die Menschen hier, so freundlich hier und so höflich!«
Es war eine Floskel, verfehlte aber nicht ihre Wirkung. Meine Karten lagen auf dem Tisch, ich hatte Sympathie bekundet und Freundschaft.
Er wurde merklich lockerer und lachte etwas herzlicher. »Oh, thank you very much. Es freut mich, Sie gerne hier!«
Pause. *Und nun…?*
Meine Anspannung speiste sich vorwiegend aus der Angst, das

Falsche zu fragen. Was durfte beim ersten Besuch gefragt, worüber gesprochen werden, worüber nicht?
»Wann Sie gehen zurück Germany?«
»Oh … nächste Woche, Montag … Ich will nicht gehen, aber ich muss arbeiten!«
Ich machte ein trauriges Clownsgesicht. Der Vater lachte, Nuan sah aufmerksam zu und hielt sich im Hintergrund. Er verstand so viel Englisch, dass er wusste, worum es ging, stand noch ein wenig herum und verließ dann das Wohnzimmer, als er sah, dass unser Gespräch auch ohne ihn lief.
Nun kam eine alte Frau dazu. »Schwester von Nuans Mutter – sein Tante.«
»Guten Tag, Mrs. …?«
»Kumari.«
Ich stand auf, begrüßte sie und gab ihr die Hand. Freundliches, zahnloses Lachen, freundliches Nicken, dann wieder Pause. Hinter ihr im Halbdunkel vor der Tür eine zweite Frau.
»Unsere Nachbar.«
»Hello.«
Ich verstand, es ging nur darum, mich gesehen zu haben, ein kurzes Grüß Gott, mehr war nicht nötig. Socialising. Besuche an sich waren hier schon etwas Interessantes, Besuche von Touristen in Familien kamen so gut wie nicht vor. Es war also ein besonderes Ereignis. Man wollte sehen, wer die deutsche Frau war, die da drinnen zu Besuch saß. Ein angeregtes Gespräch wurde weder erwartet, noch war es üblich. Später, als ich mehrere Filme im singhalesischen Fernsehen gesehen hatte, begriff ich, dass ich bei einem Besuch nicht viel tun musste. Man war gewohnt, dass sie so formell abliefen, das war keine Besonderheit, sondern Usus. Die singhalesischen Umgangsformen waren distanziert, höflich, steif.
Nuans Mutter kam wieder herein und brachte Tee, ein paar kleine Bananen und Kuchenstücke, und setzte sich danach artig und aufrecht neben die Tante auf einen Stuhl an der gegenüberliegenden Wand, in angemessener Entfernung. Ich wollte vor dem Essen nichts zu mir nehmen, aber wie ihr das vermitteln, ohne unhöflich zu wirken? Ich bedankte mich etwas zu aufwändig für den Tee und

bröselte, nach mehrfacher dringlicher Aufforderung, ein kleines Stück Kuchen ab. Alle anderen nahmen nichts.
»You …?«
»No …no, thank you!« Sie machten eine abwehrende Handbewegung und lachten, alles nur für mich. Man sah mir zu, wie ich trank und aß und lachte mich freundlich an. Ich kam mir ein bisschen vor wie im Zoo: die Fütterung der weißen Frau. Es fiel mir schwer, ich fühlte mich gefangen in dieser Starre, litt unter dem Umstand, nicht einfach losreden und fragen zu dürfen, nicht frei kommunizieren zu können, wie ich es gewohnt war und immer machte, wenn ich irgendwo zu Besuch war. Innerhalb von dreißig Minuten brachte ich überall ein bewegtes, lebendiges Gespräch zustande. Nicht hier. Ich bewegte mich mit der Landessitte auf Glatteis und war unsicher – alle anderen auch. Über die buddhistischen Götterbilder an der Wand kamen wir nach einer Weile auf die Religion. Ich war die Gespreiztheit leid und tastete mich vorsichtig vor, fragte, wer all die Gottheiten auf den Bildern seien. Nuans Vater gab bereitwillig Auskunft, ich hatte das Richtige gefragt, Gott sei Dank. Man freute sich über mein Interesse an der buddhistischen Lebensphilosophie, Nuans Vater kam richtig in Fahrt. Ich bestätigte ihn mit meiner Sympathie für den Buddhismus.
Nun ging es ganz gut. Alle hörten freundlich zu und konnten sich den Inhalt unseres Gespräches in etwa aus Gesten und Namen zusammenreimen. Zwischen Nuans Vater und mir entspann sich sogar so etwas wie eine angeregte Unterhaltung, offensichtlich hatte ich ein Thema getroffen, das ihm sehr am Herzen lag. Nuan kam von Zeit zu Zeit herein und ging wieder hinaus, weil ihn die Spannung dieses Familienbesuchs überforderte und sichtlich unangenehm war, obwohl der Besuch ihn freute.
Endlich hatte sich die Mutter in die Küche aufgemacht und bald darauf stand das Nachtmahl am Tisch im Nebenzimmer bereit. Sie rief Nuan und mich zum Essen, was ich erst realisierte, als Nuan mich aufforderte, hinüberzugehen.
»Franca … kommst du essen … hier?«
»Ja, danke, natürlich!«
Alle nickten freundlich, man bat mich in den kleinen Nebenraum

in Richtung Küche, dort sei die Mahlzeit angerichtet. Ich erhob mich und folgte Nuan. Der Tisch war voll beladen mit Schüsseln und Schalen, übervoll mit landestypischen Köstlichkeiten, Salate, fünf bis sechs Gemüsearten, selbst gebackenes Fladenbrot, gebratene Hühnchenkeulen, Reis. Doch es war für zwei Personen aufgedeckt und vor dem Tisch standen auch nur zwei Stühle.

»Essen deine Eltern nicht mit?«, fragte ich verwundert und sah Nuan verständnislos an. Wer sollte das alles essen? Wir zwei alleine?

Er schüttelte den Kopf. »Eltern essen später … kein Platz!«

»Aber da ist doch genügend Platz …«

»Nein, später.«

Ich war irritiert. Warum wollten sie nicht mit uns essen? Was hatte das zu bedeuten? Nuans Mutter war jedoch offenbar guter Dinge und sehr stolz auf ihr Essensaufgebot, mit dem sie aufwarten konnte. Sie zeigte auf all die Schüsseln, hielt sie mir der Reihe nach hin und bot mir von allem etwas an. Ich lud mir den Teller auf, bis sie zufrieden war und lachte. »Gut! Probieren!«, sagten ihre Blicke und Gesten immer wieder. Auch Nuan hatte einen vollen Teller vor sich. Es schmeckte wirklich wunderbar. Ich aß viel zu viel. Nuan verzehrte schweigend sein Essen, sah auf den Teller, wechselte kein einziges Wort mit mir.

»Nuan, schmeckt's dir auch, hm?«

Keine Antwort.

»Hallo«, rief ich leise, als seine Mutter weg war.

Er sah irritiert auf. »Was?«

»Ob es dir schmeckt!?«

»Oh ja, gut, viel gut.« Er aß schweigend weiter.

Ich fragte mich, was ich mit ihm anstellen sollte, damit er mehr sprach. Die Mutter kam dazu und fragte Nuan, soweit ich es richtig deutete, in Singhalesisch, ob alles in Ordnung sei, ob es ihm schmecke? Er gab keine Antwort und aß weiter. Sie sprach ihn noch einmal an, fragte wieder, er nickte nur kurz. Sie strich ihm liebevoll über die Locken und schüttelte fast unmerklich den Kopf. Aus dieser winzigen Geste war zu schließen, dass Nuan auch von der Familie als zu schweigsamer, schwieriger Zeitgenosse empfunden wurde. Warum ließ man ihm das durchgehen, dass er sich für

ein so opulentes Essen nicht anständig bedankte und es als Selbstverständlichkeit nahm? War die Mutter, wie alle Frauen hier, Dienstbotin des Mannes, auch die des jungen Königssohnes, deren Leistungen keine besondere Aufmerksamkeit erforderten?
Inzwischen war es fast neun Uhr geworden. Ich wollte weg und merkte den anderen an, dass ein zu langes Bleiben auch nicht erwartet wurde. Nach einigen Höflichkeitsfloskeln und ausgiebigen Dankesworten verabschiedete ich mich von allen und ging mit Nuan zurück zum Strand.
»Warum haben deine Eltern nicht mit uns gegessen?«, fragte ich. »Ich dachte, wir essen alle gemeinsam!?«
»Nein, nicht so. Eltern nachher essen.«
Ich verstand das nicht. Später klärte mich irgendwer über die Höflichkeitsgeste auf, dass zuerst der Besuch etwas bekommt. Die Gastgeber essen tatsächlich später für sich.

*

Nach einigen Tagen auf der Insel im Bungalow mit dem kleinen Palmengarten schrieb ich in mein Tagebuch: *Heute gehe ich mit ihm in den Tempel und sage Danke für Nuan, den mir ein gütiges Schicksal zukommen ließ.*
Wir lebten wie ein normales Paar und verhielten uns auch so. Ab und zu gab es kleine Diskussionen, wer was im Hause machen sollte, wer wann wohin gehen wollte oder nicht, alles im üblichen Bereich. Ich war Nuan von Herzen zugetan, auch mein Körper befand sich in immerwährender freudiger Bereitschaft, was normalerweise nicht meine Art war. Auch offenbarten Nuans sinnliche Faunsspiele immer wieder überraschende, unbekannte Nuancen. Und es ging tiefer in die Seele, immer tiefer. Sex ohne die Mysterien der inneren Bilder und dunklen Welten der Seele wird unspannend, platt und gynäkologisch und läuft sich tot nach einigen Monaten. Nicht bei uns …

Nuan wusste noch immer nicht, wie alt ich war. Ich musste es ihm sagen, es half nichts, der saure Apfel stand an. Morgen würden wir auf die Botschaft fahren und unser Geburtsdatum angeben müssen, die Gastgeberin und der Antragsteller fürs Visum. Ich kam nicht mehr aus. Wenn man sich als reife Frau mit einem jungen Liebhaber zu ernst nahm, wurde es tragikomisch und lächerlich. Einige Tage zuvor hatten wir ein Gespräch über den Altersunterschied geführt. Es sei ihm egal, hatte Nuan schulterzuckend und emotionslos kommentiert, »I don't care!«.

»Männer stellen sich in der Phantasie einfach eine scharfe Tussi vor«, hatte Hella aus unserer Frauenrunde gesagt, »und benutzen dich als Triebabfuhr.«

Aber doch nicht über Wochen, nicht jeden Tag dreimal, nicht mit offenen Augen, nicht mit diesen Blicken … nicht Nuan. Wo sonst die Körperlichkeit schnell schal und abgeschmackt wurde, steigerte sich Nuan, lief immer zu neuen Hochformen auf. Alles hatte mit ihm Stil und Klasse, selbst die Obszönitäten wirkten in ihrer exotischen Inszenierung unter Palmen und Mond nachts am Strand wie ein Filmszenario von Fellini, sinnlich, graziös, liebend.

»Ich dir auch treu!« Nuan sah mich ernst an. »Ich keine andere Frau. Ich nicht so ein Mann.«

Ich glaubte es nicht, aber es tat gut, und nachdem er es im Verlaufe der Woche das dritte Mal nachdrücklich beteuert hatte, begann ich es langsam und zögerlich (und gerne) für möglich zu halten. Acht Wochen waren ja nicht so lang und eine willige Touristin fand man auch nicht jeden Tag; zudem war die Saison vorbei.

»Wie alt sind eigentlich deine Eltern?«, fragte ich dann einmal so nebenhin.

»Mein Mutter neunundvierzig – Vater einundfünfzig.«

Und irgendwann, als er nicht im Haus war, schickte ich ihm ein mutiges SMS, dass mein Alter nicht so weit von dem seiner Eltern entfernt sei.

»Ich weiß«, kam es per SMS zurück.

Er hatte es in einem meiner Seminarprospekte, die herumlagen, lange zuvor gelesen.

»Und was sagst du dazu?«

»Ich liebe dich für immer«, war seine Antwort, damit war das Thema für ihn erledigt.

Das Berührungsverbot in der Öffentlichkeit förderte und steigerte die Lust ungemein und ich beschloss, das halbherzige Ganztagsgetatsche, das alle erotische Attraktion verwässerte, in allen zukünftigen Beziehungen zu unterbinden.
Nachmittags machten wir einen Spaziergang am Bentota Beach.
»Nuan, warum redest du nichts??«
Keine Antwort, Lachen.
»Nein, lach jetzt nicht, das ist ernst!«
Stille.
»Warum redest du nichts??«
Stille.
»Nun, sag schon, ich habe dich was gefragt!«
Stille.
»Wegen Sprache. Ich nicht gut Deutsch.«
»Das stimmt nicht, das ist nicht der Grund. Alle reden hier mehr als du, auch in Singhalesisch!«
Keine Antwort.
»Nicht nur bei mir bist du so schweigsam, auch bei deinen Freunden!«
Er sei eben still, entgegnete er leise und sah in den Sand. Ich schwieg nun auch. Es entstand eine längere Pause.
Nuan sah vor sich hin... 1989, er konnte sich noch gut erinnern, da waren Leichenteile im Meer geschwommen. Jetzt regierte die grüne Partei, das waren die Demokraten, die gegen die Beach Boys waren, die blaue Partei war *für* die Beach Boys, die war besser. Neun Jahre alt war er damals gewesen, als die Leichen im Meer schwammen. Er wusste auch noch genau, dass man Autoreifen um Leute gesteckt und angezündet hatte, kurze Zeit später waren sie tot. All das hatte er gesehen, seitdem sprach er nicht mehr viel. Er hatte keine wirkliche Angst, aber irgendwie doch. Vielleicht kamen sie wieder und er hatte das Falsche gesagt?
»Weiß nicht, so geboren vielleicht ...«, sagte er und sah weiterhin zu Boden.

*

»Wollen wir die Woche mal die Jungs in den Bungalow einladen?«
Er sah mich überrascht an. »Freitag?«
»Was brauchen wir?« Ich legte Zettel und Stift bereit.
»Cola und Arrak«, erwiderte er.
»Sonst nichts??«
»Nein, genug. Gibst du Geld, dann ich kaufe.«
Ich gab ihm dreißig Euro mit. Nuan brachte vier Flaschen Arrak, drei 2-Liter-Flaschen Cola und eine große Tüte Salzgebäck. Ich stellte das *Party-Catering* auf den Terrassentisch.
Die letzte Party bei Igel fiel mir ein. Das Büfett alleine hatte vierhundert Euro gekostet, für etwa zwanzig Leute, ohne Getränke, nur das Essen. Sie schnipple da nicht mehr stundenlang Karotten und mantsche in irgendwelchen Salaten rum, hatte sie gesagt. »Das zahl ich lieber, solang ich mir das leisten kann!«
Es war neun Uhr. Eine alte Gitarre wurde gebracht, die Mechanik defekt. Die Jungs streckten mir höflich die Hand entgegen, schüchtern und zurückhaltend. Dann packten sie die Trommeln aus und setzten sich auf die Terrasse. Nuan saß neben den anderen Jungs an der Wand und sang selbstzufrieden, eins mit sich und der Welt, versunken, kontemplativ. Noch nie hatte ich bis zu diesem Zeitpunkt jemand mit so viel Überzeugung so unzulänglich singen gehört. Doch wenn er mitunter die Töne traf, musste ich eingestehen: Bob Marley hatte auch nie besser geklungen. Nuan sang falsch und sah schön aus und ich versank mit im Rhythmus der Trommeln.
Ab etwa halb zehn sah er mich nicht mehr an. Ob er Gras geraucht hatte, ließ sich nicht sagen, jedenfalls schaffte er es, dass ich nichts mitbekam, wenn er rauchte, weil er wusste, dass ich bekiffte Leute abstoßend fand und es nicht ausstehen konnte, wenn er Joints rauchte, auch wenn es »nur« Gras war.
Ich fühlte mich wohl mit den Jungs, ließ mich fallen, treiben, einlullen vom tropischen Klima – nur die Eintönigkeit machte mich ungeduldig, die Eintönigkeit ihres Lebens, die Eintönigkeit des Wetters, die Eintönigkeit der Stimmungen, der Gezeiten, der Gesänge, der Trommeln. Hier war jeder Tag wie der andere, es änderte sich nichts, es blieb immer dasselbe, geborgen und aussichtslos, nestwarm und stumpf. Es ging immer irgendwie weiter

hier, auch wenn gar kein Geld mehr da war, irgendwer hatte dann wieder mal eins und ließ die anderen mitleben. Die Beach Boys waren eine große Familie, die sich gegenseitig nährte und stützte.
Am Nachmittag, bei einer Anprobe im kleinen, dunklen Laden hatte seine alte Tante Kumari in ungelenken Brocken Englisch gesagt: »Nuan so groß, viel groß – aber innen wie Kind!« Mit dem zahnlosen Mund hatte sie breit gegrinst und die Bewegung nachgemacht, wie Nuan an seiner einzigen Rasta-Locke drehte und dabei auf den Boden sah.
»Er ist wie ein Kind«, hatte auch die Mutter gesagt und gelächelt. »Immer kommt er und sagt: Mama, kannst du dies, hast du das? Mama, Mama.«
Sie hatten gelacht – nicht böse, zärtlich. Er sei immer so still, sagten sie, er denke wie ein Kind. Ich hatte Angst, dass die Kifferei und die Sauferei ihm über Gebühr schaden und ihn ins Aus treiben könnten, ein kraftvolles, vitales Leben im Keim ersticken. Er war wie ich, wie ich gewesen war in seinem Alter.
Ich liebte ihn von ganzem Herzen, ohne Wenn und Aber … das war noch nie in meinem Leben so gewesen. »Er ist so überwältigend in der Liebe und so maßlos sexy, ist Mann, Kind, Märchenprinz und Schlampe.«
Igel hatte gelacht, als ich ihr das gestand. Sie war eine der wenigen Frauen, von denen man Loyalität und Zuspruch bekam, gleich, welchen Unsinn man trieb, solange man weder sich noch anderen schadete. Sogar von Sri Lanka wollte ich meine Telefonate mit ihr nicht missen, aber diesmal schwärmte ich wie ein Teenager von Nuan.
»Wenn ich von ihm umarmt werde … ich weiß, es klingt so banal, aber …«
»Red nur, ich halt's aus.«
»Wenn ich seinen dunkelhäutigen, muskulösen Körper in den Händen halte, seinen Knabenhintern, mit den Backen, fest und rund wie zwei Äpfel, die fast in meine Hände passen …«
»Du klingst wie Humbert Humbert mit Lolita …!«
»Und du bist ein fieser Weibsteufel und neidisch!«
»Ich sitze hier bei zwei Grad und es schneit, findest du das witzig? Und kein Mann weit und breit in Sicht!«

»Wenn ich die breiten Schultern sehe, die mich zwei Handbreit überragen, die sehnigen Arme, die funkelnden, dunklen Augen, die glänzenden, dicken Locken, Igel … es klingt weibsdumm, oberflächlich, aber ich zerfließ in Seligkeit … Er sieht wie der Prinz von Rawa aus, von dem ich als Vierzehnjährige immer geschwärmt habe …«

Jetzt steigerte sich draußen das Getrommel. Sadun war dazugekommen, Nuans Freund, der aussah wie eine Jimi-Hendrix-Miniatur mit seinem Afrolook. Der sprach auch nie. War es die Trommelei von Sadun oder der Arrak? Sie wurden lauter, intensiver. Mahi, ein Cousin von Nuan und leidlich besoffen, beteuerte intensiv, dass Nuan mich wirklich ehrlich liebe.

»Nuan dich lieben, Franca …verstehst du, was ich meine?? Wirklich, echt lieben!«, lallte er. »Ich weiß das. Nuan oft gesagt zu mir *Ich lieben Franca!* Ja. So er hat gesagt!«

Ich nickte und lächelte. Was sollte ich sagen?

Mahi sah mich mit glasigen Augen an und wartete auf meine Reaktion.

»Aber ich bin viel älter als Nuan, das ist nicht so einfach, wie du denkst, Mahi!«

»Egal!«, rief er zornig. »Wenn hier gut«, er deutete auf sein Herz, »dann ganz egal! Verstehst du? Total egal!!«

»Ja, ich weiß«, sagte ich und hörte so gerne, was er sagte.

Mahi wich nicht von meiner Seite und redete auf mich ein wie ein Versicherungsvertreter, dass Nuan mich liebe wie nie eine Frau zuvor, dass er es selbst aus seinem Mund gehört hätte, *dass Liebe keinen Altersunterschied kenne* und dass Nuan mich sofort heiraten würde, wenn ich das wolle. Betrunkene sagen die Wahrheit, heißt es.

»Igel?« Sie war sofort am Apparat.

»Hey, hätte nicht gedacht, dass du noch mal anrufst … wie geht' s der Party?«

»Ich sitze hier mit zehn jungen Männern in meinem Bungalow, alle Anfang zwanzig und nach drei Flaschen Arrak leidlich angetrunken …«

»Mensch, Franca, bist du verrückt?«

»Nein, nein … freundliche Jungs, lieb, offen, lustig, keine misslaunigen, aggressiven, feindseligen Stiesel wie unsere Kids, verstehst du, denen hinten und vorne alles reingestopft wird, von PC bis Videogames und Mountainbike, die den Hals nicht voll kriegen und trotzdem immer schlechte Laune haben!«

»Ja, die mit den kleinen Ferkelgesichtern.«

Nuan kam von der Terrasse ins Haus. Wenn ich länger als zehn Minuten aus seinem Gesichtskreis verschwunden war, kam er, um nachzusehen, wo ich war. Ich schwebte in Seligkeit, die Gegenwart genießend – carpe diem! – eingedenk aller Hürden, die es zu überwinden galt und mir zu jeder Sekunde bewusst, dass morgen alles vorbei sein konnte. Endlich fühlte ich, wie das war, wenn einen jemand liebte, den man auch liebte. Hatte ich das überhaupt jemals erlebt? Und heute Nacht endete es nicht, heute Nacht bestand die Liebe. Und Heute war Heute. Das Leben ist immer jetzt, nicht gestern und nicht morgen – JETZT!

Nuan hielt mir den Kirschenmund entgegen und schloss die Augen. Er küsste mich oft und lang und jeder Kuss machte mir Spaß. Meinen Mund auf Nuans zu setzen, seine vollen Lippen zu spüren, war mir ein immerwährender, täglich neuer Genuss. Ja, Nuan war vermutlich so was wie meine Lolita.

Um zwei Uhr verabschiedete ich mich von den Jungs. Sie waren nun betrunken und laut, aber nicht aggressiv. Um vier Uhr klopfte Nuan fordernd an der Zimmertür. Ohne viel Worte, wie immer, nahm er mich in die Arme und wollte mich, sofort, keine Frage, auch am nächsten Morgen, vor dem Aufstehen, kurz, schnell, und ich hatte noch nie einen Mann so gewollt wie ihn, immer, zu jeder Zeit, in jedem Augenblick.

Diese Woche musste eine Entscheidung fallen und gehandelt werden. Wenn ich abreiste, ohne dass wir das Visum beantragt hatten, würde sein Deutschlandbesuch nicht stattfinden. Das Vorhaben würde meinem aufreibenden Berufsalltag, Nuans Lethargie und Fatalismus und nicht zuletzt der geografischen Entfernung zum Opfer fallen. Aber ich musste befürchten, dass es lief wie mit allen Ferienlieben. Im touristischen Ferienfieber attraktive, exotische Wesen, mutierten sie, in die Fremde verpflanzt, zu kleinen frierenden *Fremd*körpern, die nicht ins stiernackige männliche Rudel

passten. In der Heimat stolz und edel, erschienen sie, gemessen an den Leibesumfängen deutscher Böcke zierlich, dunkelhäutig, scheu, unbeholfen. Sie gehörten nicht hierher. Sie fühlten es schnell und man ließ es sie deutlich spüren, wenn nicht mit Worten oder Taten, dann mit Blicken. Für einige Wochen jedoch sollte das kein Problem sein, drei Monate waren eine zu bewältigende Zeitspanne. Dennoch ... ob Pflanze oder Mensch, Exoten sind oft wie schöne Wasserblumen, die man ihrem Element entzieht. Sie werden zu trostlosem Tang und gehen ein.
Ich wollte aber ernsthaft, dass Nuan mich besuchte. Zu nah waren wir uns gekommen, zu tief ging das Ganze, als dass wir es im Nichts der Bedeutungslosigkeit hätten versanden lassen wollen. Wenigstens diese eine Deutschlandreise wollte ich in Nuans Zukunft investieren. Danach würde er vieles mit anderen Augen sehen, da war ich sicher. Allein die Erfahrung einer anderen Kultur würde ihm die Augen öffnen für alternative Möglichkeiten, Wege, Verhaltensweisen, Lebensgestaltung ...

*

Wir saßen am großen Stein am Bentota-Strand.
»Wie geht es weiter?«, fragte ich ihn, wohl wissend, dass die Frage Zeit brauchte, um sich in sein Hirn zu graben, sein Bewusstsein zu erreichen. Er war nicht dumm, aber es schien, dass etwas seine Wahrnehmung blockierte oder seine Fähigkeit, sich über das Wahrgenommene zu äußern ...
»Hm?« Wie immer reagierte er verzögert und verträumt auf direkte Fragen.
»Wie es weiter gehen soll.«
»Was?«
»Mit uns!«
Keine Antwort.
Ich wollte ihm nicht wieder gleich Hilfestellung geben, aber ich merkte, wie ich ungeduldig wurde. »Sag schon!«
»Weiß nicht...« Gesenkter Blick. Nuan war scheu und verklemmt wie eine Jungfrau, wenn es um Emotionen, versaut wie ein Stricher,

wenn es um Sex ging. Da fühlte er sich sicher, hier nicht.
»Nun sag doch was! Du musst doch auch Gedanken haben?!«
Schulterzucken.
»Mein Gott!«
Er sah verwundert auf.
»O.k., ich mach dir einen Vorschlag«, fuhr ich fort. »Drei Jahre, o.k.? Wir versuchen das über drei Jahre zu halten und dann schauen wir, wie es weitergeht, ja?« Welcher Teufel ritt mich da. ... wie wollte ich eine Überseebeziehung auf fast zehntausend Kilometer halten? »Hast du verstanden, Nuan?«
Er nickte.
»Ist das o.k. für dich ... drei Jahre?«
Er lachte das schiefe Mogli-Lachen, sah verlegen auf den Boden und sagte: »Ja, ist o.k. Ich auch denke das.«
So, nun hatte ich mich eingelassen. Ich wusste, dass Franca Stetter ihr Wort nicht gern brach. War ich eine eitle, selbstgerechte Kuh, die sich aufspielte als kolonialistische Retterin, als Dritte-Welt-Missionarin, die Lebenswege vorgeben will? Oder so tut, damit sie ihren Lover nicht an eine andere Touristin verliert? Ich dachte an die Kommentare meiner Landsleute, wenn ich zu Hause mit ihm ausgehen würde ...
»Was hat die denn da für einen Sarotti-Typ dabei?«
»Hast du die Stetter gesehen? Na, die muss es aber nötig haben ... Kann die nicht mehr normal?«
Gibt es ein Hochmutsgen im deutschen Menschen? Dass er sich immer erheben muss über andere, dass er sich nicht mit Demut konfrontieren kann, im stillen Bewusstsein: Der fremde dunkle Junge hat Stärken, an denen es mir mangelt: Sensibilität, Herzensbildung, Güte, Fröhlichkeit, Vitalität. Ich nehm ihn also an und respektier ihn, wie er ist.
Wenn man sich doch aus törichter Überheblichkeit nicht immer hinreißen ließe, all diese Stärken unter unsere Werte Karriere, Aufstieg, Wohlstand zu stellen. Wie schnell ist man versucht, sich als Gewinner darwinistischer Evolution anzusehen: *Ich, die weiße Krone der Schöpfung, die Weiterentwicklung des homo ceylonensis, der da ist nur eine unterentwickelte Vorstufe.*

Es war nicht viel geschehen. Und doch so viel.
Ein wunderbarer Ferienflirt mit einem schönen jungen Mann, den das Schicksal über den Weg in meine Arme führte und dafür sorgte, dass es ihm auch gefiel. Nun versprach er sich davon vielleicht mehr und wollte nicht mehr von mir weg. Ich wollte auch nicht weg, wollte ihn binden aus ethisch nicht so wertvollen, durchaus anfechtbaren Motiven. Und gleichzeitig liebte ich ihn – oder begann vielmehr, ihn viel zu lieb zu haben. Beziehungen sehen nach außen oft simpel aus. *Sie will Sex, er braucht Geld.* Die Empfindungen der Verliebten sind viel verästelter und differenzierter, nähren sich aus Kindheitsträumen, Sehnsüchten, Lust und Ängsten – und sie wachsen wie eine Pflanze. Liebe gedeiht je nach Pflege.
Und man gibt und nimmt sich über eine Weile, was man braucht.

Die letzten Tage brachen an. Morgens setzten wir uns auf die Terrasse und lernten täglich gemeinsam eine Stunde Deutsch und Singhalesisch. Nuan bemühte sich ernsthaft, hier waren wir beide gleich unwissend, das tat uns gut. Ich schämte mich, als ich merkte, wie lange es dauerte, bis ich die völlig unvertrauten, fremdartigen Laute, die schwierigen singhalesischen Wörter behielt, und wie oft ich sie schon Minuten später wieder vergessen hatte.
»Was heißt *Versprechen*?«
»*Givisanava.*«
»*Givisanava,*okay. *Wie viele* heißt *kidenada, Erfolg* heißt *Jaya* – das musst du dir merken, Nuan, *Jaya!*«
»Ja. *Jaya veva* heißt *Viel Erfolg!*«
»Sitte ist *caritraya*, dann … *erzählen, sagen, mitteilen*?«
»*Kiyanava.*«
»*Kiyanava, kiyanava, kiyanava* – Mist!«
Ich fühlte mich wie beim Französischunterricht am Gymnasium, als das auch so mühsam für mich war.
»*Tura* ist *Bum*«, sagte Nuan stolz und ich bekam einen Lachanfall.
»Nein, nein, nicht *Bum*, das heißt *Baum* … *Baa uuum*!«
»Bauuum. Kuss?«
»Nein … *pritya*?«
»*Freude*. Kuss!«

Spätnachmittags, wenn die quälende Mittagshitze etwas abkühlte, die Sonne nicht mehr so hoch stand und eine kleine Brise vom Meer kam, zeigte mir Nuan, wie man auch ohne Hightech-Fitnesscenter (und Monatsbeiträge in dreistelliger Höhe) an der Steinstufe der Terrasse und einem dicken Ast ein gutes Arm- und Rückentraining machen konnte.
»So geht auch!« Er stand lachend vor mir, atmete tief durch, schüttelte die Haare, sein schweißnasser, dunkler Rücken und die muskulösen Arme glänzten in der Sonne und ich war verzückt über seinen Anblick.
Nachmittags saßen wir bei Antonio im kleinen Strandrestaurant – Antonio, dem ich im Januar hundertzwanzig Euro für neue Zähne versprochen hatte, damit er sich den Steinbruch aus braunen Stümpfen in seinem fast zahnlosen Mund reparieren lassen konnte. Bei uns hätte die Summe dafür das gut Zwanzigfache betragen.
»Du kannst als Wirt nicht so herumlaufen, Antonio, du siehst aus wie ein Penner!«
»Ja, stimmt – aber Antonio kein Geld!«
»Wenn du mir versprichst, dass du sie richten lässt, übernehme ich die Kosten, o.k.?«
Antonio hatte sich alles gemerkt und uns zum Essen eingeladen und sprach mich nun darauf an. »Du noch wissen? In Januar du sagen, du geben Antonio Geld für neue Zähne …« Er grinste mich an, seine braunen Stumpen wurden sichtbar.
Er sah mich treuherzig an. Also gab ich ihm das Geld jetzt und fühlte mich gut.
Ab März wurde es für Europäer in Sri Lanka unerträglich heiß. Für Nuan war es vermutlich wie ein Sommertag, für mich wie eine Sauna. Trotzdem wollte ich meinen Tagesplan durchziehen. »Kommst du mit zu Mathaali? Ich will dort nach Bungalows fragen für meinen nächsten Besuch.«
»Nein, will Strand.« Nuan blieb stehen und senkte die Nase in den Boden wie ein bockendes Kind. Er wollte nicht mit zu Mathaali gehen, sondern partout an den Strand. Er bevorzugte seine kleinen Wege, neue Wege mied er, aus Scheu oder Trägheit. »Will nicht da gehen.«

Ich insistierte und schaffte es, mich durchzusetzen. »Dann Stadt einkaufen, Supermarkt.« Dann den Bungalow von Sumiths deutscher Frau ansehen. Und dann … ach ja, zur Bank musste ich noch. Ich machte Tagespläne wie in der Firma, eine Angewohnheit, die mir ein mental-emotionales Korsett gab, so verlor ich mich nicht in der Hitze und der Trägheit. *Blinden Aktionismus* nannte das Igel, wenn es ihr zu viel wurde. Auch zu Sumiths Haus wollte Nuan partout nicht gehen. Es dauerte, bis ich den Grund herausbekam. Sumith und seine dubiosen Freunde, deren Hang zu Glücks- und Kartenspielen, das zwielichtige Milieu war Nuan zuwider.

»Die drohen mit Pistolen und schießen gleich!« Er hatte wirklich Angst.

Ob es sich um eine der Räubergeschichten handelte, die hier immer über andere erzählt wurden, oder ob Sumith wirklich einen so zweifelhaften Leumund hatte, blieb im Dunklen.

»Du sollst das Haus auch sehen, in dem wir wohnen können!«, überredete ich ihn.

Sein Misstrauen legte sich auch nicht, als wir beim Bungalow vorfuhren. Er kam nicht mit auf das Grundstück und befand, das Haus läge viel zu weit weg vom Strand. Von unserem Bungalow konnte er in zwei Minuten zu Hause sein, das war praktisch, so hing er nicht ganztags tatenlos bei mir herum, ging zu den Mahlzeiten nach Hause, zum Ballspielen mit Freunden an den Strand. Ich sah ihn lange an, wie er mit einem Stecken im Sand herumstocherte und mit seinen Gedanken plötzlich weit weg war …

*

1989, das war die Kommunistenzeit gewesen. Ein Guerilla kam in den Laden seiner Mutter, hinterließ eine Notiz, man solle den Laden sofort dichtmachen, kurz drauf kam das Militär und sagte, sie sollten sofort wieder aufmachen. Ab sechs Uhr abends mussten alle Häuser und Türen verschlossen sein, weil es so befohlen wurde.

1988 fing das an, richtig ernst wurde es 1989. Das war wie ein Schock. Man wusste nicht, ob das damals die Militärs oder die kommunistischen Rebellen gewesen waren, mit den Leichenteilen. Einmal wurde aus dem Meer ein Bein rausgezogen, das sah er noch genau vor sich wie heute, weil es ihn so erschreckt hatte, ein fremdes, weißes Bein. Und mehrere Körperteile noch, ohne Kopf. Einmal wurde am Strand eine Tasche gefunden mit lauter Köpfen drin und eine nackte Leiche mit einem vom Wasser aufgeschwollenen Penis. Man hatte nicht mehr gewusst, ob man lachen oder kotzen sollte, so grausig war das gewesen. Er hatte wochenlang davon geträumt und war schreiend aufgewacht. Dann war seine Mutter gekommen, hatte ihn in den Arm genommen und wieder in den Schlaf gewiegt. Sogar heute geschah es, dass er in der Nacht hochfuhr, weil ihm irgendein Toter im Traum erschien. Viele Leute erzählten, sie hätten am Strand in der Nacht einen riesigen Mann gesehen, der den Kopf mit sich trug.

Wegen der ganzen politischen Probleme und vor allem wegen der Streitereien zwischen den Tamilen und den Singhalesen kamen kaum mehr Touristen nach Sri Lanka, auf jeden Fall viel weniger als früher, sagten seine Eltern. Die Urlauber hatten Angst, besonders seit dem Anschlag 2001 auf den Flughafen.

In dieser Zeit damals, 1989, waren alle Leute sehr sensibel. Er erinnerte sich, wie seine Mutter am Markt einen Fisch im Aluminiumtopf kaufen wollte – den nannte man *Diamond*-Fisch – und dann ihn geschickt hatte. Er hatte das als kleiner Junge nicht richtig verstanden und am Stand gefragt: »Kann ich einen *Dynamite*-Fisch haben?«

Dann gab es eine riesige Aufregung und der Verkäufer hatte die Eltern geholt. »Wenn die Polizei da gewesen wäre«, hatte man ihm gesagt, »dann hätten sie dich sofort verhaftet und ins Gefängnis gesteckt!«

*

Es war eine Frage der Geduld und wie lange ich sie haben wollte. Ein »Mann von Welt« würde Nuan nie werden, er war ein ängstlicher, introvertierter, häuslicher Junge mit großer Liebesfähigkeit und latentem Dominanzanspruch, in der Liebe, Sexualität und

Zärtlichkeit offen und kommunikativ; körperlich sprach er an, intellektuell-verbal nicht, blieb verstockt und in sich verhakt wie ein pubertierender Knabe. Den kleinen Kinnbart allerdings hatte er sich auf meine Anmerkung hin, dieser beeinträchtige sein schönes Gesicht, gleich am nächsten Tag abrasiert.
»Du nimmst ihm damit einen Teil seiner Persönlichkeit!«, rügte mich Igel.
»Wieso denn??«
»Das sind Übergriffe.Du hast dazu kein Recht.«
Trotz aller Unmöglichkeit gewann ich täglich mehr Vertrauen in diese Liebe, die so sehr von Unterschieden geprägt war. Alles war gegensätzlich, und doch fühlten wir uns vertraut und nah.
Deine Liebe ist kolonialistisch, Franca – weiße, reiche Frau hält sich kleinen Strandjungen aus Sri Lanka. So wäre es gewesen, hätte mir Nuan nicht ohne Vorbehalte seine Liebe offenbart und geschenkt. Und hätte ich sie nicht ebenso gerne angenommen und erwidert. Musste ich nun reif und weise sein und stets das unabänderliche Ende vor Augen haben, das *»so sicher wie das Amen in der Kirche«* war? Wie wichtig war *Vernunft* in dieser Zeit?
In zehn Jahren würde Nuan knapp über dreißig sein und ich eine alte Frau. Aber *musste* ich so weit denken und mich künstlich aufregen, wenn mein Leben zeigte, dass meine Beziehungen nie länger als acht Jahre währten? Ich war kein Langzeittyp, das wusste ich, und ich fand, ganz ehrlich, dass acht Jahre für eine Beziehung verdammt lang waren. Und auch genug.

Der letzte Morgen kam. Eine letzte schlaftrunkene Umarmung im Bett, ein paar zufällige und rasch wieder abgewendete, traurige Augen-Blicke, ein kurzes, schnelles Eindringen, geprägt von seelischem Rückzug und konfusen Empfindungen. Nuan sprach noch weniger als sonst. Um halb zehn kam unser Fahrer mit dem Auto. Upali, der treue Diener, fuhr wieder mit.
Während der Fahrt sah Nuan wieder wie ein Hund aus dem Fenster hinaus, zur anderen Seite, weg von mir und brach nun alle Kommunikation ab. Ich nahm seine Hand, aber er reagierte kaum. Die anderen schwatzten gerne, unterhielten sich, soweit das

Deutsch reichte, und in ihrer Sprache sowieso. Nuan war anders, er war in allem anders…

Denise hatte gesagt: *»Nuan ist nicht von dieser Welt. Er ist anders als alle, die wir kennen. Er hat so eine Aura um sich herum, die ganz außergewöhnlich ist. Er ist irgendwie ein Wesen aus einer anderen Welt …«*

Und deshalb liebte ich ihn ja auch.

*

Der Abschied vollzog sich schnell, unvermittelt und schmerzlos. Nuan konnte nicht mit in die Halle hinein, weil wir nicht mehr die Zeit hatten, ein Flughafenticket für ihn zu kaufen. Also drückte ich ihn an mich, er ließ es geschehen, als sei er eine Stoffpuppe, und sah zu Boden.

»Bis im Dezember, Nuan …«

»Ja. Dezember. Wiedersehen.«

Schon im Flieger hatte ich Sehnsucht nach Nuan und Angst vor den vielen Fallen und Stolpersteinen.

Ich liebte ihn, das wusste ich nun, und hatte dabei das niederdrückende, schlechte Gefühl, das dürfe nicht sein, nicht auf diese Weise – weil es nicht konform ging mit der Moral dieser Welt.

Hoffnungen und Enttäuschungen

»Nuan wird mich besuchen.«
Erstauntes Augenweiten, so weit geht also die Liebe, na, die hat's aber erwischt, meine Herren. Freilich hatten mir die Hormone die Sicht vernebelt, aber ich wusste um die rosa Brille und fühlte mich darum unverletzlich. Dies war ein Zuckerstückchen eines humorvollen Universums und ich nahm es dankbar an. Das Zuckerl würde bald ausgelutscht sein, weil mich Nuan nicht mehr begehrte oder mir zu unzulänglich blieb in seinem Selbstausdruck. Das Gefälle würde unüberwindbar bleiben und zu viel Energie kosten. Aber da ich es mir leisten konnte, was mir gerade als Frau Spaß machte, wollte ich die Romanze nicht abbrechen.
Mitte Mai würde Nuan bereits ankommen, wenn alles zu blühen anfing, die Temperaturen einem Sonnenkind zumutbar waren und die bayrische Natur ihr schönstes Gesicht zeigte.

*

Ich tigerte im Franz-Josef-Strauß-Flughafen unruhig auf und ab, versuchte, die durch diverse Kommentare getrübte Vorfreude in den Griff zu bekommen. Der vertraute Flughafen erzeugte eine andere Stimmung als sonst. *Wie wird Nuan aussehen? Wie wird es sein, ihn* hier *wiederzusehen?*
Frank, mein Seminarassistent, hatte Recht behalten. »Ich seh dich schon da stehen, mit feuchten Händen, aufgeregt wie ein kleines Mädchen…«
Die Kommentare der anderen waren weniger freundlich.
»Der wird frieren, ha? Müss' ma ihm ein Terrarium bauen!«
»Fliegt der beim Gepäck mit …?«
Nuan war mein »Sri Lanka Lover« oder »der Ceylonese«, »Schoko-

riegel« oder »exotischer Liebhaber«. Es war, als trennte Nuans Besuch in meinem Freundeskreis die Spreu vom Weizen. Einige Freunde, denen ich von Nuans bevorstehendem Besuch erzählte, bekamen auf einmal diesen seltsamen Blick, einen Ausdruck zwischen Abwertung und Feigheit. Man sah ihnen an, dass sie mein Verhalten nicht billigten, aber nicht den Mut aufbrachten, sich mir mit ihrer Meinung zu stellen, sich nur hinter meinem Rücken darüber ausließen. Männer malten sich missgünstig aus, welche sexuellen Qualitäten der »Inder« (»Wo liegt Sri Lanka eigentlich genau?«) ihnen voraus hatte, Frauen waren ein bis zwei Generationen davon entfernt, die Unerschrockenheit für eine Liaison dieser Art aufzubringen, obschon sie es reizvoll fanden. (»Der tät mir auch g'fallen« oder »Wennst ihn nimmer brauchst, schickst ihn zu mir!«) Nur als Phantasie, versteht sich, der Anstand und das allseits tief verankerte Das-tut-man-nicht standen im Vordergrund. Bei mir standen Lust und Liebe im Vordergrund, ich wollte bei meinem Tod einst nicht sagen müssen: *Mein Leben hat allen gefallen – nur mir selbst nicht.*

Der Flieger landete pünktlich um achtzehn Uhr. Die Gepäckausgabe ließ auf sich warten, ich wanderte unruhig von einem Standort zum anderen, um alle Perspektiven auf das Gepäckband im Blickfeld zu haben, Nuan war nirgends zu sehen. Passagiere beobachteten mich. Endlich entdeckte ich ihn, er sprach mit einem Polizisten. Hübsch sah er aus, die Haare zu lang und ohne Schnitt, aber sonst wie immer, ein enges Bodyshirt und Jeans, keine Sandalen, feste Schuhe, Blockers hießen die, wusste ich von meiner dreizehnjährigen Nichte. Er kam auf mich zu, an seiner Seite der Polizist mit einem ernsten Gesicht.

Ich umarmte Nuan. »Nuan! Wie schön, dass du hier bist!«

Er stand steif da, sperrig wie stets bei Begrüßungen und Abschieden. Der Polizist wollte wissen, warum er hier war, was er hier machte, zu wem er gehörte. »Er sagt immer: Franca Stetter, Franca Stetter. Sind Sie Franca Stetter?«

»Ja, das bin ich. Es ist alles in Ordnung. Er hat ein Visum.«

»Ich muss das prüfen.«

»Ja, alles ist o.k., oder?«
»Wie lange bleibt er hier?«
»Das wissen wir noch nicht«, sagte ich und versuchte, einen fröhlich-entspannten Ton zu bewahren, obwohl ich diese Ausfragerei hasste. »Drei Wochen oder drei Monate. Sie sehen ja, das Visum geht über drei Monate.«
»Ja, gut. Aber wie lang glauben Sie denn, dass er ungefähr bleibt?«
»Ich sagte Ihnen doch, das wissen wir noch nicht!« Jetzt wurde ich etwas lauter.
»Aber er hat nur fünfzig Euro dabei.«
»Ja, und? «
»Ja, das müssen wir dann eben prüfen.«
»Na, das haben Sie doch jetzt. Also?«
»Also ist alles in Ordnung und er gehört zu Ihnen?«
»Ja!!«
»Wohnt er dann bei Ihnen, kommen Sie für den Lebensunterhalt auf, oder wie?«
»Ja!! Können wir jetzt gehen?«
Der lange Flug schien Nuan nicht sehr beeindruckt zu haben. Er zog einen alten blauen Koffer hinter sich her, der ungefüllt aussah. Am Parkplatz, wo mein Porsche stand, der ihm keinen Kommentar entlockte, luden wir den Koffer ein und fuhren zu meinem Heimatstädtchen. Die Fahrt dauerte eine gute Stunde.
»Wie war der Flug?«
»Lang. Zehn Stunden, wenig Platz mit Beine.«
»Und zu Hause, wie war der Abflug?«
»Alles o.k. Drei Stunden vorher an Airport. Alle mitkommen, Mama, Papa, Bruder und Upali.«
Ich war seit gut zwei Monaten wieder die Schnelligkeit deutscher Kommunikation gewohnt.
Nuan sah die ganze Fahrt zum Fenster hinaus. »Alles sauber. Schön.«
Als wir in meiner Stadt ankamen, fuhr ich zum Eiscafé. Ich wollte einen Begrüßungskaffee mit ihm trinken, ihn auch ein bisschen vorführen, er war so hübsch. Nuan saß unsicher mit gesenktem Blick am Tisch. Ich hatte ihn überfordert, so kurz nach dem

Ankommen, das erste Mal in einem fremden Land, in einer anderen Kultur, das erste Mal überhaupt auf Reisen, und fand mich unsensibel. Die neugierigen Blicke der Gäste erinnerten uns daran, dass wir kein gewöhnliches Paar waren.
Daheim zeigte ich ihm das Haus und sein Zimmer, wir stellten den Koffer ab und gingen in die Stube.
»Möchtest du etwas essen?«
»Nein, Flugzeug viel.«
»Möchtest du ausruhen?«, wollte ich noch fragen, aber da zog er mich schon an sich, drückte seinen Körper und seinen Unterleib an mich, präsentierte seine Erregung wie ein Präsent, traf mich mit seinem Blick aus den schwarzen Samtaugen in meinem Sonnengeflecht, küsste mich, zog mir das Nötigste aus, nahm mich im Stehen im Esszimmer. Der Willkommens-Quickie musste sein, auch jetzt und hier, auf fremdem Terrain, die körperliche Vereinigung, um seelisch zueinander zu finden, Vertrauen aufzubauen, sich auszubalancieren, um sich die Liebe physisch zu bestätigen.
»Willst du was essen?«, fragte ich ihn dann noch einmal.
»Später« sagte er, legte sich hin, um ein wenig auszuruhen von der Reise, fiel bei lauter Musik sofort in tiefen Schlaf wie ein übermüdetes Kind und nichts mehr weckte ihn auf. Ich lag lange neben ihm und betrachtete ihn, freute mich über seine Schönheit und über meinen Mut.

»Steh auf, Nuan ... komm, wach auf!« Am ersten Morgen in Deutschland musste ich ihn schütteln, als ich ihn weckte. »Wir fahren nach Schlossberg!«
Schlaftrunken öffnete er die Augen und blinzelte mich an.
»Wir müssen ein paar schöne Sachen für dich zum Anziehen kaufen«, sagte ich.
Er nickte und warf einen Blick auf die Swatch-Uhr, die ich ihm geschenkt hatte. In Sri Lanka war es jetzt zwölf Uhr mittags.
»Und zum Frisör müssen wir auch.«
Seine Augen weiteten sich, er setzte sich schlagartig aufrecht ins Bett. *Frisör* klang bedrohlich, der Vater wollte seine Haare immer kurz und die Mutter mahnte ständig an, sie seien zu lang.

»Nur die Spitzen, Nuan, schau…« Ich hielt ihm den kleinen Spiegel vors Gesicht. »Schau, da unten sind sie kaputt, da muss ein Schnitt rein!«
Im Geschäft beratschlagte ich mit der Verkäuferin, was er tragen sollte. Sie legte eine Jeans nach der anderen vor ihn hin, daneben weiße, stahlgraue und olivfarbene T-Shirts mit coolen Aufdrucken. Nuan zog wie in Trance eine Hose nach der anderen an und wechselte die T-Shirts wie anempfohlen. Die Verkäuferin brach bei jedem Outfit in professionelles Entzücken aus, aber auch in meinen Augen konnte er Begehren, Stolz und Bewunderung erkennen, das gefiel ihm. Es war in der Tat unglaublich, er sah aus wie ein Model.
»Du kannst anziehen, was du willst«, rief ich begeistert, »dir steht alles!«
Als er vor den Spiegel trat, musste er zugeben, es war nicht schlecht, was er da sah. Die Jeans hatte einen Schnitt, wie man ihn in Sri Lanka nirgends bekam, und die Qualität der T-Shirts wäre unerschwinglich gewesen. Er suchte umständlich das Preisschild, als ich mit der Verkäuferin sprach. Als er die Zahl las, wirkte er wie betäubt, allein für *eine* Hose hätte er ein oder zwei Monate arbeiten müssen. Und das Geld bekam ja die Mutter.
Als ich bezahlte, sah er weg. Mindestens sechs singhalesische Monatslöhne wanderten da über den Ladentisch, das musste für ihn so unvorstellbar sein, dass er nun nicht mehr wusste, ob er sich freuen oder schämen sollte.
»So viel Geld, nur für Kleider…«, kommentierte er leise, als wir draußen waren. Ich küsste ihn vor dem Geschäft, vor den Leuten war ihm das sichtbar unangenehm. Der Einkauf war noch nicht fertig. Ich zog ihn in einen zweiten Laden und kaufte Unterhosen für ihn, was ihm ebenfalls peinlich war, aber die kleinen, silbergrauen Slips mit schwarzem Bund, die knapp sein Gesäß bedeckten, sahen so gut aus, dass seine Zustimmung schnell überwog.
Der Frisör schnitt nicht zu viel weg, es gab nur eine Diskussion um das »*Finish*«, wie der Frisör es nannte. Nuan wollte die Haare mit Gel streng nach hinten haben, weil das männlicher aussah, ich verteidigte mit dem Frisör vehement das freie Fliegen der Haare. Nuan

fand, das sähe zu wild und zu lockig aus, hatte aber die Befürchtung, zu dreist zu sein und gab nach; nicht ganz, ein bisschen Gel musste drauf. Danach gingen wir zum Essen ins Restaurant, wieder bezahlte ich dreißig Euro – und als wir zum Tanken fuhren und er aus dem Auto die an der Tanksäule durchratternden Zahlen verfolgte, verriet sein Blick, dass er nicht glauben konnte, was er da sah … Volle fünfundsechzig Euro rauschten vor seinen Augen einfach so in den Tank. Das war mehr als ein ganzes Monatsgehalt in Sri Lanka – nur für eine Ladung *Benzin*! Er lehnte sich zurück, schloss verwirrt die Augen, kämpfte sichtbar mit Wut und Trauer über das aussichtslose Leben daheim, seine Armut, die Armut seines Landes und darüber, dass ihm eine Frau das alles bezahlen musste.

Er dachte an zu Hause. Zu Hause kehrte er jeden Tag das Haus. Das tat er gerne, es war seine Aufgabe. Jeder hatte in der Familie eine Aufgabe. Und seine war es, zu kehren, jeden Tag. Beim Kehren vergaß er sogar die Zeit, wenn er den Besen so hin und her fegte… vor und *schwapp* und vor und *schwapp!*
In Sri Lanka hatte er immer Hunger. Die Mutter kochte so gut, aber es war selten genug Geld da, um für alle jeden Tag gut zu kochen. Und selbst aus dem wenigen machte seine Mutter immer ein leckeres Essen. Seit er trainierte, hatte er noch mehr Hunger, seine Muskeln waren in zwei Jahren ums Doppelte gewachsen und er hätte essen, essen, essen können! Der Vater verdiente als Strandverkäufer nicht viel. Und wenn die Touristen ab April ausblieben, verdiente man gar nichts mehr. Dann mussten sich viele Familien Bankkredite aufnehmen – wenn sie welche bekamen. Aber seine Familie war arm, und armen Familien gab man nicht gern Kredite. Das war die Kehrseite von Sri Lanka. Sri Lanka … »schönes Land«. Singh a le …Löwenblut. Ja, im Herzen waren sie Löwen, großmütig, freundlich und stark.
Aber die Minderheitenkonflikte, Guerillakämpfe und Unruhen der letzten Jahrzehnte hatten ihre blutigen Spuren durch das Land gezogen und es geschwächt. Der Bürgerkrieg, der auch die Touristen fern hielt, hatte zu tiefem Misstrauen zwischen Singhalesen

und Tamilen geführt, zwischen Buddhisten und Hindus. Misstrauen, Angst und die ewige Armut machten die Menschen klein, eng, neidisch und verlogen. Das waren keine Löwen mehr, das waren feige, ängstliche, dumme Nager. Das passte nicht zum Buddhismus, der so großherzig und weise war. Der Großteil der neunzehn Millionen Einwohner waren Buddhisten, aber die Tamilrebellen machten ständig Ärger. Sie wollten die Hälfte vom Land und ihre Sprache sollte in den Schulen gesprochen werden. Er wollte sich mit niemandem streiten und wenn er einen, nur einen einzigen Wunsch frei gehabt hätte, dann hätte er sich gewünscht: Frieden für alle Menschen auf der ganzen Welt.

*

Gleich am zweiten Tag nach Nuans Ankunft hatte ich einen Fernsehtermin: Ich war zu einer Talkshow in Berlin eingeladen worden, um über Motivationsseminare und deren Effektivität zu sprechen, da die gesamte Branche mit zunehmender Skepsis betrachtet wurde.

Ich hatte lange überlegt, ob ich Nuan (und mir) diese Aktion gleich zu Beginn zumuten konnte, aber ich fand es besser, wenn er mit mir flog, als wenn er im leeren Haus allein blieb. Er würde überfordert sein, aber er erlebte die Stadt Berlin, immerhin, und er sah ein Fernsehstudio, das war sicher interessant für ihn.

Nuan war ein stiller, aufmerksamer Reisebegleiter, der kein Aufheben machte, trug ohne Aufforderung meine Taschen, tat, was man ihm sagte, mit ernsten Gesicht, ohne Scherze.

Mit dem Taxi fuhren wir beim *Schweizer Hof* vor. Ein livrierter Page öffnete den Wagenschlag, ein zweiter kümmerte sich um unser Gepäck. Wir folgten ihm durch die Drehtür in die Lobby aus Glas und Marmor. Nuan setzte sein undurchdringliches Gesicht auf, es war ihm nicht anzusehen, ob ihn das Ambiente beeindruckte. Das Einchecken an der Rezeption nahm eine Weile in Anspruch. Nuan steuerte auf den lachenden, schwarzen Hotelboy zu, der bei unserem Gepäck stand, ich ging zu den Angestellten beim Check-in.

»Guten Tag, Frau Stetter!« Der Angestellte machte eine kleine Verbeugung und lächelte zuvorkommend.
»Guten Tag, Herr Bodmann!«
»Auch wieder mal bei uns?« Herr Bodmann bediente mich mit professioneller Höflichkeit. »Ein Doppelzimmer, zwei Schlüssel, bitte sehr. Haben Sie Gepäck?«
»Ja, da drüben.«
»Der Page wird Sie begleiten, Zimmer 615, im sechsten Stock. Einen angenehmen Aufenthalt wünsche ich Ihnen!«
Nuan stand beim Hotelboy, im internationalen Menschengewirr fiel er nicht weiter auf. Der dunkelhäutige Mann kam aus Brasilien und lebte seit sechzehn Jahren in Deutschland, erfuhr ich, war um die dreißig Jahre alt und ein sehr freundlicher Mensch. *Wie keiner von uns hier,* dachte ich. Wir wechselten einige Worte, aber mein Interesse hielt sich in Grenzen. Unser Gepäck wurde in den Lift geschoben.
»Nuan, kommst du?«
»Ja, gleich.«
»Zimmernummer 615, okay?« Ich zeigte ihm den Schlüssel mit der Nummer.
Er nickte.
Im Zimmer packte ich den Koffer aus, hängte die Kleider auf, stellte den Kulturbeutel ins Bad und machte mich mit den Einrichtungen vertraut, Fernseher, Minibar, Fön, Internet. Es mussten gut fünfzehn Minuten vergangen sein, Nuan erschien nicht. Ich fuhr mit dem Lift hinunter und sah nach, wo er abgeblieben war. Da stand er beim Hotelboy an der Rezeption, immer noch, und lachte, gestikulierte, unterhielt sich prächtig mit ihm, ein Kauderwelsch aus englisch-deutschen Satzfetzen und Gesten. *Schau an,* dachte ich, *geht doch!*
Im Sender stellte ich ihn als Austauschstudenten aus Sri Lanka vor, der hier war, um die deutsche Sprache zu lernen. Man hielt sich an die unausgesprochene Vereinbarung, ihn nicht als meinen Liebhaber zur Kenntnis zu nehmen, obwohl einige Mitarbeiter vom Doppelzimmer wussten. Die Fernsehleute, gewohnt, mit unkonventionellen Menschen jeder Couleur umzugehen, sahen darin

nichts Besonderes, sie nahmen ihn locker, stellten neugierig Fragen und versuchten, mit ihm zu kommunizieren.
Nuan jedoch blieb einsilbig, beschränkte Antworten auf das Nötigste, also ließen sie das Fragen bald sein und kümmerten sich nicht weiter um ihn.
Er habe große Angst vor Deutschland gehabt, gestand er mir später, und doch wochenlang von dieser ersten Reise in seinem Leben geträumt, fast jede Nacht, von Deutschland, dem Traum all seiner Freunde, aller Beach Boys überhaupt. Und nun war er es, für den der Traum zur Wirklichkeit würde. Und als der Flug in Frage gestellt war, weil mein Unmut über seine Säumigkeit bei den bürokratischen Erledigungen mich zu einer (später widerrufenen) Absage hingerissen hatte, sei ihm der Schreck in die Glieder gefahren und er habe gewusst, wie viel ihm die Reise bedeute. So sauber sei alles hier, so frisch, die Autos so neu, das Gras so grün, die Straßen so eben und glatt! Deutschland sei wie Sri Lanka in zweihundert Jahren …
Die Talkshow war in Ordnung, auf der Höhe meiner funkelnden Präsenz war ich nicht. Beim anschließenden geselligen Zusammensein, wo sonst verbaler Schlagabtausch an der Tagesordnung war und witzige Bonmots und frivole Scherze hin und her flogen, fühlte ich mich blockiert. Hätte ich mich wie gewohnt verhalten, frech und laut, hätte ich Nuan isoliert – blieb ich auf seinem Level, distanzierte ich mich von den anderen. Nuan wiederum weigerte sich, im Wörtergewirr der fremden Laute einen Sinn erkennen zu wollen, es ging ihm zu schnell, es war für ihn unmöglich, sich ins Gespräch einzuklinken, in welches auch immer. Im fremden Kontinent im Mittelpunkt zu stehen, wie ein Schulkind im Babydeutsch befragt zu werden, ausgestellt zu sein, mit ungenügenden Sprachkenntnissen unzulängliche Antworten zu stammeln, widersprach seinem Stolz. Er senkte also den Blick und sah nach einer Weile nur noch auf die Tischdecke. Einen in den Augen der anderen ungewandten, dummen Jungen als meinen Lover präsentiert zu haben, das war mir peinlich. Jetzt, im Lokal, beim Essen, fiel es auf, weil keine arbeitsbedingte Spannung mehr die Leute von der Wahrnehmung seiner Person abhielt. Zu spät, da mussten wir nun durch. Ich und er.
»Warum redest du nichts?«, fragte ich leise.

»Weiß nicht. Nicht verstehen …« Er wirkte unbeholfen und unglücklich.
Aufgefangen wurde die entwürdigende Situation nur durch seine Schönheit. Er verlor wohl an Zauber durch seine Unbeholfenheit, aber seine Unberührbarkeit, der unerreichbare, wie ein ferner Diamant durchschimmernde Wesenskern, sein stiller Ernst, die unergründliche Tiefe, die er ausstrahlte, seine ungeschützte Verzweiflung und sein deutlich spürbarer innerer Widerstand gegen die Oberflächlichkeit, Gefühllosigkeit und Unsensibilität des Umgangs erreichte die Menschen, vorwiegend die weiblichen, aber auch Männer, an einer Stelle in der Seele, die fast vernarbt war, aber noch schmerzte. Er rührte die Menschen und kaum einer konnte sich dieser Wirkung und seiner Faszination entziehen. Ich sah die Frauen, wie sie sich dabei ertappten, ihren Blick nicht abwenden zu wollen und, ganz nach vorne gebeugt, ihm zugeneigt, an der Zigarette saugend, den Rauch ausatmend, verharrten und etwas zu lang in seinen Augen versunken blieben und auf Antworten hofften, die nicht kamen; wie sie sich aus Phantasien rissen, die sich in ihren Augen – für mich sichtbar, weil ich sie kannte – widerspiegelten; Männer, die, als sie sich unbeobachtet wähnten, mit offenem Mund neidvoll seine glänzenden, schwarzen Locken betrachteten und die samtene, dunkle Haut am Hals, die zum sanften Küssen und zum Hineinbeißen förmlich einlud, fast herausforderte. Als ich sie ansah, schlossen sie wie ertappt ihren Mund und richteten sich gerade. Er weckte in Frauen den Beschützerinstinkt und ihre Führernatur, und in den Männern die sorgsam vergrabene, latente Neigung zum eigenen Geschlecht, ohne dass ihnen das bewusst geworden wäre, zumindest nicht sofort.
»Na, Nuan … das erste Mal in Deutschland?«
»Ja.«
»Und … gefällt's dir hier?«
»Ja, schön.«
Pause.
»Erstes Mal geflogen?«
»Ja.«
»Ist schön?«

»Ja.«
Pause.
»Jetzt isses ja schön warm bei uns, sei froh, dass de nich im Winter hergekommen bist!«
Nuan kannte »Winter« ja nicht, was sollte er sagen?
»Ja.« Er lachte sein kurzes, verlegenes Kinderlachen.
»Wie ist denn das Wetter in Sri Lanka jetzt?«
»Viel heiß.«
»Ah ja … dreißig Grad?«
»Ja, so.«
Dann fingen sie an, in der dritten Person über ihn zu sprechen.
»Wie lange bleibt er denn hier? Drei Monate, ahaaa …«
»Ist er ein Tamile?«
»Nein, Buddhist.«
»Oh.« Freundliches Nicken, kein Nachhaken.
»Und ist er das erste Mal in einem Fernsehstudio?«
Nicken.
»Hat's ihm gefallen?«
»Da müssen Sie ihn selber fragen.«
Sehr komisch. Unechtes Lachen.
»Fernsehen schön, Nuan?«
»Ja, schön.«
Unerträglich. Entwürdigend.
Meistens begannen die Gespräche, ihn betreffend, ohnehin in der dritten Person.
»Hat er schon viel gesehen?«
»Nuan ist erst vor zwei Tagen angekommen.«
»Ach so, ja dann…«
Gespräch stagniert. Pause. Neuer Versuch, siehe oben.
Meine Landsleute hatten Scheu, den dunkelhäutigen Mann anzusprechen, bei aller Fortschrittlichkeit, die die »MTV-Neger« mit ihrer »schwarzen Revolution« angeblich eingeleitet hatten.
Auch in meiner Heimatstadt gehörten schwarze Menschen seit einigen Jahren zum Stadtbild, Asylanten, die in einem großen Haus am Bahnhof untergebracht waren. Im Sommer saßen sie um den Brunnen wie im Heimatland oder gingen im Dezember in der

Vorweihnachtszeit in dicken Anoraks durch die winterliche Stadt, einsam, nirgends dazugehörend, störende Fremdkörper im einheimischen regionalen Organismus. Keiner sprach sie an, *mit* ihnen sprach man schon gar nicht. Weder getraute man sich, Kontakt aufzunehmen, noch hatte man Interesse. *Was wusste man schon über die Neger da und woher die kamen, was das für Typen waren?* Vor die Wahl gestellt, hätte sie der Großteil der Bevölkerung am liebsten wieder heimgeschickt, damit man unter sich war. Noch vor einigen Jahren wurde ihnen der Zutritt in die örtliche Disco verwehrt (Vermerk am Eingang »Asylanten haben keinen Zutritt!«) und ein reaktionärer Unternehmer hatte am Stadtplatz ein großes Schild aufgestellt: »Wir sind kein Negerdorf!« Besser war es wohl geworden, dennoch blieben sie nur unwillkommene Eindringlinge, die man notgedrungen dulden musste.

In einigen Kleinstädten gab es außer den politischen Asylanten auch »Freiwillige«, die es gewagt hatten, wegen einer Frau nach Deutschland zu kommen und hier geblieben waren (oder versuchten zu bleiben), vielleicht sogar Arbeit gefunden hatten und hier mehr oder weniger gerne lebten. Kaum ein Mensch verlässt freudig und leichten Herzens seine Heimat, wenn es nicht gute Gründe dafür gibt. Oder? *»Weiß ich nicht!«*, gilt nicht. Nachdenken! Zu den Gründen zählen Liebe oder Hoffnung und Aussicht auf ein menschenwürdigeres Leben oder Krieg im Heimatland. Wie würden wir gerne als Ausländer in den USA, Australien oder in Japan behandelt werden ...?

Kam es tatsächlich einmal zu einem – meist aufgezwungenen – Kontakt mit einem beherzten Freiwilligen, der den Mut gehabt, Kontakt aufzunehmen oder sich mit einem von ihnen zu unterhalten und ihn seinen Freunden vorzustellen – oder gar ein freches Mädel den Mumm besessen hatte, den »Neger« zum Sonntagskuchen nach Hause zu den Eltern zu bringen, lief ein stereotyper Wortwechsel ab, einem Verhör nicht unähnlich, mit immer gleichem Inhalt: Herkunft, Papiere, Arbeit, Geld. In Dummdeutsch. Darunter lief immer auch ein Subtext ab.

»Von wo bist du?« *(Ist mir egal, aber was soll ich sonst fragen)*

»Sierra Leone.« *(Der weiß ohnehin nicht, wo das ist)*

»Ah. Wo is'n des?« *(Die Schwarzen sehen eh alle gleich aus)*
»Afrika.« *(Geografie, du Idiot!)*
»Afrikaner … soso.« *(Na ja, Neger halt)*
»Ja.« *(Glaubst du, ich weiß nicht, was ihr über uns denkt?)*
»Wie lange du schon hier?« *(Wieder einer, der dem Staat auf der Tasche liegt.)*
»Drei Jahre.« *(Drei Jahre zu lang in diesem Scheißland, wo man das Wort »Freundlichkeit« nicht kennt)*
»Drei Jahre schon?« *(Viel zu lang; wird's langsam Zeit, dass er wieder verschwindet)*
»Ja.« (*Du kriegst mich nicht weg)*
»Und… Aufenthaltsgenehmigung, alles okay?« *(Bei uns in Deutschland herrscht Ordnung!)*
»Ja, okay.« *(Tut mir Leid für dich, mein Freund, aber ich habe ein Recht, hier zu sein*)
»Und Arbeit?« *(Hier kannst du nicht faul in der Sonne rumsitzen wie bei dir zu Hause! Bei uns wird gearbeitet!!)*
»Ja, bei McDonald's«. *(Scheißarbeit. Aber zu mehr taugt der auch nicht.*)
»Ah, bei McDonald's. Was kriegt man denn da?« *(Nimmt der uns jetzt auch noch Arbeit und Geld weg?)*
»Vier Euro netto.« *(Für die miese Bezahlung würdest du nicht mal deinen Arsch heben!)*
»Na ja, das ist doch gut, oder?« *(Des langt doch für den! Der soll froh sein, dass er überhaupt Arbeit kriegt!)*
»Ja, bin froh.« *(Wann hört der endlich auf mit seiner dämlichen Ausfragerei?)*
»Und, hast du Heimweh?« *(Hoffentlich ist der bald wieder weg)*
»Ja, manchmal.« *(Ich weiß genau, was du denkst – aber so schnell wirst du mich nicht los*)
»Na ja, sicher kommst du bald wieder nach Hause!« *(Was interessiert mich das? Keinen Fatz.)*
»Ja.« *(In Sierra Leone ist Bürgerkrieg)*
So ist das bei uns mit der Völkerverständigung.

*

Am nächsten Morgen gingen wir hinunter zum Frühstücksbuffet, das übliche überdimensionierte Angebot der First Class Hotels, nicht enden wollende Tischreihen, überladen mit Speck, Wurst, Eiern, Müsli, Joghurt, sogar Bismarckheringe und Essiggurken für Nachtschwärmer, Mehlspeisen, Wurst, Käse, Marmelade, Kaffee, Tee und, und, und... Nuan ging verunsichert herum und betrachtete den dekadenten Aufwand mit Distanz. Er wollte beim Frühstück nur Früchte essen.
»Es ist besser, du isst jetzt etwas«, sagte ich.
Er schüttelte den Kopf.
»Das Frühstück ist inklusive im Hotel, das kostet nichts.«
Keine Reaktion.
»Brauk nichts. Später.«
»Später muss man alles bezahlen. Hier gibt's jetzt umsonst Essen.«
»Dann nichts essen.«
Ich wurde ungeduldig. »Aber es gibt dann vielleicht bis sieben Uhr Abend nichts mehr. Wir sind im Auto unterwegs!« Ich wollte Struktur in den Tagesablauf bringen, ihm klar machen, dass man nutzen sollte, was sich bot, dass hier nicht alles egal war. »Es gibt dann lange nichts mehr!«
»Egal.« Er zuckte gequält mit den Schultern. Es blieb bei etwas Obst.

Drei Mitarbeiter des Fernsehteams saßen an einem Tisch im Eck und winkten uns zu. »Hey, guten Morgen, ihr zwei ... na, ausgeschlafen?«, riefen sie. Die zwei Mädchen von der Requisite und der Aufnahmeleiter lachten uns fröhlich an.
»Ja, geht schon. Aber das Scheißwetter heute wieder ... und wir wollten Berlin anschauen! Mist!«
»Na ja, deutsches Wetter, was will man da erwarten ... Setzt euch doch zu uns!«
Die Blonde hatte wache Augen und einen pfiffigen, lieben Blick.
»Sri Lanka ist besser, ne, Nuan?«
»Was?« Nuan hatte nicht zugehört, fühlte sich nicht angesprochen, wenn geredet wurde.
»Wetter bei euch besser??«

Er guckte kurz auf, sah sie an, dann senkte er scheu den Blick. »Ja.« Er lachte verlegen und schwieg wieder.
So richtig locker wurde die Unterhaltung auch jetzt nicht, obwohl die Stimmung ihm gegenüber freundlich war. Er wirkte müde, überfordert, frustriert. Er aß schweigend seine Früchte, war lange vor uns Vielfrühstückern fertig, saß da und starrte auf den Tisch. Nach einer Weile fragte er unvermittelt: »Hast du Zigaretten?«
»Ich? Nein. Die sind wahrscheinlich oben im Zimmer ... Hol sie dir doch, ist ja kein Problem.«
»Nein. Später!«
»Wieso holst du sie denn nicht? «
Er schüttelte den Kopf, sah stur vor sich hin auf den Tisch. *Hol die Zigaretten, Mei Ling. Zigaretten holen, da liegen sie, hol jetzt schön die Zigaretten!* Wie in der Nummer von Gerhard Polt. Er wollte nicht Zigaretten holen, im Zimmer im sechsten Stock, aus Angst, sich zu verirren in dem monströsen Hotelkomplex, lieber verzichtete er auf das Rauchen.
Wir fuhren hoch ins Zimmer. Während der Fahrt erklärte ich ihm frostig die Knöpfe und haderte mit mir. *Franca, du dumme Gans, was hast du dir da bloß aufgeladen mit diesem Kind!* Wir holten die Zigaretten. Ich ging mit Nuan zum Lift und zeigte ihm, wo man drücken musste. Statt in unserem Nichtraucher-Hotelzimmer zu rauchen, konnte er sich dazu ebenso gut ins Foyer setzen.
»Was ist denn? Warum bist du schon wieder da??«
»Kommst du bitte ... weiß nicht.«
»Mensch, Nuan, ich hab dir doch grad alles gezeigt, wie das geht!«
»Ja, aber weiß nicht. Vielleicht falsch und dann rauf und Tür offen und ich falsch, nicht wissen, wie runter ...«
Der beleuchtete Liftpfeil zeigte nach oben, vermutlich hatte jemand in den oberen Stockwerken gedrückt. Nuan befürchtete, irgendwo oben zu landen und nicht mehr zurückzufinden. Mein Gott, dachte ich, so doof kann man doch gar nicht sein.
Ich ging mit ihm zum Aufzug und wir übten gemeinsam das Liftfahren, immer wieder begleitet durch meine Vorträge über die Notwendigkeit der *Selbstständigkeit* in Deutschland. Allein bis ich ihm das Wort *Selbstständigkeit* erklärt hatte, dauerte es fünf Minuten.

Vielleicht war ich uneinfühlsam, lieblos? Ja, das war ich sicher – und jetzt fiel es mir wenigstens auf. Geschah mir Recht! Geahnt hatte ich es schon lange. Ich wollte es mir einfach nicht mehr vorstellen, wie es in einem fremden Land war, das erste Mal, alles neu, bedrohlich und fremd.
Alleine im Zimmer, versuchte ich mich über seine ängstliche Hilflosigkeit zu beruhigen. Nuan stammte aus einem kleinen Dorf an einem Strand aus einer Dritte-Welt-Insel und nicht aus Rom oder Paris, er war noch nie Lift gefahren und noch nie in einem Hotel gewesen, Einheimische hatten keinen Zutritt zu den Hotels. Schulen, Krankenhäuser, Ämter in Sri Lanka hatten vielleicht nur Treppen. Ich dachte an meine ersten Reisen mit meinen Eltern nach Jugoslawien, Spanien, Italien mit zehn oder zwölf, nein, vorher Österreich und Schweiz, später dann mit meinem Freund Griechenland und Türkei. Mit dreißig Korea, dann Nepal und später Brasilien, Karibik, USA und, und, und. Nuan war nirgends gewesen, nicht ein einziges Mal.
»Nuan, willst du eine Sightseeing-Tour durch Berlin machen?«
»Hm?«
»Fahren mit Bus, Stadt anschauen – Berlin!«
»Ja, will gerne.«
Wenn er sitzen und schauen konnte, gefiel ihm das. Wir fuhren zum Alexanderplatz, zum Bahnhof Zoo, zur Siegessäule, zum Reichstagsgebäude, zur Humboldt-Universität. Während der ersten Stunde sah er nur zum Fenster hinaus.
»Warum sprichst du nichts mit mir?? Warum siehst du mich nicht an?«
»Muss gucken, alles schauen.«
Im Bus konnte man das nicht ausdiskutieren. Wir kamen zur Straße des 17. Juni, zum Brandenburger Tor, zum Haus der Kulturen, zum Platz der Bücherverbrennung ... Die Fremdenführerin war ein selbstsicheres, stämmiges Mädel mit Löwenmähne, eine waschechte Berliner Göre mit Mutterwitz und schlagfertigem Mundwerk, die uns Touristen viel Freude und einen kurzweiligen interessanten Trip bereitete. Ich bedauerte, dass Nuan ihr Entertainment kaum genießen konnte, aber er schien ihre Vitalität zu

spüren, wurde lebendig, wollte alle Orte aufschreiben, wo er gewesen war, Postkarten sammeln für den Strand.
Ich nickte. »Das ist wichtig für dich, als Referenz, deutschen Touristen zeigen, verstehst du? So gewinnt man schneller das Vertrauen für Ausflüge, wenn die sehen, du bist in Deutschland gewesen und kennst dich aus!« Die Motivationstrainerin schlug durch: »Du musst das nutzen hier, Nuan, alle die Eindrücke speichern, so viel siehst du wahrscheinlich lange nicht mehr. Die werden dich beneiden, die Jungs am Strand!«
»Will auch Buch für Deutsch lernen, aufschreiben.«
Nach der Bustour packten wir die Koffer, um das Hotelzimmer zu verlassen und zum Flughafen zu fahren. Nuan räumte auf wie zu Hause, machte die Betten und putzte auch das Bad.
Lass das sein, wollte ich sagen, *das machen doch die Zimmermädchen hier,* aber Männer im Aufräumfieber soll man unter keinen Umständen bremsen. Nuan war der einzige Mann in meinem Leben, der Staub wischte, unaufgefordert das Haus kehrte und das Chaos meiner unzähligen Schminksachen freiwillig (!) aufräumte. Er half deutlich mehr als meine deutschen Freunde, gliederte sich in familiäre Abläufe ein, zeigte sich hilfsbereit.
»Wo bist du?«, rief ich einige Tage später durchs Haus.
»Ich putzen oben«, gab er zur Antwort. »Will noch ein Stunde dein Bücher aufräumen.«
Ich verharrte sinnierend im Erdgeschoss, verblüfft darüber, dass ein junger Mann freiwillig aufräumte und das Bad putzte.
Nur sein Schweigen machte mich schier verrückt. Er saß da, senkte seine Nase zu Boden und klinkte sich aus Gesprächen aus, weil er nichts verstand, setzte sich aber auch nicht über seine Deutschbücher, um wie besessen zu lernen, wie ich es an seiner Stelle getan hätte. Aber was *ich* getan hätte, welche Rolle spielte das?
Wieder in München gelandet, atmete ich durch und versuchte während der Heimfahrt im Auto einen Dialog. »Das geht nicht, dass du nichts redest.«
Er lachte verlegen.
»Nein, das ist ernst jetzt! Du schaust im Bus zwei Stunden zum

Fenster raus, sprichst acht Stunden am Tag nichts, wenn ich dich nicht anrede. So will ich mit dir nicht zwei Monate sein!«
Er versuchte sich auf schlechtes Deutsch und Schüchternheit herauszureden.
»Nein, du bist in Sri Lanka genauso! Du hast gesagt: Weiß nicht, vielleicht so geboren.«
Autistisch konnte ich nicht sagen. Er hätte es auch nicht verstanden. Vielleicht musste man ihn schimpfen wie die Eltern? Ich versuchte es. Nach einer kurzen Pause und dem Begreifen, dass es mir sehr ernst war, begann er zu sprechen. »Weißt du, wie machen Kuh tanzen?«
Ich schüttelte den Kopf.
»Und schwimmen?«
»Nein …wie geht das denn?«
»Popo von Kuh einreiben mit bisschen Benzin. Dann Kuh springen wie varruckt und laufen in Meer.«
Es dauerte eine Weile, bis ich mir die Geschichte vom Lausbubenscherz mit der tanzenden Kuh, die, weil das Benzin so juckte, zu springen anfing und dann ins Meer hüpfte, vom Sinn her zusammengereimt hatte, immerhin konnte es als Anekdote durchgehen, und sogar noch als Metapher für »Pfeffer im Arsch«. Ich lachte. Sein Gesicht war lebendig geworden beim Erzählen, für eine kurze Weile, dann kehrte das Schweigen wieder ein.

*

»Willst du mit mir trainieren gehen?«
»Ja, gerne trainieren!«
»Wir gehen jetzt in ein Fitnesscenter, ein sehr schönes. Du wirst sehen, da kann man viel besser trainieren als in Sri Lanka.«
»Ja. Sri Lanka immer viel heiß.«
»Was trainierst du heute?«
»Arme.«
»Willst du nicht mal Rücken mit mir trainieren?«
»Rücken ich mache nie, nur Arme und da, wie heißt das, Busen?«
»Nein, Brust! Bei Männern heißt es Brust.«

»Ah. Ja Brust. Und diese da ...«
»Klimmzüge!«
»Ja, Kimmzuge.«
»Züüüüge ...mit üüüü!«
»Ziiuuge ...«
Immer wenn ich mich besserwisserisch und laut Sprachunterricht erteilen hörte, dachte ich: *Wie dumm habe ich mich angestellt in Singhalesisch!*
Wir fuhren zu unserem Fitnesscenter.
»Ach, Mist, es hat zu! Heute ist ja Sonntag, das hab ich vergessen.«
Wir fuhren zum zweiten Fitnesscenter im Ort, auch das war geschlossen.
»Seit wann machen die denn alle zu am Sonntag, verdammt? So ein Blödsinn. Sonntag ... wo die meisten Leute Zeit zum Trainieren haben!«
Nuan nahm meine Aufregung ungerührt zur Kenntnis.
»Dann fahren wir nach Bernbach, willst du?«
Orte und Entfernungen waren ihm egal, Entscheidungen überließ er mir. In Sri Lanka gab es keine Luxusgüter wie Landkarten, man kaufte Nahrungsmittel oder Kleider, wenn man Geld hatte, und Geografie war ein Schulfach, keine Freizeitinitiative zur Weiterbildung aus freien Stücken.
In Bernbach war ich seit Jahren nicht mehr gewesen. »Also, dann fahren wir, o.k.?«
Vielleicht würde der kleine Ausflug lustig sein. Ich hätte zu Hause genug Arbeit gehabt, aber Nuan wäre herumgesessen, hätte stundenlang Bob Marley gehört, wie immer, wenn ich keine Zeit für ihn hatte. »Noch ein Fitnesscenter, halbe Stunde weg, o.k.?«
Er zuckte mit den Schultern. Eine halbe Stunde hin oder her spielte für ihn keine Rolle. Als wir in Bernbach in die Bahnhofstraße einbogen, war eine Blaskapelle zu hören. Ein Polizist versperrte uns den Weg.
»Hier können Sie nicht durchfahren!«, dozierte er mit lauter Stimme und tiefbayrischem Timbre. »Da ist heute ein Trachtenumzug!«
Mein Gott, auch das noch! »Wie lange dauert denn der?«
»Der dauert scho noch a Weile! Mindestens a Stund!«

»Und wo kann ich parken?«
»Des woaß i net, da müssen S' selber schaun, gute Frau. Heut ist alles voll. Hier können Sie auf jeden Fall nicht durch!«
Bei *gute Frau* spürte ich meinen Adrenalinspiegel steigen und meine Nackenhaare stellten sich auf. »Herrgott, Sie werden mir doch jetzt sagen können, wo ich parken kann. Sie sind doch von hier!«
Er verengte die Augen. Und ich war streitsüchtig. Auf manche Bullen reagierte ich wie ein Hund auf Briefträger. Ich konnte ihre aufgeblasene, wichtigtuerische Machomanier nicht ausstehen.
»Naa, des woaß i net!« Er wurde lauter. »Hier können Sie jedenfalls nicht durch, für mindestens eine Stunde nicht. Dreh'n Sie um jetzt!!«
»Sie können in einem normalen, höflichen Ton mit mir sprechen, guter Mann ... ich bin nicht schwerhörig!«
Gerade als er Atem holte, um für die Antwort Luft zu holen, kam ein zweiter, etwas jüngerer Polizist dazu und sah freundlich zum Autofenster hinein. »Fahren S' hinter zum Supermarkt, da links, da können S' stehen bleiben. Den Rest müssen S' z' Fuß gehen, tut mir Leid.«
»Danke«, sagte ich zum Jüngeren. »Tschüs!«
Den Älteren würdigte ich keines Blickes. *Arschloch, borniertes!*
Wir parkten den Wagen und gingen in Richtung Innenstadt. Von weitem hörte man die Blaskapellen. Nuans Gesicht wurde immer verschlossener. Der ganze Aufwand war ihm unangenehm, auch der Polizist mit seiner Art, meine Reaktionen, die Aussicht auf ein nicht vertrautes Fitnesscenter.
»Besser Hause fahren«, sagte er leise.
»Nein, das ist doch Unsinn, Nuan«, sagte ich gereizt, »das ist nur ein guter Kilometer, den können wir zu Fuß gehen!«
Er schüttelte wieder den Kopf wie ein bockiges Fohlen.
»Mein Gott, Nuan, ein Kilometer zu Fuß geht nicht, oder was?! Du bist doch jung, du kannst doch gehen!«
Je mürrischer er würde, desto drängender wurde ich. »Jetzt komm schon! So geh doch ein bisschen schneller.«
Nuan machte ein Gesicht wie eine Katze im Regen. Wir liefen schweigend nebeneinanderher, ich war ungehalten über seine

Ängstlichkeit, Schwerfälligkeit, Unbeweglichkeit. »Was ist denn los?«
»Mein Schuh …«
»Was ist mit deinem Schuh?«
»Zu klein, tut weh.«
»Wieso dein Schuh? Den hast du doch schon länger?«
»Ja, aber wenn laufen, tut weh. Sitzen o.k.«
»Wir sind gleich da.«
Er lief misslaunig neben mir her, der Querstraße entgegen, wo die Trachtler mit immer lauter werdendem lautem Tschingdarassa vorbeizogen. Umpf tatata, Umpf tätärä …und eins und zwei und eins und zwei, im Stechschritt. Frauen in langen Dirndln (Mir san saubere Madl!), Männer in Kniebundhosen und Wadlstrümpfen, weißen Hemden (Mir san saubere Buam!), verkleidete, seltsam leblose Trachtenkinder wie Aufziehpuppen, alkoholgeschädigte, fettleibige Passanten, Frauen, die aussahen wie Maden in unförmigen Sackkleidern, die Männer wie Penner in Sonntagsanzügen, mit dumpfen Gesichtsausdrücken; Wesen, denen die Dummheit aus den aufgedunsenen Backen quoll, mit feindseligen, tranigen Augen.
Es gab Zeiten, da hasste ich diese Musik regelrecht und bezeichnete sie als Körperverletzung, ich hatte eine heftige Abneigung gegen das nationalistische oder patriotische Gedankengut, das sie transportierten, gegen die Volksverdummung in den Liedtexten und ebenso hasste ich die ungebildeten, drögen Anhänger dieser Musik, die die Tradition der Denkverweigerung und Erkenntnisblockaden in der dritten und vierten Generation weiterführten, ohne aufzuwachen.
Mit den Jahren hatte ich jedoch eine Art Abgebrühtheit entwickelt, die es mir möglich machte, einen inneren Schalter umzulegen. Ich hatte so viel Distanz oder Altersweisheit (igitt!), dass ich so einem Spektakel beiwohnen und es belustigt beobachten konnte, ohne mich zu ärgern oder zu grämen; ich konnte dabei sogar einen grimmigen, voyeuristischen Spaß entwickeln.
Nuan war davon weit entfernt. Mit zweiundzwanzig empfand man direkt, nicht reflektierend. Und nun gerieten wir mitten hinein in

die Hölle. Der Trachtenumzug erschreckte ihn. Auch ich spürte förmlich die faschistoide Schwingung, die sich in der Luft ballte. Nuan schützte nun Rückenschmerzen vor und zog ein immer angewiderteres Gesicht. Ich hatte den Eindruck, er fürchtete sich vor der lauten Musik. Die Stimmung, die ich einfing, war patriotisch und derb, ausländerfeindlich. Das konnte er nicht wissen, aber spüren. Es lag in der Luft. Die Blicke, die ihn trafen, waren unfreundlich, sie drückten aus:
Was tust du hier, Schwarzer? Merkst du nicht, dass du nicht hergehörst, Asylant? Du passt nicht zu uns, du bist fehl am Platz! Hau ab, Neger, du störst das Stadtbild. Hier geht es sauber und bayrisch zu!
Nuan war kein »Neger«, auch kein Schwarzer. Er war schokoladenbraun und bildhübsch, aber was änderte das für diese Leute? Für die Plebs sind Menschen mit dunkler Haut »Neger«, egal, woher sie kommen, immer noch haben sie nicht gelernt, dass man Menschen nach ihrer Nationalität benennt und nicht nach der Hautfarbe – aber dafür reichen ihre geografischen und ethnologischen Kenntnisse nicht aus.
Wir gingen ins Eiscafé, man glotzte uns an wie grüne Kamele. Nuan war sauer, ich auch. Wenn ich abgesehen von Volksmusik etwas auf den Tod nicht ausstehen konnte, waren es beleidigte, unflexible Männer. All das war Nuan in Deutschland.
»Hast du drei Euro?«
»Nein. Zigaretten zahle ich nicht«, sagte ich hart.
Er sah mich finster an. Seine Abhängigkeit wurde ihm einmal mehr klar. Ich wurde immer aggressiver. Er trug nichts zur Auflösung bei. Wir schwiegen uns an.
Die Bedienung kam. »Bitte, was darf's sein?«
»Einen Cappuccino, bitte ...und du? He, Nuan? Was willst du?«
»Cola.«
Schweigen.
»Willst du jetzt bis abends so bleiben?«
Plötzlich lachte er auf.
»Warum lachst du jetzt?«
»Ich Ärger, weil keine Zigaretten.«
»Nuan, ich will, dass du das richtig verstehst. Ich zahle auch für

Freunde keine Zigaretten, auch nicht, wenn ich sie ins Restaurant einlade, aus Prinzip nicht. Ich unterstütze keine Sucht. Zigaretten musst du selber bezahlen!«
Wovon denn, fiel mir ein. Immerhin, er hatte ja die fünfzig Euro, also würde ihm jeder Euro wehtun und er würde sich jede Zigarette gut überlegen, die er rauchen wollte.
»Eine Schachtel Zigaretten bitte, für den jungen Herrn!«, sagte ich zur Bedienung, und zu Nuan: »Die krieg ich aber von dir wieder, o.k.?« *Immer Konsequenz zeigen, von Anfang an.* Er erklärte, das sei seine letzte Schachtel gewesen.

»Deine Waden sind zu dünn, die musst du trainieren!«
»Was?«
Nuan wollte nur Bankdrücken und Hanteln machen, Brust und Arme trainieren, obwohl er das Beintraining hätte vertragen können. Seine Waden waren, landestypisch, nicht sehr muskulös.
»Waden ... hier.« Ich zeigte auf die Waden.
»Nein, will nicht!«
Wichtig war für ihn das, was er sah, was er im Spiegel zuweilen von hinten sah, fand er o.k. Ich auch, zugegeben. Er hatte den schönsten Knabenarsch der Welt.
»Nuan, mach doch wenigstens *einmal* ein Beintraining mit mir!«
»Nein, kein Beine!«
Er sperrte mich aus der männlichen Muskelwelt aus und machte sein abweisendes Gesicht, ohne einen Anflug von Lächeln oder Verbindlichkeit. Training muss für Männer eine todernste Angelegenheit sein, da darf nicht gelacht werden. Wahrscheinlich geht es um die Verteidigung des Universums gegen das Böse oder so. Die ersten Male ließ er sich noch was sagen, jetzt nicht mehr, auch von meinem Freund Bernhard nicht. Und ich dachte: *Alle Männer sind gleich, ob jung, alt, asiatisch, deutsch, völlig egal.*

»Hi, Franca, hast du einen Moment Zeit?«
»Hi, Jupp, was gibt's? Schön, dich zu sehen!«
Der Chef des Fitnesscenters kam auf mich zu. »Du warst lang nicht mehr hier bei uns.«

Inzwischen war ich für Smalltalk dankbar, freute mich über jedes unkomplizierte Gespräch, die Tage mit Nuan allein zu Hause beschränkten sich auf Essen, Sex und Fernsehen.
»Ich möchte dich gerne sprechen, wegen einer PR-Sache. Ich will dir einen Vorschlag für eine Kooperation machen!«
»Um was geht's denn?«
»Oh ... gegenseitige Kundenvermittlung.«
Jupp schlug das Filmcafé als Treffpunkt vor und sah Nuan an. »Er hat ein liebes Lachen.«
Ob er sonst noch dachte, was alle dachten, wollte ich gar nicht mehr wissen, inzwischen war es mir egal. Wir gingen ins Filmcafé, bestellten und unterhielten uns über das Thema, das Jupp am Herzen lag. Nuans Anwesenheit störte nicht, aber sein desinteressiertes Gesicht demotivierte mich. Er verstand nicht, worum es ging und sah gelangweilt in den Boden, es musste ja auch nervtötend sein, einem Dialog in einer fremden Sprache zu lauschen, der wie Wassergeplätscher klang und keinen Sinn vermittelte.
»Willst du runter gehen und die Filmplakate anschauen?«, fragte ich und beugte mich zu ihm vor wie zu einem quengelnden Kind. »Ich brauche bestimmt noch eine halbe Stunde.«
In Deutschland ging es fast immer um Zeit und um Geld, fiel mir auf.
»Nicht gefährlich?«, fragte Nuan.
Jupp lachte, ich lachte auch. »Nein! Da kannst du problemlos runter, hier ist nichts gefährlich.«
Mir fiel der Afrikaner ein, den Skinheads zum Krüppel geschlagen hatten. Woher wusste ich das ... dass nichts gefährlich war? Nuan ging. Die Unterredung mit Jupp zog sich, es musste gut eine Stunde vergangen sein. Nuan ließ sich nicht blicken, ich nahm an, er habe etwas gefunden, das ihn interessierte. Endlich waren wir fertig und gingen die Treppe runter ins Erdgeschoss, aber auch dort war Nuan nirgends zu sehen. Wo, zum Teufel, steckte er? Wir gingen zur Eingangstür hinaus und sahen uns um. Draußen im Freien hockte er auf einer Mauer. *Wie die Asylanten,* dachte ich erschrocken ... die den ganzen Tag das Nichts an sich vorüberziehen ließen. Er stand sofort auf und kam auf uns zu.

Mir war das alles peinlich. »Entschuldige, es hat länger gedauert.«
Wir verabschiedeten uns von Jupp.
»Gehen wir ins Kino?«, fragte ich Nuan.
»Nein, nein. Hause gehen!«, antwortete er mit ungewohnter Heftigkeit. Ich bemerkte, dass er am ganzen Körper zitterte wie Espenlaub.
»Was ist mit dir? Du frierst ja! Warum bist du denn nicht reingekommen?«
»Immer denken, du kommt gleich. Immer warten, nicht kommen.«
»Nuan, du bist verrückt, wie kannst du hier in der Kälte sitzen bleiben? Du wirst krank!«
»Nein! Hause gehen.«
»Willst du heiß duschen?«
»Ja.« Er zitterte angesäuert vor sich hin, verstand aber, dass es seine eigene Schuld gewesen war. Mit der Heizung im Auto entspannte er sich.
»Versprich mir, dass du nächstes Mal wieder reinkommst.«
Er nickte und sah in den Boden.
»In Deutschland bist du frei, du kannst überall hingehen, wo du willst.«
Jetzt sah er mich etwas unsicher an.
»Wir müssen nur immer abmachen, wo du bist.«
Er nickte und grinste schon wieder.
»Wollen wir zusammen baden?«
Er lachte.
Zu Hause ließ ich das Bad für ihn ein, stellte Kerzen auf, Nuan legte Musik auf, zog sich aus und ließ die Kleider neben sich fallen. Ich sagte nichts. Es gab so viel zu lernen für ihn, so viel zu erklären für mich. Sein schlanker, sehniger Körper schimmerte im Kerzenlicht; die glatte, braune Haut machte mich immer an, zu jeder Zeit, jedes Mal, wenn er sich auszog, jeden Tag. Und immer war ich dankbar, dass ich ihn für mich haben durfte.
»Du bist schön, Nuan ... wunderschön!«
Er lachte verlegen, freute sich über das Kompliment.
»Darf ich zu dir ins Wasser kommen?«, fragte ich kokett.

»Klar.« Er lachte, schüttelte die nassen Haare und warf mir einen verführerischen Blick unter schwarzen Wimpern zu.
Der Sex im Bad begann lauwarm wie das Wasser, das ich auch gerne heißer gehabt hätte. Es schwappte und ich fühlte mich blockiert. Gemessen an Nuans Makellosigkeit fühlte ich mich bleich und nicht schlank genug. Unser Sex wurde hausmacherischer, die normale Entwicklung beim Zusammenleben, auch mit einem »Exoten«. Es gab nicht die Kleidchen-ohne-Höschen-Nummer bei Dschungeltemperaturen, keinen Strand, keine Holzhütten, hinter die man unter nächtlichem Sternenhimmel verschwörerisch verschwinden konnte, kein Risiko, gesehen oder erwischt zu werden, keine Gefahr, keine Frivolität. Es war nicht romantisch, sondern gemütlich. Bayrisch.

*

»Guten Morgen, Christine, darf ich dir Nuan vorstellen?«
Vor Mitarbeitern kann man auf Dauer keine Geheimnisse haben. Christine stand in täglichem Kontakt mit mir, hatte alle Flüge gebucht, sie wusste vieles, ich hatte oft und gern mit ihr geratscht, unmöglich, Nuans Aufenthalt über zwei Monate geheim zu halten.
»Nuan, das ist Christine, meine Sekretärin.«
»Hallo, Nuan.«
»Hallo, Christin.« Nuan gab höflich die Hand, lächelte scheu. Dann emigrierte mein süßer Prinz wieder nach innen und senkte schamhaft die Augen. Die Schüchternheit machte ihn anziehend und unerreichbar zugleich, schaffte Distanz zwischen ihm und den anderen.
Die Putzfrau kam neugierig herein. Resi, die dicke kleine Person aus dem bayrischen Wald, war gutmütig, aber nicht unbedingt verschwiegen. Es half nichts.
»Guten Morgen, Resi, das ist Nuan.«
»Griaß di, Nuan. Naa...? Host di scho a bissl eigwöhnt bei uns?« Sie klopfte ihm jovial auf die Schulter. »Is dir net z' kalt bei uns, Burle, ha?«

Alle lachten.
»Soll i dir an Kamin in der Stuben einheizen, damitst net so frierst?« Wieder lachten alle.
»De Heizung alloa wird dir net langa. Mei, schaug'n o, wie er schaugt, der Bua …!«
Jetzt lachte sie selbst laut, Nuan lachte mit. Was Resi sonst noch dachte, hörte ich zufällig, als sie wegen der Abholung ihrer Tochter mit zu Hause telefonierte.
»Jetzt hat de wirklich ihren Heini do herbrocht, so an Schwarzen aus Sri Lanka … des is indisch oder so was. Indien! … Ja!«
Zu Christine sagte sie: »No ja, er schaugt ja liab aus, der Kloa, aber arg jung isser halt, gell … also, mir wär der Bursch z' jung, ehrlich, so nett er is, da tät ich mir vorkommen wie sei Großmutter … gut, die Chefin is ja no ganz knackig soweit … *(Pause, listiger Blick)* Und für ihr' n Sohn werd ma den Burle ja net halten, gell … haha!«
In der Mittagspause sagte Christine zu mir: »Er sieht aus wie auf dem Foto! Er ist wirklich hübsch.«
Auch Resi gewann Nuan lieb, aber ein andermal hörte ich, wie sie zu Christine sagte: »Für mich wär des nix, des sog i Eana! Aa mit de Krankheiten da drüben und so, ich tät mich des net trauen… Na ja, aus dem Alter bin i ja aa raus, mi nimmt eh koana mehr. Also, i bin froh, dass i mein Hubert hab! Der bleibt mir wenigstens, bis ich stirb. Und da bin *ich* die Junge … vastehst!?«
Als wir einige Tage später im Besprechungszimmer standen und eine große schwarze Spinne durchs Zimmer lief, wollte Resi einen Witz machen und fragte: »Host *du* die mitbracht, Nuan?«
Alle lachten laut und derb. Diffuse Ängste vor Tropenkrankheiten, Fremdenangst, Angst vor dem Unbekannten an sich, Angst vor eventueller Gewalttätigkeit und Aids … viel mag mitspielen bei solchen Äußerungen. Aber konnte Resi nicht nachdenken, was sie damit anrichtete?
Nuan sagte nichts, ich hoffte, dass er es nicht verstanden hatte.

»Nuan, du kannst hier nicht im Sarong herumlaufen!«
»Warum?«

»Das geht nicht.«
»Wieso? Alles zu, kein nackt.«
»Es ist auch zu kalt.«
»Nein, nicht kalt.«
»Aber das geht nicht bei uns … das ist so wie …« Ich suchte nach einem Beispiel, »… wie im Tempel, wo man die Arme bedecken muss. Genauso zieht man bei uns einfach keinen Sarong an!«
Im Hause hätte er ihn natürlich tragen können, aber ich genierte mich, wenn er so Dritte-Welt-mäßig herumlief. Er sah es nicht wirklich ein, ging aber die Treppe hinauf und kam in Jeans zurück. Während der Mahlzeiten blieb er stumm. Nach dem Mittagessen schlief er oft auf dem Sofa vor dem Kamin ein, er lag da, friedlich und tief schlafend, für zwei Stunden, am helllichten Tag, unbegreiflich für mich hektische Westlerin mit Dutzenden von täglich zu bewältigenden Aufgaben, einem gedrängten Zeitplan, einer *Tasklist,* einem *Planer* … Ich sah ihn oft an, wie er so da lag und anmutig schlief, ein leibhaftiges orientalisches Gemälde »Schlafender Jüngling«. *Wie eine Katze,* dachte ich, *er lebt wie eine Katze.*

»Nuan, hast du ein Problem mit mir?«
Er schwieg und sah mich fragend an.
»Du sprichst nicht mit mir, weichst meinem Blick aus, du schaust weg, wenn ich mit dir rede. Du weißt, dass ich es dir hier schön machen will.«
»Ja, weiß.«
»Bei uns schaut man sich an, wenn man miteinander spricht, vor allem *spricht* man miteinander! Was ist denn los mit dir?«
Nun rückte er endlich heraus mit dem Problem. »Schon erste Tag, in Eiscafé … zwei Mädchen gelacht, denken, vielleicht weil du älter wie ich, weiß nicht.«
Das saß! Er redete weiter. »Oder vielleicht, weil *ich* anders. Immer schauen, lachen. Immer! Auch andere Fitnesscenter, überall.«
Ich blieb hartnäckig. »Ich will, dass du stolz bist, egal, was die anderen sagen und tun, und ich will auch stolz sein auf dich!«
Er sah mich an, hörte wohl, was ich sagte, blieb aber verschlossen. Ich insistierte weiter. »Wenn ich feige wäre, hätte ich dich aus Angst

vor dem Gerede gar nicht eingeladen! Geh aufrecht, schau ihnen ins Gesicht und lache!«

Weil du älter bist ...der Satz hallte in meinem Kopf nach.

»Nuan, hörst du, was ich sage? Du sollst wachsen und ein Stück größer zurückkommen, o.k.?«

»Bei uns nicht so«, konterte er, »wenn Ausflug mit Frauen, treffen abends, wenn dunkel. Frauen mit Kopf unten und Augen weg in Rezeption!«

»Aber bei uns darf man das! Man darf sich lieb haben, Hand halten und küssen in der Öffentlichkeit, kein Problem.«

Für Nuan war alles neu, die fremde Welt, die Kultur, das Klima, vor allem aber das Tempo und die Art der Menschen, miteinander umzugehen. Uneinigkeiten resultierten vorwiegend aus sprachlichen Missverständnissen und der so unterschiedlichen Sexualmoral. Langsam, ganz langsam taute er auf und ich überlegte mitunter, ob er vielleicht strenge Predigten brauchte, einen stärkeren Anstoß, Orientierung suchte und einen charakterfesten Coach, der ihn aus der seelischen Ungelenkigkeit herausmotivierte, aus der inneren Vereinsamung schälte, ihn irgendwie erlöste aus seiner Isolation? Ich musste über mich selbst lachen. War *ich* der Prinz und Nuan mein Dornröschen? Meine kleine widerspenstige Zickenprinzessin, meine Eliza Doolittle gar ... und ich sein Professor Higgins?

*

In der Woche darauf fuhren wir zu einem Seminar ins Allgäu, Nuan im Seminarbus mit den anderen. Es war eine großartige Veranstaltung, die neuen Motivations-CDs verkauften sich prächtig. Nuan und ich wurden in getrennten Autos zu unseren Hotels chauffiert, weil ich versuchte, Nuan überall zu verheimlichen, wo zu befürchten war, dass nicht integer mit dieser ungewöhnlichen Liaison umgegangen wurde.

Im Hotelzimmer herrschte Schweigen. Nuan war eben so, verstand ich mit der Zeit, und das war für ihn in Ordnung. Warum musste man immer reden? Er ging ins Bad und blieb dort zwanzig Minu-

ten, fragte nicht, ob ich als Frau, als Ältere, nach der Anstrengung vor allem, vielleicht *vor* ihm ins Bad wollte, deutsche Höflichkeitsregeln waren außer Kraft. Ich sah der Comedy-Sendung im Fernsehen zu und fand nichts lustig, Nuan kam mit tropfenden Haaren aus dem Bad, das Handtuch um die nassen Lenden gewickelt. »Ich bin schon fertig«, sagte er.
»*Schon*?«, erwiderte ich ironisch.»Schön, dass ich jetzt auch ins Bad darf ...« Ob er die Ironie bemerkte, stand auch dahin.
Als ich aus dem Bad kam, saß er im Sessel und sah fern, einen alten Western aus den Sechzigern, starrte, mit dem Rücken zu mir, in die Röhre. Auch das hätte ja durchaus deutsch sein können, nur konnte man bei einem deutschen Mann mit zwei humorvollen Bemerkungen Klarheit schaffen. Ich wartete zehn Minuten, nichts geschah. »Nuan, was ist denn jetzt wieder los? Bist du sauer? Böse?« Er bedeutete mit Gesten, dass er jetzt eben fernsah.
Ich ging zum Bett hinüber und sagte halblaut: »Das mache ich noch eine Woche, dann ist Schluss.«
Er stand abrupt auf, machte den Fernseher aus und schlüpfte ins Bett. Wir lagen stumm nebeneinander. Er glaube den Frauen nicht, sagte er nach einer Weile, er glaube ihnen nichts – er vertraue ihnen in keiner Weise. »Deutschland, Sri Lanka, egal – ganze Welt.«
»O.k.«, sagte ich, »und ich habe kein Vertrauen in die Männer. Dann passt's ja!«
Er könne es nicht leiden, wenn ich mich über ihn lustig machte, sagte er.
»Du machen Spaß mit andre, weil ich nicht reden.«
»Wir machen auch Späße über uns, dauernd, aber die verstehst du nicht, nur die über dich.« Wie erklärt man Selbstironie?
»Ich versuche immer, dich zu integrieren ... äh ... dich hineinzubringen in die Runde, aber es geht nicht. Ich weiß nicht, was ich noch tun soll. Ich bin mit dir wie ... wie zwei Tote!« Ach, wie gerne hätte ich mich in einer sensibleren Sprache ausgetauscht! »Wie soll es mit uns weitergehen, Nuan?«
Wieder drei Anläufe, bis er reagierte. »Was brauk du?«
»Nein, ich frage dich!«
»Weiß nicht. Magst du mich?«

»Ja.«
»Willst du weitermachen?«
»Wie?« Ja, eben, wie … das war die große Frage.
»Soll ich wieder Sri Lanka gehen oder was? Du hast Geld, du kannst viele andere Männer einladen!«
»Ach, Nuan … und du kannst viele junge Frauen in Sri Lanka haben!«
Er schüttelte den Kopf. Nein, wiederholte er, er habe keinen Glauben an die Frauen, kein »Vertrauen in ihre Integrität«, hätte man auf Deutsch gesagt. Sie machten große Versprechungen, redeten von großer Liebe und alles sei immer nur heiße Luft. »Frauen immer sagen: Du kommen Deutschland, Nuan, große Liebe – und dann nichts.«
»Das ist ja auch nicht so einfach«, erwiderte ich, schon wieder gereizt. »Dann sind sie wieder in ihrem Alltag und haben Angst vor der Belastung und der Verantwortung. Ein Mann aus Sri Lanka ist in Deutschland wie ein kleines Kind!«
Wir schliefen unruhig. Immer wieder nahm er meine Hand und schlief nicht ein, wenn er sie nicht hatte. Die letzten Nächte war er immer wieder nah zu mir gerutscht, hatte mich fast vom Bett oder in die Ecke gedrängt. Immer, wenn Pflänzchen tieferer Zuneigung keimten, klammerte er körperlich und zog sich seelisch zurück in sein Schneckenhaus. Ich haderte. War es ein Fehler, dass ich ihn nach Deutschland eingeladen hatte? Schadete ich ihm mehr, als dass ich ihm nutzte?
»Ich hab dich doch lieb – ich will dir nichts Böses.«
»Ja, aber du sagen, ich muss fliegen Sri Lanka.«
»Weil ich so nicht mit dir sein kann, Nuan.«

*

Übernachtung in Regensburg, Frühstück im Zimmer, einsilbige Antworten, auch auf die Frage, was er sehen möchte – Kirchen, Zoo, Parks, City, Kino?
»Weiß nicht.«
Diskretes Auschecken wegen Neugier der ältlichen Rezeptionsda-

men. Wir fuhren zum Olympiagelände nach München, ich kreiselte, wie immer in Aktion und Planung. Olympiaturm und Stadion, Sehenswürdigkeiten, die jeder Tourist gesehen haben sollte. Der Olympiaturm schien ihm zu gefallen. Wieder unten angekommen, kaufte ich Postkarten für ihn und wollte zum Olympiastadion wandern.
»Nach Hause fahren ...«
»Was?«
»Leute schauen ...«
Ich rastete aus. »Das ist nicht dein Ernst!«
»Doch, zwei Mädchen lachen und zeigen.«
Ich steuerte auf den nächsten Baum zu. »So, da setzen wir uns jetzt ins Gras und reden das aus. Ich mache das so nicht mehr mit!«
»Du andre Kultur – du kennst! Ich nicht kennen!«
Nun ging das wieder los! Der Tag war so schön geplant gewesen: deutsches Museum, Isarauen, Fußgängerzone, vielleicht Zoo, Marienplatz, in eine Kirche – mit einem unfrohen, ängstlichen, verschreckten Knaben, der sich ständig vor den Blicken der Leute fürchtete? John Lennons Satz fiel mir ein: *Wenn du Gott zum Lachen bringen willst, mach Pläne...*
»O.k., dann hören wir auf – und du fliegst heim!«
Er sah mich erschrocken an.
Ich atmete tief durch. »Wir gehen ins Stadion«, entschied ich, marschierte los und fügte hinzu: »Dann gehst du eben hinter mir, verdammt, dann weiß keiner, dass du zu mir gehörst und dann schaut keiner! O.k.??«
Er verstand es nicht und blieb bei einem Schild stehen.
Ich hätte ihn erwürgen können. »Was ist los??«
»Nicht verstehen.«
»DU GEHEN HINTER MIR ... DA ... SO ... DANN KEINER SCHAUEN, O.K.?????«
Er ging unsicher etwa zwanzig Meter versetzt hinter mir, *wie bei den Moslems,* dachte ich, *nur umgekehrt.* Beim Stadion bezahlte ich drei Euro Eintritt pro Person, gab ihm sein Ticket und ging alleine hinein. Wofür das alles, wofür auch noch ständig für etwas bezahlen, was gar nicht geschätzt wurde? Ich sollte ihn zu Hause den

Boden kehren lassen, dachte ich giftig, als billigen Arbeiter nehmen, das wäre vermutlich das Sinnvollste. Ich ließ ihn allein oben stehen und stieg die Treppen zum Rasen hinunter. Ein Trupp Schüler musterte mich und als ich zurückkam, pfiffen zwei von ihnen anerkennend, das tat mir gut. Als ich mit Nuan wieder hinausging, lächelte er schief, ob wegen des Stadions oder aus Stolz über die Pfiffe, war nicht auszumachen. Er lächelte schief.
»In zehn Jahren wirst du wissen, was ich für dich getan habe!«
»Nicht verstehen.«
»In zehn Jahren du sagst: Franca gut für mich gemacht!«
Wir gingen zum Auto, ich machte das Cabriodach auf.
Nuan stöhnte: »Heiß!«
»Gleich Wind«, antwortete ich kurz. Ich hatte keine Lust mehr, Rücksicht zu nehmen, strich das gesamte Sightseeing-Programm und fuhr heim. Auf der Rückfahrt sprach ich ihn – zum wievielten Male? – auf sein Schweigen an, aber weder verstand er, worüber ich mich ärgerte, noch, warum er ständig reden sollte, noch – ich war schockiert – wozu ich ihm das alles zeigen wollte.
»Warum du immer mit so viele Leute? Du zeigen dein Geld oder was?«, stieß er plötzlich giftig hervor. Er verstand nicht, warum man diese ganzen Unternehmungen machen musste. In Sri Lanka unternahmen Touristen einen Ausflug. Oder zwei. Er verstand nicht, *dass* und vor allem, *warum* man ihm gut wollte, weil er – und das war der Schlüssel (auch zu seiner Undankbarkeit) Wohlwollen und Förderung nicht kannte. Außerdem hatte der Reiche ja genug, also konnte er auch was abgeben.
Ich beschrieb ihm die Deutschen, die im Ausland saufend an der Pool Bar saßen und nichts vom Land gesehen hatten, wenn sie heimkamen.
Während der Fahrt entwickelte sich tatsächlich ein Gespräch über Armut und Helfen, Deutschlands Reichtum und Sri Lankas wirtschaftliche Not. Ich empfand Nuan als undankbar und sagte es ihm.
Er sah das nicht so, das kam nun heraus. »Wenn du helfen *viel,* vielleicht nächste Jahr, dann du kannst später sagen, du *helfen* Nuan.« Wieder unterstellte er, ich wolle angeben mit meinem Geld. Und

er machte deutlich, dass er meine bisherigen Investitionen nicht als großartige Unterstützung sah. Er wiegelte es ab. *Schon wieder diese Nummer,* dachte ich empört, und all die Geschichten der deutschen Frauen mit Ausländern fielen mir ein. Die Jungs dankten es nicht, nie. Also vorrechnen; so entstand das.
Ich wurde laut. »Fünfzig Euro im Monat, das sind in einem Jahr immerhin sechshundert Euro! Der Kassettenrecorder hundert Euro, das Handy hundertfünfzig Euro, der Flug tausend Euro, die Kleider vierhundert, mit dem Aufenthalt und dem Essen und allem sind das zusammen gut zweitausend Euro!! Und der Besuch im März bei dir hat mich noch mal so viel gekostet. Wenn das jemand für mich macht, weißt du, was ich dann sage?? *Toll, danke, danke, danke!!!!* Das sage ich!!!«
Ich wusste generell alles mehr zu schätzen, fand ich, fühlte mich aber dennoch wie eine Angeberin mit Helfersyndrom, die sich via Beach-Boy-Support hochstilisiert zum Schutzengel der Armen, Mutter Theresa in der Erotikversion, *vögeln inklusive.* Ständig stieß ich an Grenzen, wurde mit Behinderungen konfrontiert, auch mit meinen eigenen, musste reflektieren, stolperte über lästige Fragen, die ich mir nie gestellt hätte und empfand Nuan zunehmend als störenden Klotz am Bein. Zugleich sensibilisierte sich meine Wahrnehmung unserer hedonistischen Arroganz und kapitalistischen Überheblichkeit, der krankmachenden Dauerhetze, des unsinnigen Tempos und Profitdenkens, der (un)menschlichen Kälte und der zunehmenden emotionalen Dekadenz.
Zu Hause angelangt, fielen noch weniger Worte als sonst, der Tag war eine einzige Katastrophe gewesen.
»Ich werde noch arbeiten«, sagte ich kühl, »es ist viel liegen geblieben. Normalerweise fahre ich unter der Woche nicht in München spazieren. Später möchte ich dann noch lesen. Besser, du schläfst heute oben alleine.« Strenge war das, elterliche, autoritäre Strenge. Er verstand sofort und mir tat das Alleinsein gut.
Am nächsten Morgen wirkte er erstaunlicherweise geradezu geläutert, erleichtert und strahlte mich an. Ich nahm ihn in die Arme und fast hätte ich mich bei ihm entschuldigt.
Nuan war nun fast einen Monat in Deutschland. Wir saßen in der

Nachmittagssonne an meinem Pool, Nuan traute sich ins kalte Wasser, das er bisher gemieden hatte und war ausgeglichen. Wasser war sein Element, hier schwamm er, war normaler, fröhlicher Junge, spritzte gut gelaunt im Pool herum und ich fragte mich, wie sehr ihm wohl das Meer fehlte. Was war das nur für ein launisches, fremdes Wesen, das kühle Strenge brauchte, von Zeit zu Zeit autoritäre Zurückweisung und *Ignoranz,* um sich aufschließen zu können? Vielleicht war Nuan nur Desinteresse gewohnt? Und empfand meine drängende, deutsche, fordernde Art, meinen Druck als enervierend? Ein Verhalten, das er nicht kannte, schon gar nicht von Frauen? Und das ihn vielleicht ebenso abstieß wie mich seine Introvertiertheit?
Sicher aber war Nuan von Zukunftsplänen weit, weit entfernt, auch von der Erkenntnis, dass man so was wie Zukunft *planen* konnte. In Sri Lanka war das Konzept »vom Tellerwäscher zum Millionär« nicht aussichtsreich; auch »vom Room Boy zum Fremdenführer« war schwierig. Die Gleichung Einsatz = Erfolg funktionierte nicht, weil man nicht an sie glaubte. Einige Tage zuvor hatte ich Nuan nach seinen Zukunftsplänen gefragt.
»Ich habe keine Zukunft« war seine Antwort gewesen, nicht mehr.

*

Irgendwann gab ich es auf und fing an, bei Autofahrten, während derer ich mich bisher um Konversation mit ihm bemüht hatte, längere Telefonate mit Geschäftspartnern zu führen, zu Hause ausgiebig Zeitung zu lesen und meinen Gepflogenheiten nachzugehen, ohne Rücksicht auf ihn zu nehmen. Ich ließ ihn neben mir sitzen und kümmerte mich nicht um ihn. Ich fand mich hart, aber ich konnte nicht anders. Er wirkte dann traurig, aber er murrte nicht. Er war wie ein stilles Kind, kein Partner, ein rührendes, schönes Kind, dem die widerspenstigen Locken wirr ums Gesicht fielen. Als hätte man ihn in eine Art Verhaltensstarre versetzt, eine posthypnotische Blockade, aus der er nur im Bett, beim Sex erwachte oder zu Hause, in geschützter Umgebung.
»Der hat einen Kulturschock«, sagte Igel, die ihn wunderschön

fand, aber gottlob nur auf deutsche, blonde Männer stand. »Versteh das doch. Das ist dem alles viel zu viel auf einmal. Und Angst hat er wahrscheinlich auch!«
»Wovor denn??«
»Vor allem, Mensch!«
»Das mag ja sein, aber ich kann das so nicht ertragen. Man kann nicht den ganzen Tag Sex haben!«

Trotz Nuans zögerlicher Entfaltung und seiner für meine Tempomentalität zu zähen, aber immerhin sichtbaren Fortschritte suchte ich zuerst vereinzelt, dann immer häufiger Gelegenheiten, um von zu Hause weg zu kommen und verstand nun alle Ehemänner mit ihren öden Ehefrauen. Ich begann immer öfter auszubüxen.
Die nächste Gelegenheit dazu bot sich am Vortag zu einem Seminarblock mit fünf Veranstaltungen im Raum Hessen. Eine Freundin kurte in der Nähe.
»Lea, was hältst du davon, wenn ich dich besuche? Spaziergang, Abendessen, ratschen, Frauengespräche und so?«
»Toll! Mir ist langweilig mit den kranken, alten Säcken hier, ich freu mich, dich zu sehen!«
Ich fragte meinen Assistenten Frank, ob er einen Tag früher fahren wollte und nahm die Kosten für zwei Hotelzimmer in Kauf. Ich war froh, Nuan einen Tag los zu sein und mich in meiner Sprache, in gewohntem Tempo unterhalten zu können. Ich bereute nicht, ihn eingeladen zu haben, aber ich fand, es sei langsam genug und argwöhnte, dass sich die reizvolle asiatische Unergründlichkeit lediglich als die geistige Lethargie eines Kiffers entpuppen könne.
»Bis morgen, Nuan. Du kommst dann mit den anderen im Tourbus nach, o.k.?«
Als Grund hatte ich ein »geschäftliches Meeting« angegeben und leistete im Geiste Abbitte bei all den fremdgehenden Männern mit ihren langweiligen, unattraktiv gewordenen und unergiebigen Ehefrauen, die die Männer gerne in den entwicklungsverhindernden Reihenhausgräbern mit den quengelnden Bälgern sitzen ließen, um sich in ihrem öden Leben wenigstens ab und zu ein wenig Abwechslung zu gönnen. Ich umarmte Nuan. Er stand sperrig wie

immer, obwohl er sich immerhin küssen ließ, nachdem ich ihm wiederholt versichert hatte, dass das bei uns in der Öffentlichkeit in Ordnung sei.
»In Deutschland o.k., Nuan. Hier darf man das!«
»Ja.«
Kultur war Kultur und Gewohnheit Gewohnheit.

Die Fahrt nach Bad Kissingen verging wie im Fluge. Eine freie Autobahn, keine Staus, die Sonne schien, wir waren bester Laune. Frank übte eine ungewohnte Anziehungskraft auf mich aus, ich fand ihn auf einmal witzig, originell, unterhaltsam. Geistreich. Wieso war mir das vorher nie aufgefallen?
Wir redeten und redeten und wollten gar nicht mehr aufhören. Ich fand es fast vitalisierender als Sex, mich in flüssigem Deutsch unterhalten zu können, Pointen abzufeuern (die verstanden wurden!), Sprachwitz zu kreieren und Schlagabtausch. Ich hatte nie bemerkt, wie schlagfertig Frank war. Auch meine Freundin Lea erschien mir wie eine Ikone des Entertainments. Frank wollte ursprünglich ins Kino, um uns unseren Frauengesprächen zu überlassen, aber Lea fand Frank sehr animierend.
»Sollen wir den nicht mitnehmen zum Essen? Der ist doch nett!«, flüsterte sie mir zu, als er kurz beim Auto war.
»O.k.«
Es war mir recht. Damit entkam ich der Verlegenheit, von Nuan erzählen zu müssen. Meine Schilderungen wären zu diesem Zeitpunkt nicht sehr loyal gewesen. Verglichen mit Nuans unzulänglichem Gestammel und meiner für ihn gedrosselten Kindersprache war das hier das literarische Terzett! Wir flogen durch die Themen wie Adler durch die Lüfte: Buchneuerscheinungen, Filme, Kultur, Politik und schossen auf interessante Themen und Argumente nieder wie auf eine Beute. Es war eine rhetorisch-intellektuelle Wonne. Ich hatte verdrängt, wie anregend verbale Kommunikation sein konnte, und genoss es, dass mein Gehirn Informationen und Anregungen aufsaugte, verarbeitete und ad hoc mehrere Vorschläge für lustvoll gesuchte und gefundene Antworten ausspuckte. Ich geriet in einen Sprachrausch, die Fremdworte flogen über den Tisch.

»Moment! Was ist bitte *Idiosynkrasie*?? Franca, mäßige dich ... und sag mir sofort, was das heißt!«
Lea war freie Journalistin, Frank BWLer. Beide waren intelligente, witzige Gesprächspartner. Aber beide hatten das dritte Glas Wein bestellt. Wegen des Seminars am nächsten Tag war ich beim Apfelsaft geblieben und steckte die beiden rhetorisch locker in die Tasche.
»Mein Gott, Franca, dein Buddhist scheint dir gut zu bekommen. Du sprühst ja vor Witz und Geist!«
»Und Weisheit ...« Frank schenkte mir einen bewundernden Blick.
»Nein, nein, ich war quasi auf Entzug und jetzt hol ich nach und tanke voll.«
»Entzug??«
»Geistig!«
»Na, körperlich wohl nicht, oder, du siehst blendend aus!«, frotzelte Lea. Frank stand auf und ging Zigaretten holen.
»Ich dachte, dein Typ aus Sri Lanka kommt mit?«, Lea blinzelte mich neugierig an, jetzt stand es doch an. »Wie läuft's denn so?«
»Nuan kommt morgen nach.«
»Hast du ein Foto dabei?«
Ich zeigte ihr das Foto von Nuan, das ich am Strand gemacht hatte.
»Wow! Das ist ja ein geiler Typ, der Kleine, schaut aus wie ein Model ... wo hast du denn den aufgerissen? Im Hotel? Arbeitet er dort?«
»Nein, am Strand ... ich hab ihn am Strand kennen gelernt.«
Zum Glück kam Frank zurück und das Gespräch drehte sich wieder um andere Themen. Wir saßen bis spät in die Nacht und trennten uns ausgelassen und lachend von Lea, die wir bei ihrem bereits dunklen Kursanatorium absetzten. Im Hotel holten wir unsere Zimmerschlüssel und fuhren mit dem Lift zu unseren Räumen, die im vierten Stock lagen. Als wir schweigend den Gang zu den Zimmern liefen, fragte ich Frank: »Hey, du bist so still ... ist dir der Wein nicht bekommen?«
Frank schüttelte den Kopf und lächelte. Vor meinem Zimmer blieb er stehen und sah mich an, mit einem seltsamen Glitzern in den Augen.

»Na? Was liegt an?«
Er blickte zu Boden, dann sah er mich wieder an und sagte:»Du bist eine ungewöhnliche Frau, Franca. Mit einer Frau wie dir würd ich gerne zusammen sein …«
»Aber Frank, so ein Kompliment, was sagst du denn da …«
»Das ist kein Kompliment, Franca …das ist die Wahrheit.« Er machte eine kleine Pause. »Ich bewundere dich sehr.«
Wir sahen uns in die Augen und einen Moment befürchtete ich, er würde mich nun versuchen zu küssen. Ich hätte den Kuss wohl erwidert, weil die Stimmung so schön, der Augenblick so irreal und mein Frust mit Nuan groß war. In diesem Moment kamen Hotelgäste aus dem Lift, zwei alkoholisierte Geschäftsmänner aus der Hotelbar, und bewahrten uns vor einer Fehlhandlung. Die Vernunft gewann die Oberhand.
»Gute Nacht, Frank.« Ich vermied den Kuss auf die Wange, zu gefährlich nahe lag die Möglichkeit, ihn ins Zimmer zu ziehen. Niemand hätte mich gehindert, Frank am wenigsten, das sah ich ihm an.
»Gute Nacht, Franca … und schöne Träume wünsch ich dir.« Er wandte sich abrupt ab.

Am nächsten Tag machten wir eine kurze Fahrt zum Seminarort. Frank und ich fuhren mittags los, nach einem Spaziergang zu dritt, in gelöster, fröhlicher Stimmung. Den nächtlichen Vorfall erwähnte keiner von uns beiden mehr. Nuan war mit den anderen Mitarbeitern im Kleinbus nachgekommen, wir trafen uns am Veranstaltungsort und fuhren nach der Probe zum Hotel.
Ich brauchte vor meinen Seminaren Ruhe und hatte die Angewohnheit, mich für die Konzentrationsphase zurückzuziehen. Also bat ich Frank, Nuan, mit dem ich das Doppelzimmer teilte, für eine Stunde mit zu sich aufs Zimmer zu nehmen, damit er sich nach der langen Fahrt hinlegen konnte und wir uns gegenseitig nicht im Weg waren. Es war ihm nicht zuzutrauen, dass er sich im großen Hotelkomplex alleine die Zeit vertrieb. Er würde verschlossen und ängstlich auf einem Stuhl in der Halle hocken bleiben, bis man ihn da wegholte. Das wollte ich Nuan nicht zumuten

und diesen Anblick mir und den anderen ersparen. Ich musste mich duschen, umziehen, frisieren und schminken und in einer wenigstens halbstündigen Konzentration auf das Seminar vorbereiten. Dafür standen sonst Garderoben zur Verfügung, in diesem Fall gab es nur die Hotelzimmer. Die Veranstaltung, ein Event für mehrere Firmen, fand in einer alten Fabrikhalle statt, alles sollte abgefahren und schräg wirken. Ich war eingeplant mit einem kurzen Vortrag über Motivationsseminare und deren Wert für Teams. Diese Kurzversion musste alles beinhalten, was Anreiz für Buchungen bieten konnte. Das Publikum bestand aus Vorständen, Managern, Personalchefs, also potenziellen Kunden. Ich war nicht so gut wie sonst und registrierte, dass mir Nuans Anwesenheit Energie abzog. Anschließend folgte ein Auftritt des Duos *La Coeur* mit einer Showeinlage. Zwei farbige Sänger, ein attraktiver Mann und eine schöne Frau, stylish gekleidet, zogen eine Nummer zum Playback durch, klischeehaft und abgetingelt. Nuan und ich sahen dem Auftritt zu.

Nuan fragte: »Ist das Black Music?«

Natürlich, in Nuans Heimatland gab es ja weder MTV noch VIVA, noch sonst einen Popmusiksender mit moderner Musik. Es fanden kaum Rockkonzerte statt, die Musikszene war hinterm Mond. In Sri Lanka musste man sich mit drei langweiligen, stockkonservativen Fernsehsendern, spießigen Filmen und einheimischer Musik begnügen, triviales ethnisches Gedudel, fand ich.

»Ist das Black Music?« Nuan wiederholte ungeduldig seine Frage.

»Ja«, sagte ich, »aber es ist langweilig.«

»Langweilig??« Er sah mich aggressiv an und erwiderte mit ungewohnter Häme: »Deutsche immer neidig auf schwarze Leute, weil schön oder so!«

»Spinnst du?« Ich sah ihn verdutzt an. »Ich bin nicht neidisch. So ein Unsinn! Es gibt bessere, die zwei da *sind* langweilig und drittklassig!«

»Ph!« Er stieß verächtlich Luft aus. »Seminar und du auch langweilig!«

Irgendwas war nicht in Ordnung mit ihm. Er wirkte feindselig und noch verschlossener als sonst.

Die Abfahrt fand eine Stunde später statt als gedacht, weil viele Gäste, darunter leitende Angestellte und Vorstände, detaillierte Informationen zu den Seminaren haben wollten. Für gute Geschäftsabschlüsse hätte ich, wie ich es normalerweise auch tat, bis in die Nacht mit den potenziellen Kunden sitzen oder noch in die Hotelbar gehen müssen. Nachts an der Hotelbar wurden die besten Geschäfte abgeschlossen. Die Männer haben getrunken, sind aufgeschlossen und machen Zusagen, die sie um elf Uhr morgens nicht getätigt hätten. Nicht, weil ich eine Frau war, auch unter Männern intensivierte sich die Bereitschaft für Geschäftsabschlüsse unter Alkoholeinfluss beträchtlich. Profis wussten das zu nutzen. So auch ich. Aber Nuan war mir im Weg. Ich hätte ihn weder an meiner Seite lassen noch mit den anderen einfach wegschicken können.

Wir fuhren in getrennten Autos zum Hotel, Nuan im zweiten Bus. Ich musste mich noch vom Veranstalter und zahlreichen Gästen verabschieden und Visitenkarten austauschen, Frank und ich waren also etwas hintendran, als wir im Hotel ankamen. Nuan war schon ins Zimmer gegangen, ich führte mit Frank noch ein Gespräch vor dem Hoteleingang weiter. Es widerstrebte mir auch, mich mit Nuan in die Einzelhaft des Hotelzimmers zu begeben, sprachlose Gemeinsamkeit, die keine war, nur eine zweisame Einsamkeit. Ich wollte mit meinem Team an die Bar gehen und Nuan das mitteilen. Dann konnte er oben bleiben oder nach unten kommen, was immer er wollte. Ich fuhr mit dem Lift in den zweiten Stock und fand im Zimmer einen stinksauren Nuan vor, der Schuhe auszog und von sich warf, schäumend Zähne putzte, Blickkontakt verweigerte, zornig das Hemd auszog, nicht zuhören wollte. Nach fünf Anläufen und einer Abmahnung, mich beim Sprechen bitte anzusehen und die Zahnbürste mit dem Schaum wegzulegen, wenn ich mit ihm sprach, vor allem angesichts der offensichtlichen Brisanz des Themas, fauchte er: »Dir gefällt nicht Sex mit mir??«

»Wieso?«

»Du Sex mit andre Mann!«

»Bitte?«

»Warum ich in andre Zimmer mit Frank?«

»Weil ich Ruhe brauche und Konzentration – ich musste mich duschen, anziehen, schminken, das habe ich doch gesagt!«
»Zu Hause du immer alles zusammen mit mir, Zähne putzen, duschen, anziehen, schminken. Hier nicht. Warum?«
»Weil …« Mein Gott, was für ein Kindergarten!
Er verstand nicht, dass eine Frau vor einem Seminar, das sie zu leiten hatte, alleine sein wollte, musste! Natürlich, zum Teufel, wie auch? Weder kannte Nuan Seminare noch Frauen, die Seminare machten, (auch keine Männer) und schon dreimal keine Frauen, die weder vor Seminaren noch in der Küche oder im Wohnzimmer oder sonst wo *alleine* sein wollten – und wenn, hätten Frauen in Sri Lanka dazu gar kein Recht und keinen Anspruch darauf gehabt. Ein winziger Ausschnitt aus der kulturellen Konflikthölle wurde mir in diesem Augenblick bewusst. Ich dumme, dumme Touristin … am Strand stellten sich solche Probleme ja nicht. Beim Vögeln auch nicht, das war international – und da machte Emanzipation den Männern ja auch Spaß.
Es stellte sich nach umständlichen, radebrechenden Klärungsversuchen heraus, dass er es an der Rezeption nicht verstanden hatte. Und mir hatte es widerstrebt, ihm vor den anderen in Mai-Ling-Sprache die Umstände zu erklären. Es dauerte, bis er sich halbwegs beruhigt hatte und ich ihm versichern konnte, dass ich so etwas niemals tun würde. Das Misstrauen blieb.
»Nuan, hör bitte auf mit solchen Gedanken …«
Übel. Fast zum Lachen, aber auch nicht ganz abwegig. Frank hatte sich noch geduscht und dann aus Rücksicht auf Nuan das Zimmer verlassen und ihn allein zurückgelassen. Nuan reimte sich in seiner ständig präsenten Eifersucht zusammen, dass wir ihn mit diesem Trick ausgelagert und uns gemeinsam im Doppelzimmer verlustiert hatten. Dass Frank so gründlich geduscht hatte, erhärtete seinen Verdacht, Frank und ich waren ja auch einen Tag früher losgefahren. Er reimte sich also alles zusammen und kam zum Ergebnis, dass Frank mein heimlicher Liebhaber sei.
Ich blieb nicht bei ihm im Zimmer, es zog mich nach unten, zum Rudel, in die Bar. Dort blieb ich sitzen bei Bier und Kerzenlicht bis halb vier Uhr früh. Ich lernte jedes Gespräch schätzen. Wir spra-

chen über Ziele und Visionen, die Erotik in Beziehungen, über Anmache und Vitalitätsarmut, über die Bequemlichkeit der Menschen, über Traurigkeit, Kleinbürgertum und beschränktes Denken, begrenzende Überzeugungen und überholte Wertsysteme. Ich löste mich ungern und nur wegen Nuan, die anderen blieben sitzen. Gerne hätte ich die Nacht durchgemacht, bis zum Sonnenaufgang und Vogelgeschrei, Kirchenläuten und Marktbeginn. Ich schlich mich ins Bett und schlief lange nicht ein, eine kurze Nacht war es, bis sieben Uhr. Der Marktaufbau begann, mit dem Schlaf war es vorbei.

Nuan machte einen halbherzigen Annäherungsversuch, stand auf, als ich nicht reagierte, setzte sich an den Tisch, starrte vor sich hin. Nach dem Frühstück übermannte mich die Müdigkeit. »Fahrt ihr schon mal los«, sagte ich dem Team, »wir kommen nach.«

Ich legte mich ins Bett, Nuan legte sich dazu, bemühte sich um mich, ausdauernd, einfallsreich. Er wollte nicht austauschbar sein oder gar Zweitbester, die Eifersucht spornte ihn an. Aber eben diese Eifersucht entwickelte sich zunehmend zum Problem, je belangloser unser Sexualleben wurde.

Als ich ihn einige Wochen später bei einem Reggaekonzert bekifft in der Menge stehen ließ, Getränke an der Bar holen ging und für gut vierzig Minuten weg war, machte er eine dramatische Szene, unterstellte mir dubiose Aktionen. »Wo warst du??«, bohrte er wieder und wieder, beruhigte sich nur langsam und es dauerte Stunden, bis die Stimmung wieder gut war – obschon mir die skrupellose Unverfrorenheit, die er mir zutraute, lachhaft erschien und mich fast ehrte als *female chauvinistic pig*.

Am Abend ein gigantisches Seminar in einem Kulturzelt, offenbar tat mir Sex gut, auch hinsichtlich Energie und Charisma. Auch am nächsten Tag ein erfolgreiches Seminar. Nuan assistierte beim Merchandising, half beim CD- und Buchverkauf, danach gab es Essen im Restaurant. Nuan war gekränkt, weil ich vor den anderen zu ihm gesagt hatte, dass nur *ein* Abendessen bezahlt würde, nicht *zwei* Essen pro Tag. Es war keine Absicht gewesen, aber ich hatte ihn nicht wie meinen Freund, sondern wie einen Mitarbeiter behandelt, nicht sehr sensibel.

Er habe gar kein zweites Essen gewollt, verteidigte er sich aufgebracht, die anderen hätten ihn alle angesehen, und was hieße denn überhaupt *selber zahlen*? Ich wisse doch, dass er kein Geld habe. So ging es weiter. Er hatte nicht Unrecht, aber ich hatte alles satt, die überflüssigen Diskussionen, die keine waren, Nuans Zickereien, sein Genörgel, seine Unfähigkeit, sich zu öffnen und es war mir egal, ob ich egoistisch war. Ich wollte alleine sein, lernen, lesen, schreiben und vor allem kommunizieren auf einer Ebene, die mir entsprach. Bis Juli würde ich es schaffen, hoffte ich; ob ich die unergiebige Gemeinsamkeit bis dahin aushielt, dessen war ich mir nicht mehr sicher. *So geht es vielen Ehepaaren ein Leben lang, sie sprechen nichts oder nur Banales und haben kein geistiges Leben.*

*

»Ich will heute einen Joint mit dir rauchen!«
Nuan hob erstaunt den Kopf. Es war Sonntagnachmittag, die Sonne schien, wir waren allein zu Hause. »Du?? Aber du rauch nicht?«
»Doch, heute schon. Ich möchte einmal ganz genau sehen, wie das ist – genau beobachten, was man empfindet!«
Dann würde ich ihn vielleicht besser verstehen, nachvollziehen können, was in ihm vorging. Er sah mich immer noch erstaunt und belustigt an.
»Ja«, sagte er nur und ging nach oben in den ersten Stock, um das Papier und den Tabak bereitzulegen. Vor einigen Tagen hatte er einem Landsmann in München etwas Gras abgeschwatzt.
Eine Stunde später drehte er einen Joint. Wir setzten uns in den Pavillon in meinen Garten, von wo man einen Blick über die angrenzenden Felder hatte. Nuan reichte mir den Joint, ich zog einige Male gut durch.
Schhhh... Augenblicklich wurde mein ganzes System gebremst und die Wahrnehmungsgeschwindigkeit heruntergefahren, das ganze Denken verlangsamt. Von Auto fahren auf Zu-Fuß-Gehen umsteigen, so war das gedanklich. Alles verlangsamte sich, die Wahrnehmung fand nunmehr in Zeitlupe statt.
Ich sah einen hübschen, langen Wolkenstreifen am blauen Him-

mel und beobachtete ihn lange und eingehend, nahm die Veränderung wahr, die er durchlief. Zuerst war er gerafft und gewölkt und gebauscht in kleinen Rüschen und Spitzen und Zacken, dann wurde er durch die Luftströmungen immer länglicher auseinander gezogen, gegen Ende zerfledderte er ganz langsam, bis er sich immer mehr auflöste. Ich beobachte jetzt diesen Wolkenstreifen, dachte ich.

Nach unendlicher Zeit drehte ich mich zu Nuan um. Wie lange hatten wir nichts geredet … wie lange hatte ich die Wolke angesehen? Keine Ahnung, egal. Das war schön. Ich hatte Wolken noch nie so gesehen…

Nuan hatte rote Augen und sah mich träge an.

»Schau ich auch so aus wie du?«, fragte ich.

»Ja, ganz kleine Augen …«

»Aha …«

Meine Langsamkeit war mir auf einmal unangenehm. Wie lange waren wir so gesessen…? Ich versuchte, ins Haus zu gehen, weil ich mich gefangen fühlte in dieser Zeitlupe.

Aber das war nicht so einfach.

Ich-gehe-jetzt-ins-Haus, dachte ich, ich-setze-einen-Fuß-vor-den-anderen-bis-ich-im-Haus-bin. Hoch und nieder … tapp, tapp, Schritt, Schritt…

Ich beobachtete mich, entwickelte eine Wahrnehmung dafür, wie und auf welche Weise ich ins Haus ging. Interessant, aber überflüssig, analysierte ich währenddessen, und unangenehm. Es brachte nichts. Für einen Maler mochte der Wolkenstreifen interessant sein, aber für mich? Mir war kalt und mein Herz klopfte. Ich trank etwas, mein Mund war trocken, dann wollte ich mit Nuan ins Bett. Ich brauchte Nähe und Körperwärme.

»Kommst du mit ins Bett?«, fragte ich langsam und schleppend. Meine Sprache gehorchte mir nicht oder waren nur die Geschwindigkeiten von Denken und Sprache nicht mehr kompatibel? Wir lagen im Bett, mein Herz klopfte stärker. Ich dachte: Mein-Herz-klopft.

Ich dachte das ganz langsam, und ich nahm es ebenso ausführlich wahr. Dann bekam ich Angstgefühle, weil mein Herz so raste. Und

ich dachte: Ich-habe-jetzt-Angst. Alles, was ich wahrnahm, nahm ich bewusst wahr, verlangsamt, überdeutlich, vergrößert, wie eine Projektion auf einer inneren Videowand. Nuan hielt mich fest in den Armen, ich schmiegte mich an ihn, ich nahm seinen Körper wahr, seine Brust, seine Arme, seine festen Schenkel, kuschelte mich in seine Körperwindungen und hörte mein Herz immer noch viel zu laut klopfen.
Wann-hört-das-auf, dachte ich ständig, wann-hört-es-endlich-auf?
Sex war vielleicht am besten, um diese Angst zu vertreiben, also würde ich jetzt Sex mit Nuan machen und beobachten, was genau anders war als sonst.
Ich hatte das Gefühl, als sei Nuan ein Teil von mir, meines Körpers, meiner Seele. Ich streckte ihm, nach kurzer, hochintensiver Vorlaufzeit, die jeden Quadratzentimeter meiner Haut zum Mittelpunkt des Universums werden ließ, meine Scham entgegen und ging auf in meiner Geilheit, ich war die Geilheit selbst und er war mein Gott, mein Diener, mein Ich. Wir brachten uns in Höhen, die wir bislang nicht gekannt hatten, in Niederungen der Lust, die gesund machten, so animalisiert und wollüstig waren sie; kein Hirn mehr, das denkend störte, sich einmischte in die Vorgänge des Körpers, der Geschlechter, die sich paaren wollten, der Naturgottheiten, die kopulierten, als müssten sie als Titanenpaar die Welt neu erschaffen … Wir waren Körper ohne Hirn, das Hirn diente nur dazu, dreifach wahrzunehmen und zu verstärken, was der Körper tat und empfand. Nuan war ich, ich war er … Ja, ich war sicher, etwas in uns vermischte sich, wir verschmolzen zu einer lebendigen Einheit und zerflossen ineinander …
Ich hatte so etwas noch nie erlebt. Der Sex unter Graseinfluss war wirklich gewaltig, das musste ich widerwillig zugeben, aber der Preis dafür war zu hoch. Mir wurde nun vieles klar. Warum Nuan so wenig sprach, warum er so verdammt sinnlich und lustvoll war, warum er so gerne rauchte. Er spann sich in diesen Bewusstseinszustand wie in einem Kokon ein, fühlte sich darin zu Hause und gewärmt, beschützt, aufmerksam, überwach und sicher.
Aber so war das Leben nicht – nirgends, und in Deutschland schon

gar nicht –, es war zwanzig Mal so schnell, dynamisch, kalt, grausam, unnachsichtig. Man ging unter, wenn man die Realität nur bekifft wahrnahm. Mitten in der Nacht bekam ich heftige Lust auf Eis, Schokolade, Kekse und gab mich, allein in der Küche, meinem Fressanfall hin. Honig, Nutella und Erdnusscreme mampfend, entschied ich: *Und wenn es noch so geil ist – ich mag keine Joints.*
Deswegen bringen es die Kiffer zu nichts, schloss ich am nächsten Tag, als ich merkte, wie lang der Joint nachwirkte, bis in die Mittagszeit hinein. Die Kiffer überdimensionieren jeden Scheiß, auch emotional, aber sie kommen mit der Schnelligkeit und Härte des täglichen Lebens nicht mehr zurecht, mit den Anforderungen schon gar nicht.

Es war eine Frage der Geduld. Sein Tempo war ein anderes als meines. Nuan sah keinen Grund zur Eile, ich schon. Er ging auch anders mit Ungeduld um. Ich erinnerte mich an eine kurze Sequenz im Auto. Christine und ich mussten zu einem Termin, Nuan saß im Fond. Es war Freitag, Berufsverkehr, Stau, Hektik, eine genervte Christine am Steuer, trödelnde oder drängelnde Verkehrsteilnehmer, ein hochgeschaukelter Disput mit Christine über die Dämlichkeit der anderen Autofahrer, künstliche Aufregung, auch bei mir. Nuan legte unvermittelt die Hand auf meine Schulter, sonst nichts und ließ sie da liegen. Meine Aufregung entwich aus meinem Körper wie die Luft aus einem aufgeblasenen Ballon.
Als ich ihn an einem unserer schönen Sonntagmorgen, mit ihm im Bett liegend, die Sonne schien durch die Fenster auf die Kissen, nach seinem Lebensziel fragte, antwortete er: »Ich will ein guter Mensch werden.«
Er sah Christines kleinen Sohn mit einem Holzschwert kämpfen, mit Plastik-Laserwaffen »schießend«, mit Kinderpistolen fuchtelnd.
»Ich mag das nicht«, sagte ich. »Ich hab meinem Sohn schon als Kind erklärt, dass man Menschen nicht totschießt, auch nicht im Spaß.«
»Aber alle anderen tun das auch!«, hatte mein Söhnchen Fido sich damals verteidigt.

»Wenn du immer tust, was alle tun«, hatte ich ihm geantwortet, »wirst du auch nur bekommen, was alle bekommen.« Er lernte, sich mit Witz und Worten zu verteidigen.
»Bei uns bekommen die Kinder Blumen«, sagte Nuan leise, »keine Waffen. Sie haben weiße Kleider, der Lehrer oder Mönch sagt, Kinder sollen Blumen suchen, Jungen *und* Mädchen, dann gibt es hundert Punkte für weiße Blumen, fünfzig Punkte für rote, dreißig für gelbe oder blaue.«
Als ich ihn später einmal fragte: »Wenn du einen Wunsch frei hättest, nur einen einzigen, was würdest du dir wünschen?«, antwortete mein armer, schöner, scheuer Junge, Buddhas Sohn: »Frieden für alle – auf der ganzen Welt!«
Und ich reiche Kapitalistensau schämte mich für meine gierigen Wünsche, Villa am Meer, Privatjet, fünf Hausangestellte und Berechnungen, wie hoch die gewünschte Geldsumme sein müsste, damit sich all diese Wünsche erfüllen ließen.
Frieden für alle, auf der ganzen Welt …

*

Wir machten noch einen Ausflug an den Königssee mit Christine und Franz, ließen uns touristisch und bayrisch etwas vorjodeln, machten Brotzeit und Pflichtfotos am tiefblauen See, schaukelten durch ein echtes Unwetter mit dem Boot zurück und ich war zufrieden, weil ich mein Fremdenführersoll erfüllt hatte. Nuan verhielt sich nun etwas entspannter auf Ausflügen, diesmal gefiel es ihm. Aber ich hatte keine Geduld mehr. Ich wollte allein sein, kein seidigbraunes, schönes »Kind« mehr am Hals haben – und auch nicht im Bett. Dazu kam das Problem der Isolation. Ich konnte meine inneren Konflikte mit niemandem teilen, es verbot sich, mit wem auch immer darüber zu sprechen, denn alles, was ich gehört hätte, wäre gewesen: »Ja, aber Franca, das war doch nun klar. Da bist du selber schuld, das kann man sich doch denken! Warum machst du denn auch so was?!« *Ja, ich hätte es vorher wissen können, mea culpa, mea culpa, mea culpa.*
Ich kam mir vor wie eine Neunjährige, die eine große Dummheit gemacht, im Supermarkt geklaut hatte oder so, und der nun riesi-

ge Erwachsene mit einem überdimensionalen Zeigefinger einschüchternd vor dem Gesicht herumfuchtelten: *Siehst du, das hast du davon!! So etwas tut man nicht!!*
Gut, man tat so etwas nicht. Aber wer war »man«? Und wer setzte die Maßstäbe? Darf eine Frau nicht tun, was ihr gefällt? *Aber ja!* schreien alle laut. Darf sie wirklich? Und darf sich ein Mann eine Thaifrau nehmen, ohne dass die Nation höhnisch aufheult und ihn als unattraktiven Minderwertigkeitskomplexler abwertet? Die Maßregler moralisieren, das Deutschtum tümelt, das alte Monster sabbert. Und das *»Deutschtum«* ist in der ganzen Welt daheim.
Mein Sohn hatte sich von Anfang an rausgehalten, er kannte die Eskapaden seiner Mutter und verhielt sich loyal. Und cool. Fido und Nuan zeigten kein besonderes Interesse aneinander. Fido respektierte, dass ich wechselnde Partner hatte, schließlich wechselten seine Freundinnen auch häufig, aber er fand es nicht wichtig, dass er Freundschaft mit Nuan schloss, ich auch nicht. Ich empfand es als ausreichend, dass sie sich respektierten. Alles andere wäre ein unnötiger Krampf gewesen. Fido war der Meinung, man lebe nur einmal und könne, ja *müsse* deshalb sogar tun, was Spaß mache. Insofern akzeptierte er meine Aktionen und zog eine lustvolle Mutter einer frustrierten vor.
Mein getrennt lebender zweiter Noch-Ehemann war nicht dieser Meinung. Als er durch Zufall davon erfuhr, war sein Kommentar: »Hast du's so nötig? Musst du dir die Steiger jetzt schon einfliegen?«
Gut, das konnte man als gekränkte Eitelkeit eines verlassenen Mannes interpretieren.
Aber mein Exmann war nicht besser (auch den hatte ich verlassen): »Wann wirst du endlich erwachsen, Franca? Du bist eine erfolgreiche Frau, was musst du dir so einen armen Dritte-Welt-Untyp aufladen? Brauchst du noch ein Kind? Warum adoptierst du keines? Oder übernimm doch eine Patenschaft in Afrika für so einen Knaben …«
Auch zu Igel oder den anderen Mädels konnte ich nicht zum Jammern gehen, das verbot mir mein Stolz. Ich hatte mir mein exotisches Freizeitvergnügen so gesucht, also musste ich auch selbst damit fertig werden. Außerdem waren es nur noch einige Wochen, das war ja nicht so schlimm. Dringlicher war die Frage, wie es

danach weitergehen sollte, denn meine Zuneigung zu Nuan wurde trotz meiner Abneigung aus Ungeduld nicht kleiner.
Vergleichbar war die Misere mit der Verfassung einer Mutter von pubertierenden Kindern. Corinna, eine Bekannte, die eine Ehe mit einem Kubaner hinter sich hatte, sagte lakonisch: »Wenn du dich langfristig drauf einrichten kannst, Babysitter zu spielen, dann geht's. Die Burschen sind unselbstständig, wenn sie herkommen, sie sind verschüchtert, sie haben einen Kulturschock. Alles, was ihnen bleibt, ist der Stolz – und mit dem hast du dauernd zu kämpfen. Später werden sie frech und fordern nur mehr. Weil sie nicht einsehen, wieso du so viel hast und sie nichts. Dass du das alles durch Arbeit erreicht hast, wird ihnen nicht klar. Sie denken, in Deutschland ist man eben so reich.«
Wohl wahr. Meine Stimmung hatte sich zu einer explosiven Mischung aus Ungeduld, Aggression, schlechtem Gewissen und Mitleid ausgewachsen. Wenn er morgens mit dem Rücken zu mir lag, betrachtete ich ihn lange, die seidige braune Haut ohne Makel, die dicken schwarzen Locken, die muskulösen Arme – nein, das reichte nicht aus für eine Beziehung.
Mein Zusammensein mit Nuan hatte eher etwas von Welpenaufzucht. Nach einem halben Jahr sah man Licht am Ende des Tunnels. Aber das war Hundezeit. In Menschenzeit gemessen, würde mich das gut drei Jahre kosten. Und warum dachte ich überhaupt über so was nach? Plan war die Einladung gewesen, nicht mehr, nicht weniger, Ende.
»Du bist verantwortlich für das, was du dir vertraut gemacht hast«, sagt der Fuchs zum Kleinen Prinzen. Und Vertrautheit ist auch Liebe. *Ich liebe dich, Nuan, trotz allem.*

Als die letzten zwei Wochen von Nuans Aufenthalt anbrachen, waren wir bei Omili zum Essen eingeladen. Omili war die Ersatzoma, meine Nachbarin, bei der mein Sohn immer zur »Aufbewahrung« gewesen war. Die echten Omis saßen in München beziehungsweise in Frankfurt. Omili Anni Leitner hatte mir oft aus der Patsche geholfen, wenn mein Exmann keine Zeit oder keine Lust hatte, auf meinen Sohn aufzupassen, die Kinderfrau war abends

nicht verpflichtet dazu und musste sich um die eigene Familie kümmern. Omilis Verwandte waren gestorben oder in Hamburg, aus familienhistorischen Gründen saß sie nun alleine in Bayern und hatte Fido wie einen eigenen Sohn angenommen. So ging sie auch mit Nuan um, als ich ihr sagte, ich würde sie gerne mit ihm besuchen.
»Ja, freilich kannst den mitnehma«, hatte sie gesagt, »mir is des wurscht, woher der kommt und was der zu dir is. Wennst'n du mitbringst, na werd er scho in Ordnung sei!«
Sie hatte Gans mit Knödel für uns gemacht. Nuan stocherte umständlich in den für ihn ungewohnten Knödeln herum, wie er überhaupt wählerisch mit dem Essen umging, weil er nur Reis mit sämtlichen scharf gewürzten Varianten von Gemüse und Fleischcurrys gewohnt war.
Auch Omilis Freundin Else war da, eine alte Dame, ebenso fröhlich und lieb wie Omili. Nuan sprach wie immer kaum, fühlte sich aber durch die Warmherzigkeit der beiden alten Damen sichtbar angenommen und akzeptiert und reagierte für seine Verhältnisse sehr aufgeschlossen.
Als ich kurz draußen beim Auto gewesen war, um ein Geschenk für Omili zu holen und wieder in die Wohnstube zurückkam, waren die drei tatsächlich in ein echtes Gespräch verwickelt.
Omili und Else wirkten euphorisiert. »Franca, hör mal, das ist ja ein ganz reizender Junge! Was der alles erzählt hat, das ist richtig interessant. Mit den Tamilen und den Buddhisten zum Beispiel, das ist ja schrecklich. Die ganzen Touristen bleiben weg, das arme Land und die armen Leute! Gell, Nuan?«
Nuan nickte und lachte, weil man ihm so interessiert zugehört und alles so gut verstanden hatte.
»Und von zu Hause hat er erzählt, was seine Mutter immer alles Gutes kocht!« Vielleicht waren andere Menschen einfach mit weniger zufrieden...?
»Und weißt du, was er noch gesagt hat?«
»Nein, was denn?«
»Kinder sprechen zu Hause nicht – nur wenn Eltern sie anreden.«
»Wie? Was meinst du damit?« Ich stutzte.
»Dass die Kinder zu Hause am Mittagstisch zum Beispiel nur reden

dürfen, wenn sie was gefragt werden. Kinder oder jüngere Menschen dürfen die Erwachsenen nicht einfach ansprechen. Das war jetzt bei ihm zu Hause immer noch so, gell, Nuan?«

Nuan nickte. »Mhm.« Er sah auf den Tisch.

Omili hakte unverzagt nach, bis sie eine anständige Antwort und seinen Blick bekam. »Ne, Nuan?«

»Ja, auch so.« Er sah zuerst sie, dann unsicher mich an, weil er nicht einschätzen konnte, welche Reaktion diese Information bei mir auslösen würde. Sie verfehlte die Wirkung auch nicht. Das hieß übersetzt, dass Eltern und alle älteren Menschen Respektspersonen waren, die man nur mit Erlaubnis ansprechen durfte oder wenn man von ihnen etwas gefragt wurde. Ach, Gott ... war ich für Nuan etwa eine Respektsperson? Es schien so zu sein. Trotzdem, die anderen Jungs am Strand waren doch auch nicht so schüchtern.

Aber Nuan war eben schüchtern. Und es machte dies seinen Reiz und seine Liebenswürdigkeit aus. Er war nicht dreist, nicht draufgängerisch, nicht eitel, er war ein schüchterner, introvertierter Junge mit tiefsitzenden Ängsten. Und nun war er mein Freund.

Das Essen verlief unterhaltsam und nett. Die beiden alten Damen fragten Nuan ständig irgendetwas und Nuan gab immer eine Antwort, die sie jedes Mal begeistert aufnahmen. Man merkte ihren jahrelangen, geübten Umgang mit Kindern, auch mit schwierigen. Meine Ungeduld wurde mir bewusst. Ich war keine Kindergärtnerin. Omili und Else stellten keine großen Ansprüche und respektierten Nuan, wie er war. *Sie respektierten ihn, wie er war...*

Als wir nach Hause fuhren, verbrachten wir einen dieser wundersamen Abende, die in völliger Harmonie und Einverständnis verliefen und ich wünschte mir, ich hätte etwas mehr von Omilis Güte, ihrer Geduld und Lebensweisheit gehabt. Und mehr von ihrer Herzenswärme. Aber bis dahin würde es vermutlich noch ein weiter Weg sein für Franca Stetter ... *Zum Teufel,* dachte das böse Mädchen in mir und streckte die Zunge heraus, *mein Weg ist nicht herzenswarm und geduldig!* Aber vielleicht etwas mehr lebensklug ...?

»Bei dir muss man immer einen Turbo einschalten, Franca«, hatte mein Exmann einmal zu mir gesagt, »das ist so verdammt anstrengend.«

Mitte Juli brachte ich Nuan zum Flughafen.
Wenn es nach ihm gegangen wäre, wäre er drei Monate geblieben. Er war ein Mensch, der ernst nahm, worauf er sich eingelassen hatte, zumindest in der Liebe. Ich verstand das nicht, denn auch er hatte zu oft einen unglücklichen Eindruck gemacht. Ich war erleichtert, froh, dass ich ihn nach zwei Monaten los war, dass ich endlich wieder ungehindert mein Tempo leben konnte, meine ungestörten, unbeeinflussten Gedanken denken, meine Tagespläne durchziehen, dynamisch und intelligent mit anderen gut gelaunten, deutschen Menschen kommunizieren konnte.
»Wann du kommen nach Sri Lanka?«, fragte Nuan.
Warum, verdammt, wusste er nach zwei Monaten in Deutschland immer noch nicht, dass es *Wann kommst du nach Sri Lanka?* heißen musste?
»Ich weiß es noch nicht, Nuan ... vielleicht im Dezember ... oder Januar. Ich weiß es nicht.«
Bevor wir abfuhren, war er in der Morgensonne auf dem Balkon gestanden.
»Was machst du da draußen, Nuan? Komm, wir müssen fahren!«
»Komm, guck mal ...«, sagte er leise.
Ich wollte zu ihm auf den Balkon stürmen.
»Nein, Vorsicht, andere Seite ...«
»Was ist denn??«
»Schau, hier ... kleine Spinne, hat ganz schöne Netz gebaut. Viel Arbeit. Sitzt hier oben, springt runter wie Bungee jumping, dann macht wie Schaukel, paar Mal, weit rüber zu andre Seite und baut Faden da an. So toll, so viel Arbeit ...« Er betrachtete das in der Sonne schimmernde Spinnennetz, dessen unzählige kleine Fäden zu einem kunstvollen Gebilde verwoben waren. »Musst du aufpassen, dass nicht kaputt, o.k.?«

Am Flughafen trafen wir einen Landsmann von Nuan, einen Freund aus dem Heimatort, der auch zurück nach Colombo flog. Zwischen beiden Jungen entstand sofort ein Kontakt. Nuan sprach auch hier wenig, aber der andere erzählte viel, von seiner deutschen

Freundin, von seinen Schwierigkeiten in Deutschland. Schon vor der Abreise habe er großen Mist gebaut.
»Mein Freundin mir Geld für Ticket gegeben, viel Geld …« Er lachte.
»Ja, und?«
»Alles weg … ich spielen, mit Karten.«
»O Gott, was hast du da gemacht?«
»Ja, weiß schon, war ganz schlecht. Gedacht, vielleicht gewinne und dann mehr Geld.«
»Und dann?«
»Sie musst noch mal schicken Geld.«
»Bist du wahnsinnig? Der Flug kostet fast tausend Euro!«
»Ja, ich weiß.« Er lachte wieder und sah schuldbewusst auf seine Schuhspitzen. Chaoten, dachte ich, dumme Jungs, die den Wert des Geldes über- *und* unterschätzten und den Umgang damit nicht beherrschten. Da hatte ich ja mit Nuan noch Glück gehabt. Er verhielt sich loyal und integer, arbeitete fleißig, führte aufgetragene Arbeiten und Behördengänge aus, blieb berechenbar, zuverlässig.
Am vorletzten Abend zu Hause hatte ich ihm ein Kuvert mit dreihundert Euro gegeben. »Das ist für deinen Führerschein. Wie viel kostet der?«
»Hundertfünfzig Euro, vielleicht bisschen weniger, weiß nicht.«
»O.k., der Rest ist für deine Mutter und deine Familie.«
»Ja. Danke viel. Ich verspreche Führerschein machen, ganz sicher.«
Vielleicht sehen wir uns niemals wieder, dachte ich, wie immer am Flughafen, wenn der Abschied bevorstand.
Auch Nuan dachte es, man sah es ihm an. Er ließ sich in den Arm nehmen und drückte mich – wir waren ja in Deutschland –, aber kaum mehr als zwei Sekunden.
Ich küsste ihn zart auf den Mund. »Auf Wiedersehen, Nuan, mach's gut …«
»Wiedersehen.«
Er ging davon, ohne sich umzusehen, und ich sah ihn durch die Ticketkontrolle – nun drehte er sich noch einmal kurz um und winkte – in den Zugangstunnel verschwinden.
Good bye, Nuan.

Wider die Vernunft

Das Unvernünftige zieht uns magisch an, verursacht Leid, vertreibt die Eintönigkeit und macht Spaß.

»Frau Stetter? Guten Tag, Ihren Flug habe ich gebucht für den 31. Dezember wie letztes Jahr, da sitzen Sie zwar Silvester wieder im Flugzeug, aber dafür sind Sie auch gleich an Neujahr auf Sri Lanka. Kann ich das so fixieren?«

»Ja, gerne«, hörte ich mich sagen, »machen Sie das – inklusive Ayurveda-Kur!«

Zeitgleich rief Maria Linde an, die Analytikerin, die im Vorjahr mit mir zurück nach Deutschland geflogen war, eine beeindruckende Frau um die sechzig, die Emotionsverstrickungen in Rekordzeit entwirrte und deren Intelligenz ich vielen Frauen gewünscht hätte.

»Hallo, Stetter«, rief sie fröhlich. »Sehen wir uns in Sri Lanka?«

»Ja, Linde, eben gebucht – die ersten drei Januarwochen!«

»Wunderbar, ich auch. Ich freu mich! Bis im *Lanka Queen*!«

Wenn sie da war, konnte alles so schlimm nicht werden – und auch nicht langweilig.

Mit Nuan war Eiszeit. Er war beleidigt. Er hatte sich unsere Zukunft als eine gemeinsame gedacht, gegen alle Schwierigkeiten der Welt. Ich dagegen wollte Distanz schaffen und ihm klar, erwachsen und vernünftig mitteilen: *Zu großer Altersunterschied, zu große Entfernung, zu viele kulturelle Unterschiede.* Clash of Civilizations. Aus. Aber Auge in Auge wollte ich das tun, offen, fair, aufrecht, mutigen Herzens.

Das ganze Jahr hatte ich geschuftet, auf meinem Konto lag eine Menge Geld (mein Steuerberater war Gold wert) und meine Ferien hatte ich mir redlich verdient. Ein Monat Winterpause musste sein,

sonst ging man in diesem Seminargeschäft vor die Hunde. Man kann nicht ständig Energie in bequeme Lethargiker pumpen, ohne aufzutanken. Ich führte ein Turboleben und ich hatte manchmal Bedenken, dass mich dieses Leben auffressen würde – aber es fraß mich nicht auf, im Gegenteil, es trieb mich an, wie alles, was *funktionierte*, und hielt mich fit und dynamisch. Nichtstun schläferte mich ein, machte mich träge und müde. Das würde ich Nuan wohl niemals vermitteln können.
Luxus war eine feine Sache, dachte ich wieder einmal und blieb gedanklich gefangen in immergleichen, unlösbaren Konflikten und Widersprüchen, stellte, als mir die Stewardess die Comfort-Class-Speisekarte reichte, etwas wehmütig und belustigt fest, dass mir das wirkliche Engagement vor Jahren irgendwo zwischen First Class Hotels, Flughäfen und Autobahnraststätten abhanden gekommen war. Früher war ich auf Demos, jetzt in der Comfort Class. So war das eben mit dem Erfolg. Er korrumpiert. Die Seele mit ihren wahren Bedürfnissen wird eingesperrt in den goldenen Käfig der künstlich erzeugten Bedürfnisse der dekadenten Werbe- und Warenwelt. Ich dachte an das Verkaufsgespräch für ein neues Auto vor zwei Tagen. Ich hatte die Wahl zwischen einem Mercedes und einem Audi RS6, volle Sonderausstattung und Kaufleasing über drei Jahre – damit hätte man in Sri Lanka ein kleine Pension bauen oder eine vierköpfige Familie über dreißig Jahre finanzieren können. Hätte man.

In Negombo Airport lief alles wie am Schnürchen, keine Verzögerungen, kein Ärger, alles ging leichter, war vertrauter, lief schneller, besser. Ich hatte mich schon im Flieger umgezogen, nahm den Koffer vom Band und trat hinaus in meine Hitze, die mich empfing.
An Nuan hatte ich ein SMS geschickt: *»Manta holt mich ab, du brauchst nicht den weiten Weg machen.«*
Wer in Sri Lanka Auto fahren kann, kann auf der ganzen Welt fahren. Singhalesen sind Instinktfahrer. Man muss die Augen ohne Unterlass überall haben, nah umfahren, überholen, auch wenn andere entgegenkommen, sonst schafft man es nie. Oft fuhren fünf Verkehrsteilnehmer gleichzeitig nebeneinander auf der Straße,

Kuh und Ziege inklusive. *All-inclusive-Verkehr*, jedes Mal beim Eintauchen in dieses abnorme Verkehrschaos fiel mir das ein. Gemessen am Chaos ereigneten sich in Sri Lanka wirklich wenig Unfälle. Nach endlosen zweieinhalb Stunden und der mittlerweile auch vertrauten Übelkeit kamen wir im *Lanka Queen* an, professionelle Hotelbegrüßung, obligatorische Blume mit goldener Sicherheitsnadel wird ans T-Shirt geheftet, *Welcome* und *Happy New Year.*
»Number thirtytwo noch besetzt, Madam, sorry. Sie mit Buchung spät dran, erste Januar immer schlechte Tag, ab zweite Januar die meiste Gäste reisen ab, dann Zimmer frei.«
Schon wieder, jedes Jahr das Gleiche.
»Jetzt Sie kriegen Nummer sechzehn ... später wechseln, o.k.?«
Zu übernächtigt, um Einspruch zu erheben, *man hätte das auch vorab klären können und* ... was soll's, dachte ich wehrlos und nickte müde.
Ich trete auf den Balkon in die gleißende Sonne. Viele Gäste, auch einige Passagiere aus unserem Flieger tummeln sich am Pool. Ihre weiße Haut hebt sich vom Braun derer ab, die bereits hier waren. Die Frischlinge sind für das Personal und die Beach Boys gut zu erkennen, *Frischfleisch* nennen sie uns. Noch deutlicher werden die Unterschiede zwischen den leptosomen, pyknischen, rachitischen, meist adipösen Verformungen der Touristen und den appetitlichen gesunden Körpern der Poolboys. Deutsche sehen nackt in der Mehrzahl nicht gut aus, das ist Fakt. Kindergekreische. Ich stehe im Bikini träge auf dem Balkon, genieße die Sonne, sehe den Badenden zu und sitze innerlich zwischen vielen Stühlen.

Um sechs Uhr abends ging ich an den Strand. Antonio, der neue Zähne hätte haben sollen, grinste mit braunen Zahnstümpfen und rechtfertigte sich mit einer langen Geschichte vom schlechten Blut und dass kein einziger Zahn mehr bei ihm hielte, hätte der Zahnarzt gesagt, tja, er sei eben ein alter Mann. Er sah mich mit tragischem Blick an. Wahrscheinlich hatte er das Geld vertrunken und nun war es weg.
»Du kommen immer hier zu Antonio, ja? Für Trinken keine bezahlen, kein Problem.«

»Ja, ja, ist o.k., vielen Dank, Antonio ... Hast du Nuan gesehen?«
»Nuan, ja, heute schon da, jetzt nicht. Weiß nicht ... später kommen.«
Ich ging weiter, traf auf einen der Jungs, ein Freund von Nuan. Ich hatte alle Namen vergessen.
»Hallo, Franca!«, rief er freudig aus, alle Jungs freuten sich, wenn einer der Gäste wiederkam.
Hier am Strand waren sie eine Familie, liebten sich, brauchten sich, stritten und vertrugen sich, waren füreinander da, verrieten sich aber auch, wenn es einen größeren Nachteil brachte, zu loyal zu sein, wie es eben ist bei den Menschen und in den Familien. Und wenn man wiederkam, wurde man aufgenommen, als sei man gestern weggegangen.
»Weißt du, wo Nuan ist?«
»Nuan? Nein, vielleicht hinten bei Hotel Eden ... Vorher da.«
Ich sah hinter zum Hotel Eden. Wie immer hingen sie in Trauben am Zaun, um die weißen Neuankömmlinge, Dollars auf zwei Beinen, zu erspähen. Nuan war nicht dabei; er hatte die Zaunguckerei nie mitgemacht. Der Junge erzählte weiter, irgendwas, ich hörte ihm nicht mehr zu. Fast hätte ich es überhört, als er sagte: »Da ... Nuan!« Er zeigte in die Richtung, wo die alte Frau ihre Tücher auf der Leine zum Verkauf aufgehängt hatte.
Und da kam er tatsächlich, langsam, aufrecht, edel. Eine Aura der Unnahbarkeit umgab ihn, wo und mit wem er auch war. Er war ein Prinz, mein schöner, dunkler Prinz. *»Mit der Leidensmiene eines gefallenen Königs«* hieß es in einem Roman über Sri Lanka.
Fünfeinhalb Monate hatten wir uns nicht gesehen. Groß und schmal, im Sarong und einem T-Shirt, die Locken fielen bis fast zum Schlüsselbein, ging er langsam auf mich zu ... stand vor mir, gab mir die Hand, kam näher – und umarmte mich auf einmal sogar. Ich roch seine Haut, die nach Meer und Wind duftete, spürte seine Haare an meiner Wange, verlor mich in den dunklen Abgründen seiner wunderbaren Augen und wusste, das wird nichts mit dem Auseinandergehen, nicht hier, nicht jetzt.
Nuan blieb distanziert. Bei aller Freundlichkeit der Begrüßung war

ihm anzumerken, dass er gekränkt und dass es etwas Grundlegendes war, was ihn verstört hatte. Ich war ebenso ungehalten, hatte Antworten auf SMS erwartet und doch etwas mehr Wiedersehensherzlichkeit.

»Was ist los?«, fragte ich.

Er habe gestern gefeiert und sei über Nacht nicht zu Hause gewesen, wo sein Handy läge, sagte er. Ich versuchte, meine lächerliche Eifersucht zu bezähmen, die jäh aus dem Winterschlaf erwachte.

»Du lange nicht mehr viel geschrieben«, sagte er vorwurfsvoll.

Ich schwieg.

»Kommst du mit?«

»Mit Boot, andere Strand?«

»Ja.«

Wo alles begann ...

Wir liefen stumm nebeneinanderher zu den kleinen Holzschiffen und setzten über. Vielleicht fuhr er hier mit jeder Touristin her, die er näher kennen lernen wollte. Damit wollte ich mich jetzt nicht befassen. Wir stiegen aus und warteten, bis sich das Boot wieder entfernte. Die Konversation beschränkte sich auf Höflichkeitsfloskeln, Erkundigungen nach dem Wohlergehen meiner und seiner Familie.

Als das Boot endlich weggefahren war und wir alleine durch den Sand spazierten, fragte ich: »Hast du meine SMS nicht bekommen??«

»Warum du in Lanka Queen??«, fragte er zurück, entgegen seiner üblichen Reserviertheit recht ungehalten. »Gefällt mir nicht das!!«

Ich wollte nicht mit ihm in den Bungalow. Drei gemeinsame Wochen würden unsere Faszination vertiefen – oder sie zerstören, mitsamt der schönen Erinnerung. Beides wollte ich nicht. Er verstand das nicht. Er hatte einen Bungalow reserviert, der frei war und seiner Ansicht nach in Ordnung, warum also musste ich in das Hotel gehen?? Wir wanderten über den Sand und setzten uns zu den Büschen, zu unseren Büschen, erzählten dies und das. Mutter und Vater waren gesund, bis auf Asthma bei der Mutter, die Schwester hatte ihr Baby verloren, im fünften Monat. Er rauchte immer noch, kiffte ab und zu. Kein Deutschkurs, kein Führer-

schein, für den ich ihm das Geld mitgegeben hatte. Niemand leihe ihm ein Tuktuk zum Üben, sagt er.
»Du solltest doch zur Fahrschule gehen!«, protestierte ich.
Schweigen. *Er packt es nicht,* dachte ich und sah ihn lange von der Seite an. Er wollte auch nicht, das sah man, vielleicht hatte er Angst vor dem chaotischen Straßenverkehr. Der Fahrlehrer habe ihn angeschrien und geschlagen beim ersten Besuch, sagte er und sah zornig weg. *Dieses Land frisst seine Menschen auf.* Nuan schwieg, ich auch.
Ich wusste nicht, was ich noch hätte sagen sollen. Er drehte sein Gesicht zu mir und sah mich an. Dann legte er auf einmal die Lippen auf die meinen, einfach so. Und ich fand es wunderschön, wie seit Anbeginn. Wir begannen zu schnäbeln. Und in dem Moment, als er seine Lippen auf die meinen setzte, zerrann die Idee vom Schlussmachen endgültig im Sand wie die kleinen Wellen am Strand; ich hatte ihn lieb, er war ein Traum, er war mein Gott Eros – und nichts und niemand hinderte mich.

Wir fuhren zurück mit dem Boot und schwiegen wieder.
Ich verdrängte das Problem, redete mir ein, dass unsere Hitze sich abgekühlt hatte und die Magie sich in den nächsten drei Wochen auflösen werde, dann wäre die Frage der Zukunft endgültig vom Tisch. Nuan wollte mit mir zusammen bleiben, für immer, gleichgültig, welche Unterschiede dagegensprachen und gleichgültig auch, wie lang das *Immer* währte. Ich blieb vernünftig und wollte Nuan im Status des kündbaren Lovers belassen. Ich wollte nur einen Teil von ihm, er wollte mich ganz. So naiv es mir schien, Nuan meinte es völlig ernst, und er war auf seine Weise ebenso vernünftig wie ich, denn er sah in unserer Beziehung die einzig greifbare Chance für seine Zukunft.
Die Abenddämmerung setzte ein und tauchte den Strand in ein milchiges Licht, das Meer rauschte, es hatte gut achtundzwanzig Grad. Immer lief ich hier barfuß, immer umwehte lauwarme Luft die Haut, lauschig war alles und so, wie man es in jedem (dummen) Traum erträumt. Ich hatte mich im Hotelzimmer umgezogen, fühlte mich sofort schön durch Licht und Meer, die Temperaturen, die

Luftfeuchtigkeit, die Haut wurde glatter, schöner, und ich fühlte mich sinnlich, entkrampft und offen.
Am Abend trafen wir uns und gingen zum Essen in eines der kleinen halb privaten Restaurants am Fluss, in denen nie jemand war. Wir setzten uns an einen der vier Tische im Garten, vor uns rauschte leise das dunkle Wasser vorüber und ich holte meine Geschenke für Nuan aus der Tasche; ein Parfum von Boss, einen kleinen Timeplaner mit Telefonregister und ein Aurasoma-Öl, *»Gabriel«*, ein Öl in wundervollen Blautönen, zu dem es hieß: *Heilung durch Kommunikation.*
Wir bestellten eine Cola für mich und ein Gin Tonic für ihn und er packte, zwischendurch an seinem Drink nippend, alle Geschenke mit einer unendlichen Ruhe aus. Dann küsste er mich, saugte sich sanft fest, schloss die Augen und legte seine Hand auf meinen Schenkel.
Mag sein, es war die Hitze in Sri Lanka, mag sein, die Magie der Insel, ihr Zauber – vielleicht auch Nuan oder all das zusammen. Kaum spürte ich seine Hand, drängte sich alles zu ihm, der mich nie drängte, der sich immer Zeit ließ, der keine Zeitnot kannte, weil er Zeit in Hülle und Fülle hatte, sie sich nahm und nicht wieder nehmen ließ, sie mir schenkte und sich selbst mir ganz gab. Wenn er mit mir war, war er mit mir. Seine Finger wanderten unter mein geblümtes Sommerkleid, legten sich auf meine heiße Mitte, blieben reglos liegen und warteten. Ich stöhnte leise auf. Es musste dezent geschehen, was wir da taten. Ich rutschte mit dem Becken nach vorne, unsere Münder verschmolzen. Ich fasste ihn an und spürte, dass er schon bereit war und auf mich wartete, auf unsere Vereinigung, auf das Wiedersehen, die Begrüßung, das Fest unserer Körper. Wir trieben das Spiel so weit, bis wir fast die Beherrschung verloren am Tisch, kein Ober mehr, keine Gäste.
»Gehen?«, sagte Nuan ernst und sah mir mit seinen dunklen, schönsten Augen der Welt bis tief in die Seele, dass es mir die Flammen in meinen Unterleib jagte und ich mich am liebsten hier und jetzt für ihn auf das Gras gelegt hätte.
»Ja«, flüsterte ich heiser, die Stimme blieb mir weg, die Kehle war trocken, der Rest umso feuchter. Wir zahlten und wanderten

schweigend mit pochenden Herzen zum Strand zurück. Nuan schritt voraus in der Dunkelheit und zog mich an der Hand hinterher.
»Wohin?«, flüsterte ich leise.
»Da …«
Am Zaun, der die Hotelanlagen zum Strand abgrenzte, gleich bei Antonio um die Ecke zwischen Blue Lagoon und dem Eden Hotel, wo dessen Parkleuchten das Grün der großen Büsche und Strandlilien beschienen, hatte sich in deren Mitte eine Laube gebildet.
»Komm!« Er schlüpfte in die Laube und zog mich an sich. Die Pflanzen umrankten uns wie eine Kirche, ein grüner Dom, in dem unheilig Heilig-Lustvolles geschah. Er lehnte sich mit dem Rücken gegen den glatten Stamm des großblättrigen Baumriesen, unter dessen breitausladender, beschützender Krone wir standen, und presste seinen Unterleib an mich, ich stöhnte. Er saugte sich am Hals fest und hob mein Kleid, schob die Träger nach unten, legte die Brüste frei, schob mich an den Baum und drang im Stehen in mich ein, mit harten Stößen, dass ich fürchtete, das Gleichgewicht und die Besinnung zu verlieren vor lauter Lust.
»Sieht uns vom Strand niemand?«, keuchte ich und stellte mir vor, sie sähen uns zu. Mein Herz hämmerte, das Blut pulsierte.
»Nein«, Nuan schüttelte kurz den Kopf, die Haare flogen, sein Atem ging schnell und heiß, »sehen nur grüne Baum.«
Da flog ich auch schon davon und schrie auf in unsäglichem Vergnügen, in die Nacht hinauf, in den Sternenhimmel, Nuan legte die Hand auf meinen Mund und stieß weiter in mich, bis es mir die Tränen in die Augen trieb.
Ich löste mich auf und sank in seine Arme. Nuan wartete ein Weilchen, zog sich zurück, nahm seinen Sarong und breitete ihn auf den Boden, legte sich auf den Rücken, sah mich mit halbgeöffneten Katzenaugen an und zog mich auf sich. Ich hockte mich auf ihn wie ein kleines Mädchen auf meinen hohen Schuhen und ritt ihn, bis sich unsere Körpersäfte vermischten im ekstatischen Urknall, der für andere so banal und bedeutungslos, für uns die Unio mystica war.

Als wir hinaustraten, wölbte sich über uns der prächtige Sternenhimmel. Wir wanderten zum Meer, Hand in Hand und sahen den Wellen zu, die aus der geheimnisvollen Dunkelheit der Wasser unermüdlich den Sand umspülten und sich wieder zurückzogen. Warum konnte es nicht ewig so bleiben, dachte ich, warum konnte ich nicht hier leben, für immer, wie ein glückliches Tier? Warum musste ich mich durch die Leistungsschleudern der westlichen Welt jagen lassen wie eine von Geistern gehetzte Furie. Warum... warum... warum nur musste ich nur ständig so viel wollen ...
Hier bekam ich alles, was ich brauchte für ein kleines Glück. Das große Glück ist ein Irrtum, eine Fata Morgana, die man nie erreicht. Die kleinen Glücke stehen wie Blumen am Wegesrand, heben ihre kleinen Gesichter und rufen: *Siehst du mich nicht?? Hier bin ich doch!! – Geht beiseite, ihr Toren,* schreit der vom Supermarktfraß aufgeblähte Riese, *ich suche das GROSSE GLÜCK!* Und hetzt an ihnen vorbei auf der Jagd nach dem großen Glück, das Herzinfarkt heißt, und Schlaganfall, Depression und Gier und er verdurstet auf der Strecke, der adipöse Riese, den Blick fest auf die Fata Morgana gerichtet, die verspricht, was das Herz sucht: *Ich liebe dich so, wie du bist* – und es nicht hält, wenn wir sie greifen wollen...

Nuan machte sich rar. Er hatte mich eingewoben in sein sinnliches Netz, dann zog er sich zurück wie die Meereswellen bei Ebbe und wenn wir uns sehen wollten, kam immer etwas dazwischen. Manchmal meldete er sich um ein Uhr nachts per SMS: *»Kommst du jetzt zu Blue Lagoon.«*
Dann wieder bestellte er mich um sechs Uhr abends zur Rezeption, wo wir uns verpassten, um acht Uhr dann eine Nachricht. *»Ich komme ein bisschen später.«*
»Überleg dir, was du willst, sonst ist Schluss«, simste ich zurück und dachte: *Wie mit vierzehn.* Ach, wenn man sie nicht kennen würde, diese durchsichtigen Ausreden, bei denen das ganze weibliche System Alarm schlägt. Wieder und wieder suchte ich die Aussprache, die er boykottierte, weil er keinen Sinn darin sah, herumzustottern, ohne sich artikulieren zu können und sich mir nicht gewachsen fühlte. Eine gemeinsame Richtung zu finden, war

unmöglich, ich war halbherzig, er wollte uns ganz. Es war unser Jahrestag, der siebte Januar.
»*Zwölf Uhr kommst du Strand.*« Das Handy piepte zweimal.
Er stand im Schatten unter dem Vordach bei Antonio. Wir fuhren mit dem Boot zum Bentota-Strand und setzten uns in der brütenden Mittagshitze unter die Büsche, dort, wo wir das erste Mal ... Wir versuchten, Ordnung in das Kommunikationschaos zu bringen.
»Warum du Hotel??«
»Und warum schaffst du es nicht, *ein* SMS rechtzeitig zu senden?? Du hast doch sonst nichts zu tun!«
»Ich arbeiten Strand!«
Er hakt fest, ich hake fest.
»Arbeit ... pah! Jeden Tag acht bis zehn Stunden, *das* ist Arbeit, nicht am Strand herumsitzen, kiffen und ins Meer schauen!«
»Du hast ein Frau für Küche und ein Secretary!«, erwidert er trotzig. »Du nicht so viel Arbeit!«
Es ist so ein Gefälle zwischen uns, dass kein Weg zur Brücke werden kann.
»Warum gehst du nicht zum Deutschkurs, warum hast du den Führerschein nicht gemacht wie vereinbart?«
»Und du kein viele SMS mehr.«
Dass er mich nie gebeten habe, irgendetwas zu bezahlen, kontert er, er habe auch nicht gebeten, nach Deutschland kommen zu dürfen, und dass Lucia seinem Cousin Nihal *niemals irgendetwas vorgerechnet,* sondern ihm nur angeboten habe, wenn er Maurer würde, baue sie ihm ein kleine Pension. Manchmal wisse er nicht, wo das Frühstück herkommen solle, der Vater könne nicht mehr am Strand arbeiten, ich verstünde sein Leben nicht.
Und du meins nicht, denke ich. Ich versuche zu erklären, dass von nichts *nichts* kommt, dass ich hart arbeitete in Deutschland.
»Du hast ein Secretary und ein Housekeeper!«, betont er noch einmal abfällig.
Seminare sah er als Spaß, nicht als Arbeit, er hatte auch keine Vorstellung davon, wie dornig der Weg zum Erfolg in Deutschland war, wie kraft- und nervenzehrend es war, Seminare zu halten, auch

nicht von den Vorbereitungen dafür. Aber schon alleine der Satz: *Und wie, glaubst du, dass ich in diese Position gekommen bin??* hätte seine Sprachkenntnisse und meine Erklärungsgeduld überfordert.
Es war aussichtslos. Er redete von Frauen, die ihm sofort ein Auto kaufen würden, die er aber nicht wolle ... und dass ich eh nur Sex gewollt habe, denn ich sei in Deutschland nach dem Sex immer gleich auf meine Bettseite gerutscht. Er hatte konservative, naive Vorstellungen von Liebe, Zusammengehörigkeit und Ausschließlichkeit – Alter hin, Schwierigkeiten her – oder vom sofortigen Abbruch, wenn dies nicht funktionierte. *Funktionierte...*
Ich will dich, Nuan, ich will dich ...
Nicht nur wirtschaftlich-sozial-kulturell wären das zehn Jahre Beziehungsarbeit gewesen, auch emotional und intellektuell; die sexuelle Reife und sein Schweigen täuschten über die geistige Unreife hinweg, waren irreführend. Ich hätte das vorher aber auch gar nicht wissen wollen. Trotzdem, ich musste mir sein Unverständnis und seine Undankbarkeit nicht gefallen lassen. Und seine Launen und Zickereien schon dreimal nicht.
»Ich kann hier jeden haben. Was glaubst du, wie viele Jungs im Hotel froh wären, wenn man sie nach Deutschland einladen würde?!«
Er sah mich mit zornigem Blick an. »Und ich muss selber Geld verdienen, keiner hilft mich – du hast immer noch nicht richtig verstanden, was ist mein Leben.«
»Wenn du hell im Kopf wärst, würdest du kapieren, dass du in mir einen lebenslänglichen Sponsor hast, haben könntest – *und* eine Zukunft! Aber dafür muss man *Einsatz* bringen*!* Das verstehst du nicht – das *verstehst – du – nicht!* Warum, verdammt, verstehst du das denn nicht?«
Es scheiterte am Nichtverstehen – seinem Nichtverstehen, dass Zukunft gestaltbar war und dass man sie gestalten *konnte* – und meinem Unverständnis dafür, dass er das nicht verstehen konnte.
Nuan sei jung, habe viele Frauen, unsere Beziehung sei nur eine kurzlebige Faszination für ihn oder auch des Geldes wegen interessant, hatte ich geglaubt und verdammt nicht mit seiner Ernsthaftigkeit gerechnet. Jetzt kam ich mir schofel vor und sein Belei-

digtsein war eben sein einziges Verhaltensinstrument zur Konfliktlösung. Dass dies, um mir ein Partner zu sein, nicht ausreichen konnte, verstand sich auch, und dass das alles nicht einfach sei und dass wir das wüssten, hatte ich in Deutschland gesagt – aber ich hatte doch gedacht, es würde ein wenig einfacher werden. *Liebe allein genügt nicht.* Eine bittere Erkenntnis.

*

»Excuse me ...« Der Ayurveda-Masseur löste den Haarknoten, machte einige Massagestriche, goss etwas Öl aus der Flasche auf meinen Scheitel und tupfte mit der Hand verteilend nach, damit das Öl einzog. Dann begann die kräftige Kopfmassage, die die Kopfhaut durchblutete und entspannte, anschließend die Gesichtsmassage. Der Therapeut strich mir mehrmals die Haare aus der Stirn, wie es meine Mutter gemacht hatte, als ich ein kleines Mädchen war, band sie zu einem Zopf und steckte sie mit der Klammer fest. Mein Kimono war über die Schulter gerutscht bis zum Brustansatz, als Nacken und Schultern massiert worden waren. Ich zog ihn wieder zurecht und wurde gebeten, mich auf die Liege zu legen. Bei der Gesichtsmassage hatte ich ein Gefühl, wie es Königin Kleopatra gehabt haben musste. Man fühlte sich schön und genoss das Frau-Sein ...
»... und man vergisst für diese kurze Zeit das Alter und die Falten!«, hatte Mrs. Lewinsky letztes Jahr lakonisch bemerkt.
Man fühlte sich ewig jung, zeitlos schön. Der Therapeut tauchte die Fingerspitzen in den Cremetopf, setzte kleine Tupfer auf Stirn und Wangen und Hals, strich die Stirn nach außen glatt mit kleinen weichen Strichen, dann ein zartes Streichen über die Augenbrauen, ich spürte meine Körpersäfte fließen, das Streichen erzeugte einen Schluckreflex. Daran war zu erkennen, dass sich viel tat im Organismus. Nie hatte ich diese schmetterlingsgleiche Sanftheit, die den indischen Ayurveda-Masseuren zu eigen ist, bei einem Mann für möglich gehalten, keine Kosmetikerin hatte mein Gesicht jemals so zart behandelt, auch nicht der schwule Frisör. Morgen würden wir mit Shirodara beginnen, einem Stirnölguss,

der vor Sonnenaufgang, zumindest vor einem allzu hohen Sonnenstand gemacht werden sollte. Aus einem kleinen Gefäß rinnt ein sehr dünner Ölstrahl, im Zeitlupentempo von links nach rechts und zurück über die Stirn gegossen und zu einer der tiefsten Entspannungszustände führend, die ich kenne.
Linde erklärte mir, sie mache kein Shirodara mehr.
»Warum? Shirodara ist doch die grandioseste Entspannung, die es gibt.«
»Das ist mir unheimlich«, sagte sie, »letztes Mal hab ich es fast nicht mehr zurückgeschafft aus dieser Versenkung! Die haben mich ein paar Mal richtig wachrütteln und rufen müssen, da hab ich Angst. Womöglich bleib ich weg?«
»Aber Linde«, sagte ich, »Sie doch nicht.«
»Nee, nee, das lass ich lieber!«
Kaum wach, lag man morgens gleich wieder flach und wurde per Massage oder Stirnguss in die Entspannung versenkt. Es gab keine wirkliche Chance, wach zu werden. Irgendwas machte die Behandlung mit einem. Vielleicht waren es die speziellen Öle, und Shirodara erzeugte eine tiefe Entspannung, in die man sonst kaum kam, vergleichbar nur mit Meditation im Alphawellen-Zustand. Auf dem Bauch liegend, fühlte ich das warme Öl in Strömen auf den Rücken rinnen und gleich darauf vier einfühlsame, zarte Hände, die es verteilten.
»Allein das Double-Erlebnis mit zwei Jungs ist die Reise wert«, hatte Toto im Vorjahr gesagt.
Charly, der alte Musiker, berlinerte nachmittags am Pool: »Ick gloob ja nich, dat det so viel bringt, wa. Wofüa soll det jut sein? Det is mehr so'n Jestreichle und fühlt sich jut an – awa sonst? Nee, ick weeß nich …«
»Doch, Charly, das wär auch für dich gut. Grad für dich mit deiner ewigen Wurst- und Fleischfresserei!«, sagte Biggi, die Rundfunksekretärin aus Frankfurt, die neben ihm auf der Liege lag. »Mir haben sie das genau erklärt, was da stattfindet: Entschlackung! Die Massagen und Öle, das ist eine totale Entgiftung, eine Vollentspannung, ein Loslassen, die Toxine werden aus den Geweben transportiert, die Darmtätigkeit wird durch das viele Gemüse der Ayur-

vedakost angeregt, unterstützt durch typbezogenes Essen, und ...«
»Na ja, det mag schon sein«, erwiderte Charly und zündete sich ungerührt eine Zigarette an, »aber kacken kann ick ooch so! Nüscht füa unjut, wa – awa für mich alten Knacker is det nischt, det Rumjefummle und Gedöns mit dem janzen Öl. Bin ick ne Sardine? Nee!«
Ein kleiner Kellner kam und servierte, sich höflich verneigend, einen King Coconut Juice in der Original-Kokosnuss, die in Form einer Maus dekoriert und geschnitzt war, mit einem Schirmchen. Ich dachte über die Devotheit der Angestellten nach. Mir fiel mein joviales Handauflegen beim Servicepersonal auf, streng genommen war es eine Herablassung, nur der Chef tatscht wohlwollend auf Schultern und Arme der Mitarbeiter. Für die Kellner war ich ja wie eine Chefin und die Männer waren fast alle kleiner als ich.
In Sri Lanka bekam man als Frau alles, wovon man träumte. Aber diejenigen, die sich hier aufhielten oder lebten wie der Gärtner seit drei Jahren, wurden seltsam schläfrig und träge, ließen Dynamik und Tempo vermissen. Alles ging ruhiger, gelassener, unaufgeregter als in Deutschland. Allein die Hitze drosselte jegliche Hektik.
»Auf Dauer würd ich das nicht aushalten wollen«, sagte Linde und fächelte sich mit ihren weiten, bunten Gewändern Luft zu, »da schläft einem ja alles ein ... als erstes das Hirn.«
»Ja«, sagte ich, »auf Dauer ist es vielleicht nichts.« Aber irgendwas in mir dachte das Gegenteil.

Nuan und ich wollten zum Essen gehen, ins *Aida*, ein renommiertes Restaurant in einem 5-Sterne-Hotel. Es war klar, dass ich bezahlen musste, aber er hatte sich Gedanken gemacht und ein stilvolles Ambiente ausgewählt, das gefiel mir. Selbstbewusster war er geworden in den Monaten seit seinem Deutschlandbesuch, männlicher, die Erlebnisse zeigten Wirkung, das Naturkind hatte seine Unschuld verloren. Er galt hier in Sri Lanka seit seiner Auslandsreise nun auch mehr, wusste um die Gesetze des Strandes und trat nicht mehr als Welpe an, sondern als Alpha-Rüde.
Der Tuktuk-Fahrer begleitete uns zum Tisch und ließ sich mit uns nieder.

»Was macht der hier mit uns?«, fragte ich Nuan, während ich überlegte, ob es damit zu tun hatte, dass ein unverheirateter Mann und eine unverheiratete Frau nicht alleine zusammen ausgehen sollten, immer hatte ein Anstandswauwau dabei zu sein.
»Ich ihn eingeladen«, sagte Nuan.
»Wozu? Ich kenne ihn gar nicht!« Ich hatte keine Lust, einen Fahrer als Tischpartner zu ertragen, auch nicht, ihn zu verköstigen, aus welchen Motiven heraus Nuan ihn auch immer eingeladen haben mochte. War ich Mutter Theresa für alle seine Bekannten? Nuan sagte etwas zu ihm. Der Fahrer erhob sich augenblicklich, verabschiedete sich und verschwand. Ich kam mir kleinlich und zickig vor, aber ich wollte den Mann nicht dabei haben; die Gespräche mit Nuan gingen ihn nichts an und waren mühsam genug, auf noch gehaltloseren Talk hatte ich keine Lust.
»Warum machst du das? Ich will persönliche Dinge mit dir besprechen und mit dir alleine sein! Du musst mich nächstes Mal fragen, vorher!«
Ihre Frauen mussten sie nicht fragen. Die Ehefrauen würden auch nicht wagen, etwas einzuwenden.
Ich hielt eine (sehr vereinfachte) Rede über Zukunft und *Entwicklung* im Allgemeinen und den Führerschein als Teil der Entwicklung und Zukunft im Besonderen, über zwei Wege, die man im Leben gehen könne, den bequemen und den unbequemen des Erfolgs, dass er etwas aus sich machen müsse, dass sein Dasein so verlorenes Potenzial sei, und dass sich ohne persönlichen Einsatz nichts entwickle.
Nuan, außerhalb des Hauses wie immer reserviert, sagte: »Du weißt, ich Beach Boy. Du mich kennen gelernt so!«
»Natürlich habe ich dich als Beach Boy kennen gelernt, aber wenn *mehr* zwischen uns sein soll, dann musst du dich entwickeln!«
Er sah mich finster an. Ich fuhr fort: »Wenn wir zusammen sind *(Finger ineinander)*, kann ich nicht hier oben *(Hand über dem Tisch)* und du hier unten sein *(Hand unter der Tischplatte)*, dann musst du Deutsch lernen, Englisch lernen, den Führerschein machen und, und, und …«
Mein Gott. Einem deutschen Freund hätte ich nahegelegt, Semi-

nare zu besuchen: »Erfolg durch Selbstmotivation«, »Evolution und Gesellschaft«, und Bücher zu lesen: »Philosophie des Abendlandes«, »Die Geschlechterrollen im dritten Jahrtausend« …
Aber konnte ich Singhalesisch? Wie würde ich herumstottern? Ich verlangte von einem Ceylonesen, in seinem eigenen Land *meine* Muttersprache fließend zu sprechen. Aber a) war Englisch nun mal Weltsprache und b) was, wenn nicht Deutsch, war für ihn das Tor zur besseren Welt?
»Oder«, fuhr ich fort, »ich komme eben ab und zu nach Sri Lanka.«
Die Unterhaltung lief schneller, wenn ich die 50-Wörter-Sprache benutzte. Wenn ich differenzierter sprach, sah er mich an, sagte »Ja« und ich musste immer nachfragen, ob er alles verstanden hatte, von selbst sagte er das nicht. Freunde hatten erzählt, Asiaten verhielten sich häufig aus Höflichkeit so, auch bei Thailändern hätten sie das oft erlebt.
»Weil, für immer ist das zu schwierig. Entfernung, Kultur, Sprache, Alter, Status, Geld, sehr schwierig. Nachdenken, dann sagen. – o.k.??«
Nuan antwortete nicht.
»Warum arbeitest du nicht als Pool Boy?«
Er sah mich an, dann widmete er sich seinem Hühnchen mit Reis.
»Hast du heute dein Aurasoma-Öl aufgetragen?«
Er gab keine Antwort. Als wenn er als armer Junge, noch dazu als Beach Boy, eine Stelle als Pool Boy bekommen würde! Er hatte gar keine Lust mehr, irgendwo zu fragen – wie oft hatte er das schon versucht … na ja, nicht so oft, aber es hieß ja sowieso nur immer »Nein, geht nicht«. In die großen Hotels kam man nicht hinein, und wenn, verdiente man genauso wenig wie im Blue Lagoon, außer dass man Trinkgelder von den Touristen bekam. Beach Boy war viel besser als Pool Boy, freier! Die waren da drin ja wie die Tiere im Zoo. Und besser für Ausflüge mit Touristen war das auch, als Beach Boy zu arbeiten. Die Pool Boys durften das gar nicht, sonst hätte man sie sofort entlassen. So schlecht war's doch gar nicht, alles … Früher ging es am Strand nur ums Rauchen, ums Kiffen, um Frauen. Jetzt verstand er, worauf es ankam, wie man arbeitete

und wie man sein Geld verdiente. Und er hatte inzwischen alle Tricks von den anderen gelernt. Obwohl er die *Tricks* nicht mochte, weil er nicht so ein verlogener Schleimer wie Ananda werden wollte, sondern ein guter Mensch. *Ein guter Mensch werden*. Das war sein einziges Ziel. Alles andere konnte er nicht beeinflussen, ob die Geschäfte gut gingen oder schlecht. Er fand auch, dass er gut Deutsch konnte, viel besser als die meisten hier. Er war viel erwachsener jetzt. »Deutschland war wichtig für dich«, sagte Franca immer. Ach was, Deutschland ... In Deutschland hatten ihn alle ständig angeglotzt, das wollte er nicht mehr haben, das machte ihn ganz verrückt, da kam er sich auch vor wie ein Tier im Zoo, wie die deutschen Touristen hier in den Hotelparks, wenn die Beach Boys sie anstarrten, das hasste er genauso. Er wollte weder starren noch angestarrt werden. Das fand er ekelhaft. Deutschland war kalt, anstrengend und frustrierend gewesen.
Er war eben erwachsen jetzt – ein Mann – das war alles.

»Hast du heute dein Aurasoma-Öl aufgetragen?«, fragte ich ihn noch einmal und riss ihn aus seinen Gedanken.
»Meinst du, wenn nehmen, dann reden viel?«
»Ja, diese Flasche bedeutet *Heilung durch Kommunikation*.« Es folgte ein Vortrag über Chakren.
Nach einer Weile hellte sich sein Gesicht auf. »Ah, Chakras... ja, ich kenne!« Er sah mich an und lachte ein wenig. »Wenn Sadun aus Deutschland zurück, immer reden, reden, reden – wir alle denken, er varruckt. Plötzlich wieder Schluss.«
»Ja, Berliner reden viel.« Ich parodierte die Berliner.
»Bayern auch«, sagte er unvermutet.
Ich schaute ihn verdutzt an. »Du Redemeister, Redemeisterin ... viel, das bist du!« Er guckte mich mit einer Prise Schalk und etwas boshaft an, und es war das erste Mal, dass er so was wie Ironie an den Tag legte, was mich entzückte und meinen Widerspruch provozierte. Trotz der Ironie meinte er es ernst, als Kritik und Kompliment. Er konnte nicht verstehen, warum dauernd geredet werden musste. Konnte man nicht sitzen und aufs Meer schauen...?

»Jetzt sag du!« Ich hakte nach.
»Ja.«
»Was, ja??« Ich wurde ungeduldig.
»Ich nachdenken, dann sagen.«
Pause.
»Ich möchte mit dir in den Tempel gehen.«
»Wir haben viel Zeit.«
»Ja, ich weiß, trotzdem will ich mit dir morgen in den Tempel gehen und beten, dass uns der liebe Gott den richtigen Weg zeigt, der für alle beide gut ist, einen Weg, der für dich richtig und für mich richtig ist.«
Nuan hielt inne, legte sein Messer ab und sagte: »In Goethe-Institut Buch mitgenommen für lernen, da steht drin: *Schließlich wird er seinen Weg finden.*«
»Warum gehst du nicht mehr zum Deutschkurs?«
Zweimal pro Woche nach Colombo zu fahren sei zu mühsam, versuchte er sich herauszureden, da sei jedes Mal ein halber Tag weg.
»Was sind denn zwei halbe Tage pro Woche, wenn es um deine Zukunft geht?«
»Du auch nicht fahren immer Colombo, wenn hier, oder?«
Sinnlos zu entgegnen, dass ich meine Zukunft nicht mehr gestalten musste, sondern er.
»Hundertfünfzig Euro zum Fenster rausgeschmissen!«
Er schaute überrascht auf. Und ich wusste nun, wenn ihn der Vater oder die Mutter nicht aus dem Bett warfen und losschickten, wurde das nichts. Er erzählte, dass er am nächsten Tag »mit Russin zum Fischen« fahre. Ich war hochgradig eifersüchtig. »Russin« stellte sich als Sprachfehler heraus, er meinte eine russische Familie, die Frauen blieben im Hotel.
»Russ*in* sagt man für eine russische Frau, Russ*en* für Männer!«
»Ja. Und Yala Park, vier Uhr aufstehen, Russin fahren auch.«
»Russ*en!*«
»Ja.«
Ich hatte ein Gefühl, dass ich etwas lernte ... aber was? Geduld war es nicht, meine Ungeduld hatte eher zugenommen, war hier nur durch Hitze und Urlaub gedämpft. *Liebe* lernen? Nur, weil ein Jun-

ge nicht Deutsch konnte und faul war, aber gut im Bett, lernte man nicht lieben.
»Lass die Kirche im Dorf, Franca!« Der Satz meiner Mutter hallte in meinem Kopf, *lass den Beach Boy am Strand, wo er hingehört.*
»Aus dem wird kein Hotelkellner, kein Taxi Driver, schon gar kein deutscher Aufsteiger!«, hatte Igel gesagt.
»Und wenn du ihn in eine Schule oder eine Handwerkerlehre in Deutschland steckst, *was fürs Leben, was* ist das optimale Ergebnis? Ein Handwerker! Dann hast du nach drei Jahren einen fünfundzwanzigjährigen Handwerker daheim, der irgendwann auf zwanzigjährige Friseusen zurückgreift – wenn du nicht schon vorher die Geduld verloren und das Handtuch geworfen hast!«
Gut, es gab Gegenbeispiele, die nachdenklich machten, wenn man eine vom patriarchalischen Zynismus bereinigte, feministische Sichtweise gelten ließ. Nuans Cousin Nihal mit seiner zwanzig Jahre älteren, italienischen Frau, die ihm das Hotel gebaut hatte und mit ihm seit fünfzehn Jahren glücklich verheiratet war.
»Na ja, deutsche Ehen halten ja auch nur mehr wenige Jahre«, hatte Igel weiter für mich spintisiert, »und für diese paar Jahre kannst du dir natürlich ebenso gut einen attraktiven, exotischen Buddhisten zur Brust nehmen wie einen käsigen, drögen, dicklich-teutonischen PC-Heini.«
Um halb zwölf verabschiedeten wir uns. Nuan wollte schlafen, weil er um halb vier aufstehen musste für den Ausflug *mit Russin.* Er brachte mich zum Hotel und gab mir einen Kuss.
»Bis morgen.«
»Ja, bis morgen.«
Ich war misstrauisch, aber es half nichts, ich musste souverän bleiben. Alles andere wäre lächerlich gewesen.

Nuan lief langsam nach Hause, in Gedanken versunken …
Mit seiner deutschen Freundin war es nicht gut, diesmal. Sie war nicht mehr so wie letztes Jahr oder wie im März. Die Russen waren nett und lustig, für den Ausflug würde er gutes Geld bekommen, aber sie tranken so viel und die Russin begann dann immer, ihn anzutatschen, wenn sie getrunken hatte. Ihr Mann war besoffen

und fand das lustig und sagte immerzu nur: »Scheene Junge, Nuan, dawei!« und schlug auf den Tisch, wo immer eine Wodkaflasche stand. Oder Arrak. Meistens musste er mittrinken. Und wenn der Mann auf der Toilette war, griff sie ihm immer an die Schenkel und streichelte ihn. Das mochte er nicht. Er wollte treu sein, weil er Franca liebte – wenigstens versuchen wollte er, treu zu sein. Er bewegte sich innerlich vor und zurück wie ein Krebs. Er konnte das nicht verstehen, warum sie im Hotel sein wollte, und auch nicht, dass sie so viel Zeit da drinnen verbrachte, ob nun Ayurveda oder sonst was. Er hatte sich auf das Zusammensein mit ihr gefreut und war enttäuscht und verärgert, dass sie so selten an den Strand kam und das auch nur, wenn *sie* das wollte, und er sollte immer warten. Sie sprach so viel. Aber immer redete sie nur davon, was alles gekostet hatte und was er alles tun solle – nie von Liebe. Er hatte Franca und sich nach ihrem Besuch im März und seiner Reise nach Deutschland als Paar gesehen – als Paar, das streiten darf und Probleme hat, aber *immer ein Paar bleibt.* Warum, verdammt, musste sich seine Freundin im *Lanka Queen* verbarrikadieren??

*

Ich liebte den kleinen Gang vom Ayurveda-Restaurant zu meinem Zimmer Nummer zweiunddreißig, die roten Ziegelfliesen, links der grüne Streifen mit den Palmen, den Blüten, dem roten Sand und den großen Ziersteinen, die gepflegte tropische Gestaltung, dahinter die weiße, hohe Mauer, die vor der Außenwelt schützte und Intimität wahrte, über die während bestimmter Mondphasen oder Wochentage der monotone Gesang des Mönches aus dem Buddha-Tempel drang. Die kleinen tropischen Vögel, die mir nachzwitscherten und sich zutraulich und frech zu mir auf die kleine Veranda setzten, das Plätschern der Wasseranlagen. Ich vermisste die kleine dünne Katze vom Vorjahr, die immer maunzend am Buffet bettelte, immer verscheucht wurde und immer wiederkam. Ich hätte bis in alle Ewigkeit so weiterleben können. Nichts fehlte mir. Männer waren genug hier und selbst im Alter konnte man hier einen hübschen Mann kriegen. Eine Frau muss-

te nicht so traurig altern, wie es uns Tradition und Konvention aufzwingen wollen.
An jedem Punkt unseres Lebens können wir Frauen stehen bleiben und sagen: »Ich mache es anders!« Und wenn Herr X mit seiner Grauen-Maus-Frau und Frau Y mit ihrem weißen Bierbauch-Prolo und Frau Z mit ihrem karrieresüchtigen Hühnerbrust-Fritzen alt, wirklich trostlos alt werden wollten, anständig, sittlich, saftlos – bitte. Zu meinen Visionen hatte das noch nie gehört, eher zu meinen Albträumen.
Ich sah auf die mindestens zwölf Meter hohen Palmen im gepflegten Park, die den Weg zum Restaurant säumten, holte mir einen Ceylontee mit Kandiszucker und Zitrone und hielt einen kleinen Schwatz mit der Lady an der Tea Bar. Dann ging ich wieder durch den Gang zu meinem Zimmer. Fast zu jeder Tageszeit stand dort irgendwo einer der Wagen der Room Boys, die still und fleißig damit beschäftigt waren, die Zimmer zu säubern, sichtbares Zeichen, dass es *funktionierte* in diesem Hotel unter deutscher Führung. Es war sauber und frisch, das Personal schnell und aufmerksam. Eine frühere Freundin, von der ich mich im Streit getrennt hatte, nachdem sich herausgestellt hatte, dass sie keine war, machte mir das immer wieder gern zum Vorwurf. »Bei dir muss es funktionieren, Franca, immer nur funktionieren – und wenn man nicht funktioniert, ist man bei dir nichts wert!«
»Ja«, sagte ich ungehalten, »und bei dir funktioniert nichts!«
Das »Funktionieren« bezog sich bei mir sowohl auf so genannte weibliche als auch auf männliche Belange, auf spirituelle, emotionale, politische, wirtschaftliche, ohne Unterschied. Entweder funktionierte ein Plan, ein Konzept, eine Idee, eine Beziehung, eine Diät, eine Ideologie – oder nicht. Zumindest die Entwicklung musste funktionieren; wenn etwas auf dem Weg war und sich weiterentwickelte, funktionierte es ja. Wenn es stillstand oder sich im Kreis drehte, nicht. Dann musste man prüfen, woran es lag, dass es nicht funktionierte, die Ursache suchen und das Konzept optimieren oder verwerfen.
»Use it or loose it«, sagen die Amerikaner. Neunzig Prozent der Menschen ahnen, dass etwas in ihrem Leben nicht funktioniert,

aber anstatt es zu beheben oder es zumindest zu versuchen, jammern sie. Die meisten Menschen verschwenden mehr Zeit, über ihre Probleme zu reden, anstatt sie zu lösen.
Nuan nahm hin, was sich ereignete. Er hatte keine Vision, auch kein wirkliches Unwohlsein, sah keine Gefahr für die Zukunft bei einem Leben als Beach Boy. Ihm gefielen wohl meine Sicht und Vision seiner Person, aber nicht die Anstrengung, die nötig gewesen wäre, um das zu realisieren.
»Russisch Frau sagt, ich kann arbeiten als Model«, hatte er mir beim Essen erzählt und die dicken Locken geschüttelt. Seine Lippen schimmerten dabei im Kerzenlicht. »Sogar vor ihre Mann sie sagt das.«
»Ja?« Ich lächelte ihn an und verzichtete auf den Vortrag über die Rigidität und die knallharten, kompromisslosen Verträge der Modelagenturen, das Arbeitspensum, den persönlichen Einsatz und die Leistungsbereitschaft, die von Models in Deutschland und auf der ganzen Welt erwartet und vorausgesetzt wurde, ganz zu schweigen von der Schulung und dem Körpertraining. In Nuans Vorstellungswelt genügte es, dass er Model sein *könnte*. Ihm reichte der Tagtraum. Es war ihm egal, dass die Möglichkeit immer nur eine Möglichkeit bleiben würde. Ihm reichte das Kompliment als solches, um sein Selbstbewusstsein zu heben. *Er könnte Model werden,* das hieß, er war schön. Das freute ihn. Und er war schön. Das Kerzenlicht hatte seine großen, leicht angeschrägten, schwarzen Augen wie Onyxe schimmern lassen, seine Locken umrahmten wie Ebenholz sein Gesicht. Ich war mir anfangs immer wie ein ungelenkes Kalb neben ihm vorgekommen.
Nuan genügte die Aussage der Russin, er *könne* Model werden. Ich dagegen mit meinem Machbarkeitsfieber war bestrebt, Ideen auch in die Tat umzusetzen, Luftschlösser langweilten mich. Eine Idee war die Keimzelle, ein Samenkorn auf dem Weg zum Baum, das nur von Belang war, wenn man es einpflanzte. Alles andere waren unbefruchtete Ideen-Eisprünge auf dem Weg in den Müll, kein neues Leben. Nuan brauchte diese Hast und Hektik nicht, wollte sie auch nicht. Er war zweiundzwanzig Jahre ohne Förderung aufgewachsen. Seine Welt war vom Ist-Zustand beherrscht, nicht von

der Wenn-dann-Kausalität. In Sri Lanka hieß die Formel nicht »Wenn-dann«, sondern »Wenn – dann auch nicht«.
Am Anfang steht das Bewusstsein. Aber hier war kein Land in Sicht, kein Ziel, keine Vision ... und ohne Vision, auch wenn sie unerreichbar und unsinnig scheint, geht nichts.

Einige Tage hatten wir Funkstille und meine Stimmung fuhr unvermutet in die Tiefe wie ein Lift im Empire State Building, der Urlaub mitsamt der Insel verlor seinen Zauber für mich. Ich spazierte jeden Tag mit Linde und Mucki, einer Blumenhändlerin aus Rosenheim, zum Blue Lagoon, um den Sonnenuntergang zu beobachten, der an diesem Platz einmalig schön war. Aber was war ein Sonnenuntergang ohne Nuan?
Nuans Mutter hatte mich schon von weitem entdeckt, also sah ich bei ihr vorbei. Es lag mir auf der Seele, dass Nuan und ich uns seit Tagen nicht sahen und nicht sprachen, es schien, als wolle er mich strafen für meine unentschlossene Haltung.
Es war heiß und dunkel in dem stickigen, kleinen Geschäft. Der Schweiß lief mir den Rücken herab. Die Lage des Shops war ungünstig, wie auch alle anderen Umstände dieses kleinen Geschäfts, so konnte man keinen Umsatz machen. Am besten war Krishanti, die dicke Verkäuferin. Sie sprach gut Deutsch und führte eine nette Konversation. Nuans Mutter blieb scheu, zurückhaltend.
Wir sahen uns Stoffe an und nach einer Weile sprachen wir über Nuan.
»Er ist wie ein Kind«, sagte die Mutter, Krishanti übersetzte und beide lachten.
»Immer heißt es, *Mama hier und Mama dort. Tu mir dies, hilf mir das.*«
Und so unrecht schien es ihr nicht zu sein. Ob es möglich sei, mit Nuans Vater zu sprechen, fragte ich. Der Mutter sei das *sehr* recht, sagte Krishanti, sie habe mich um das Gleiche bitten wollen. Auch die Mutter sehe es nicht gerne, dass Nuan immer am Strand sei, sie wolle ihn weg haben von dort. Ob so ein Gespräch etwas bringe, wollte ich wissen. Krishanti fragte die Mutter, beide nickten.
»Wenn Mama oder Papa sagen, dann Nuan machen!«

Dass ich Nuan sehr gerne mochte, erklärte ich ihnen dann, und dass er immer nur ans Heute dachte, nie ans Morgen. »Du sagen Papa, dann Papa Nuan schmeißen aus Bett und sagen: Fahren Deutschkurs Colombo!! Dann Nuan muss fahren.«
Sie lachten und ich schämte mich. Nuan war ein unfertiger Knabe mit all den Schwächen der Jugend – und ich war eine Frau, nicht alt – aber zu alt für Nuan und ich kam mir töricht vor mit meiner ganzen Liebe.
Eine blasse, sommersprossige Touristin mit weinrotem Bikini, kurzen, orange-ausgebleichten Haaren, Zellulitis-Schenkeln und ausgeleierten Bauchmuskeln ging vorbei, zupfte an einem Kleid herum, lüpfte den Saum mit spitzen Fingern und fragte mit herabgezogenen Mundwinkeln: »How much is that dress?«
An der Art, wie sie es hochhob, ließ sie erkennen, wie wenig es ihr wert sein würde. Krishanti sagte unterwürfig: »Fifteenhundred Rupies, Madam.«
Das waren fünfzehn Euro. Die Touristin lächelte verächtlich, ließ den Saum fallen, gab ein »Nee, nee« von sich und ging in ihr Hotel, wo das Zimmer pro Nacht hundert Euro kostete.
Warum rückst du nicht die fünfzehn Euro raus, du hässliche, geizige Kuh, dann hätte dein geschmackloses, geliertes Leben wenigstens noch einen Hauch von Sinn!
Nuans Mutter lächelte milde. Dann fuhr sie leise und sanft fort: »Nuan immer viel sprechen von Franca ... *Franca, Franca,* immer!« Dabei rollte sie Stoffe zusammen.
Wir sind ungefähr gleich alt, dachte ich.
»Nuan sagt, große Liebe mit mir, aber ich viel älter, viele Jahre und er später dann vielleicht junge Frau, ist nicht gut. Aber egal, immer Freundschaft, Nuan immer hier drin!« Ich zeigte auf mein Herz.
Das allzu Private machte die beiden verlegen, sie sahen zu Boden. Ich fühlte mich wie ein blöder Emotionstölpel.
Die Mutter vermied den Blickkontakt, ging nach hinten, zog einige Stoffballen heraus und legte sie auf die Theke. Nach einer Weile sagte sie leise einige Worte zu Krishanti.
»Nuan nicht gefallen, du Hotel ... er sagt, besser mit Nuan in Bungalow.«

Krishanti sah mich erwartungsvoll und verlegen an. Die Intimität, in die sie eingebunden wurde und die Wichtigkeit, die sie durch ihr Dolmetschen in diesem Gespräch bekam, machte ihr Spaß.
»Vielleicht kann die Mama mit ihm sprechen?«
Da standen wir drei Frauen in dem kleinen Geschäft am Strand in Sri Lanka und verhandelten über diplomatische Tricks, mit denen man einen jungen Mann zu besserer Laune, mehr Fleiß und Eigendynamik und größerer emotionaler Offenheit bewegen konnte. Wo war der Unterschied zu daheim?
Ich schlenderte zum Hotelpool und sah den Touristen zu. Der unlösbare Konflikt machte traurig – die schöne, satte, vitale Natur, die degenerierten, ignoranten Touristen, die wie Elefanten darin herumtrampelten, die hoffnungslosen, von der Hitze schläfrigen und geschäftsuntüchtigen Inselbewohner, die ihr eigenes Land nicht nutzen konnten.
Wie immer gingen wir in diesen seltsamen Tagen der Urlaubsfreude und der Beziehungsstörung am Abend zum Blue Lagoon, um den Sonnenuntergang anzusehen. Zuerst zum Shop, wo sich Linde und Mucki fröhlich dem Kaufrausch hingaben und Stoffe in großen Mengen kauften. Ich ließ dabei meine Augen über den Strand wandern, unauffällig, um mich mit meiner unsouveränen Unruhe und kindlichen Anhänglichkeit vor Linde und Mucki nicht zu outen, und suchte Nuan. Aber er war nirgends zu sehen. Als wir zurück zum Hotel gingen und bei Antonio vorbeikamen, sah ich seine lange schmale Silhouette am Strand.
»Da ist ja unser Kind!«, lachte Linde.
Sie nannte Nuan immer nur »das Kind« und beobachtete mit Sympathie, aber auch milder Ironie mein Treiben. Sie akzeptierte es, konnte es wohl auch nachvollziehen, wenn sie sich auch selbst auf etwas Derartiges niemals eingelassen hätte.
»Oh-oh. Das riecht nach großer Aussprache«, sagte sie und entfernte sich diskret mit Mucki. »Bis nachher.«
Nuan und ich standen uns nur stumm gegenüber und sahen uns an. Aber sein Blick sagte: »Ich bin wieder an Bord.« Vermutlich hatte seine Mutter interveniert.
»Geht es jetzt wieder?«

»Ja.« Ein kleines Lächeln huschte über sein Gesicht, dann war er wieder ernst. Einige SMS gingen später hin und her.
»Halbzehn Rezeption?«
»Bisschen später, wenn weniger regnet.«
Ungeduldiges Warten mit Linde und Mucki, Cocktails in der Lobby. Nuan, im roten T-Shirt und bunten Bermudas, leuchtet von weitem wie eine Blume. Er kann alles tragen, alles sieht an ihm hübsch aus. Wir gehen zum Mathaali Hotel, um dort den Schlüssel für das Zimmer im weißen Haus abzuholen. Mönche singen auf der anderen Straßenseite. An der kleinen Rezeption nehmen wir bei den beiden Angestellten, deren allzu vertrauliche Blicke ausdrücken, »wir wissen Bescheid«, den Zimmerschlüssel in Empfang, der ältere Mann begleitet uns, um das Gartentor und die Haustür aufzusperren. Er wirkt neugierig und diesmal ist es mir peinlich. Nuan und ich steigen die Treppe zum ersten Stock hoch. Um nicht auf direktem Wege zum Sex in das stickige Zimmer wie zu einer Routineübung zu gehen und wegen der Nachbarn sofort wieder das Fenster schließen zu müssen, sage ich: »Ich zeig dir was, komm mit!«
Nuan folgt mir bereitwillig.
Ich will ihm den Ausblick von der Dachterrasse auf das Dorf bis hin zum Meer zeigen. Wir klettern die schmale Außentreppe hoch, auf einen winzigen Steinbalkon, der den Kamin des Hauses umrundet, stehen in der warmen Nachtluft und sehen zu Mathaalis neuem Haus auf der gegenüberliegenden Straßenseite, das mit bunten Lämpchen geschmückt ist. Der Gesang der Mönche erklingt eintönig und monoton durch die Nacht. Die Hitze steht in der Luft, es ist schwül, ich spüre Nuans Körper nahe bei mir. Er legt den Arm um meine Taille und küsst mich. Dabei ist er nie ein Mann, der sendet: *Hier kommt der Mann, der dich jetzt küsst, Kleines* – sondern ein Kind, das saugen will. Er saugt sich an. Er riecht so gut, sein Haar duftet nach Meer und Wind und Sonne, seine Haut nach tropischer Luft und Salz.
Wann immer Nuan den Arm um mich legte, schmolz jeglicher Widerstand, den ich nur hatte, wenn er bockig war und stumm wie ein Fisch. Sein Geist war verschlossen wie eine Muschel, sein Kör-

per geöffnet wie eine Blüte im Tropenregen. Ein Kind, das nahe sein will, lieb haben … ja, das kindliche Liebesbedürfnis war es, was mich so betörte, das Fehlen jeglicher Männereitelkeit und Selbstdarstellung beim Sex, und keine Spur von Unsicherheit, fleischgewordene Sinnlichkeit, Wärme, selbstverständliche Körpernähe. Es wurde unwichtig, ob *ich* Mutter und *er* Kind war, oder *er* die Mutter und *ich* zum Kind wurde. Wenn wir ineinander versanken, war meine Welt in Ordnung. Ozeanische Verschmelzung, Ur-Sehnsucht.
Der Mann gegenüber hinter den Büschen an der Rezeption beobachtet die Lichter in unserem Haus, sieht zu uns hoch … oder täusche ich mich? Er wundert sich sicher, warum im dritten Stock die Beleuchtung angeht. Unser Zimmer liegt im zweiten. Ja, hier will ich es tun, auf den dunklen Dächern, getrieben vom Reiz der Verbotenheit, unter den lüsternen Augen der Männer, die hinter den Mauern stehen. Nuan schiebt mir das Kleid hoch und drückt mich an die Mauer, dringt in mich ein. Wir passen im Stehen perfekt ineinander, als wären wir füreinander gemacht. Meist sind die Männer zu klein, zu groß … Hier gleitet es wie von selbst ineinander und passt sich an und schmiegt sich hinein und reibt, wo es reiben soll und ich explodiere sofort.
Nuan hält der Frau den Mund zu und zieht sie die Treppe hinunter ins heiße Zimmer, wirft das Weib aufs Bett, zieht ihr das Kleid aus. Schwarze sündige Dessous, high heels für den Mann, mit geschnürten Riemchen, ein private Blue Movie. Nuan kommt über sie, mit halbgeschlossenen Augen, wie ein Tier, das sich Zeit lässt mit seiner, hält sie fest im Griff. *Er ist dafür gemacht,* denkt sie. *Nur dafür. Er kann sonst nichts*. Das Blut pulst sofort im Unterleib, wo es sonst ewig dauert oder gar nichts entsteht, zu platt, zu direkt, zu unzart, Tölpel im Vergleich zu Nuan. Er dreht sich … oben und unten werden relativ … wo hat er das gelernt, der Lustknabe, das ist neu. Nach dem Sturm verschwitztes, ineinander verflochtenes Liegen, Schwüle, lastende Hitze, drückende Temperatur im Zimmer, die das Blut verdickt und träge werden lässt. Die Mönche singen. Gedanken fließen …
Menschen sind, wie sie sind, wie Gezeiten. Sind gekränkt, kommen wieder, gehen. Der Westler sagt: »Nur mehr zehn Tage … voll

packen mit allem!«, Asien sagt: »Ein schöner Augenblick bleibt im Herz wie eine Ewigkeit.«
Das Abbild dieses unwiederbringlichen Augenblicks ist für immer in ihrer Seele, und sie weiß doch, dass die Zeit, die alles verschlingt, auch dieses Bild verschlingen wird. Irgendwann.
Panta rhei ... alles fließt, alles versinkt im unendlichen Meer des Vergessens. Unwiederbringlich, flüchtig wie ein Traum, unsäglich schön, wehmutbringend, nutzlos ... wie der Vollmond, wie die Gezeiten am Meer, sie kommen und gehen. Der Moment der Ekstase kennt sein Ende schon. Das ist so traurig, so traurig. Wer das Ende kennt, weint Tränen. Und jede Liebe birgt beim Beginn auch ihr Ende in sich. Es sei denn, man würde selbst zur reinen immerwährenden Liebe, die sich auf kein Wesen beschränkte, sondern alles einschlösse, das eigene Selbst, das eigene Sein und Leben, das fremde Selbst und die vielen anderen Leben – alles, was da ist – das Eine. All-Ein. Was heute nicht kommt, kommt morgen, sagt Sri Lanka, in fünf Jahren oder im übernächsten Leben oder im Nirwana. Oder nie. Es kommt, wie es kommt.

Es ist heiß, schwül, stickig. Ich bleibe liegen, ohne mich zu bewegen oder Nuans Umarmung zu lösen, wegen seines Vorwurfs, ich würde mich immer wegdrehen nach dem Sex – die Glieder ineinander verschränkt, verschlungen, die Beine verkeilt, die Arme umeinander gerankt, kleine Schweißbäche rinnen über den Rücken und die Brust, Nuans Kopf in meiner Schulterkuhle, verschwitztes, klebriges Aufwachen – er ist drei Mal gekommen –, um wieder ineinander zu sinken. Monotoner Gesang der Mönche, eindösen, wegdämmern, Hitze.
Irgendwann stehe ich auf und trete auf den Balkon hinaus, in die Dunkelheit. Der Verkehr braust vorbei, auch in der Nacht donnern Laster vorüber, die bunten Lampen brennen, es sind gut achtundzwanzig Grad. Zurück ins Zimmer, das Fenster immer noch geschlossen, die Luft stickig. Ein weiterer Mieter war vorher am Balkon gesessen, ein schwarzer Mann.
»Warum kann ich nicht die Fenster aufmachen? Gegenüber ist nur der Park.«

Nuan sagt: »Wenn Fenster auf, Mann sofort da und schaut zu, was wir machen.«
Nun sitzt der Mann weiter hinten am Ende des langen Balkons auf der Straßenseite, mit einem Ghettoblaster, und hört landestypische Lieder, die sich mit dem Gesang der Mönche verwirren. Alles tönt durcheinander. Der Gesang klingt wie ein 3-Promille-Gelalle. Die Mönche hören sich an wie Trunkenbolde, die im Vollrausch singen. Von Zeit zu Zeit schaffen sie eine eher zufällige Zweistimmigkeit, die gleich darauf wieder zerfällt. Es ist nervtötend.
Nuan begleitet mich bis zum Hotel, wir wandern Arm in Arm auf der dunklen Straße.
»Wie lang geht das noch mit der Singerei?«, frage ich.
»Bis fünf Uhr früh«, erklärt Nuan. »Segnen Haus. Singen, weil dann Haus und Leute gute Leben. Keine Singen – Leben schlecht.«

*

Im Hotel sagt Linde beim Frühstück: »Sie lacht wieder, sie strahlt!«
Irgendetwas in Nuan ist älter als ich … trotz aller Kindlichkeit, älter als meine Ungeduld, älter als diese Welt, es ist ewig und immer und es weiß – es ist das ewige göttliche Wissen, das Urwissen, aus dem sich die Menschheit speist. In seinen unergründlichen, dunklen Augen liegen Liebe und Trauer, Armut und Heiligkeit, und wenn er mich ansieht, ist er Kind und Gott zugleich. Er empfindet, auch wenn er es nicht ausdrücken kann, richtig. Das ist ein Absolutismus, der Spiele untersagt. Nuan spielt nicht. Wo Ananda gierig und maßlos tändelt, Bestätigung wie eine Droge verbraucht, meint Nuan es ernst. Er ist aufrecht, stolz und wahrhaftig. Und das ist mühsam.

Es war ein extrem heißer Tag, schwül und drückender als sonst. Ich war übernächtigt und lag dösend auf dem Liegestuhl im Palmengarten vom Hotel. Mein Blutdruck war so niedrig, dass ich befürchtete, mein Herz könnte aus Trägheit einfach stehen bleiben und einschlafen, wie ich, so dick und zähflüssig trieb das Blut in den Adern. Ich zwang mich aufzustehen und ging zum Pool. Es sah

nach Regen aus. Ich betrachtete den Brotfruchtbaum, der gut zehn Meter hoch verzweigt im oberen Teil des Gartens thronte. Um ihn herum rankte eine Schlingpflanze, ihn umarmend, dunkelgrün, mit hellgrünen Adern, in denen das Leben pulste.
Der warme Tropenregen schüttete seit einer Stunde sein Wasser vor der Terrassenüberdachung in dicken Tropfen aus. Fette tiefgrüne, großflächige Blätter tropften, pralles Dunkelgrün, satt, volle rosa und rote Blüten, blau und gelb, und lila vor allem.
Gestern hatte sich nur kurz ein Gewitter entladen, heute schüttete es aus allen Wolken. Der Tropenregen kam unmittelbar und hörte ebenso abrupt wieder auf. Am Nachmittag lag ich auf dem Bett, unfähig, auch nur auf die Terrasse zu gehen, um dort auf der Liege zu lesen. Ich sank auf das Bett und schwere Lider senkten sich über meine Augen, um mich in einen süßen Nachmittagsschlummer zu ziehen.
Diesmal konnte ich es nun greifen und bewusst machen: Ab dem ersten Tag in diesem Land, auf dieser tropischen Insel setzte eine zunehmende Sexualisierung ein. Die schwüle, feuchte Hitze, die Sonne, das Meer, der Strand, die unverhohlen gierigen und dennoch devot-sanften Blicke der Männer, die bereit waren, zu tun, was man wollte und das sofort und solange man wollte und wo man wollte und wann immer man es wollte – und Ayurveda. Ayurveda war Garant für das Wiedererwachen der Körperlichkeit, der Körperlust, der Sexualität. Selbst in denjenigen Frauen, die sich von züchtigen Mädchen behandeln ließen, die keinerlei Gefahr bedeuteten, regte sich die Lust. Nach einigen Tagen wurden hier alle Frauen schöner, jünger, begehrenswerter. Sie gingen aufrechter, hatten straffere Haut, glänzendere Augen, ihre Schritte wurden selbstbewusster, lustvoller. Sie steckten sich Blüten in die Haare und malten die Lippen rot, die Kleider wurden kürzer, die Ausschnitte tiefer, die Blicke wacher. Sri Lanka, die Insel für die Frauen …
Linde dachte laut darüber nach, ob sie ihre frigiden und sexuell toten Frauen nach Sri Lanka schicken sollte.
»Ja, natürlich«, rief ich, »eine gute Idee!«
Mucki sagte, Hitze und Sonne ginge ja noch, aber der Regen, der Regen gäbe ihr den Rest, der mache sie fertig.

»Was meinst du mit Rest?«
»Sexuell ...«
»Turnt dich ab?«
»Nein!! Im Gegenteil!« Sie machte ein trauriges Gesicht dazu.
Warum nimmst du dir keinen? Ich musste verständnislos drein gesehen haben. Sie lachte und ihr Blick sagte: *Ich bin nicht so wie du.*
Ich traf Linde und Mucki beim Lunch. Sie waren müde und hatten einstimmig beschlossen, doch nicht zum Strandshop zu gehen, um sich aus Saristoffen Kissen nähen zu lassen. Sie wollten sich hinlegen und für die Ayurveda-Behandlung ausruhen.
»Sie sehen toll aus«, sagte Linde, »völlig erholt. Wenn man es nicht wüsste, würde man sagen, Sie waren sechs Wochen auf Erholung, total entspannt und glücklich.«
So wirksam war also eine Wiederversöhnung. Gestern Mittag hatte ich noch nicht so ausgesehen.
Bei Regen bekamen die Pflanzen eine Eigendynamik und bewegten sich mobileartig, die Blätter glänzten. Die Naturgeister erwachten aus ihrer Lethargie, und die Kraft der Lebewesen verdoppelte sich bei Regen. Die Pflanzen plusterten sich auf, als wollten sie sagen: *Hier und jetzt haben wir das Sagen auf dieser Insel!* Nicht Tropfen, ganze Rinnsale sprangen auf den Blättern hinab, die wie Königinnen standen und stolz das lebenspendende Nass auffingen, bewusst und dankbar, Energie aufsaugten. Alles lebte und pulste. Die Temperatur war warm, warm, warm ... und feucht.
Das Prasseln wurde zum Trommeln – zum großen Rauschen, Musik in den Blättern ... ja, Musik, wenn man genau hinhörte ... Und dann kehrte auf einmal schlagartig Stille ein.
Alles wirkte wie hinter Weichfilter, ein weiches, metaphysisches Licht, unwirklich fast, daylight's coming. Die Hotelband spielte zum hundertsten Male *My way*, die dicke Schildkröte schwamm im Teich der Hotelanlage gemächlich voraus, die kleinen Goldfische schlingerten hinterher. An meiner Terrasse klammerten sich die feisten, grünen Lianen an die Säulen und hangelten sich hinauf in den zweiten Stock, fette rosa Dolden ragten stramm und aufrecht in die Höhe. Alles strotzte hier, wenn es regnete, vor Kraft und Saft.

Warum konnte ich nicht hier bleiben und in Schönheit altern und vergehen mit den Blüten?
Sonnenuntergang bei Antonio am Meer. Die Dunkelheit kam unmittelbar hier, keine Dämmerung, ein lachsfarben-goldenes Zwielicht, irreal, die Sonne sackte unvermittelt in den Horizont und der Tag lief davon. Man band sich die Schuhe zu, kam wieder hoch und es war dunkel.
Ich ging bei Wind gerne ans Meer. Der Security-Mann vom Hotel sprang jedes Mal auf, um mit dem Schirm hinterher zu gehen und mich vor dem Wind zu schützen.
»Nein, nein, danke, bleiben Sie nur da; ich gehe alleine!«
»O.k., Madam, I wait here for you.«
Mein Strand war das, *mein* Strand – und *meine* Insel. Und *mein* Nuan.

*

Das Gespräch mit Nuans Vater stand an. Krishanti und Nuans Mama beobachteten mich vom Laden aus. Dezent, aber doch ein bisschen neugierig lugten sie den Strand aufwärts. Ich saß im Restaurant und sprach mit Nuans Cousin. Nihal, Mitte dreißig, hatte nach zwei Jahren wieder sein verpachtetes Café am Chiemsee übernommen und das Blue Lagoon Hotel. Seine italienische Frau Lucia war zwanzig Jahre älter. Ob er fremdging? Vielleicht genügte es ihm, wie es war und er vermisste nichts.
Nihal erzählt, wie er sein Leben eingeteilt hatte. »Sechs Wintermonate bin ich in Sri Lanka, Frühjahr und Sommer im Café am Chiemsee. Im Sommer wenig Touristen in Sri Lanka, in Winter nicht so viele in Café!«
Lucia war nicht unglücklich, aber sie litt, das wusste ich aus Gesprächen mit ihr, speziell als Italienerin unter seiner Sprachlosigkeit. Ihr wunderbares Temperament, ihr feuriges Wesen hatte sie Nihal zuliebe in den Jahren verbogen, reduziert, unterdrückt, in sich abgetötet. In Nuans Familie war man schweigsam. *»Weiß nicht, so geboren vielleicht…«*
Nuan spielte Ball mit seinen Freunden. Ich sah ihm vom Café aus

zu. *Wenn du ein Schiff bauen willst, wecke in den Arbeitern die Sehnsucht nach dem weiten Meer.* Nuan war der fleißigste Zähneputzer und ein Sexgott. Was nutzte es ihm? Und ich war erfolgreiche Motivationstrainerin, die hier versagte. *Entweder du änderst die Situation oder deine Einstellung dazu* – hieß eine meiner Seminarbotschaften. Die schönste Zeit war der Morgen, wenn die Sonne aufging, und das rosige Zwielicht der Abenddämmerung. Gegen halb sieben abends saß ich wieder im Blue Lagoon und schrieb, und wieder leuchtete alles im rosa-goldenen, unwirklichen Schein, der alle Dinge verzauberte, auch die nun schimmernde Haut. Innerhalb weniger Minuten ertrank die Sonne im Meer. War meine Liebe auch so?

Ich setzte mich auch hier unter Druck, brachte mich ständig in ein Spannungsfeld von mehreren Alternativen, wobei der Verzicht auf nur zwei schon ein schlechtes Gewissen erzeugte. Das Soll sah vor: Sport, Ayurveda, Seminarvorbereitungen, Urlaub, Nuan. Alle Dinge machten mir Freude, aber für alle fehlte die Zeit. Also musste ich nach einem strikten Zeitplan vorgehen, damit ich das Pensum absolvieren konnte – oder ich ließ mich treiben. Zeitplan setzt unter Druck, treiben lassen macht unzufrieden. *Unzufrieden* – so oder so. Das war unser Schlüsselwort. Nuan war unzufrieden, ich war unzufrieden. Der misslaunige Mönch vom Vorjahr fiel mir ein. »In vier Monaten wird alles gut«, hatte er gesagt, und: »Sie finden Ihr Glück im Ausland.«

Es gibt keinen Weg zum Glücklichsein, sagt Buddha. *Glücklich sein ist der Weg.*

Landschaft und das Klima wechseln, aber man nimmt sich selbst an jeden Ort der Welt mit. Ich hatte keinerlei Verpflichtungen, aber ich schaffte mir welche, sofort, in jeder Beziehung. Ich *musste* zum Essen mit Linde, ich *musste* zu Nuan, ich *musste* noch zum Shop, ich *musste* zu Sumith, ich *musste* zur Bank. Einfach SEIN ging nicht, war unergiebig, uneffektiv, unspannend, aufs Meer zu glotzen und zu sagen: *Ich habe Urlaub.* Das war *meine* Lebenszeit, die da wegfloss. Eine der vielen, kleinen, verräterischen Alterserscheinungen … *die Zeit wird knapp.*

»Vater hier drüben in andre Geschäft«, sagte Krishanti.
Als ich zum Laden kam, standen alle wartend bereit, Nuans Mutter, die Verkäuferin Krishanti, eine alte Tante, zwei Nachbarinnen, der Schneider.
»Kommt gleich, ich sagen ... o.k.? Hier sitzen.«
Sie ging, um den Vater zu holen, der sich nebenan im Strandcafé einen Whisky genehmigt hatte. Er war wohl auch nervös. Er stellte das Glas ab und schritt wie bei einem Staatsbesuch, im schwarzen Herrenhemd und schwarzen Sarong, also in offizieller Kleidung, langsam auf mich zu und reichte mir die Hand zur Begrüßung. Mir war als Freundin seines Sohnes nicht ganz wohl in meiner Haut. Aber es ging um Nuans Wohl, nicht um meines. Wir setzten uns an einen der Tische, sofort reckten am Nebentisch zwei deutsche Touristen die Köpfe. Er verstand und ließ den bestellten Tee zu einem der ganz hinteren Tisch bringen.
Wir tauschten Höflichkeitsformeln aus, sprachen über Urlaub, Land und Leute. Der Vater gab sich offen, höflich, interessiert, der Einstieg war mühsam.
»Ich möchte Nuan helfen.«
»Ich weiß.«
»Ich brauche Ihre Hilfe, Nuan versteht nicht, worum es geht, er ist zu jung.«
Nuans Vater sprach nur wenig Englisch, die Kommunikation war umständlich. Dass ich Nuan unterstützen wolle, sagte ich, er sei ein wertvoller, lieber Mensch, aber meine Unterstützung brächte ja nichts, wenn Nuan am Strand herumhing, den Führerschein nicht machte und nicht zum Deutschkurs nach Colombo fuhr. Und dass dies ja erst der Anfang einer Ausbildung sei; vom Zigarettenrauchen und Marihuana erzählte ich nichts.
»Nuan muss studieren!« Der Vater sah mich ernst an. »Ich sage auch immer. Er kann Englisch lernen in Galle – sehr gute Schule.«
»Wie oft?«
»Oh ... jeden Tag!«
»Aber Galle auch weit.«
»Nein, nein ... er das kann machen, nicht so weit. Kein Problem!!«
In der kurz aufblitzenden Strenge in seinen Augen sah ich mich

selbst wie in einem Spiegel, die elterliche Ansicht, ein Junge könne ruhig ein paar Fahrtstunden in seine Zukunft investieren. Ich erzählte ihm, dass ich ein Jahr lang jeden Monat fünfzig Euro überwiesen und den zweiten Deutschkurs vorfinanziert hatte, den er dann nicht mehr besuchen wollte. Der Vater wiegte den Kopf und hörte interessiert zu, aber es war nicht auszumachen, ob er alles verstanden hatte.

»Wenn Sie ein Bankkonto eröffnen«, sagte ich, »bei einer Bank, mit der ich per E-Mail kommunizieren kann, das wäre am besten. Ich könnte das Geld dann an *Sie* schicken und Sie sorgen dafür, dass Nuan die Schule besucht. Was meinen Sie dazu?«

»Yes ... wenn Sie das wollen tun ... ich verspreche, Ihnen helfen so viel wie ich kann!«

Er wirkte erleichtert, dass wir einer Meinung waren, wenn auch Nuan auf das Drängen seiner Familie nach Ausbildung oder regelmäßiger Arbeit immer nur antwortete, er müsse dafür sorgen, dass die Familie Geld habe, und da der Vater in seinem Alter nicht mehr so viel verdiene, müsse eben er versuchen, am Strand Geschäfte zu machen. Eine Arbeitsstelle sei als Strandjunge nicht zu finden oder so unterbezahlt, dass es nicht ausreiche.

»Ich habe eine Frage, Sie entschuldigen ...« Der Vater beugte sich etwas vor. »Warum Nuan nach zwei Monate zurück ...?« Warum er nicht die drei vollen Monate geblieben sei, wollte er wissen, ob etwas nicht in Ordnung gewesen sei?

»Nein, nein«, sagte ich, »alles o.k. Ich hatte nur so viel Arbeit und keine Zeit mehr für ihn.«

Das beruhigte ihn. Es war also beunruhigend für die Eltern und ehrenrührig vor Freunden, aus Deutschland vorzeitig zurückzukommen. Das hieß, man hatte »es« nicht geschafft oder sich in irgendeiner Weise schlecht benommen, das verstand ich erst jetzt.

Wir verabschiedeten uns förmlich und reichten uns die Hand. Als ich am Laden vorbei kam, standen die Frauen immer noch beieinander und sahen mich neugierig und fragend an.

»War gut«, sagte ich. »Wir haben gesprochen, alles o.k. Vater kann erzählen.«

Ich ging zum Hotel. Ob er ihnen überhaupt etwas mitteilen würde?

Das Familienoberhaupt musste die anderen Familienmitglieder nicht in alle Vorgänge einweihen.

*

»Wie geht es weiter mit uns?«
»Weiß nicht.« Er verschränkte die Arme und sah weg, wollte heim. »Schwierig«, sagte er immer wieder, »schwierig.«
»Warum nimmst du dann nicht eine andre … eine junge?«
Er stieg nicht darauf ein, blieb eingerastet. Nach einer Weile sagte er finster: »Du kann machen, was du willst. Du gesagt, viele schöne Junge hier, du kannst haben überall in der Welt, andere Orte.«
»Ja, stimmt ja auch. Und?«
»Du gesagt, andere Jungen im Hotel kannst du auch Deutschland nehmen.«
»Ja, stimmt auch.«
»Warum sagst du so?« Er nahm alles ernst.
»Weil du immer nur beleidigt bist! Liebst du mich oder nicht?«
»Du reden immer von Liebe, Liebe. Warum?«, fragte er höhnisch. »Du kannst *andere Mann haben.*«
»Und du hast früher nur gekifft und nach Frauen geguckt. Jetzt verstehst du, worum es geht, hast du gesagt, wie man arbeitet und Geld verdient.«
»Ja.«
»Dann sieh das doch auch alles! Deutschland war wichtig für dich!«
Er sah wieder weg. Der Entwicklungssprung, den unsere Bekanntschaft und die Reise nach Deutschland bei ihm eingeleitet hatten, war ihm nicht bewusst. Die Kausalität griff nicht.
»Und nachher keine liebe Wort mehr, nur *Grüße* oder so.«
Ich hatte keine klare Haltung, er schon. Ich konterte, dass ich den Glauben an ihn verlor, wenn er weder Deutschkurs noch Führerschein machte.
»Hab ich dir kein Gefühl gegeben?«, sagte er und sah mir in die Augen.
»Doch, natürlich, sehr viel, aber das reicht nicht.«
»Reicht nicht? Habe ich Gefühl gegeben?«, beharrte er.

»Ja, aber man braucht auch Realität …«
»Wie?«
»Ja, eben … wie! Unsere Level sind vollkommen verschieden. Das geht nicht, dass du ein Strandjunge bist!«
»Du weißt, dass ich Beach Boy!«, beharrte er.
Nuan sah *Beach Boy* als Beruf. Er war nicht stolz darauf, am Strand zu arbeiten, aber es war eine Art Arbeit – und Beach Boys waren frei, sie konnten tun, was sie wollten, sie waren immer am Meer, unterlagen keinen Zwängen und konnten in guten Monaten in drei Wochen bis zu vierhundert Euro verdienen. Dann allerdings monatelang auch wieder nichts. Er war quasi Freiberufler.
»Ja, am Anfang – aber so kannst du nicht bleiben, nicht mit mir.«
Er schwieg und sah mürrisch zu Boden, meine gute Laune war nun auch weg.
»Wenn du sagst, ich kann *tun, was ich will,* warum hast du dann Sex mit mir?«, provozierte ich.
Er sah mich überrascht an, wie ertappt, es funkelte aufbegehrend und stolz in seinen Augen. »O.k.! Besser aufhören. Du kann tun, was du willst!« Er wandte sich ab und wollte gehen.
»Du bist kein Mann, wenn du jetzt gehst!«, rief ich. »Du bist wie ein Kind.«
»Ich bin kein Kind!«, bellte er zornig zurück.
»Doch, wie ein Kind!«
Er verharrte und sah mich stumm und gekränkt an.
Ich drehte mich um und ging in Richtung Strand, er in Richtung Elternhaus.
Aus.
»Idiot!«, fluchte ich halblaut.
Als ich ins Hotelzimmer zurückkam, hatte sich der Kelch der großen gelben Blüte geschlossen. Kleiner, wichtigtuerischer, misslauniger Prinz auf der Erbse! Gut, dann war es jetzt eben endlich ausgestanden!
Zwei Stunden vergingen, leise kroch die Traurigkeit in mein Herz. Dann schrieb ich einen langen Brief, den ich Nuan nicht gab, weil ich kapitulierte vor seiner Sprachunfähigkeit. Worte, Worte, Worte … Was brachte ein Neubeginn außer gutem Sex? Nuan würde sein

übersensibles, bockiges Wesen nicht ändern. *Armut und ihr Bruder, der Stolz, wachsen auf einem Holz.* Ich verkürzte den Brief auf ein SMS: *Sei ein Mann und kein dummes, stolzes Kind.* Keine Antwort. Das Wachstum erfolgte, wenn überhaupt, nur versetzt. Geschlossene Blüten.

*

Anuras Kopfmassage milderte meine Verzweiflung, die Gesichtsmassage von Indika, mit Händen wie ein Schmetterling, noch mehr. Beim Dinner gab es den neuesten Tratsch. Über den Touristen, den wir den »Heilpraktiker« nannten, weil er immer in weißer Kleidung daher kam, eine maximal Zwanzigjährige im Schlepptau, die aussah wie seine Tochter. Später betrog sie ihn mit Sadun, Nuans Freund. Sadun erzählte, sie sei eines Nachts an den Strand gekommen, um sich mit ihm zu treffen und dann habe er eben Sex mit ihr gehabt, irgendwo am Strand.
»Einfach so?«
»Ja, einfach so. Keine Problem«, sagte er und grinste.
»Hat alte Mann. Will lieber junge Mann, weißt du.«
Den Heilpraktiker hatte sie im Hotel gelassen. Wir sahen ihn im Laufe der Tage immer öfter verlassen an der Hotelbar sitzen, wo er sich mit Bier zuschüttete.
Linde und Mucki lästerten über den *Grufti*, was das Zeug hielt, *was muss der sich auch so ein Schulmädchen nehmen, der alte Sack, die ist nur wegen dem Geld mitgeflogen, die kleine Schlampe, hat sich die Reise bezahlen lassen und jetzt vögelt sie einen Beach Boy, Recht hat sie.* Ich durfte mir über den Altersunterschied keine Späße mehr erlauben und hielt mich raus.
»Der wäre mir schon zu alt«, überlegte Mucki laut.
»*Mir* wäre der zu alt!«, bestätigte Linde.
»Was hat die nachts am Strand gemacht? Um elf Uhr? Da ist doch nichts los um die Zeit.«
»Vielleicht war sie im Restaurant?«
»Da war ich bis zwölf Uhr, da war sie nicht.«
»Sterne ansehen? Spaziergang?«

»Er meditiert immer. Der muss jetzt noch mehr meditieren … sonst steht er das nicht durch – was soll er auch sonst tun, wenn sie an den Strand zum Vögeln geht?«
Wir entwarfen in entfesselter Weiberbosheit eine Konversation für den Heilpraktiker: »Hallo, wie geht's so? Entschuldigen Sie, dass wir Sie stören … aber wir wollten Ihnen nur sagen, das ist hier nachts für ein Mädchen allein am Strand nicht ungefährlich … das sollten Sie *Ihrer Tochter* sagen.«
Wir kamen auf dies und das. Zeit … ich hatte viel Zeit in diesen Tagen und musste sie mir vertreiben. Normalerweise war ich am Nachmittag zu Nuan an den Strand gegangen oder mit ihm zum Baden gefahren. Wenn ich ehrlich war, fand ich es mit den Frauen kurzweiliger als mit Nuan.
Nach dem Essen gingen wir in die Lobby, wo die 3-Mann-Band zum hundertsten Mal »La Paloma« spielte. Wie oft wird dieses Lied weltweit in sämtlichen Bars und allen Unversionen gespielt? Und wie lange noch? Ich dachte misslaunig an die GEMA-Tantiemen. Oder war das »Volksgut«? Übertroffen vielleicht nur noch von *Guantanamera,* weiter hinten in der Rangfolge *Killing me softly* und *Island in the Sun,* dreistimmiges Geleiere, wimmerig und schmalzig – das Geld vom Komponisten wollte ich haben – und *Marina.*
Linde beklagte sich, sie habe Durchfall und Übelkeit aus ungeklärter Ursache, und werde heute bald zu Bett gehen.
»Ich komme gleich wieder«, sagte ich und stand auf. Es hielt mich nirgends. Ich ging zum Juwelier vor dem Hotel und sah mir teure Schmuckstücke an, suchte ein Geburtstagsgeschenk für meine Mutter aus, einen Aquamarin in goldener Fassung mit Diamanten an einer goldenen Kette.
»Machen wir einen Spaziergang?«, fragte ich Mucki, die mich begleitet hatte. Es war dunkel, keine Straßenbeleuchtung, der Verkehr dröhnte, Laster brausten stinkend an uns vorbei. Frauen nachts ohne Begleitung fielen auf, lästige Jungs machten uns an, es war entnervend, wir gingen wieder zurück. Ein Weilchen saßen wir noch an der Hotelbar bei einem *Golden Dream,* Mucki war erschöpft wegen Ayurveda, Linde hatte ihre Darmverstimmung, ich trug nichts bei zur Unterhaltung, gute Stimmung wollte nicht

aufkommen. Gegen Mitternacht lag ich im Bett, traurig und enttäuscht über die destruktive Entwicklung meiner traumhaften Liebesgeschichte.

»Wie man als Europäer wohl wird, wenn man hier lebt, in dieser Hitze, in diesem Klima?«, fragte sich Linde laut.
»Lasch«, sagte Mucki.
Der deutsche Gärtner war ein angenehmer Mensch, ein Ausbund an Vitalität und Lebenslust war er nicht. Er wirkte immer hitzegelähmt.
»Die Frauen werden wirklich schöner bei Ayurveda«, sagte Linde und sog am Strohhalm, »sie ziehen sich nach ein paar Tagen auch schöner an. Die erblühen richtig ...«
»Sie stecken sich Blüten ins Haar ...«, ergänzte ich.
»Ja«, sagte Mucki, »sie werden selbst wie Blüten, so bunt und schön, in Rot, in Grün, in Gelb, in Blau.«
»Diese türkise Blüte da drüben ...«, lästerte ich vor mich hin und deutete unauffällig zu einer unvorstellbar fetten Frau, die fast den Korbstuhl der Coffee Bar zu sprengen drohte.
»Oh, ein Blumenkohl«, sagte Linde und nahm die Bemerkung am nächsten Tag zurück. »Das mit dem Blumenkohl war nicht schön. Ich habe mit ihr gesprochen. Sie hat einen Gen-Defekt und weint den ganzen Tag. Kein Arzt kann ihr helfen.«
»Das glaub ich nicht.«
»Wie fliegt die? Die passt ja gar nicht in den Sitz!«
»Nur Comfort Class.«
»Die muss ja zwei Plätze buchen ...«
»Sie kann zehn Stunden nicht aufs Klo, sie kommt da nicht rein.«
»Rückwärts?«
»Nein, geht nicht. Dann kommt sie nicht mehr raus und steckt im Klo fest.«
»Schrecklich.«
Nuan fiel mir ein, mit seinem schönen, gesunden Körper. Nuan kannte Ironie nicht. War dies ein Zeichen mangelnder Intelligenz oder mangelnder Boshaftigkeit? Ein Zeichen für Wahrhaftigkeit? Die Menschen in Deutschland waren so zynisch geworden. Ich auch.

»Ich geh ins Bett«, sagte ich und stand auf.
Linde sah mich forschend mit ihren klugen, grauen Augen an. »Sie vermissen *unser Kind*, stimmt's ...?«
»Hm ...«, machte ich, »mhm«, und ging langsam auf mein Zimmer.

Ich machte einen Termin beim Beautyshop. Packungen, Peeling, Masken, Maniküre, Pediküre – alles, wofür man sich sonst nie Zeit nimmt. Ich unterhielt mich mit den Mädchen im Shop, scheue, grazile Wesen. Rias, der schönste der Ayurveda-Masseure, hatte eine von ihnen geheiratet, erfuhr ich. Neben den Massagen, also nach täglich zehn Stunden harter Arbeit, hatte er in unermüdlichem Studium seinen Ayurveda-Doktor gemacht. Der Vater führte einen Ayurveda-Laden und war auch Doktor, es lag also in der Familie. Rias' Ziel war, sich selbstständig zu machen, als Arzt für die Einheimischen eine Praxis zu eröffnen, gemeinsam mit seiner schönen, jungen Frau. Er plante, die Stelle zu wechseln und so aufzusteigen, eine Wohnung zu mieten, dann später ein Haus, um nicht bei den Eltern leben zu müssen. Er hatte eine Vision, einen Plan, ein Ziel.
So geht es auch, Nuan, dachte ich. *Man muss nicht am Strand herumhängen und auf Kundschaft warten.* Aber Nuans Vater war kein Ayurveda-Doktor. Er war Strandverkäufer.

Sadun trauerte seiner deutschen Frau nach, er liebe sie, sagte er, aber er habe die Hoffnung verloren, dass daraus noch etwas werden könne. Die Beziehung war schnell gescheitert, wie die meisten dieser Art, nach einigen Monaten. Später, in Deutschland, erfuhr ich, warum.
»Sadun hat mich ruiniert, meine Finanzen, meine Seele, mein Leben. Er hat mein Leben zerstört«, sagte seine wesentlich ältere, aber sehr attraktive Frau Anna, »ich habe einen Albtraum hinter mir.«
Anna hatte alle Kosten zu tragen, für die Flüge, die Papiere, das Visum, die Hochzeit. Kaum ein Singhalese hat Geld. Als Sadun als ihr Ehemann nach Deutschland kam, begann für Anna eine Odys-

see. Er rauchte Kette, die Zigaretten bezahlte sie, über zweihundertfünfzig Euro im Monat und mehr. Nie stand er in der Öffentlichkeit zu ihr, lief auf der Straße vor oder hinter ihr, ohne sich zu erklären. Das Essen war eine Katastrophe, Sadun aß nur Reis, nur scharf; anderes Essen lehnte er ab, ernährte sich nur in Imbissbuden, wollte nie selber kochen, auch nicht das von ihr Zubereitete essen. Wie es sich mit dem Sex entwickelt habe, fragte ich und fügte hinzu, dass dies der Kitt zwischen mir und Nuan gewesen sei.

»Er wollte mich nicht küssen«, sagte sie, »nur anfangs. Das tun die alle nicht gern.«

»Aber Nuan hat immer geküsst! Unendlich lange und gerne!«

»Nein«, sagte sie. »Und andere Spielarten wollte er schon gar nicht.Und dreihundert Euro hat er im Monat für sich verbraucht, nur so. Er wollte nicht einkaufen, nicht im Haushalt helfen. Er stand jeden Tag um zwölf Uhr auf, um halb eins ging er zur Schule in seinen Deutschkurs.«

»Aber warum hast du das alles mitgemacht, warum hast du ihm das durchgehen lassen?? Du musst hart mit den Burschen sein, konsequent!«

»Das bin ich nicht. Wenn ich jemand liebe, will ich nicht hart sein.«

»Doch, mit denen muss man das, sonst kannst du' s vergessen. Das sind Kinder!«

»Dann hat er angefangen, jähzornig zu werden, hat durchgedreht vor Heimweh und Verzweiflung, hat Kopfkissen durchgeweint, aber er wollte nicht heim fliegen. Oft blieb er über Nacht weg und ist erst morgens heimgekommen. Ständig hat er alles verloren, die Schlüssel für Schließanlage, den Walkman, seine Schulsachen, die sie ihm angeblich geklaut haben, meine Stereoanlage hat er kaputtgemacht. Für alles musste ich immer bezahlen.«

Am Ende musste Anna ihre Lebensversicherung mit großen Verlusten vorzeitig auflösen und stand vor dem finanziellen Ruin.

»Was machst du auch so was Dummes!«, lag mir auf der Zunge, aber ich verbiss es mir. Ich hatte Sadun oft beobachtet. In Deutschland wäre er ein Straßenjunge gewesen oder ein Rocker, in New York einer aus der Bronx.

»Dort in Sri Lanka am Strand war das auch o.k.«, sagte Anna.
»Sie sind lieb – aber wenn du sie verpflanzt, ist es aus. Es sind Strandjungen ohne Orientierung, ohne Erziehung, ohne Disziplin, ohne Arbeitsmoral. Wenn Geld da ist, wird's ausgegeben, dann ist es eben weg, wenn keines da ist, dann ist das Geld halt zu Ende. Meine Freundinnen haben alle gesagt: Mensch, Anna, krieg bloß nie ein Kind von dem! Jetzt hab ich nicht mal mehr das Geld für den Rechtsanwalt und die Scheidung!«
Sadun war lieb, aber nicht treu, flirtete mit jeder, bändelte mit einer Russin und zugleich mit dem Heilpraktiker-Mädel an. Zweimal, sagt er, habe er Sex mit ihr gehabt. »Heute sie wegfliegen mit ihre alte Mann.«
Und davor hatte sie ihn noch schnell vernascht. Die Zeiten ändern sich. »Sie hat gemacht mit mir, einfach so. Ist Strand gekommen, bisschen reden ...« Er grinste. »Aber immer Kondom.«

Nuans Mutter bekräftigte immer wieder Nuans Enttäuschung darüber, dass ich nicht im Bungalow mit ihm wohnte. Aber Ansprüche stellen, reichte nicht aus, fand ich. Ich wanderte am Strand vorbei, die Horde Jungs spielte Handball, Nuan unter ihnen. Er hatte die Haare zum Pferdeschwanz gebunden, sein breiter, muskulöser Rücken unterschied ihn von den anderen, die nicht trainierten.
Sun down im Blue Lagoon mit Linde und Mucki. Touristen am Strand spazierten in der Hitze in langen Reihen schnaufend und schwerfällig vorbei. Der Österreicher hinter uns wies mit dem Kopf in ihre Richtung und sagte lakonisch:
»Heit is wieder Krötenwanderung.«
Um halb sieben ging Nuan vorbei, als sei nie etwas gewesen, nickte unmerklich in meine Richtung, als kennten wir uns kaum. Mit vierzehn verhielten wir uns so, mit den Jungs bei Eislaufen; Kinderspiele, dachte ich belustigt und spürte Wut aufsteigen. Aber hier konnte man nicht einmal streiten, weil jeder alles mithörte, es gab keinen ruhigen Ort, keine wirkliche Intimität. Um sieben Uhr ging ich ins Hotel und schickte ein SMS.
Dein Benehmen ist schlecht. Du bist kein guter Mensch. Ich habe dir nur

Gutes getan und du benimmst dich so – nach einem Jahr!! Das ist klein.
Und ein weiteres SMS.
Ich will Klarheit haben. Wenn wir uns trennen, muss ich das jetzt wissen.

*

Jeden Morgen um acht Uhr kehrte einer der grüngewandeten Gärtner, ein älterer oder früh gealtert wie viele hier, im grünen Kittel und einfachen Plastikschlappen den Rasen vor meiner Terrasse und zupfte vertrocknetes, verfaultes Gras von Blüten und Büschen. Es war ein großblättriger, dicker, dichter Rasen, der nachts ab zweiundzwanzig Uhr gleichmäßig gesprengt wurde. Das schabende Geräusch des Besens, der die Blätter, Blüten, Kleintiere, Abfallreste entfernte, war ein beruhigendes Geräusch, das vermittelte, die Welt war sauber und in Ordnung. Und es wurde dafür gesorgt, dass das so blieb. Das war deutsch, zugegeben, aber es funktionierte. Zweihundertfünfzig bis dreihundert Angestellte waren regelmäßig im Hotel, von Mai bis o.k.tober etwas weniger, eine Welt, in der die Zahnräder nahtlos ineinander griffen, ein organisiertes, mit Konzept, Zielstrebigkeit, Entschlossenheit und Fleiß geschaffenes Paradies inmitten von Chaos, Dreck, Armut und Dummheit. Fünfzig Meter außerhalb des goldenen Zoos begann die singhalesische Wirklichkeit, von der der Strand noch einer der relativ angenehmeren war.
Die Essenz meiner Empfindungen der letzten Tage verdichtete sich immer mehr und mehr zu der Einsicht, dass ich weder Stillstand des Verlangens noch Ende der Sehnsucht wollte, selbst wenn bei Stillstand jeglichen Verlangens das Nirwana wartete, wie Buddha versprach. Ich sah mich selbst mit Abstand, diese weibliche Person, deren Unvernunft im fremden Land und deren Widersprüche zum gewohnten Verhalten als Business woman in Germany so seltsame Blüten trieben …
Diese Person wollte Wohlstand, Werbung, westliche Wirklichkeit, First-Class-Bahnreisen, Business-Class-Flüge, Luxushotels und ein funktionierendes Personal. Sie hielt es mit dem Motto »*Immer bes-*

ser« und bekannte sich zum Fan dieses Profiprinzips, getreu ihrem Grundsatz: *Loser haben ständig Erklärungssysteme, warum es nicht funktioniert. Winner finden Wege, wie es funktioniert.* Hier in Sri Lanka war sie eine heiße Stute, die aus einem buddhistischen Fohlen einen kapitalistischen Hengst machen wollte.
Ich saß vor dem Kaffee auf der Terrasse und genoss meine Misslaunigkeit. Die Sonne schien erst auf der gegenüberliegenden Poolseite. *Die nimmt sich Zeit, ich auch.*
Dieses Hotelleben war öde wie das da draußen, eintönig, immer gleiche Abläufe, die gleichen Kellner, die gleichen langweiligen müden Ayurveda-Gäste, die gleichen Blattzupfer, die gleichen Rezeptionisten seit drei Jahren – aber es war auf angenehmere Weise eintönig. Natürlich musste ich letzten Endes Nuans asiatisches Nichttempo respektieren, aber ich musste es nicht teilen. Er war nicht langsam, er war wie eine Katze, geschmeidig und jung, und ebenso eigensinnig. Wenn Nuan Model würde, malte ich mir aus, dann wäre er schnell weg. Er würde eitel werden und Zwanzigjährige flachlegen. So blieb er greifbares Glück und ich sein Fixstern.
Einzig Linde, geschiedener Single und fast sechzig, konnte ich derart pragmatische Gedanken mitteilen. Alle romantischeren Dreißigjährigen mit idyllischeren Beziehungsidealen im Kopf hätten sich schaudernd abgewendet angesichts so viel »Berechnung«. Ab Mitte vierzig denkt man anders, man weiß, was berechnet und gut geplant ist, funktioniert auch meist. Der Schicksalsgedanke – *es kommt, wie es kommen muss* – widerstrebte mir; esoterische Ausrede für Faule, die nicht bereit waren, ihr Leben in die Hand zu nehmen und mit Einsatz aller Kräfte zu gestalten, »Schicksal« war die letzte Hoffnung der Erfolglosen. *Schicksal ist Machsal,* war mein Credo, und wenn einer sagte: »Ich hab kein Glück«, war er meistens zu dumm. »Ich hab kein Glück« war Ausrede für die, die keine Ideen hatten und Angst vor Risiko. Das galt auch für Sri Lanka, obwohl es hier viel schwerer war – aber es gab ja immer wieder Ausnahmen wie Manta, Rias.
»Sind Sie die Bank von England?«, hatte Linde entrüstet gefragt, als ich überlegte, die monatliche Zahlung von viertausend Rupien für

Nuan auf das Konto des Vaters umzuleiten. »Wenn der Kleine sich so unsinnig und schlecht benimmt, ist aber Schluss!«
Ach Gott, was waren fünfzig Euro, nicht mal eine Tankfüllung für meinen Porsche, dachte ich, aber ich behielt es für mich. Natürlich hatte Linde Recht.
Ich war morgenmufflig und unausgeschlafen. Der Sex mit Nuan fehlte mir. Frauen brauchen Sex, sonst werden sie bös. Das wissen sie nur zu oft nicht. Wenn ich mit Nuan versöhnt war, packte ich, was auch immer, an, wenn nicht, hing ich durch und war lamentös.
Eine Kröte im frühlingsgiftgrünen Bikini wanderte ächzend und schwerfällig vorbei – Dauerwellen, Brille, ein grüner Schleier vor der Wampe, die nach vorne abstand. Das Giftgrün machte nichts besser. Normales Grün hätte vielleicht gehoben.
Linde sagte: »Unser Kind war heute schon am Strand. Mit Bermudashorts, kein Sarong heute. Mit einem Engländer kam er vorbei …« Sie machte eine Pause. »Also, das muss ich sagen, er ist mit Abstand der schönste Junge an diesem Strand!«
… der schönste Junge an diesem Strand … hallte es in meinem Herz nach. Die Gästekröten lagen träge am Pool herum.
Über Silvester, während der Saison, waren die Besserverdiener und Comfort-Class-Nutzer hier, ab Mitte Januar vermehrt die Billigtouristen mit weniger Budget, geschmacklos gekleidet, hässlich und immer das zeigend, was am wenigsten zeigenswert war, was man hätte besser verstecken sollen vor den Blicken anderer.
Ich hatte ein ungutes Gefühl, weil ich mich zu nichts entschließen konnte. Auch der Strand und Sumith vermochten mir nicht mehr die nötige Aktivität zu entlocken. Linde schritt wie eine Rubensfigur in bacchantischer Würde am Pool entlang, majestätisch, im bunten Sari. Wenn mir jemand erzählt hätte, »Das ist die Königin von Saba!«, hätte ich es ihm sofort geglaubt.
Ich war traurig. Nuan würde mir, umgetopft, sterbenslangweilig werden. Er würde nicht mehr leuchten wie eine exotische Blüte nach dem Tropenregen – er wäre in Deutschland ein *Gigolo* mit zu langen Haaren, oder *ein Stricher, der's für Geld macht.* Genauso deplatziert wie die fettleibigen Touristen am Strand inmitten der schwarzen Jungs aussahen – *sie gehörten da nicht hin;* Schweine, die

aus Gier alles verschlangen, das sich dann in dicken Ringen ansetzte, weil sie es nicht mehr verstoffwechseln konnten, dicke weiße Raupen, die nur daheim, im Anzug und im Mercedes, angezogen vor allem, gut aussahen. Genauso würde Nuan in Deutschland immer ein *Asylant* bleiben und nicht der schöne schwarze Prinz mit den unergründlich funkelnden Augen und den dicken Locken, Buddhas Sohn, der nichts sein wollte als ein »guter Mensch«.
Hier war er geborgen in seiner Familie, unter Freunden, ein kleiner Star, der nach seinem Deutschlandaufenthalt zu den *Besseren* zählte, zu denen, *die es schon geschafft hatten* ... In Deutschland würde er ein »Schwarzer« sein, der sich mit miesen Küchenjobs begnügen musste, geknechtet und gemobbt wurde und für schlechte Bezahlung Gemüse schnippeln und Teller waschen durfte. Und dessen deutsche Frau ihn irgendwann rauswarf, weil ihr alles zu langsam ging mit der Entwicklung und weil sie die renitente Undankbarkeit satt hatte.

Aluthgama war eine lärmende, stinkende, heiße, schmutzige Stadt, der realitätsnahe Kontrast zur paradiesischen Hotelidylle.
Nervendes braunes Kleinvolk, ständig wurde man angesprochen, es war lästig, Fische, Obst wurden angeboten, nutzloser, wertloser Schmuck aufgedrängt, man ließ den wenigen Touristen, die sich in diesen hässlichen Moloch verirrten, keine Ruhe. Wenn es ging, vermied man diesen Ort.
Ich hatte beschlossen, zur Bank zu fahren, um die Standing Order mit den monatlichen fünfzig Euro an Nuan zu kündigen, auf Rat von Linde. Der Tuktuk Fahrer fuhr mich zur Bentota-Bank, die einige Kilometer außerhalb der Stadt gelegen war.
Dort angekommen, stellte er fest: »Heute geschlossen. Feuertag ...« (Feiertag)
»Warum nicht vorher sagen??«, fragte ich verärgert.
»Ah ... oh, sorry, vergessen.«
»Two hundred Rupies.«
»O.k. You wait. Twenty minutes!« Man gewöhnte sich hier einen harten, dominanten Umgangston an. Zu viel Milde ließ die Menschen, die Nachsicht nicht gewohnt waren, zu Kletten werden.

Ich schlenderte ziellos und träge von der Hitze über den Markt, ignorierte die Offerten der Marktfrauen und Händler, die ohne Unterlass auf mich einredeten. »Hello, how are you?«, »Madam, please come and see«, »beautiful blond hair«, »you on holidays?«, »nice dress« ...

Man lernte schnell, die Rufe zu ignorieren, damit man nicht in die Krallen der Armut, Gier, Hoffnungslosigkeit und Geldnot der Händler geriet und Mühe hatte, sich wieder daraus zu befreien.

Um drei Uhr war ich wieder im Hotel. Nach einer guten dreiviertel Stunde, die mich körperlich völlig erschöpft hatte. An der Rezeption eine lange Diskussion über die Banköffnungszeiten und die Feiertage. Alle lieben Schwätzchen hier, umständlich und langwierig. Es war also Feiertag, am nächsten Morgen wollte ich schon um sieben Uhr zum Ausflug nach Galle mit Linde und Mucki abfahren, am Freitag war Vollmond und alle Geschäfte zu, Samstag und Sonntag auch. Es folgte eine Diskussion zweier Angestellter, ob die Bank am Samstag von neun bis halb eins offen habe oder geschlossen sei. Der Ältere sagte, es sei zu, er wisse es, er habe in Bentota gearbeitet und das sei *seine* Bank gewesen. Der andere sagte, das habe sich aber geändert jetzt, es sei offen. Montag war mein Abflug. Es ging noch fünfzehn Minuten so, dann verließ ich die Rezeption, es war fruchtlos und führte zu nichts, keiner wusste Bescheid. Ich dachte an Frau Berger: *Sie bremsen immer, bei allem.*

Im Zimmer ließ ich die Klimaanlage auf full speed laufen, um abzukühlen. Im Palmengarten lag Linde gemütlich und entspannt auf dem Liegestuhl und las ihr Buch. Sie machte sich nicht ein Zehntel von meinem Stress.

Ich erzählte ihr von Aluthgama. »Wir sind wie in einem Sanatorium hier«, sagte ich, »ein paradiesisches Ghetto inmitten Lärm, Schmutz, Armut und Gestank!«

»Da fliegt man neun Stunden und nimmt drei Stunden Fahrt auf sich, um sich auf einen halben Quadratkilometer Wärme an den Pool zu setzen ...«, ergänzte sie amüsiert.

»...mit der Illusion vom Tropeneiland Sri Lanka, Island in the Sun.«

»Und ist das schlimm?«, fragte sie und sah mich verschmitzt an.
»Nein. – Aber dekadent.«
»Ich habe hier Behausungen gesehen«, sagte Linde, »die wären bei uns für Bettler, hier sind es normale Häuser.«
»Ja.«
Dieses Land hatte zwei absolut unterschiedliche Gesichter. Das Hotel war eines – zehn Meter vom Hotel begann das andere.
Ich ging zum weiten Ozean hinaus und ließ mir die Meeresbrise ins Gesicht wehen. Der Strand war wie die freie Steppe nach der stinkenden, lärmenden Stadt. Viele braune Menschen tummelten sich jetzt am Strand. Ab sechs Uhr abends, wenn alle Touristen beim Essen waren, kamen die einheimischen Familien hier heraus an ihren Strand zum Schwimmen und Spazierengehen. Zwei schwarze attraktive Mädchen im Bikini mit blondgefärbten Haaren, Zöpfen und afrikanischem Touch spazierten durch die Wellen. Sie waren aus Colombo oder einer anderen Großstadt oder es waren Prostituierte; Singhalesinnen badeten im Kleid und sahen nicht so aus. Von weitem erkannte ich Nuan. Wieder ging er demonstrativ grußlos vorbei, im leuchtend orangefarbigen T-Shirt und blauen Bermudas.

*

»Franca!« Sadun kam aus dem Gebüsch, aus der Laube, in der die Jungs hockten, um Schutz vor der Sonne zu finden, unserer Laube …
Ich winkte ihn her. Er hatte gelbe Augen; nicht rot, aber auch nicht klar.
»Gibt's was Neues?«
»Ja.«
Wir gingen zum Blue Lagoon, kein Lüftchen wehte, brütende Nachmittagshitze.
»Nuan sagen immer nur *Scheiße, Scheiße*!« Er schüttelte den Kopf mit traurigem Gesicht. »Nuan sagt, Franca immer reden, reden…« Er winkte ab. »Schwierig.«
»Hast du geraucht?«

»Vormittag, wenig. Jetzt Augen wegen Meer so.«
Sein Freund Elvis kam dazu. »Hallo! Heiß heute, furchtbar.«
Er merkte, es kam kein Echo von uns, und ging wieder.
»Nun sag doch!«
Sadun schwieg.
Wir vereinbarten, uns um Viertel vor zehn zu treffen, mit Nuan. Er würde vermitteln, verstand ich.
Er ist mit Abstand der schönste Junge hier am Strand, so viel ist klar …
Der Juwelier aus dem Hotel fragte täglich, ob ich das Weißgold-collier für siebzehnhundert Euro nicht kaufen wolle, das mit den vielen bunten Halbedelsteinen? Oder das mit den kleineren, aber dafür echten Edelsteinen für sechzehnhundert Euro? Er insistierte, sogar per Zimmertelefon, bis ich zornig wurde.
»Nein«, sagte ich energisch, »bitte fragen Sie nicht ständig nach. Ich habe Ihnen auch gesagt, wofür ich mein Geld ausgebe. Für Familien, die von der Summe für so ein Collier drei Monate leben können!«
Ich fand, das war ein Fortschritt in meiner Abwendung vom Luxus, zumindest theoretisch, denn bis dato hatte ich keiner Familie hier sechzehnhundert Euro bezahlt. In seinem gekränkten Gesicht war zu lesen: *Und dein Hotelzimmer leistest du dir schon, du reiche, weiße Kuh …!*
Die Menschen hier waren wie Moskitos. Wenn sie jemanden entdeckt hatten, den sie aussaugen konnten, ließen sie nicht mehr von ihm ab. *Touristen rupfen* hieß das im lokalen Slang. Es war dies fast ein Sport, eine Kombination von Pragmatismus, Zuneigung, Geschäftstüchtigkeit, Not und Profitgier. Eine weiße Frau war das Tor zum Himmel, zur großen, besseren Welt, vor allem für die chancenlosen Beach Boys. Am Ende ihrer Vagina stand ein verheißungsvolles Paradies, das hieß Geld. Ein gutes Leben, Aussichten, Zukunftschancen. Zumindest Ende der schlimmsten Geldnot und regelmäßige Mahlzeiten.
Am Bentota-Strand thronte oben auf dem Felsen ein kleiner, runder Tempel. Deshalb war dies ein geheiligter Strand, worauf ein Schild ausdrücklich und ausführlich hinwies. Man möge sich hier bitte entsprechend sittsam verhalten, in Kleidung sowie im Beneh-

men. Weder Verkäufer noch Bettler durften sich hier aufhalten. Es war still hier, man hörte das Meeresrauschen und sah auf einen endlosen Horizont, und es wehte stets eine leichte Brise. Die Hotelgäste wurden um sieben Uhr morgens mit dem Boot zum Tempelfelsen gefahren, zur Meditation. Am Strand nur ein paar Liebespaare und vereinzelte Touristen, die auch ihre Ruhe wollten. Dieser Strand blieb verlässlich leer, immer. Die weitläufige Clubanlage dort, hieß es, sei vor zwei Jahren ein florierender All-inclusive-Betrieb gewesen, dann aber, nach dem Attentat der tamilischen Rebellen auf den Flughafen Colombo, leider nicht mehr so gut gelaufen. Nun liege sie brach, nur wenige Gäste seien dort, wahrscheinlich würde sie demnächst verkauft werden. Bis dahin aber konnte man am Bentota-Strand absolute Ruhe finden, ein Traum. Dies war der Strand, an dem ich mit Nuan mein erstes Rendezvous und Liebesabenteuer erlebt hatte, schon deshalb liebte ich diesen Fleck Erde, und er schien mir magisch-mystisch, von Elfenwesen und Naturgeistern bevölkert.
Ich hatte aber auch eine kindliche Liebe zu den Strandverkäufern drüben am anderen Strand entwickelt, zu den Frauen, die die Tücher verkauften, zu den Pool Boys; sie alle waren immerzu freundlich und gelassen, und niemals schlecht gelaunt oder feindselig. Das war die Sonnenseite dieses Volkes.
Ich genoss die täglichen, einsamen Spaziergänge am Bentota-Beach, dem kilometerweit leeren, fast weißen Sandstrand, wo keine Verkäufer, keine Shops, keine Restaurants verführten, wo nur der kleine Tempel und das weite Meer die Idylle perfekt machten, da wehte die Seebrise durch meine Gedanken und machte sie klar und frisch. Ich lief allein durch den Sand, die Nase im Wind, der in den Haaren zauste und liebte die Natur, liebte Nuan, liebte mich und liebte das Leben. Bei der Flussfahrt an der River Side entlang mit dem kleinen Boot hatte ich einige wunderschöne Villen in tropischen Gärten gesehen, fast ausnahmslos von Deutschen erbaut. Ich wollte hier leben. Das war meine Vision. Man braucht die Vision, um einen Weg zu finden, und doppelt, um ihn zu gehen.
Aber ich war wie ein abgedrehter Springbrunnen. Lebensfreude

und Zuversicht sanken wie der Pegel in einem Versuchsröhrchen, ich fühlte mich, als hätte man mir das Knochenmark ausgesogen. Das deprimierte mich noch mehr. Sri Lanka erschien demaskiert, eine hässliche Fratze unter einer schönen Larve.

Sonnenuntergang mit Linde und Mucki beim Blue Lagoon – wie oft noch? *Alle für einen, einer für alle.* Wir machten uns auf den Rückweg, es begann zu regnen.

»Jetzt im Tropenregen im Meer schwimmen«, seufzte ich.

»Oder duschen …«, sagte Mucki.

»Oder in der Badewanne baden«, sagte Linde.

Ich blickte sehnsüchtig auf das Meer, über dem der Tropenregen einen dichten, nebligen Vorhang aus dicken Tropfen zuzog.

»Soll ich Ihnen den Beutel mitnehmen?«, bot Linde an, die meist wusste, was ich fühlte und mich bestärkte – wenn es nicht ganz unsinnig war.

»Ja, danke, das ist lieb.« Ich reichte ihr meinen Beutel, die beiden winkten und stapften im Regen durch den feuchten Sand ins Hotel.

Der Strand war leer innerhalb von zwei Minuten, die Touristen flüchteten in die Hotels oder Restaurants, die Einheimischen nach Hause oder unter ihre Stände und Hütten.

Ich lief zum Meer, zog das T-Shirt aus und legte es in die halbe Kokosnuss, die die Wellen an den Strand gespült hatten, damit es sich, so feucht, nicht voll nassem Sand sog – und rannte ins Meer. Nur drei dunkelhäutige Mädchen badeten noch, tollten in langen Kleidern im strömenden Regen und juchzten. Vater und Mutter am Strand mahnten sie, aufgeregt rufend, herauszukommen. Bei Antonio und Sumith blickten die Männer auf die seltsamen Frauen, die da im Meer standen und die Arme hochrissen. *Regen, Regen, Regen*! Wasch mir die Traurigkeit weg …

Nass hüpfte ich durch die Security, glücklich, dass ich getan hatte, wonach mir war, ohne Wenn und Aber, das tat wohl! Haare waschen, Salz und Wehmut abduschen.

Für halb acht bestellte ich ein Tuktuk an die Rezeption, um zum Tempel zu fahren, und wie es sich immer humorvoll fügt, war's der Fahrer vom Nachmittag und lächelte mich unsicher an. Ich fuhr

zum Kande Vihara Tempel und fragte den Buddha: »Was soll ich tun mit Nuan?«
Bedingungslos lieben und loslassen. Loslassen …

Die Terrasse war wegen des Regens, der kurz und heftig herabschüttete und ebenso schlagartig aufhörte, für das Dinner nicht eingedeckt worden; für uns – die drei Musketiere, wie wir uns nun nannten – *Alle für einen, einer für alle!* – deckte man extra einen Tisch, das Trinkgeld machte die Kellner frisch. Es gab Grillhähnchen und Grillgemüse und einen Smalltalk über Aussteigen und ferne Länder. Ich war unruhig. Um zehn Uhr wollte mich Sadun bei Antonio abholen …
»Hier würde ich nicht wohnen wollen«, sagte Linde. Ich schwieg. Weiter unten an der Küste wurde es ruhiger, gegen Hikkaduwa zu. Langfristig würden einem die Menschen lästig sein, befürchteten wir. Mucki träumte von einem Cappuccino mit fetter Haube, Linde wollte in Kirchberg bleiben. Ich dumme Träumerin wollte Nuan, wohl wissend, dass das Unsinn war.
»Die Leute hier tun nichts ohne Absicht«, hatte ein Unternehmer gesagt, »und das Ziel ist Geld und ein besseres Leben.«
»Aber die Frauen sind vertrauenswürdiger«, sagte ich, »auf ihre Herzlichkeit ist Verlass.«
»Auch nicht«, Linde schüttelte den Kopf und zog die Mundwinkel nach unten. »Ich habe ein Jahr in Süditalien gelebt, nach dem Studium. Mafia habe ich nirgends gesehen, aber viel Berechnung, auch bei Frauen.«
Ich wurde unruhig, wollte weg, zu Nuan, pünktlich sein. Sadun wartete bei Antonio. Sein Schatten mit den Hendrixhaaren und dem Sarong löste sich, er trug ein orangefarbiges T-Shirt, das gleiche wie Nuan.
»Was hat er gesagt? Sag schon … sag!!«
Da stand er schon bei den Schirmen und Tischen am Strand, nickte ernst zur Begrüßung. In diesem Augenblick kam ein Pulk Engländer, ältere Herrschaften, vom Strand.
»Engländer … alte Freunde von Nuan … Arbeit!«, sagte Sadun und zuckte bedauernd mit den Schultern.

»Ich komme gleich!«, rief Nuan. Er ging zu den Engländern, Sadun und ich warteten, es dauerte.
Er brachte die kleine Gesellschaft zu den Tischen und platzierte sie. Wir warteten. Er holte den Kellner, setzte sich zum Tisch. Fünf lange Minuten vergingen, mein Stolz pumpte sich auf und schlug Kapriolen. *Auf wen du dich einlässt, mit dessen Spielregeln musst du dich auseinander setzen.* Nuan war kein amerikanischer Gentleman, der die Frauen respektierte und kein deutscher Mann der Gesellschaft; er war ein Strandjunge aus Sri Lanka aus einer sauberen, anständigen Familie, in der der Mann das unangefochtene erste und letzte Wort hatte – und die Frau musste warten.
Ich sagte zu Sadun: »Wenn er jetzt nicht kommt, gehe ich!«
Sadun macht eine bedauernde Geste. Hätte ich ein Businessmeeting gehen lassen? Nein ... aber ich hätte die Geschäftspartner gebeten, sich einen Augenblick zu gedulden, Nuan hätte Priorität gehabt. Frauen denken anders.
»Ich bin noch fünf Minuten bei Antonio. Wenn er nicht kommt, fliege ich weg und es ist vorbei – für immer!« Ich drehte mich um und ging. »Arschloch!«, sagte ich laut und mutierte, schimpfend durch den Sand stapfend, zum Teenager. »Arschloch, bescheuertes!« *Dummes, bescheuertes, ignorantes Arschloch.*
Ich versuchte, die Uhr zu erkennen, fünf vor zehn, bis zehn gab ich ihm noch. Der Alte bei Antonio leuchtete mich an, ich winkte genervt ab, er knipste die Taschenlampe aus. Noch zwei Minuten ...
Da löste sich eine Gestalt, lief in vertrauter Art zügig über den Strand in meine Richtung, rief dem Alten was zu ... wendete sich zu mir und sagte leise: »Ist Nuan.«
In der Nacht erkannte man die dunklen Leute nicht gleich.
Wir standen uns schweigend gegenüber. Mein Zorn löste sich auf in derselben Minute – seiner ebenfalls.
»Warum benimmst du dich so?«, fragte ich leise. »Ich habe dir nichts getan. Nichts. Warum tust du das?«
Pause.
»Du hast gesagt, du kannst jeden nehmen! Du kannst jeden Mann haben hier!«

Mein Gott, der Gerechte!
»Und du reden, reden, reden. Ich kann nicht immer reden!«
»Nein, o.k. Aber wenn du aufhören willst oder andere Frauen hast, musst du den Mut haben, mir das zu *sagen*. Und wenn du verletzt, gekränkt oder beleidigt bist, dann *muss* man auch reden. Vielleicht Misunderstanding … falsche Worte, nicht verstanden.«
»Du keine liebe SMS mehr – seit September!«
»Ja! Ich war auch sauer! Du hast den Deutschkurs und den Führerschein nicht gemacht! Ich fand, das hat keinen Sinn mehr mit dir! Ich war auch böse!«
Es *funktionierte* nur über Liebe und Zuneigung, nicht über Intellekt, Stand oder Stolz.
»Bei euch sind die *Männer* stolz, bei uns sind die *Frauen* stolz!«, sagte ich.
Er sah mich mit einer Spur von Neugier an.
»Wenn man sich ärgert, sagt man so was eben, *ich kann jeden haben*! Ich *war* auch sauer!«
Taschenlampen blitzten auf. Der Alte rief irgendwas, warnte vor der Polizei. Beach Boys mussten ab neun Uhr weg vom Strand sein, das war neues Gesetz. Nuan huschte ins Dunkel hinter Antonios Laden. Es dauerte Minuten, bis er wieder auftauchte. Ich winkte ihm zum Eingang des *Lanka Queen* bei der Security und zeigte auf den Baumstamm. Wir setzten uns.
»Wie hast du dich gefühlt die drei Tage?«
Er entspannte sich und war nun offen, lachte ein bisschen. »Mal so, mal so.« Er zeigte mit dem Daumen auf- und abwärts. »Ich keine Frauen in Sri Lanka …«, fuhr er fort und ich wollte es glauben. Ein Weilchen saßen wir still nebeneinander und es war, als könne ich seine Empfindungen spüren. Jetzt beugte er sich zu mir und küsste mich. *Das reicht nicht,* sprach das Gewissen. *Aber es ist so schön,* sagte die Freude. Es gab zwei, drei Kinderküsse, zur Versöhnung.
»Kommst du elf Uhr Blue Lagoon?«
»Nein, Ausflug morgen, früh aufstehen.«
»Morgen abend halb zehn, Blue Lagoon.«
»O.k. Gute Nacht. Träum schön.«
»Du auch. Gute Nacht.«

Drei volle Tage hatte er diesmal gebockt, Tage, die Lust und Freude raubten und der Insel ihren Reiz. Sie entfaltete ihren Charme ja vorzugsweise in der Nacht, unter den Sternen, am Strand, in den kleinen Straßen, den bunten Lämpchen, den Buddha-Figuren, den Lichterketten, den versteckten Liebeslauben, der tropischen Wärme. Der Tag gehörte dem Wasser, der Sonne und dem Meer – die Nacht dem Buddhismus, der Mystik, den Gesängen der Mönche, der tropisch-feuchten Sinnlichkeit, den animalisierten Emotionen, den niederen, heiligen Trieben, den dionysischen Lüsten, der Heimlichkeit. Ich liebte Nuan und wollte ihn nicht lassen. Nicht jetzt.

*

»Wollen wir unseren geplanten Ausflug machen?«, fragte ich Linde und Mucki. »Ich verspreche euch, es lohnt sich, ich war voriges Jahr da; ihr werdet nachher froh sein, dass ihr gefahren seid. Auch wenn es heiß ist!«

»O.k., auf nach Matara!« Mucki und Linde waren froh, dass ihnen jemand den Anstoß gab.

Am nächsten Tag stand Manta morgens um sieben vor dem Hoteleingang. Um neun waren wir auf dem Weg zur Stadt Galle, von der UNESCO zum Weltkulturerbe erklärt, und Matara, an der Südspitze der Insel, wo sich eine der monumentalsten Buddha-Statuen von Sri Lanka befand – und wo der kleine Mönch vor einem Jahr Nuan und mich gesegnet und in Liebe vereint hatte, für alle Ewigkeit …

»Buddhismus ist keine Religion, sondern eine Philosophie.« Manta, der chauffierte und die ganze Fahrt über erklärte und erzählte, war guter Laune, wie immer. »Buddha nicht wie Gott, wird als Mensch verehrt, zeigt Weg zu Erleuchtung. Buddha sagt, kannst du alle Wege gehen, aber jeder Weg hat Folgen – so oder so.«

»Guck mal, Kühe«, rief Linde, »die sind doch heilig bei euch, oder?«

»Nee«, sagte Manta, »Kühe nicht heilig in Sri Lanka, nur für Hindus!«

»Ach so.«
»Elefant ist heilig! Trinken hundert Liter pro Tag, essen zweihundert Kilo Heu, laufen fünfzig Kilometer am Tag und hören weiter als sehen, wird bis neunzig Jahre. Fast zwei Jahre Baby bleibt in Bauch von Mutter, dann kommt raus und bleibt unter Bauch, bis höher.«
»Wie viel wiegt so ein Elefant??«
»Mehr als fünfzig Menschen – ist viertausend Kilo schwer!«
»Mein Gott!«
Wir fuhren weiter, Richtung Süden.
»Mucki muss Pipi machen«, rief Linde, »such bitte ein Restaurant, Manta.«
»Das geht auch in der Pampa«, sagte Mucki, »halt irgendwo an!«
»Nicht gut«, warnte Manta, »Weißt du, hier haben Büsche Augen … besser Tankstelle oder Café.«
Wir kamen nach Ambalangoda, die Stadt der Masken und Puppenspieler.
»Hier viel trommeln und tanzen«, sagte Manta. »Alte und Junge … alle.«
Manta sprach gut Deutsch und er hatte viel erreicht. Er hatte eine Frau, ein Haus, ein Kind, das zweite war unterwegs.
»Viele arme Leute in Sri Lanka«, sagte er jetzt. »Aber fast alle lesen und schreiben, keine dumme Leute, viel Schule. Ich erzähle jetzt Geschichte von ein arme Junge. Der muss ohne Frühstück in die Schule, keine Schuhe, Mittag oft auch nichts essen, sein Hemd viel geflickt, nach die Schule arbeiten, dann Geld an Mutter für Reis kaufen, dann Essen, vielleicht mit bisschen Gemüse, vielleicht. Weißt du, wer ist arme Junge? Ich, Manta. Ich früher Beach Boy, wie Nuan.«
»Manta, du? Wie hast du das geschafft?«
»Ich viel fleißig, immer arbeiten, immer. Ich kein Angst, wenn kein Tourismus, kann mit Hand arbeiten. Hände kaputt wegen Betonsteine, viele Betonsteine machen. In Sri Lanka viele Leute nur einmal pro Tag Essen, im Innere von Land viele kein Wasser. Jede fließende Wasser ist Staatsbesitz … Ein Familie mit vier Kinder kann von hundertfünfzig Euro in Monat leben.«

»Kannst du Kleider brauchen?«
»O ja, ich geben andere, dann ich auch zufrieden. Weil früher viel geweint, keine Hemd, keine Schuhe. Niemand gegeben. Wenn Tourist mir T-Shirt geben, große Freude.«
»Ihr habt eure Eltern sehr lieb?«
»O ja! Nicht schön in Europe. Eltern ganzes Leben so viel gegeben für Kinder, dann Kinder gehen weg! Hier Kinder geben alles zurück für Eltern.«
Am Buddha-Zoll hielt er an und spendete eine kleine Münze für den erbetenen Schutz. Schulmädchen in weißen Kleidern und roten Zopfschleifen wanderten schnatternd und fröhlich an uns vorbei. Die weißen Schuluniformen müssen täglich gewaschen werden, sagte Manta, vor allem, wenn nur eine da ist. Alles ohne Waschmaschine. In Galle waren die Frauen fast westlich gekleidet, sie trugen Pullis zum langen Rock. Die moderne Zeit ging auch hier nicht spurlos vorbei.
»Hier drüben schöne Haus, schau ... war ein Honeymoon-Hotel auf Insel, jetzt privat.«
So was hätte ich auch gern, dachte ich, mit Nuan.
»Wenn heiraten, Braut hat erste Tag weiße Kleid, am zweite Tag rotes Kleid, nach Hochzeitsnacht ... So ist Tradition. Zweihundertfünfzig Euro ist Mitgift, aber ist klein, geht bis eine Million bei reiche Leute.«
So was wie Aufklärung fand nicht statt, Mädchen machten das unter sich aus. Es gab zwei verschiedene Formen der Anrede, die Kinder waren mit den Eltern per Sie.
»Pinkelpause!«, sagte Manta. Wir lachten. Er parkte den Wagen vor einer Gaststätte.
Weiter ging's. Die Straßen wurden freier, immer weniger Verkehr, viele Kokospalmen. Manta hupte. Alle hupten hier dauernd, irgendwann gewöhnte man sich daran.
»Hupen wichtiger als Bremsen«, erklärte Manta, »ohne Bremse kannst du fahren, ohne Hupe nicht.«
»Da brauchst zur Haustür net schnell rausgehen!«, sagte Mucki lakonisch von hinten.
Die Mittagshitze machte uns müde. Ab elf Uhr besichtigten wir

das Fort Galle, machten träge einen Spaziergang, ich kaufte ein weißes Leinenkleid, das zu Hause wieder nur herumliegen würde. Wir sahen ins Meer, wo die Stelzenfischer auf Stelzen standen und angelten. Ich dachte an die Caprifischer, an das Lied, daran, dass die rote Sonne bei Capri im Meer versinkt ... und an Nuan.
»Wenn Touristen, Fischer kommen schnell für Foto«, sagte Manta. »Nachher gehen wieder weg.«
»Wie heißen die kleinen Blüten da?«
»Arelya!« Manta zog stolz ein Pflanzenbuch aus dem Handschuhfach, er war auf alles vorbereitet.
Ich las vor: »Tempelblüten, auch Frangipani, weiß und gelb, am größten Tempelstrauch ...Baum oder Strauch, gehören zur Familie der Hundsgiftgewächse, von Westindien importiert. Außerdem gibt's hier Wasserlilien, Lotus und Seerosen.«
»Blaue Wasserlilie ist die Nationalblume«, sagte Manta.
Ich dachte an Nuan.
»Wahnsinn!«, rief Mucki von hinten. »Das Benzin kostet hier einundfünfzig Rupies! Das sind sechzig Cent. Hier zieh ich her!«
Ich phantasierte träge vor mich hin, von einem schwarzen Diener, der täglich Tee servierte, kochte, einkaufte, oder noch besser, mehrere Angestellte, für dreihundert Euro im Monat hätte ich hier sechs Angestellte Vollzeit arbeiten lassen können und mir das schönste Leben machen ...
Wie mussten sich die Kolonialherren gefühlt haben, mit unzähligen Bediensteten um sie herum? Wurden die wie die Teneriffa-Lady aus dem Hotel mit ihrem Papageienpark? Selbst wie ein Papagei, zu viel Falten, zu viel Gold? Man veränderte sich mit der Art der Arbeit, mit dem Klima, durch Geld ... Der Mensch entfaltet seinen Charme nur bei angemessener Belastung ist gleich Herausforderung ist gleich persönliche Entwicklung. Manta sagte: »Musst du den Norden sehen ... wie die Tamilen leben! Trocken, arm, kleine Häuser. Wir wollen keinen Krieg, aber die verdienen an Waffen.«
Mucki sagte: »Noch ärmer?«
»Ja.«

Mucki sah sich um. »Das sind ja dann Hundehütten!«
»Wenn die Tamilen und die Buddhisten sich einig würden«, sagte ich, »könnten sie hier vom Tourismus gut leben.«
»Sehr gut«, sagte Linde deprimiert und sah zum Fenster hinaus, »so geht alles kaputt.«
»Vom Tourismus geht das Land auch kaputt«, sagte ich, »aber angenehmer.«
»Die Leute prostituieren sich, verlieren ihre Kultur.«
Die Not war in Sri Lanka allgegenwärtig – wenn man bereit war, sie zu sehen.
»Wenn man sieht, was aus verstörten, verängstigten, verwundeten Wesen in acht Monaten geworden ist«, hatte der mit dem Kinderdorf gesagt, »gibt es nur den Weg nach vorne, Schritt für Schritt.«
»Wollen wir eine Kleinigkeit essen? Machen wir eine Pause?«
»Wo ich so viel Kuchen reingeschoben habe«, sagte ich.
»Egal«, lachte Linde, »was drin ist, ist drin!«
Ein wahres Wort. Wie obszön. Wie westlich.
In Matara bestaunen wir die riesige, vierzig Meter hohe Buddha-Statue und in den Gemäuern Buddhas fünfhundertfünfzig Leben in Hunderten von akribisch in Feinarbeit restaurierten Bildern, Comics nicht unähnlich, und sind beeindruckt, wenn auch schon etwas erschöpft vom Schauen und den vielen Stationen. Ich denke an Nuan und an den kleinen Mönch …
Manta bleibt im Wagen, er will ein wenig schlafen. Er leistet viel, ist stundenlang gefahren, bei dem landestypischen Verkehr würde sich niemand von uns trauen, ihn abzulösen, obwohl wir passionierte, gute Fahrerinnen sind.
Auf dem Rückweg von Galle dösen wir ein wenig, sehen schläfrig zum Fenster hinaus. Viele Müllhalden, viele Kühe, ein grell-lila Shop, fünf kleine, dürre Hühner – die Bilder fliegen an unseren müden Augen vorbei. *Fashion Corner* … für die Männer in Sri Lanka ist ein modernes T-Shirt, eine Sonnenbrille und ein Baseballkäppi der Inbegriff von up to date. *Wenn ich hier bliebe, bräuchte ich das ganze Jahr nur Sommerkleider* …
Eine Unzahl Hunde streunt auf den Straßen umher, vielfältige Varianten des singhalesischen Einheitshunds, auch nahezu haar-

lose; ab vier Uhr nachmittags werden sie geschäftig. Von hinten sieht man nur wippende Ohren, gekringelte Schwänzchen, so trippeln sie dahin …als ob sie zu einem Termin müssten.
»Beim Steuerberater!«, sagt Linde und bekommt einen Lachanfall. Mich überfällt die Sehnsucht nach einem kleinen, einfachen Leben; schwanger werden, Kinder aufziehen, ein Haus haben, regelmäßige Abläufe, klare Rollen und eine stabilisierende Sitte … Ich hänge dem Gedanken nach und sehne mich nach Nuan.
Ausgemergelte Männer mit Herrenhemden über schmutzigen Sarongs schütten Teer aus Schalen auf den Weg, ceylonesischer Straßenbau. Ein alter, müder Hund entschließt sich, nach der Hälfte der Straße wieder umzukehren, läuft vor einen Motorradler, der quietschend bremst, und bleibt träge stehen … einfach stehen.
Von Galle fahren wir übers Landesinnere zurück. Hier ist kein Tourist mehr. Dschungelartiges Grün umgibt uns und eine Vielfalt tropischer Grünpflanzen mit unzähligen Blattarten. Die landschaftliche Vielfalt ist einzigartig. Gäbe es einen Wettbewerb für Grüntöne – Sri Lanka wäre Spitzenreiter. Der Blick gleitet vom Hellgrün der Millionen Kokos- und Palmyrapalmen über die dunstverhangenen Grünschattierugen des Regenwaldes, den leuchtend grünen bis gelblichen Reisfeldern in der Ebene zu den dunkelgrünen Teesträuchern im Bergland, vom Dickicht der Mangroven und Bambuswälder an der Küste und den Flussufern bis hin zu den sattgrünen Gummibaumplantagen. Grün, so weit das Auge schaut, bis zum türkisgrünen Ozean …
Animal Clinic, lese ich. Unvorstellbar räudige Hunde, jeder hat ein anderes Tempo und eine andere Befindlichkeit, stehen herum, hinken, liegen, wanken, sind sehr selbstständig hier. Wieder Männer mit nackten Oberkörpern in schmutzigen Sarongs. Hunde und Männer, beide sind hier so viel dreckiger als bei uns. Ich frage mich, wer schmutziger ist, die Männer oder die Hunde. Vorbei an Reisfeldern, Tee- und Kautschukplantagen mit halbhohen Pflanzen zwischen einem halben und einem Meter.
»Flachlandtee!«, erklärt Manta. »Hochlandtee ist beste, wegen Klima.«
Man sieht kaum Mädchen, die alleine gehen, nur paarweise. Ein

Mädchen im Sari und Helm und Speckringen um die Taille umklammert ihren Freund auf dem Moped.
»In Colombo alles anders, viele Frauen fahren selber Auto. Und am Land haben immer mehr Kühlschränke.«
Kleine Stände mit Orangen, Leinen mit bunter flatternder Wäsche. Manta zeigt auf die Frauen am Fluss, die in der Hitze Wäsche schrubben: »Waschmaschinen...«
Die Löcher in den Straßen werden ärger. Mir tut das gut, meine Seele wird durchgeschüttelt und mein Körper hat andere Probleme, als liebeskrank zu sein. Kleine Läden mit Plastikstühlen und Bastregalen, hässliches Kinderspielzeug fliegen vorbei. Hässlich ist das Schlüsselwort. Überall kaputte verfallene Häuser, Hütten.
»Zimtplantagen!« Manta fährt Slalom im Zickzack wegen der Löcher. Wir halten uns fest. »Werden zwei bis drei Meter hoch! Kautschukplantagen noch mehr hoch – sind Bäume!«
Die Hunde, wie die Menschen, drinnen im Land werden sie räudiger und verwahrloster. Auch die Autos und Motorräder. Sogar die Busse sind noch rostiger als in den Küstenstädten, haben Beulen und Schrammen, Dellen, Nahtstellen von den vielen Karambolagen. Ich denke an Deutschland, Weihnachten ... quengelnde Kinder mit dekadenten, überzogenen Wünschen kommen mir in den Sinn, schlechtes Gewissen keimt. Ich habe so viel, die hier haben nichts – aber es greift nicht wirklich. Mir wird klar, dass mich das *einfache Leben* nicht interessiert, weder mit Nuan noch ohne, auch nicht die Erleuchtung via Verzicht, mit der ich so oft kokettiert habe. Das hier war *vegetieren*, nicht *leben*. Ich enttarne meine Sehnsucht, das kontemplative, schlichte Leben der Mönche zu führen, als westlich-dekadentes Luxusdelirium. Es ist ein Unterschied, ob man sich am Sonntagvormittag im Fernsehen Dokumentationen über arme Länder ansieht, in denen der Sprecher mit monotoner Stimme über Bewässerungsanlagen von Reisfeldern erzählt, und der soziale Abwärtsvergleich die Lebensfreude und das Selbstbewusstsein stärkt – oder ob man Armut real vor sich sieht. Oder ob man gar hier leben und auf vieles verzichten muss.
Das wiederum taten die zahlreichen deutschen Villenbesitzer am Bentota-Fluss nicht. Sie investierten deutsches Geld in billige

Arbeitskräfte und kolonialisierten Land und Leute für ihre Freizeitbedürfnisse und verzichteten auf gar nichts, im Gegenteil.
Liebreizende, schmutzige Kinder mit verfilzten Haaren und schmierigen, dicken Backen standen auf den Straßen bei ihren ratschenden Müttern und beguckten uns mit großen Braunaugen, den schmutzigen Daumen im Mund.
»Ratschen tun sie auf der ganzen Welt«, kommentierte Linde.
Die meisten Kinder in Sri Lanka haben keine Zukunftschance. Bildung ist ein absolutes Privileg. Manche Eltern geben das eigene Kind für immer weg, verkaufen es sogar, damit es eine Chance hat.
Nach Stunden der Fluss. Der erste joggende Tourist, weiß, schwitzend, in weißem Hemd, Shorts, weißen Socken. Keiner versteht, warum er rennt bei der Hitze, wenn er nicht muss. Manta stoppt bei einem schönen großen Hotel und parkt den Wagen für die letzte Kaffeepause. »Ganz neues Hotel. Schön!«, sagt er. »Heißt Aida!«
»Ja , ich weiß.«
Hier war ich mit Nuan gesessen, vor einer Woche oder länger …
Wir trinken Kaffee und Soda, sind alle vier müde und friedlich.
»Schöne Zimmer gibt es hier jetzt auch«, sagt Manta.
Die Lichterketten an den Bäumen leuchten auf. Sundown. Ein illuminiertes Pflanzenparadies für Touristen am Bentota-Fluss. Um sieben Uhr fahren wir zurück ins Hotel, ins Ghetto, ins *Elefantenwaisenhaus.* Manta bekommt fünfzig Euro. Wir sind alle drei zufrieden mit ihm. Er weiß viel, erklärt gut, ist lustig und nett, ein aufrechter, lieber Mensch, ein rarer Trüffel.
Beim Abendessen lästern wir glücklich und müde wieder über dicke Ärsche und falsche Kleidung von Gästen … *dieses Kleid spannt um den Popo, das ist zu formlos, dieses zu kurz und da ist wieder die »Hach-bin-ich-geil«-Frau.*
Wir sind durch und durch deutsche Kapitalisten. Das Leben und der Urlaub könnten so einfach sein.

*

Nuan saß wieder bei den Engländern, als ich von Galle zurückkam.
»Hallo, Nuan«, sagte ich und blieb vor ihm stehen.

Die Engländer, ältere Touristen, die er vom Vorjahr kannte, sahen mich an, dann ihn, warteten auf eine Reaktion.
»Hallo!«, sagte er unsicher und blieb sitzen.
Irgendwann waren alle gegangen, Nuan und ich standen alleine am Strand. Er sah in den Himmel und sagte: »Zwölf Uhr Vollmond«, legte den Arm um meine Taille und zog mich an sich. Und auf einmal war alles gut, als wäre nie etwas gewesen. Ob er in den letzten zwei Wochen eine andere Frau gehabt und deswegen immer mit mir gestritten hatte, würde ich nie erfahren.
Wir sahen auf den Strand, ins Meer, hielten uns an der Hand, hörten den Wellen zu. Der Strand war die Hälfte vom Glück, Nuan die andere. Ich sah suchend in das dunkle Blattwerk der Strandgewächse neben dem leeren Restaurant und den Hotelparks. Irgendeiner hockte immer im Gebüsch und spannte, oft mehrere. Sie hatten Nuan Arrak und Gras, sogar Geld angeboten, wenn er sie einmal zuschauen ließ, wie wir es machten und bevorzugt wollten sie sehen, erzählte er, wie ich ihn oral befriedigte. Aber er hatte selbstredend Nein gesagt. »Wie schön«, murrte ich sarkastisch und da lachte sogar er. Aber im letzten Jahr hatte er dummerweise nach zwei Gläsern Arrak Sadun erzählt, wie wunderbar er das fand, und der hatte geschwätzt – und jetzt wussten das hier vermutlich alle Jungs. Aber nun war es zu spät – und wir machten es eben gerne am Strand. Verbieten konnte er ihnen das Spannen nicht. *Die Büsche haben Augen,* hieß es in Sri Lanka.
Wir wanderten zurück über den nächtlichen Strand zum *Lanka Queen*. Ich fragte den Security-Mann: »Darf Nuan rein?«
Im letzten Jahr hatte das geklappt, mit Geld und Zigaretten. Ich hatte ihn darauf konditioniert, bis er auf mich wartete.
»No, I'm sorry«, sagte der Security bedauernd und wies auf seinen Begleiter, der neu auf diesem Posten war. »Zu gefährlich!«
Wir fuhren zwei, drei kleine Hotels ab und bekamen ein kahles Zimmer bei einem von Nuans Bekannten, ernüchternd, unschön, nicht förderlich für die Erotik, die Innigkeit wurde zur Pose. Dennoch, wir fanden zueinander, wie immer, auch in der hässlichen Umgebung, der wir unsere eigene Poesie aufzuckerten. Arm in Arm lagen wir erhitzt und müde, friedlich und fest umschlungen auf

dem fremden Bett im kahlen Zimmer. Um ein Uhr stand ich auf und weckte Nuan. »Nuan, komm, wir müssen zurück zum Hotel.« Er rieb sich müde die Augen, fuhr sich durch die Haare, zog widerspruchslos wie ein Kind, das zur Schule muss, Hose und T-Shirt an und suchte schlaftrunken die Zigaretten. Der Mann, dem das Haus gehörte, ließ uns hinaus. Als wir ins Freie traten, schien der Vollmond über Bentota und Aluthgama, erleuchtete geisterhaft den kleinen Garten. Arm in Arm wanderten wir in Richtung *Lanka Queen* über die nachtleere Straße.
»Er fragen, warum so früh weg«, sagte Nuan.
»Die Hotel-Security guckt immer so, das mag ich nicht«, antwortete ich. »Halb zwei ist o.k., aber fünf oder sechs Uhr nicht gut. Da ist dann schon wieder die Frühschicht im Hotel.«
Der wahre Grund war ein andrer, das spürte er. Ich wollte seine Nähe und gleichzeitig nicht, das war widersprüchlich und unsinnig für ihn. Er widersprach mir nie, wurde nur zornig, wenn ich anderen Männern schöne Augen machte. Das tat man nicht als Frau, auch nicht zum Spaß. Nuan rauchte, schweigend gingen wir die zehn Minuten zum *Lanka Queen*. Er war immer noch enttäuscht über meinen Aufenthalt im Hotel, weil das miteinander Einschlafen und Aufwachen wegfiel, der gemeinsame Tag und die gemeinsame Nacht, eben das Leben miteinander. Ich verstand ihn, aber ich wollte es nicht ändern.
»Für Deutsche schön, so eine warme Nacht … bei uns nie«, sagte ich und hielt ihn fest um die Taille.
»Jetzt auch nicht?«, fragte er.
»Nein!«, lachte ich, »jetzt ist Januar, da ist es in Deutschland schrecklich kalt. Heiß ist es nur im Juli oder August.«
Diesmal gingen wir zum Vordereingang, damit die Security am Strandeingang sich nicht so genau ausrechnen konnte, was wir in der Zwischenzeit gemacht hatten. Das Wachpersonal guckte müde und neugierig, es rührte sich ja sonst nichts um diese Zeit.
Ich blieb die ganze Nacht auf. Der Schlaf erschien mir nun auch als verlorene Zeit. Ich las, ich sah fern, ich schrieb, ich dachte, ich setzte mich auf die Terrasse und betrachtete die Sterne, den Park vom Hotel und die geschlossenen, schlafenden Blüten.

Die Morgendämmerung kam, die Pool Boys reinigten den Swimmingpool, der die abendliche Chlorung verarbeitet hatte, saugten das Wasser mit Spezialstaubsaugern aus, putzten die Wände und das Geländer. Ab sieben Uhr kamen die ersten wackeren Schwimmer. Es wurde hell. Das Pfeifen der Baumhörnchen und Tschilpen und das Zwitschern der Tropenvögel stimmte mich fröhlich und friedlich. Es war ein Paradies, hier auf der Terrasse … wenn man sich das Leben durch Zweifel nicht selbst so dumm zur Hölle machte. Die ersten Gäste legten sich auf die Liegestühle, wo sie oft bis fünf Uhr nachmittags liegen blieben, nur unterbrochen von der Nahrungsaufnahme. War Braunwerden das einzige Kriterium für einen geglückten, erfolgreichen Urlaub?

»Fantastisch, nicht?«, rief Linde. Sie war ein Mensch, der Rituale liebte. Wie Nuan ging sie ihre täglichen kleinen Wege, auf die sie Wert legte. Also schloss ich mich Linde und Mucki an, saß jeden Abend um halb sieben vor dem Blue Lagoon und starrte aufs Meer. Man wurde hier so, wenn man nicht etwas wirklich Wichtiges zu tun hatte. Mein Wichtigstes war Nuan und der lief hier irgendwo herum. Aber außer dem Abschiedstee bei den Eltern konnten wir nichts klären. Ich setzte mich in den freien Stuhl neben die beiden, Linde rief den Ober. »Ein Ginger Beer für die Dame, bitte!«

»Sofort, Madam! Ich komme gleich!« Der Ober wieselte davon. Er hatte von Linde ein gutes Trinkgeld bekommen und bewegte sich schneller als sonst.

Linde streckte sich. »Ist das nicht herrlich hier … was?«, rief sie noch einmal.

Ich beneidete sie. Sie hatte keinen Liebeskummer, kein Entscheidungsproblem, keinen schwierigen Typ am Hals, sie genoss einfach ihren Urlaub und ließ sich von Mädchen massieren. Sie wollte Ruhe, lesen, ausspannen, kuren. Mein Preis für meine Lust war hoch, er artete in Psychostress aus.

Ein paar Tische hinter uns saßen die zwei Österreicher und ein Beach Boy mit langen Haaren und einem hübschen Körper. Er war so offensichtlich ein Frauenaufreißer, dass es abtörnte. *Nimm mich,*

ich bin so schön, hieß seine Botschaft, und er schüttelte immerzu seine langen Haare aus dem Gesicht.
»Sitzt unser Kind nicht da hinten?«, fragte Linde, die die diversen schönen Jungs ohne Brille nicht auseinander halten konnte und deutete auf den Langhaarigen.
Ich sah mich um. »Aber nein, Linde! Das ist ein anderer«, sagte ich leise.
Der Typ hatte sofort unsere Blicke aufgefangen. Er betrachtete mich taxierend, mit Anmacherblick: »Alles klar?«
»Ja.« Aus Gewohnheit blitzte ich ein wenig mit den Augen. Dann ging ich zu Nuan, der sich an den hinteren Tisch gesetzt hatte und auf mich wartete.
»Was du sprechen mit diese Mann?«, fragte er unvermittelt und aggressiv.
»Wie bitte?«
»Mit lange Haare. Was du sprechen?«
»Was meinst du denn?«
»Was du sprechen mit diese Mann?«
Das war ja wie bei den Arabern. »So geht das nicht, Nuan! Bist du verrückt geworden? Ich bin nicht dein Besitz!«
Er marschierte ungehalten voraus durch den kleinen Park.
»Upali, kommst du mit zu Eltern?«, fragte ich.
Upali nickte und ging mit, Gott sei Dank.
»Mann sagt, du ihn angeschaut, vor paar Tage!«, setzte Nuan seine Schimpftirade fort.
»Upali, der ist verrückt, der spinnt!« Ich lachte kurz auf, weil ich es nicht fassen konnte, was er da von sich gab.
»Wird schon wieder normal, später …« Upali zuckte die Schultern und schaute traurig, mit einem kleinen Schalk im Augenwinkel. Er kannte Nuan und er kannte die Eifersuchtsdramen auf der Insel zwischen Männern und Frauen.
Die Eltern begrüßten mich freundlich, aber zurückhaltend und etwas gehemmt, wie immer. Nuan stand in Bermudas herum, mit nacktem Oberkörper, der Vater wollte noch schnell unter die Dusche. Die Mutter brachte Tee, Kuchen, Bananen.
Die anderen kamen und gingen im Raum – ich war nun nicht mehr

so ein Marsmännchen wie zu Beginn. Nuan schlich wie ein Tiger um uns herum, wurde nicht fertig mit sich, wollte Aggression zeigen, weil das männlich war, vermutlich. Und er rauchte kein Gras, das hatte ich vergessen, die Emotionen liefen im Normaltempo, mit zweihundert Prozent jetzt.
»Wieso stehst du halbnackt herum? Bei einem Elternbesuch ...«
»Ist warm, normal!«, zischte er.
»Ich meine ja nur, *so was* geht bei *uns* nicht«, bezog ich mich auf sein sittenstrenges Getue von vorhin und setzte aufmüpfig meine Sitte dagegen.
»Du bei dein Party in dein Haus auch mit Bikini und Tuch, so sitzen!«, konterte er.
Immerzu kam er nun mit Kleinigkeiten daher, die er in Deutschland, anscheinend aus Angst, ich würde ihn heimschicken, nicht auszusprechen gewagt hatte. Nuans Vater kam im weißen Hemd und Sarong, sehr adrett angezogen.
»Aaah«, sagte ich demonstrativ, »der Vater weiß das!«
Ich hielt den Smalltalk am Laufen über Fernsehkanäle, die Hundewelpen im Laden der Mutter, Sehenswürdigkeiten in Sri Lanka. Ohne mein Zutun starb das Gespräch ab und die Kommunikation blieb wie gewohnt steif und unbeholfen. Nuan entspannte sich ein wenig, auch durch meine Nichtbeachtung seiner Aggression. Warum saß ich hier? Dank sagen und Abschied nehmen, gut.
Draußen ging es weiter. Upali hatte es zwar geschafft, Nuan etwas zu beruhigen, aber der langhaarige Typ verbreitete, ich hätte ihn angemacht. Am Vortag hatte *er* mich deutlich und platt angegraben und sich bei Nuan erkundigt, ob wir überhaupt noch zusammen seien oder ob ich frei sei. Nuan war aufgebracht, denn ohne das entsprechende, einladende Verhalten der Frau, unterstellte er, habe ein Mann keinen Anlass, so etwas überhaupt zu fragen. Frauen benahmen sich nicht so frei in Sri Lanka.
»Was du gesagt? Warum du sprechen mit ihm?!«
Sein Gespür für Flirts war untrüglich, wenn auch überzogen. Aber durfte ich ihm hier bei sich, zu Hause, in dieser Art männliche Dominanz zugestehen oder musste ich das mir sofort energisch verbitten? Wenn ja, wie verbat ich mir das?

Ich steuerte kampfeslustig auf den Langhaarigen zu. Konfrontation. Er erhob sich, blitzte mich zornig an und blähte sich auf wie ein Kampfgockel. So was hatte ich bei einem deutschen Mann noch nie erlebt. »Respekt! With Respekt!«, sagte ich. Er wirkte in der Tat bedrohlich. Es folgte ein verbaler Schlagabtausch voller emotionaler Luftblasen. Ich hatte das Gefühl, der Typ blies sich doppelt auf, vor mir und vor Nuan. Ein kurzer hitziger Schaukampf sollte klarstellen, dass keiner von uns am anderen Interesse habe. Was nicht stimmte. Jeder von uns beiden hätte unter anderen Umständen durchaus ein wenig Interesse gehabt, zumindest an einem Flirt.

Am nächsten Morgen überlegte ich, ob alles nicht wirklich nur ein Balzritual gewesen war, das mich hätte ehren sollen und können, wenn ich es so hätte verstehen wollen, so, wie man es in den indischen Filmen sah – Männerehre und Stolz. Es hatte ja auch durchaus seinen Reiz, es war heiß, blutvoll und archaisch.

Was beschwichtigten und banalisierten wir in Deutschland herum ... *»Ey ... hör ma, der Typ intressiert mich nich, jetzt hör auf mit der blöden Tour, spiel dich nich so auf, Mann ...* Das war die Kehrseite der Münze, nichts mehr war bei uns vital und echt, keine Ehre, kein Stolz, keine klar definierten Haltungen mehr, alles verwässert, verlogen, die Authentizität starb. Hier wiederum gab es, wenn die Sitte verletzt wurde, kein Pardon, keine Verbindlichkeit; die Eifersucht tobte bis hin zur Körperverletzung – und oft genug bis zum Mord.

Am vorletzten Tag holte ich Aquamarin-Ohrringe bei Sumiths Laden ab, ging zum Treffen mit Frau Berger wegen einer Hilfsaktion für ein Kinderdorf, zur Rezeption wegen der Hotelrechnung, die ich durchsehen wollte, danach zum Mittagessen, in die Sonne und zur Bootsfahrt mit Ananda wegen einer Grundstücksbesichtigung. Der Zeitdruck tat mir gut, vermittelte mir ein Gefühl der Lebendigkeit. Das tausend Quadratmeter große Grundstück lag direkt am Fluss und eignete sich in der Tat für ein schönes Ferienhaus. Auch Mucki und Linde waren angetan.

Abends treffe ich die beiden zum vereinbarten Abschieds-Hummer-Essen am Strand bei Antonio, der jedes Mal, wenn wir die letzten Tage an seiner kleinen Snackbar mit den fünf Tischen vorbei gegangen waren, nachgefragt hatte, ob es auch wirklich dabei bleibe. Ein Umsatz von fünfzig Euro auf einmal kam nicht so oft vor, meist blieben die Gäste nur auf einen Drink und aßen dann im Hotel. Es ist ein außergewöhnlich gutes Mahl; allerdings überfresse ich mich am Hummer und habe über Stunden unsägliches Bauchweh. In der Lobby der wöchentliche Markt. Einheimische Händler stellen Lederware aus, Taschen, Hosen, Schuhe, Koffer. Ich kaufe Lederstühle für mein Wohnzimmer, für vierhundert Euro, aus Frust über Nuans Unbeweglichkeit und die Nullwirkung meiner Motivation. Die Stühle sind ein greifbares, langfristig sichtbares Zeichen des Erfolgs meiner Arbeit. Ich lasse sie verpacken und per Luftfracht nach Europa senden. Wenigstens hier habe ich die Macht, Außergewöhnliches umgehend zu veranlassen.

Um zehn Uhr Treff im Blue Lagoon. Nuan mit klarem Blick, *ohne* Gras, und einer seiner Freunde, Udaya, ein wacher, präpotenter Typ mit Glatze. Über drei Monate sei er bis vor kurzem bei seiner Freundin in Deutschland gewesen und jeden Tag habe sie ihm mal zwanzig, mal vierzig Euro gegeben. *Gelogen,* denke ich.

»Buddhismus ist Philosophie, keine Religion!«, belehrt er mich.

»Ja, ich weiß«, sage ich desinteressiert.

Udaya schwadroniert: richtiges Verhalten, Meditation und vor allem tiefe Einsicht seien Merkmale des Buddhismus.

»Ja, ja«, sage ich und sehe ihn leer und so überheblich an wie er mich, »die Lehre des Buddha stellt den Menschen in seine eigene Verantwortung: Toleranz, Dialogbereitschaft, Dogmenfreiheit und Gewaltlosigkeit.« Ich lehne mich zurück und sehe aufs Meer. »Buddha Siddhartha Gautama, sechstes Jahrhundert vor Christus, Erleuchtung im Alter von fünfunddreißig unter dem Bodhi-Baum am Nenjara-Fluss.«

Udaya verschlägt es die Sprache.

Ich werfe die Begriffe *Bodhisattwa* und *Samsara* nach, Erleuchtung und Wiedergeburt, aber so schnell gibt er nicht auf.

Er monologisiert weiter über die Wolkenmädchen in Sigiriya (in der Tat wunderschöne Malereien), betreibt humorlos und besserwisserisch Imagepflege für Insel und Menschen.

Ich werfe wieder ein »Ja, ja, ich weiß« ein.
Udaya ist mir unsympathisch, er lacht nie, doziert eingebildet über singhalesische Mentalität, über seine Landsleute, die schon damals ein so fortschrittliches Wassersystem erstellt hätten, für das man jetzt Dutzende von (deutschen) Fachleuten und mindestens hundert Arbeiter und vierhundert Elefanten bräuchte oder umgekehrt. Ich lasse mich von seinem männlichen in meinem weiblichen Machismo provozieren und halte den Machtkampf – sprachlich und intellektuell Kinderland. Es erinnert mich an den Kampf mit dem deutschen Ehepaar am Flughafen. »Sag jetzt nichts, Heinz, da stehen wir drüber!« Überall das Gleiche …
Meer und Wellen sind super, aber wieso hör ich mir diesen Scheiß an? Tief drinnen spüre ich ein nagendes Gefühl, die beschämende Einsicht, dass ich mich da eben im Spiegel sehen musste – besserwisserisch, eingebildet, überheblich, dozierend. Und dass ich trotzdem *Recht* habe. Aber was greift – Rechthaberei oder Güte, Nachsicht, Verstehen?
Nachdem Udaya weg ist, bricht es aus Nuan heraus: Warum ich mit Ananda Boot gefahren sei, warum ich ihm das nicht gesagt hätte? Dass alle gelacht und gesagt hätten: »Dein Freundin mit neue Freund!«
»Du warst um drei Uhr nicht da! Ich habe dir gesagt, wir fahren um drei Uhr mit dem Boot!«
»Halb vier ich da.«
»Das war zu spät.«
Er sieht missmutig vor sich hin, dann mit einem stechenden, aggressiven Blick aus seinen schwarzen, schönen Augen direkt in die meinen.
»So geht das nicht, Nuan, ich bin eine erwachsene Frau, ich muss mich nicht rechtfertigen, mit wem ich wann spreche.«
Er schweigt feindselig.
»Ich wollte ein Grundstück von seinem Bruder Sumith mit ihm ansehen.«
»Ha, Grundstück …« Er unterstellt mir grundsätzlich Mieses.
»Auch in Deutschland du fahren mit andere Mann in Auto, ich in andere Auto. Bei uns nicht so was!«

»Aber bei uns! Ich stehe, verdammt, drei Stunden bei diesen Seminaren auf der Bühne, und ich fahre nicht vorher vier Stunden Auto – deshalb habe ich einen Fahrer!«
Er sah mich immer noch böse an.
»Du kannst nicht mal Auto fahren!«, setzte ich drauf, damit ihm bewusst wurde, was er für einen Unsinn redete. Aber er wusste ja gar nicht, welche Anstrengung es bedeutete, lange Strecken zu fahren, weil er nicht Auto fuhr.
»Ph!« Er schüttelte seine Locken. »Du komm raus zu Strand, wann du willst. Ich nie weiß, wann.«
»Und du rauchst dich zu und glotzt aufs Meer. Das ist für mich wie ein Gefängnis! Soll ich eine Stunde neben dir genauso blöd aufs Meer schauen?! Das ist verlorene Zeit für mich. Ich will nicht jeden Tag dumm im Blue Lagoon hocken und aufs Meer glotzen!«
»Ich heute nicht geraucht!!!«
»Ein Tag ... Wenn du drei Monate clean bist, wenn ich in sechs bis zwölf Monaten einen völlig klaren Kopf sehe, der gut Deutsch spricht, dann läuft die Standing Order von der Bank weiter und ich denke über Hilfe nach. Ansonsten ist es zu Ende, Nuan, wie beim Bruder von Sadun, Mahi.«
»Mahi?«
»Ja! Seine deutsche Freundin hat ihn verlassen, weil er den Alkohol nicht lassen konnte – das hast *du* mir erzählt!! Ich will keinen drogensüchtigen Kiffer. Gras ist für dich Gift, Nuan, Gift! Du wirst noch introvertierter, als du es jetzt schon bist.«
Er sieht mich verständnislos an.
»Du noch mehr still und zu als normal. Für Nuan ist Gras Gift, Gift! Und ich bin ein Ferrari, Nuan, und kein Tuktuk – und ich will auch nicht leben wie ein Tuktuk!«
Wir trennen uns und fühlen uns getrennt, beide.
Am nächsten Tag ein langes Gespräch bei Antonio, mit hässlichen Sätzen.
Nuan will es jetzt direkt wissen. »Hilfst du mir für mein Zukunft oder nicht?«
»Das kommt auf dich an.«
»Was ... ?«

»Du bist nicht krank oder alt. Du kannst tun, was wir besprochen haben.«
»Was gesprochen?«
»Mein Gott! Kein Gras rauchen, deutsch lernen, Führerschein. Du weißt es doch alles! Beide müssen *tun, nicht nur reden!* Ich tue, aber *du* tust nichts!«
»Ich brauk nicht Deutschland kommen, aber *du* willst. Du brauchen immer Liebe, Liebe, Liebe ...!!«
Das ist eine Frechheit. So frech, dass ich gar nicht einmal wütend werden kann und beschließe, kalt zu bleiben. Er redet, wie alle Schwachen es tun, meine Leistungen klein – und hängt die Latte seiner Anforderungen immer höher. »Und du immer reden von bezahlen, bezahlen, bezahlen!«
Der Regen setzt ein, der Himmel weint über unsere Zynismen. Es windet stark und regnet in den Rücken, Nuan sagt immer »Fuck!« und ist mieser Laune. Ist er jetzt da, der absehbare Tod unserer unmöglichen Liebe? Hat der süße Wahn nun ein Ende?
Um ein Haar wäre ich aufgestanden, hätte ihn dort fast sitzen lassen in seinem scheuklappigen Mief.
»You are my teacher!«, sagt er auf einmal und lacht, als er sich wieder beruhigt hat. »Du bist meine Lehrer.«

An einem der letzten Tage schaffe ich es dann endlich, die Adresse des Bungalows herauszufinden, den Nuan uns zugedacht hatte, und fahre bei Mr. Pooni vorbei, der mir freundlich und bereitwillig das Haus zeigt. Es ist ein wunderschöner, kleiner Bungalow in idyllischer Lage, direkt am Bentota-Fluss, im Schatten großer Bäume, die ihre ausladenden Äste über die zum Fluss liegende Terrasse breiten, dessen Wellen besänftigend vorüber plätschern. Das Wohnzimmer ist ein schöner, großer Raum von gut dreißig Quadratmetern, weitere drei Räume liegen zur Gartenseite, geschützt vor Ohren und Augen der Nachbarn. Die Ausstattung ist geschmackvoll und hat Stil, alles ist neu. Der Bungalow ist ein lauschiger Platz für Liebespaare, eine romantische Laube, in der man ungestört turteln und in Harmonie und Gleichklang dem abendlichen Plätschern der Wellen zuhören und am

Tag, vor der Sonne geschützt, unter großen, schattenspendenden Bäumen Siesta halten kann ... hätte können ...
Ich bin beschämt. Nun verstehe ich Nuans schlechte Stimmung, seine Enttäuschung, dass ich das von ihm so sorgsam ausgewählte Liebesnest abgewiesen und das Hotel vorgezogen hatte, für den doppelten Preis. Ich hatte ihm nicht vertraut, ihn unterschätzt, ihm nicht zugetraut, dass er ein mir entsprechendes Haus finden würde. Eine bessere sprachliche Kommunikation hätte uns davor bewahrt – auch meine Bereitschaft, Nuan zuliebe beim Komfort etwas zurückzustecken.

*

Die Mönche hatten gesungen, leiernd und hässlich, die ganze Nacht, für Sumiths neues Geschäft am Strand, neben dem *Lanka Queen*. Was poetisch begann und verzauberte, wurde, als es Stunden andauerte und uns um den Schlaf brachte, zur nervtötenden Tortur, und um fünf Uhr morgens hätte ich den Gelbkutten am liebsten eigenhändig das Maul gestopft, Segen hin oder her. Die meisten der Gäste erschienen zum Frühstück bleich, entnervt und übernächtigt, nahmen es jedoch mit Toleranz und einem gewissen Humor, sahen es als Kulturzugeständnis. Gegen die Bräuche konnte man nichts machen. Auch ich hatte eine fast schlaflose Nacht hinter mir. Um halb sieben morgens hatten sie mit den Litaneien aufgehört, allerdings nur für eine kurze Pause, dann leierten sie noch mal eine gute Stunde durch, bis halb neun.
Ich hatte immer noch Bauchweh vom Vortag. Die riesigen Langusten und Unmengen von Salaten und Reis, in der Abenddämmerung am Meer mit Sonnenuntergang in Cinemascope war überwältigend gewesen, aber das Bauchweh hatte mir den Abend und die Nacht verleidet, ich verdammte meine vermaledeite Gier. Dazu der Mönchsgesang

Die letzte Nacht brach an.
Wir saßen mit Linde und Mucki, die noch eine Woche Urlaub hatte, beim Abendessen. Ich hatte Nuan zu einem Dinner im *Lanka Queen* einladen wollen, was mit vorheriger Anmeldung und an-

schließendem Verlassen des Hotels erlaubt war, aber er hätte sich in diesem First-Class-Glamour und 5-Sterne-Pomp nicht wohl gefühlt, noch bewusster wären ihm sein verzichtreiches Leben und seine ärmlichen Umstände geworden.
Danach holte ich beim Juwelier das Medaillon für meine Mutter ab, bezahlte vierhundert Euro, brachte es auf mein Zimmer und machte mich auf den Weg zum Strand ins Blue Lagoon, wie immer. Die Verhandlung mit dem Security-Mann nach dem Schichtwechsel verlief erfolgreich, der zweite Kompagnon verstand kein Englisch, ich hatte Glück. Diesmal bekam er von mir fünfhundert Rupies, sechs Euro. Den Rest später, sagte ich leise, wenn es klappt.
»Gegen zwölf Uhr?«
Er nickte.
Sadun rastete aus. »Ein Scheißleben ist das hier, ein Scheißleben!« Er zündete sich eine Zigarette an, die sechste. »In Berlin ich zwei oder drei Schachteln Zigaretten geraucht, jede Tag sechs bis neun Euro. Anna hat bezahlt. Alles langweilig, immer, auch in Berlin!«
»Ich hätte dir das nicht bezahlt!«, sage ich.
Er schimpft weiter. »Ganzer Tag sitzen und schauen und rauchen. Langweilig, deswegen rauchen.«
Alle sind schlechter Laune. Nuan sagt nichts.
Sadun schimpft auf Nuans Cousin, der im Blue Lagoon bedient. »Rajan ist ein Idiot, steht herum und sagt nichts, schaut blöd, wie ein Fass. Nuan Wasser bestellen, dann Rajan sagt: Gehst du Hause, trinkst du Wasser!«
Ich stimme ein, dass so ein Service nicht optimal und Rajans Intelligenz überschaubar ist. In der Tat könnte das ewig leere Blue Lagoon den zehnfachen Umsatz machen. Wir reden übers Zimmer mit der Terrasse im ersten Stock, das nie fertig wird, über den Onkel, der zu blöd ist, um es fertig zu bauen. Dass man das Blue Lagoon kaufen sollte, sage ich, Nuan und Sadun müssten es führen. *Ohne Gras,* denke ich, aber es ist ja nur ein Gedankenspiel. Sadun sagt, Nuans Opa hätte Nuan ein Grundstück vererbt, *seine* Großmutter ihm gar nichts. Wenn er ein Grundstück hätte oder ein Restaurant vom Opa, und so ein Geschäft machen könnte, dann käme er auch hoch, so nicht.

»Noch sechs Jahre …«, sagt Sadun zornig, »dann halt ich den Arsch für jede hin, egal!«
»Ist der betrunken?«, frage ich Nuan.
»Nein. Er heute kein Gras geraucht.«
»Du sagen, immer Gras, jede Tag!«, erregt sich Sadun. »Wir nicht jede Tag rauchen!«
»Ach, Sadun, hör auf, jeden Mittag seid ihr dicht! Man sieht es an euren Augen.«
»Augen vom Wind so, von Meer …«
Er lachte, ich auch. Die Wellen schlugen regelmäßig über den Sand.
Wir gingen. Die Situation war unproduktiv wie das ganze Leben am Strand. Der zweite Security-Mann war eingeschlafen oder tat so. Ich gab dem Älteren das Geld, er nickte. Nuan konnte jetzt durch.
Ich zuerst, Nuan folgte, unsicher, mit Abstand, immer im Schatten; das Risiko großer Schwierigkeiten für ihn blieb. Wir mussten durch die Lampe, es war hell. Nuan hatte sich dafür das dunkle T-Shirt von Sadun angezogen, nun noch zehn Sekunden um die Ecke, Zimmer zweiunddreißig, wir hatten es geschafft. Nuan genoss sichtlich das Privileg, hier sein zu können, wenn auch heimlich. Er wusch sich die Hände, ich zündete Kerzen an. Wir waren uns einig, hatten ausgestritten, die letzte Nacht lag vor uns, der Balztanz war beendet, Harmonie und Selbstverständlichkeit der Versöhnung umfingen uns. Er hatte die Haare frisch gewaschen, geduscht, ein neues T-Shirt angezogen und duftete fein, nach Sauberkeit, nach Meer und Wind, und nach Nuan …
Wir legten uns auf das Bett, die Köpfe aneinander, hielten uns im Arm, saugten uns ein, küssten uns sanft auf Ohren, Augen, spürten den Atem des anderen, lagen still. Eine ganze Weile nahm das Spüren einen großen Raum ein, kein Drängen, keine Erregung. Da fiel mir auf einmal wieder der Satz eines großen Mystikers ein: *Das Schweigen überträgt die Gefühle mit größter Intensität.*
»Ich liebe dich«, sagte Nuan, sein schönes Gesicht dicht vor dem meinen, seine schwarzen Augen funkelten wie Edelsteine. »Für immer! Weißt du? Für immer.«

»Ich dich auch, Nuan«, erwiderte ich, »ich dich auch«, und nahm ihn, so fest ich konnte, in meine Arme. So schliefen wir ein. Als Nuan ging, war es vier Uhr früh. Er umarmte mich kurz und verschwand durch den dunklen Park an den Strand.

Als Manta mich um acht Uhr abholte, kam er allein. Obwohl ich Nuan angeboten hatte, nicht mitzufahren, war ich traurig.

»Nuan müde … schlafen!«, sagte Manta und grinste.

»Ich weiß«, sagte ich und lachte auch, obwohl mir nicht danach war. Wir packten die Koffer ins Auto, starteten, bogen auf die Hauptstraße und fuhren in Richtung Colombo.

Und da stand er am Straßenrand, müde, übernächtigt und verlässlich wie eine Schweizer Uhr, mein Nuan, wie immer, wenn alles in Ordnung war; Manta hatte sich einen Spaß mit mir gemacht. Wir fuhren zum Flughafen, schweigend, ich lehnte an ihm, er hielt meine Hand.

Für immer, Nuan, für immer …

Ein neues Leben

Daheim war alles ganz anders. Irgendetwas war mit mir passiert, das ich nicht verstehen konnte. Bei meinen Reisen um die halbe Erde hatte sich in der Folge nie irgendwas Nachhaltiges in mir ereignet. Die Karibik empfand ich als vitalisierend und abenteuerreich, Java war bezaubernd, Dubai hochinteressant, Kalifornien alles zusammen – jedes Mal kämpfte ich nach Rückkehr mit Schwierigkeiten, mich in den Arbeitsprozess zu reintegrieren, jammerte dem schönen Wetter nach und musste ab und zu einen Ferienflirt vergessen. Aber sonst veränderte sich nichts Wesentliches. Ich kam erholt zurück mit neuen Bildern im Kopf und stieg frisch und vital in die berufliche Belastung ein.

Dieses Mal war es anders. Ich wollte auf einmal mit nichts mehr, was Deutschland und meinen Beruf ausmachte, etwas anfangen. Die freie Marktwirtschaft mit ihrem marktschreierischen Lärm – Nomen est Omen – schreckte mich aus meinen kontemplativen Gedankengängen auf, die TV-Sender sabotierten Intelligenz, wo sie nur konnten, den ungebremsten Kapitalismus mit seiner Profitgier fand ich geradezu obszön, die hohle Wichtigtuerei erfolgreicher Menschen zum Kotzen, das Gejammer der Erfolglosen dito und das hysterische Tempo abstoßend. Meine Freunde gingen mir auf die Nerven, weil sie in vielen Worten nichts mitzuteilen hatten und über das Wetter lohnte es nicht, auch nur ein Wort zu verlieren.

Ich fühlte mich nicht gut, nicht wohl. Mein Geist war zersplittert. Ich fühlte mich gezehnteilt. Mein Leben war zerrissen.

Ich sprang mit durchgehend schlechtem Gewissen zwischen sechs bis zehn Bereichen und einer Unzahl von anstehenden Aufgaben hektisch hin und her, versuchte, allen Anforderungen gerecht zu

werden und konnte keinen Bereich zu meiner Zufriedenheit bewältigen, alles wurde unzureichend ausgeführt, wobei mein eigener Perfektionismus meine Unzufriedenheit noch schürte.
Aber was war die Alternative? Das Rad zurückdrehen, Reduktion hieß das Schlüsselwort. Reduktion worauf?
Ständig sabotierte ich meine Sehnsüchte oder meinen Erfolg – mit Zweifel am einen wie am anderen. Die chronische Unzufriedenheit, die Unfähigkeit, mich zu etwas bekennen zu können, holte mich wieder einmal ein. Nomadisch, rastlos, ruhelos.
Das Korsett des Erreichten hielt und stützte mich, aber die Konsequenz des Erfolges hieß: noch mehr Arbeit, noch mehr Erfolg, noch mehr Arbeit. Das klassische Hamsterrad.
Ich fühlte mich getrieben, gehetzt, um meine Ruhe gebracht und konnte diese mentale Höllenfahrt nicht stoppen, weil der Ehrgeiz und die Angst mich trieben. Auch die Lust – die Lust am Erfolg und dessen Privilegien, die Lust am Luxus, die Lust am guten Leben und dessen Annehmlichkeiten. Ich kannte die Gesetze des Erfolges in- und auswendig. Ich kannte die gesamte Literatur darüber, von Murphy bis Robbins, Strunz, Tepperwein, Vera Birkenbihl bis zum Surrogat Höller; ich selbst hatte drei Bücher über die Machbarkeit des Erfolges geschrieben, Hunderttausenden von Menschen gepredigt, dass Schicksal *Machsal* sei, wenn man die Gesetze des Denkens einmal begriffen hatte. Ich hätte die Zusammenhänge »Motivation-Ziel-Erfolg« – sogar nachts aus dem Schlaf gerissen – wie eine Gebetsmühle herunterleiern können. Gute Ratschläge jedoch, auch meine eigenen, griffen diesmal nicht. Ich war nicht glücklich. *There is no way to happiness ... happiness is the way.*
Ich wurde mir zunehmend darüber im Klaren, dass es so nicht gehen konnte, so gut ich mir auch zuredete. Ich machte etwas Entscheidendes falsch, aber ich konnte trotz meiner analytischen Fähigkeiten nicht verstehen, nicht begreifen, nicht greifen, was es war.
Nuan war ein Geschenk, so sah ich es, das ich nicht lassen wollte, nicht als nettes, kleines Ferienabenteuer im unendlichen Meer des Vergessens versinken lassen wollte. Nuan war mein persönliches

ehrgeiziges Projekt, weckte meine Mütterlichkeit, meine ganze Liebe, meinen Beschützerinstinkt, meine Freude über positive Entwicklungen, meinen Hang zur Entwicklungshilfe und – last but not least – mein Verantwortungsgefühl. Ich weigerte mich, ihn loszulassen – und er hielt ebenso an mir fest. Wie hieß es so schön im Bestseller »Das LOLA-Prinzip«? Loslassen – Lieben – Aktion … Wer aber sagte einem denn, wo es richtig war, loszulassen und wo angebracht, festzuhalten? Die Vernunft?
Durfte die Ratio alle Lebenswege steuern? Waren es nicht mitunter die am unglücklichsten machenden Entwicklungen, die gleich zu Beginn dem Einfluss der Vernunft überlassen wurden? Ganze Musikerkarrieren, auf dem Altar der Elternweitsicht einer öden Laufbahn bei der Bank geopfert? Und war es nicht viel häufiger gerade das Unvernünftige, das die größten Glücksgefühle entstehen ließ? *Loslassen* … Aber was?
Mein Problem war stets eines des Zuviel, nie des Zuwenig gewesen. Zu viel Arbeit, zu viele Angebote, zu viele Ziele, zu viele Wünsche, zu viele Beziehungen, zu viel Haus, zu viel Garten – alles war überdimensioniert. Wie ein unersättlicher, gieriger Moloch, der alles haben und noch mehr in sich hineinfressen wollte. Überdruss.
Lebensveränderung … Klarheit …
»Aber nein«, hätte Linde gesagt, die jeden Abend mit Wohlbehagen und gutem Gewissen und Freude ihre ein bis zwei Gläschen Wein trank, die ich mir versagte, »Sie genießen nur das Leben. Nehmen Sie es doch mit Freude, wenn Sie's kriegen können! Hadern Sie nicht ständig … Sie sind viel zu streng mit sich selbst!«
Das sah ich ein, aber es nützte nichts. Ich haderte. Zu viel alles.
»Reduktion« hieß das Schlüsselwort. *Konzentration auf das Wesentliche. Lebensveränderung … Klarheit …*

*

Die Sehnsucht war am Anfang gering, dann begann sie zu nagen, dann wuchsen ihr Köpfe, jeden Tag zehn. Und je mehr ich versuchte, ihr die Köpfe abzuschlagen, desto mehr wuchsen nach. Ich

konnte die Köpfe mit der Zeit nicht mehr so schnell abschlagen, wie sie nachwuchsen. Also ließ ich sie wachsen und gab irgendwann auf. Sri Lanka, meine Insel ... Nuan, mein kleiner Prinz, Prinzessin auf der Erbse, Mini-Macho, du süße, verbotene, unsinnige Frucht, deren Saft mich berauscht, was soll ich machen mit dir?
Wenn er beleidigt war, konnte ich ihn nicht ausstehen. Und wenn er dieses verstockte Schweigen an den Tag legte, auch nicht. Er war, es half nichts, ein introvertierter, schwieriger, herrischer, schöner Knabe. Ein Prinz eben. *Mit der Leidensmiene eines gefallenen Königs ...*

Ich sah zum Fenster hinaus. Der Februarschnee fiel in dicken Flocken auf blattlose Baumgerippe. Kein Strahl Sonne. Nebel, Wolkenbehang, grauer Himmel, tote Bäume, zugefrorene Erde, Winterkälte. Ich machte mir lustlos den dritten Kaffee und vermisste die Kokosplätzchen vom *Lanka Queen*. Sogar die. Ich trank den Kaffee und starrte weiter zum Fenster hinaus in die stille Weite der Felder. Ich dachte an Mütter, die Kinder auf dem Schlitten hinter sich herzogen, an fröhlich im Neuschnee bellende Hunde, an Dreijährige, die in roten dicken Anoraks mit roten Backen und laufender Nase tapfer und mutig durch die weiße Pracht stapften, Familienväter, die Schneemänner bauten, und Pärchen am Sonntagsspaziergang. Vielleicht wäre es besser gewesen, ich hätte meine Stiefel angezogen und wäre zwei Stunden so tapfer hinausmarschiert wie die Dreijährigen, um meine Lungen zu füllen und den Kopf zu klären. Aber es ging nicht. Ich hockte im sonntäglich öden Haus und brütete in schlechter Zimmerluft vor mich hin. Frank, der mit mir Akten aufarbeitete, fragte mich öfter, vorsichtig zur Tür hereinblickend, was los sei mit mir. Die Zeitumstellung, sagte ich, der Klimawechsel, das Wetter, die Arbeit ... Ich fand in meiner dummen Karriere keinen Sinn mehr und konnte dem deutschen Leben keine Freude abgewinnen, obwohl alles lief wie geschmiert. Ich hätte es mit einem astreinen Jetlag und Ferienkater erklären können, inzwischen waren aber vier Wochen vergangen.

Ich gab mir noch einen Monat. Und noch einen … und noch einen. Nichts wurde besser.

*

»Ich werde weggehen aus Deutschland«, hörte ich mich auf einmal sprechen wie eine andere, fremde Person.
»Was meinst du?«, fragten die anderen.
»Weg, ganz weg, für lange Zeit«, sprach die Person.
»Ach Gott, der deutsche Traum«, sagten die Deutschen.
»Auch das.« Die fremde Person fühlte sich wohl, als sie sich so reden hörte.
»Auswandern, ein Häuschen im Süden?«
»Südosten.«
»Bist du so naiv?«
»Ja. Und nein.« Die fremde Person lachte.
»Wohin denn?«
»Sri Lanka.«
Schweigen.
»Aha. Was willst du denn da?«
»Leben.«

Ich hatte Sehnsucht nach Sri Lanka. Ich wollte weg von hier, ich wollte dort sein, wo bescheidene, freundliche Menschen im Einklang mit ihrer Religion lebten, wo Reduktion möglich war, wo die Anschaffung einer Waschmaschine eine Lebensänderung bedeutete – und nicht mehr da leben, wo der Überfluss nur lange Gesichter und miese Laune erzeugte und fette Kinder an Weihnachten weinerlich ihre dekadenten Wünsche herunterleierten, die ihnen unfähige Eltern unreflektiert erfüllten. Ich konnte den ekelerregenden Tanz ums goldene Kalb nicht mehr sehen, die Idiotenspirale von Werbung und Verbraucher, diesen Reißverschluss von »Du brauchst, du willst, du musst haben!!« und »Ja, ich will – ich will – ich will – ich brauche – ich will.«
Wohl war das unstillbare Verlangen nach materiellen Gütern in Sri Lanka noch ärger. Sie brauchten noch viel mehr und forderten

ständig, aber dort war es rechtens und hier war es dekadent. Dort nahm man es hin, dass es nicht möglich war, hier musste es um jeden Preis möglich gemacht werden oder man wurde misslaunig und aggressiv (die Männer) oder depressiv (die Frauen). Man will immer das, was man nicht hat. Und wenn man es hat, will man nach einiger Zeit etwas anderes.

Meine Vision konkretisierte sich und wurde vom virtuellen Bild zur geprägten Metallplatte in meinem Kopf, zum Negativ, von dem sich die Bilder anfertigen lassen.

Es lagen die Fallen klar vor mir: Die Hitze würde mich träge machen, Nuan würde mich reizen bis aufs Blut mit seiner herrischen Unreife und kindischen Verstocktheit, dann würde er mich verlassen oder ich ihn, weil er, wenn sich die erotische Berauschung endgültig verflüchtigt hatte und den Alltagstod gestorben war, nur Belastung und nicht mehr Freude war. Ein Gutteil meines noch vor mir liegenden Karriereweges würde abrupt beendet sein, ich verschenkte Chancen, stieß Menschen vor den Kopf und verzichtete auf eine Menge Geld. Aber was ist Geld, wenn man all das nicht mehr brauchen will, was man sich dafür kaufen kann?

Dennoch war allein der Gedanke ein Unsinn; nicht solange er Tagtraum blieb, aber er mutierte in dem Moment zum Wahnsinn, wo reell und konkret mit der Umsetzung in die Tat geliebäugelt wurde. Auch das war mir bewusst – und genau das gefiel mir, der unsinnige Wahnsinn darin. Ich hatte die Vernunft satt. Und die Sinnsuche. Ich sah den Sinn genau in eben diesem Unsinn.

Nuan würde in maximal fünf Jahren ein junges, einheimisches Mädchen heiraten und ich würde mir einen neuen Strandlover suchen oder allein bleiben. Oder, was am wahrscheinlichsten war, zumindest für alle die Menschen in meinem Umfeld – ich würde völlig entnervt und resigniert zurückkehren nach Deutschland – verbraucht und ausgebrannt, verbittert, alt, faltenreich und enttäuscht – würde hier »out« sein, vergessen und aus der Bahn geworfen, weil mich alle aufgegeben haben würden – und mir eine Stelle als Bedienung in einer Frittenbude suchen müssen, weil ich mit Mitte fünfzig keine Chance auf dem Arbeitsmarkt mehr haben

würde. – Futuristischer Konjunktiv. Deutscher. So wird es sein, sagten alle.
Unter den Kommentaren war kein einziger zuversichtlicher. Alle kreisten unkend um Schreckensvisionen ... Krötenwanderung.
Auch ich sah es so – mein Verstand sah es so, er unkte und unkte mit den dicken, trägen Kröten um die Wette.
Mein Herz und meine Abenteuerlust riefen mir leise zu: »*Geh weg, Franca, du warst lange genug hier, du lebst vielleicht nur einmal, in diesem unwirtlichen Klima gibt es für dich nichts Faszinierendes mehr zu erfahren, keine Träume mehr zu erfüllen ...*«
Wie phantasielos die Menschen waren. Es ist die Lebenseinstellung, die das Leben kreiert, nicht Glück oder Schicksal oder bessere Ausgangschancen. Das sind Ausreden für Faulheit und geistige Trägheit. Ich dachte an Manta. Unter den Ärmsten der Armen gab es Aufsteiger, die sich mit unerschütterlichem Glauben an sich und ihren Erfolg hochgearbeitet hatten. Ich hatte auch kein Mitleid mit erfolglosen Menschen mehr wie früher. Inzwischen wusste ich, dass es an einem selbst lag, an der Selbstsicht, der Hoffnung, den Zielen, der Motivation. Ich gab nur mehr Hilfe zur Selbsthilfe und zeigte Wege zur Eigenmotivation. Ob jemand den Weg gehen wollte, lag an ihm.

Die Vision wurde konkret. Ich stellte finanzielle Berechnungen an und nahm mit dem Besitzer eines Hauses in Sri Lanka, das zum Verkauf stand und das ich im Januar besichtigt hatte, Kontakt auf, begann, über den Kaufpreis zu verhandeln. Es war eine freistehende Villa mit einem tropischen Garten, fünf Zimmern und Pool, einige Minuten Autofahrt vom *Lanka Queen* entfernt. Der Kaufpreis sollte hundertfünfzigtausend Euro betragen, was mit einem Splitting in Anzahlung und Hypothek zu schaffen war, ohne dass ich mich zu sehr verausgabte. Ich verschenkte laufend Dinge aus meinem Haushalt und Privatbesitz, Kleider, Haushaltsgeräte, Nippes, überflüssige Geschenke, die sich über all die Jahre angesammelt und mir die Sicht verstellt hatten, den freien klaren Blick auf das befreiende, reinigende Nichts.
Sie riefen: »*Erinnere dich, Franca, erinnere dich ... ich bin die Vase, die*

dir Barbara geschenkt hat, als du schwanger warst, und ich bin die Kerze von Oma, ich die kleine Rose von Michael!« Der Entsafter starrte mich entsetzt an und schrie: *»Wie kannst du mich verschenken, du brauchst mich doch noch für deine Gesundheit!!«* Die Glasfiguren und Kinderpuppen weinten, als ich sie zum Roten Kreuz brachte und die alten Kleider ließen den Muff der Fehler aus der Vergangenheit wie Gespenster auferstehen und verpuffen im Nichts.

Freunde redeten auf mich ein wie auf ein krankes Pferd, die engsten Familienmitglieder, mein erster Exmann, mein zweiter Noch-Mann, dessen Mutter, mein Sohn – ach, mein Sohn, der nun seine eigenen Wege ging, und alle hatten sie Recht, nach westlichen, deutschen, rational gespeisten Maßstäben vollkommen Recht. Und dennoch …

Ich kann dir jetzt helfen, schrieb ich Nuan, *bald…*

»Du bist verrückt. In diesem Dreck, dieser Armut, dieser Nicht-Zivilisation? In sechs Monaten bist du zurück, das schwör ich dir.«

»Vielleicht … Vielleicht auch nicht. Man wird sehen.«

»Hör mal, mach's so: Flieg zwei bis drei Monate rüber und warte, bis dir die Hitze auf den Geist geht, und dass du jedes Mal mindestens eine Stunde zu irgendeinem Kanakenzahnarzt fahren musst, dass kein deutscher Hausarzt da ist …«

»Vielleicht ist ja einer dort …«

»Und keine Douglas-Boutique, kein Frisör, der dir die Haare macht, keine Kosmetikerin, die künstliche Fingernägel aufklebt.«

»Ja.«

»Von Apotheken und Medikamenten und Krankenhäusern gar nicht zu reden!«

»Noch was?«

»Drei Monate … glaub mir, das ist vernünftig.«

»Ich will nicht mehr vernünftig sein. Ich war mein ganzes Leben vernünftig. Ich will unvernünftig sein!«

»Ah, so eine Art Midlife-Crisis vielleicht??«

»Nein. Die hatte ich schon; das war der große Burnout 1997.«

»Was, zur Hölle, ist dann in dich gefahren?? Es ist doch um Himmels willen nicht dieser kleine, bescheuerte Bursche da, das darf nicht wahr sein!«

»Vielleicht. Vielleicht ist er auch nur ein Auslöser, eine Art Katalysator für meine geheimsten Träume, Wünsche, Sehnsüchte, die begraben lagen unter Konventionen und Unkultur.«
»Sehnsüchte? Du bist eine erwachsene Frau! Du wirst dein ganzes Geld verlieren und in Armut leben müssen. Gestern habe ich einen Bericht gesehen, wo Frauen kopflos in die Karibik abgehauen sind, mit irgendwelchen Typen, und alles verloren haben.«
»Ich werde nicht alles verlieren, dazu bin ich zu sehr Geschäftsfrau – und auch zu knauserig. Und auch nicht blöd genug. Ich habe genug Geld jetzt.«
»Aber für wie lang denn?«
»Für zwanzig Jahre, wenn ich dort drüben lebe. Das dürfte reichen. Ich habe viel Zeit, um mir Gedanken zu machen ...«
»Aber doch nicht bei deiner Finanzpolitik. Du bist es nicht gewohnt, sparen zu müssen.«
Schweigen.
»Man wird sehen.«

*

Nuans SMS blieben aus. Er wartete auf meinen Brief, in dem ich erklären wollte, wie ich alles sah, unsere Beziehung, seine Zukunft, meinen Einsatz für ihn, seine von mir dafür erwartete Gegenleistung, Deutschkurs, Führerschein, Fleiß, das Deutsche eben. Obwohl es, wie gesagt, auch in Sri Lanka viele Aufsteiger gab, ehrgeizige Jungs, die es geschafft hatten, in die großen Hotels zu kommen, sich hochzudienen, erfolgreich zu werden und für singhalesische Verhältnisse gutes Geld zu verdienen. Aber Nuan war kein Aufsteiger.
Als ich alles geplant, mein Finanzkonzept erstellt, die letzten Buchungen für die restlichen Seminare im laufenden Jahr abgeschlossen hatte, kam ein kleiner brauner Brief aus Sri Lanka – von Nuans Eltern.

»Liebe Mrs. Stetter,
am 15. Mai kam unser Sohn Nuan bei einem Autounfall auf der Straße nach Colombo ums Leben. Wir sind sehr, sehr traurig …«

Nuan war ein Strandjunge, er gehörte zum Meer und zu den Wellen und zum Sand wie die Strandlilien, die genügsam und friedlich und schön dort wuchsen. Ich hätte ihn mir in keinem Beruf vorstellen mögen, nicht als Poolboy, nicht im Restaurantservice, nicht als Ayurveda- Masseur. Als Room Boy vielleicht.
Wenn er das Haus kehrte, war er eins mit sich, wie ich, wenn ich Bücher schrieb. Er brauchte nichts weiter. Er wollte seine Eltern versorgt wissen und selbst eine Aussicht haben, ein bisschen Sicherheit. Alles, was er geben konnte, war Liebe. Und die Antwort auf die Frage, ob das wenig oder viel sei – die kann wohl jeder nur für sich allein entscheiden.

Hier endet die Geschichte von Franca Stetter.

Epilog

»Aber Sie sind dennoch nach Sri Lanka gegangen – warum?«, frage ich sie.
»Ich habe das aufwändige Leben reduziert«, erwidert Franca leise, »habe ein kleineres Haus gekauft und lebe ein paar Monate im Jahr hier … bei den Strandlilien. Ich sehe ihn in jeder Blüte … in jeder Welle, in jedem Sonnenstrahl …«

*

Ich würde ihre Geschichte niederschreiben, das hatte ich ihr versprochen. Wir verbrachten noch einige gemeinsame Tage miteinander, besichtigten die Insel und redeten. So weit, so gut.
Und dennoch verließ mich das Gefühl einfach nicht, dass etwas an ihrer Geschichte nicht stimmte oder dass etwas fehlte … aber das ging mich doch eigentlich nichts an.
Ich hatte noch gute zwei Wochen, für die ich ins Hotel zog, mich bedienen ließ und sie so für meine Erholung nutzte. Ich las, ging spazieren, fuhr zum Baden, besichtigte Statuen und Bauwerke, machte Fahrten über Land und befasste mich viel mit dem Buddhismus, verbrachte Stunden im Kande Vihara Tempel und dachte über den Kreislauf des Lebens, über das Rad von Tod und Wiedergeburt nach – und über die Worte von Buddha.

*

In einer der warmen tropischen Nächte ging ich an den Strand von Beruwela. Irgendetwas zog mich dahin, ich weiß nicht, was. Ich wollte fühlen und sehen, wo die Liebe von Franca und Nuan ihren Anfang genommen hatte – und ich hatte auch den

Anfang vom Buch immer noch nicht geschrieben, nur Notizen gemacht.
Ich trat hinaus in die warme Tropennacht, über mir wölbte sich das sternenübersäte, klare Firmament. Die Brandung des Meeres schäumte in der Dunkelheit, unter meinen Füßen gab der feine Sand nach, zur Rechten wuchsen die vom Schein der Hotels und Hütten schwach beleuchteten wilden Strandlilien.
Der Wachmann öffnete mir das Tor zum Strand. »Hello, Madam, you go for a Beachwalk?«
»Yes, thank you.«
»It is late …«
»I know. I'll be back soon.«

Es zog mich hinaus an den Strand, in die Wärme der tropischen Natur. Ich wollte dem nachspüren, was kreatürlicher, ungestalteter und wilder war …
Drei Hunde tappten mit unbestimmtem Ziel durch den Sand. Still war es hier, nur das Meer rauschte. Ich schlurfte mit den nackten Füßen durch den Sand und hing meinen Gedanken nach, während ich mich dem Blue Lagoon näherte. Ich kam auf die Höhe des kleinen Strandrestaurants und guckte suchend in das Zwielicht.
Da erhob sich am Nebentisch eine Gestalt, löste sich aus dem Halbdunkel und bewegte sich etwas unentschlossen in meine Richtung, ging langsam ein Stück weiter, blieb stehen. Der schwache Lichtschein, der vom Inneren des Restaurants auf die Bastschirme und Holztische am Strand fiel, zeichnete seine Silhouette ab, eine große, schmale, männliche Gestalt, sein Gesicht blieb vom Dunkel der Nacht verhüllt. Er verharrte, wartete, ging ein paar Schritte, zögerte wieder.
Als ich noch näher kam und sein Gesicht im Licht erahnen konnte, sah ich, dass der schlaksige Junge ebenmäßige Gesichtszüge hatte, die von schwarzen, halblangen Locken umrahmt wurden. Auch war er auffallend hochgewachsen im Vergleich zu den kleinen Singhalesen. Ich ging auf ihn zu, kam ihm entgegen, gezogen von ihm und nächtlicher Neugier und Abenteuerlust, bis wir zwei Meter voneinander stehen blieben und unsere Gesichter zu erkennen ver-

suchten. Als wir uns zum Restaurant wendeten, fiel der Lichtschein auf ihn. Nun sah ich sein Gesicht. Er war schön …

»Hallo.«

»Hallo.«

»Wer bist du?«, fragte ich und lächelte unwillkürlich.

»Ich bin Nuan.«

Nachwort

Weihnachten 2004. Eben hatte ich die letzten Korrekturen beendet, nach zwei Jahren war der Roman über meine geliebte Insel Sri Lanka fertig – *da bebte die Erde* ... Das Meer tobte und riss mit einer zornigen Sintflut biblischen Ausmaßes alles mit sich, was ihm im Weg war – unschuldige Kinder und deren Eltern, ahnungslose Touristen, Fischer und deren Hütten, Häuser, Autos, Busse, Eisenbahnen, ganze Hotelkomplexe – und spie unzählige Tote wieder aus, die es nicht behalten wollte.

Landstriche wurden verwüstet, dem Erdboden gleichgemacht. Hunderttausende von menschlichen Tragödien, Millionen Obdachlose, deren zerstörte Heimat im Schlamm versank – und wieder einmal zeigte uns die Natur, wie fragil unser Planet und wie kostbar unsere Leben und jede Stunde davon ist, wie dankbar wir alle für jeden einzelnen Tag sein müssen, den wir unbeschadet auf dieser unserer Erde erleben dürfen. Aber die Katastrophe zeigte auch einiges, das Hoffnung macht: Wie schnell und beherzt Menschen in der Lage sind, Millionen von Euro zu spenden, wie unbürokratisch Regierungen handeln *können*, wenn es keine Alternative gibt, wieviel Geld theoretisch und praktisch zur Verfügung steht und um wie viel mehr es sein könnte, wenn es nicht in Kriege, Waffen und Atomkraft investiert würde, die statt dem Aufbau der Infrastrukturen nur deren Vernichtung im Visier haben. Die größte Hilfsaktion aller Zeiten hat gezeigt, wie leicht und schnell diese Infrastrukturen der Dritten Welt wachsen könnten, wie schnell deren Aufbau vonstatten gehen könnte, wenn unser westlicher Egoismus nicht wie ein gefräßiges Meer alles verschlingen würde.

Die Symbolträchtigkeit dieses Bildes macht traurig und verzweifelt, aber vielleicht auch etwas selbstkritischer – und eben diese

gigantische Hilfsaktion, die infolge des Seebebens anlief, anlaufen musste, lässt Licht am Ende des Tunnels erahnen.
Sri Lanka ist eine der schönsten Inseln mit den liebenswürdigsten Menschen, die ich kenne – und ich habe in vielen Reisen die halbe Welt umflogen. Allein in Sri Lanka war ich vier Mal.
Im Roman sagt Franca Stetter beim Besuch im Kande Vihara Tempels: »Als wäre ich hier zu Hause, als hätte ich hier schon einmal gelebt. Sri Lanka war meine geistige Heimat, als habe meine spirituelle Suche ein Ende. Sri Lanka flüsterte mir zu: *Du bist angekommen, hier findest du, wonach du immer gesucht hast.*«

Das sind auch meine Gefühle – und ich haderte lange, lange mit mir, ob ich diesen Roman jetzt in dieser Zeit veröffentlichen dürfe.
Nein! war meine erste Reaktion, als ich hilflos vor dem Fernseher saß und zusehen musste, wie die Flut alles mit sich riss. Beschreibt mein Roman doch eine Romanze einer deutschen Frau mit einem Strandjungen und hier ging es um Hunderttausende von verlorenen Menschenleben, ein Ende nicht absehbar. Doch dann entschied ich: *Gerade jetzt.* Warum?

Ich möchte Sri Lanka mit diesem Roman ein Gedenken setzen, in Erinnerung an seine Schönheit vor der Flut, und dazu aufrufen, den Urlaub dort zu verbringen. Mein Buch ist eine Liebeserklärung und birgt die Hoffnung und das Gebet, Sri Lanka möge nach der schwersten Prüfung in seiner Geschichte wieder auferstehen.
»Tourismus«, sagte der Leiter einer Hilfsorganisation, »ist die effektivste Form der Hilfeleistung.« Ohne Touristen bleibt vielen Millionen Menschen ihre einzig mögliche Einnahmequelle versagt. Wenn wir diese Länder nach der Flut aus Angst vor Epidemien oder Furcht vor dem Anblick der schrecklichen Verwüstungen nun auch noch boykottieren, fallen sie vollkommen ins Elend. Sie leben vom Tourismus, der ganze Familien mit einem Dienstleister ernähren kann. Also habe ich gemeinsam mit dem Herbig Verlag entschieden, die Liebesgeschichte auf dem Eiland meiner Träume zu veröffentlichen, in der Hoffnung, das Land möge wieder erblühen und sich von den furchtbaren Schäden erholen.
Ein Euro von jedem verkauften Exemplar geht als Spende an Sri Lanka.

Allein dadurch scheint mir der veröffentlichte Roman effektiver für Sri Lanka zu sein als sein Nichterscheinen, denn damit ist mehr getan, als wenn er aus Pietät in der Schublade liegen bliebe. Und bereits im Februar 2005 war ich selbst wieder dort und half, wo ich konnte, wenigstens durch Spenden.

Möge dies dem Land, das in den letzten Jahrzehnten von Bürgerkriegen und Revolten gebeutelte wurde, helfen, mögen Singhalesen und Tamilen gemeinsam am Wiederaufbau ihrer Insel arbeiten und Frieden finden, und mögen viele Menschen der Magie und dem fernöstlichen Zauber der Insel verfallen.
Die Erzählung von Franca und dem Strandjungen Nuan enthält aber auch eine kritische Betrachtung der sozialen Verhältnisse und die unausgesprochene Mahnung, weder illusorisch, noch allzu leichtfertig mit der Liebe zu einem Menschen aus einer fremden Kultur umzugehen, da oft so unterschiedliche Erwartungen und Hoffnungen an diese Beziehung geknüpft sind. Entscheidend aber ist dabei, das Problem der interkulturellen Verbindung mit einer freundlichen Gesinnung zu betrachten, unter Einbeziehung der Magie, des exotischen Liebeszaubers - ohne rassistische Häme, engstirnige Vorurteile und Doppelmoral. *Verantwortung* ist vielleicht das Schlüsselwort.

Sri Lanka traf es während des Seebebens mit am ärgsten - die Küsten im Osten und Südosten der Insel wurden bis weit ins Land vollkommen verwüstet. Einige Kilometer vor Beruwela, der Region, die im Roman beschrieben wird, verlor der Tsunami ein klein wenig an Kraft. Der vorgelagerte Landstreifen des Bentota-Strandes wurde zerstört, schützte aber den Strand hinter dem Fluss und fing die schlimmste Wellengewalt ab. Das Hotel, das im Roman *Lanka Queen* heißt, trug Schäden davon, aber Touristen und Einheimische helfen, es wieder herzustellen und Touristen finden sich wieder zögerlich ein, willens, Sri Lanka in seiner alten Schönheit erblühen zu lassen. Die Menschen dort sprechen vom einem Wunder.

Lisa Fitz
Februar 2005